Sternenballade

Der Teufel von Kerelaos

Szosha Kramer

Kapitel 1

Wie ein Weichzeichner die harten Konturen eines Bildes so verwischte die einsetzende Dämmerung das scharfkantige Gestein und verwandelte die Ebene in ein Meer aus versteinerten Wellen. Von ihrer Oberfläche ging ein tiefes rötliches, fast violettes Leuchten aus, welches mit zunehmender Dunkelheit erlosch. Eine altertümliche Trutzburg ragte weithin sichtbar aus dem samtig schimmernden, schwarzroten Meer hervor und ein Ritter mit seiner gen Himmel gerichteten Lanze hielt vor dem Burgtor Wache.

Ein märchenhafter Anblick, aber wie alles Märchenhafte nicht real. In Wahrheit war die Burg ein vor langer Zeit erloschener Vulkan, dessen Ausläufer sich weit Richtung Osten erstreckte. Der Ritter und seine Lanze entpuppten sich bei näherer Betrachtung als eine von einer Steilwand des Berges abgespaltene Felsnadel und die Ebene bestand aus schwarzem Lavagestein und Felsbrocken aus dunkelgrauem Granit.

Die Leute nannten den Berg Misera, Berg des Unglücks, oder auch Wohnsitz des Teufels und seiner Dämonen. Die Ebene war für sie der Vorhof zur Hölle.

Zwei Wege führten zum Misera. Ein ehemaliges Flussbett, durch das die Lava vor Urzeiten ungehindert hatte abfließen können, aus nördlicher sowie ein unscheinbarer Pfad, an manchen Stellen kaum als solcher zu bezeichnen, aus südwestlicher Richtung. Während der Weg durch das Flussbett breit und relativ eben war, barg der schmale Pfad große Gefahren. Extreme Temperaturschwankungen – glühende Hitze am Tage, eisige Kälte in den Nächten – hatten tiefe Platzwunden und messerscharfe Grate im Gestein hinterlassen. Ölige schwarze Moosflechten, loser Schotter und schlingenartige Bodenpflanzen konnten einen unachtsamen Wanderer leicht zu Fall bringen. Auch den Curiasträuchern musste man ausweichen. Das Gift ihrer Dornen konnte selbst einen kräftigen und gesunden Mann innerhalb kurzer Zeit lähmen. Wenn die Nacht anbrach, krochen Barkaschlangen, Muschelskorpione und Lavaechsen aus ihren Höhlen hervor. Nachtaktive Tiere mit scharfen Zähnen und giftigen Stacheln, die Jagd auf alles machten, was sich bewegte.

Eine unwirtliche Gegend, in der man nur überleben konnte, wenn man mit dem Teufel im Bunde stand.

Darko Cardona stand nicht mit dem Teufel im Bunde. Glaubte man den Geschichten, die über ihn erzählt wurden, so war er der Teufel persönlich.

In Wahrheit jedoch war er nichts weniger als das. Er war ein Mensch. Ein Mann, der sich der Gefahr sehr wohl bewusst war, die von der Ebene ausging. Darko hatte viel Zeit damit verbracht, dieses Gebiet zu erkunden, und heute kannte er es wie kein anderer. Jeder Stein, jede Vertiefung und jeder Busch war ihm vertraut. Die Angst vor der Gegend hatte er verloren, doch nicht den Respekt, und vielleicht war es gerade diese Mischung aus Furchtlosigkeit und Achtung, die es ihm ermöglichte, sie unbeschadet zu durchqueren. Lautlos und fast unsichtbar, so als sei er mit seiner Umgebung verschmolzen, bewegte er sich über die Ebene hinweg.

Darko befand sich auf dem Rückweg zum Misera. Er trug einen schweren Sack voller Maiskolben auf dem Rücken, die er heimlich im Schutz der Dämmerung vom Feld geholt hatte. Wie alles auf Kerelaos war auch das Maisfeld am Berg Neopatria Eigentum von El Soberano, dem selbst ernannten

Herrscher von Kerelaos. Darkos Beute konnte sein Todesurteil bedeuten, aber das war ihm egal. Sie hatten die letzte Kornlieferung verpasst und brauchten den Mais. Es war eigentlich Futtermais für Tiere, aber die Frauen des Misera mahlten die Körner zu Mehl und backten Brotfladen daraus. Gefüllt mit gebratenem Gemüse oder auch mal etwas Speck oder Fleisch, waren sie eine wahre Köstlichkeit.

Wie immer, wenn er allein unterwegs war, wanderten Darkos Gedanken zu dem Tag zurück, an dem El Soberano seine Familie zerstört hatte. Ein Tag, der sein ganzes Leben von Grund auf verändert hatte und der unauslöschlich in seinen Erinnerungen verankert war.

~~ Eine fröhliche Melodie summend, war er von der Jagd zurückgekommen. Der Sohn einer Nachbarin hatte sie ein paar Tage zuvor auf der Laute gespielt und Halina hatte mit ihrer schönen Stimme dazu gesungen. Nach langer Zeit war seine Jagd einmal wieder erfolgreich gewesen. In dem großen Korb auf seinem Rücken befanden sich Partas, Wildhühner und gut drei Dutzend Kerbueier. Richtig zubereitet, würde seine Ausbeute gut eine Woche für alle reichen. Er hatte auch ein Säckchen voller Gewürz- und Heilkräuter für seine Mutter dabei. Bevor er die letzte Abzweigung erreichte, ahmte er den Schrei des Kerbus nach, das verabredete Zeichen für seine Rückkehr. Obwohl keine Antwort kam, verlangsamte er lediglich seinen Schritt und blieb erst stehen, als er freie Sicht auf das Dorf hatte.

Sämtliche Bewohner der kleinen Siedlung waren auf dem Mittelplatz versammelt. Was sehr ungewöhnlich für diese Tageszeit war. Noch ungewöhnlicher war die absolute Stille. Kein Wort und kein Geräusch drang zu ihm herauf, und es war auch so gut wie keine Bewegung in der Menge auszumachen. Aus der Ferne erschien es ihm, als seien Freunde und Nachbarn zu

Stein erstarrt. Irgendetwas musste geschehen sein. Irgendetwas, das dieses Verhalten hervorgerufen hatte. Augenblicklich ging er in Deckung und suchte die Umgebung ab, aber er konnte weit und breit keinen Grund dafür entdecken. Nichts deutete darauf hin, dass die Siedlung in Gefahr war. Sich weiterhin aufmerksam umsehend, lief er den schmalen Weg entlang, der ins Dorf hinunter führte. Noch während er seinen schweren Korb am Schlachtplatz ablegte, kam Eli, der Dorfälteste, auf ihn zu.

»Eli! Wieso seid ihr nicht – was hast du? Was ist hier passiert?«

»Deine Familie, Darko«, begann Eli stockend.

»Was ist mit ihnen?«

»Sie sind weg, Junge.«

»Weg? Wohin?«

»In die Stadt.«

»In die Stadt«, wiederholte er dumpf. »Sie würden nie freiwillig in die Stadt gehen«, setzte er einen Moment später hinzu und starrte Eli verstört an.

Schließlich ließ er seinen Blick von einem Dorfbewohner zum anderen wandern. Keiner vermochte es, ihm in die Augen zu sehen. Die Frauen pressten sich die Hand vor den Mund, einige weinten. Die bleichen Gesichter der Männer wirkten wie versteinert.

Nein! – Nein, nur das nicht!

Ganz tief in ihm regte sich eine leise Ahnung. Ein winziger Funke des Verstehens, der sich langsam in ihm ausbreitete.

»Sie sind nicht freiwillig gegangen?« Es war mehr eine Feststellung als eine Frage, trotzdem schüttelte Eli den Kopf.

Darko ahmte die verneinende Bewegung des alten Mannes wie hypnotisiert nach, dann schloss er die Augen. Von einer Sekunde auf die andere fühlte er sich um Jahre gealtert. Ein Knurren, das entfernt dem eines Höhlenlöwen ähnelte, entrang sich seiner Brust. Mühsam bezwang er den Jähzorn, der in ihm aufloderte.

»Und Halina? Wo ist Halina?« Er packte Elis Tochter und schüttelte sie. »Rede!«

»Sie haben alle mitgenommen, auch meinen Jungen«, stammelte sie unter Tränen. »Er wollte Halina beschützen. Sie haben ihn geschlagen, immer und immer wieder, bis er blutend am Boden lag, dann haben sie ihn auch mitgenommen.«

»Wer genau war hier, wer hat sie mitgenommen?«

»Soberano selbst gab den Befehl.«

Die geflüsterten Worte begannen sich in sein Herz zu brennen, und aus der leisen Ahnung wurde schmerzhafte Gewissheit. Darko sah die Frau an, aber sein Blick ging durch sie hindurch. Alles Leben war mit einem Schlag aus ihm herausgepresst worden. Wie in Trance nickte er und zog die bitterlich weinende Frau in seine Arme. Für einen Augenblick stand er einfach so mit ihr da, dann begann sich neues Leben in ihm zu regen, ein tödliches Leben. Steif, wie eine leblose Maschine, schob Darko Elis Tochter von sich und ging auf die Hütte seines Vaters zu. Er öffnete die Erdkammer und griff nach der Axt, die dort verborgen lag. Die männlichen Dorfbewohner wollten ihn aufhalten, als sie erkannten, was er damit vorhatte, aber sein eisiger Blick ließ sie zurückweichen.

Eli mahnte ihn zur Vernunft, doch Vernunft war nur noch ein Fremdwort für ihn. Unbändiger Zorn verschleierte Darkos sonst so klaren und wachen Verstand und damit auch seine Urteilskraft. Selbst sein bester Freund, Dawied, konnte ihn nur mit Mühe zurückhalten.

»Bleib hier!« Wie ein eiserner Ring umklammerten Dawieds kräftige Arme Darkos Oberkörper.

»Lass mich los, Dawied«, knurrte er gefährlich leise und wehrte sich mit aller Kraft.

»Hör auf!«, schnauzte Dawied ihn an. Er machte der Rangelei schließlich ein Ende, indem er Darko einen kräftigen Kinnhaken verpasste, sodass dieser zu Boden ging.

»Komm wieder zu dir«, forderte Dawied. »Du benimmst dich kindisch und du hilfst deiner Familie nicht, wenn die Soldaten dich töten. Du kannst nichts gegen sie ausrichten, weder mit Pfeil und Bogen noch mit deiner kleinen Axt.«

Wut und brennendes Verlangen nach Rache krochen Darkos Kehle hinauf und eine eisige Kälte grub sich tief in sein Herz. Der Schmerz an seinem Kinn, dort, wo Dawieds Faust ihn getroffen hatte, brachte ihn wieder zur Besinnung. Gequält schloss er die Augen, dann nickte er.

Sie hatten immer geahnt, dass ihre kleine, versteckt liegende Siedlung am äußersten Ende des Misera nicht auf Dauer Soberanos Aufmerksamkeit entgehen würde. Er war ständig auf der Suche nach neuen Rekruten für seine Armee und schönen Frauen für sein Privatvergnügen.

»Du wirst einen anderen Weg finden und ich helfe dir dabei.« Dawied hielt Darko die Hand hin.

»Was genau ist geschehen?« Er ergriff Dawieds Hand und ließ sich aufhelfen.

»Wir wissen es nicht genau. Die meisten von uns waren auf dem Feld, als Soberano kam. Er hat anscheinend irgendetwas verlangt, was Papa Cardona ihm verweigerte. Als wir näher kamen, hörten wir Soberano sagen: Ein dummer Bauer kann mir nichts verweigern. Ein dummer Bauer muss gehorchen. Du bist ein sehr dummer Bauer, Cardona. Jetzt wirst du lernen, dass El Soberano deine Erlaubnis nicht braucht, um sich zu nehmen, was auch immer er will.«

»Vater hat sich ihm offen widersetzt?« Darko wollte es nicht glauben. Sein Vater war bisher immer den Weg des geringsten Widerstandes gegangen. Was hatte Soberano gewollt, dass er von diesem Weg abgewichen war? Soberano war bekannt dafür, sich zu nehmen, was immer er haben wollte, und zu töten, was immer sich ihm in den Weg stellte. So auch Slatko, der an diesem Tag Wache gehabt hatte.

»Er hat Slatko umgebracht, warum nicht auch meinen Vater? Es muss einen Grund dafür geben, dass er meine Eltern am Leben gelassen hat.«

»Das werden wir in Erfahrung bringen, wenn du dich beruhigst. Es bringt nichts, wie ein blinder Stier loszustürmen.«

Aber genau das tat er. Blind vor Wut und taub für Dawieds Vorschläge, machte Darko sich noch in derselben Nacht allein auf den Weg zum Neopatria und schlich sich in Soberanos Wohnhöhle. Alles, was er damit erreichte, war seine eigene Gefangennahme. Gefesselt an einen Pfeiler, musste er hilflos mit ansehen, wie die Männer sich einer nach dem anderen über Halina hermachten. Sie schrie, sie winselte um Gnade und sie flehte Darko an, ihr zu helfen. Ohnmächtig lag sie später im Arm eines Läufers, als dieser und ein junges Mädchen mit langen, blonden Haaren den Befehl erhielten, Halina fortzubringen. Dann wandte Soberano sich Darko zu, und dieser bekam die Peitsche zu spüren. Wie ein scharfes Messer durch weiches Brot schnitt sie sich tief in seine Haut und hinterließ brennende, blutende Wunden. Der Schmerz war kaum zu ertragen, aber Darko flehte nicht um Gnade. Diese Genugtuung wollte er El Soberano nicht gönnen.

Gefangen wie ein wildes Tier, saß er später in dem Käfig, der über einem tief unter ihm dahinfließenden Lavafluss hing, und wartete auf seine Hinrichtung. Jeder Gedanke an Flucht war sinnlos und er vergeudete auch keinen daran, denn Verzweiflung und Selbstvorwürfe fraßen ihn innerlich fast auf. Der Hass auf Soberano würde bis zu seinem letzten Atemzug in ihm brennen. Er verfluchte sich selbst und seine Dummheit und er verfluchte El Soberano, der seine Familie zerstört hatte, weil es ihm gerade so gefiel. Doch all seine Flüche und Verwünschungen verhallten ungehört an den Höhlenwänden.

Darkos Leben sollte jedoch nicht in diesem Kerker enden. Ausgerechnet einer von Soberanos Läufern verhalf ihm zur Flucht aus dem Käfig und wies ihm den Weg in die Freiheit durch einen versteckt liegenden Tunnel. Ein Weg, der ihm vorkam wie der direkte Zugang zu Satans Reich. Die Hitze darin trieb ihm den Schweiß aus sämtlichen Poren, der in kleinen Rinnsalen über seinen Oberkörper floss und sich in den offenen Wunden sammelte. Er biss die Zähne zusammen und zwang sich, das höllische Brennen zu ignorieren.

Weiter, nur weiter!

Er musste raus aus diesem Tunnel, die heißen Dämpfe zerrten an seinen letzten Kraftreserven. Schweiß tropfte in seine Augen und erschwerte ihm das Sehen, und sein Mund war wie ausgedörrt. Er hatte Durst, stechenden Durst. Seine Hände und seine nackten Knie waren von den Rutschbewegungen, mit denen er sich durch den engen Tunnel fortbewegen musste, aufgeschürft, und immer öfter musste er kurz ausruhen und zu Atem kommen. Schließlich wurde der Tunnel so schmal, dass er nur noch im Liegen Stück für Stück vorwärtsrobben konnte.

Das Gefühl, bereits eine Ewigkeit durch den Berg zu kriechen, löste sich erst auf, als er sich um eine Biegung zwängte und plötzlich ein Licht vor sich sah. Frischluft strömte ihm entgegen, kühlte sein Gesicht und ließ ihn freier atmen. Kurz vor dem Ausgang war der Gang wieder hoch und breit genug, dass er sich bequem hinsetzen und die Dämmerung abwarten konnte.

Während die Sonnen langsam im Osten untergingen, fragte Darko sich, wie es weitergehen sollte. Wo sollte er hin? Es gab nichts und niemanden mehr, zu dem er konnte. Das Dorf wie auch seine Freunde würde er in Gefahr bringen, denn Soberano würde ihn sicher dort zuerst suchen lassen.

»Ich werde einen sicheren Platz finden und ich werde dir das Leben zur Hölle machen«, schwor er.

Nur wo würde er diesen finden?

Die Sonnen standen schon tief, als der Anblick des Misera ihn förmlich gefangen nahm. Der Berg schien ihn zu sich zu rufen, dennoch schauderte ihm bei dem Gedanken daran. Angeblich wohnte in diesem Berg das Grauen.

Sein Vater glaubte nicht an menschenfressende Dämonen und Geister. Seiner Meinung nach gab es für alles, auch für den Misera, eine logische Erklärung. Er war überzeugt, dass die vier Männer, die damals im Misera verschwunden waren, den Höhlenlöwen zum Opfer gefallen waren. Darkos Mutter, eine von drei Töchtern des letzten Häuptlings der Chickasaw, dachte anders darüber. Sie hatte sich die Legenden ihres aus dem Gebiet des Mississippi stammenden Volkes bewahrt. Diese Erzählungen drehten sich überwiegend um mutige Krieger, waren aber auch reich an Geistergeschichten. Sie hatte ihrem Mann und ihrem Sohn das Versprechen abgerungen, niemals einen Fuß in diese Höhlen zu setzen. Nicht, weil sie Angst um die beiden hatte. Nein, seine Mutter wollte die Geister und Dämonen vor ihnen schützen.

Der Misera! Hat der Läufer nicht irgendetwas von einem Pfad zum Misera gesagt? Nun, vielleicht werden die Dämonen jetzt mich beschützen!

Nach einer schlaflosen Nacht im Misera, die Darko zu seiner eigenen Überraschung unbeschadet überstand, siegte die Neugier in ihm. Er begann die Höhlen zu erforschen und wagte sich immer tiefer in den Berg hinein. Je weiter er vordrang, desto klarer wurde ihm, dass es nichts gab, wovor man sich fürchten musste. Abgesehen von einigen harmlosen Insekten, scheuen Eidechsen und den weißen Flughunden, den Volcanis, waren die Höhlen unbewohnt.

Wie kochender Brei in einem Topf hatte die Lava einst Luftblasen entstehen lassen, aus denen sich im Lauf der Jahrhunderte Höhlen und Gänge gebildet hatten. So wurde das grässliche Heulen und Jammern durch den Wind verursacht, der sich in den Gängen verfing. Die unheimlichen Schatten stammten von den Volcanis, wenn sie lautlos durch die Höhlen segelten, und das laute, grimmig klingende Schmatzen kam von einem See, der von einem unterirdischen Fluss gespeist wurde. Von Dämonen war weit und breit keine Spur zu entdecken. Mit einem fast hysterischen Lachen sprang Darko in das klare, kalte Wasser und ließ sich auf dem Rücken treiben. All die gruseligen Geschichten von Dämonen, Ungeheuern und gefährlichen Bestien waren lächerlicher Aberglaube. Der Berg war bloß ein Berg, nichts anderes als ein erloschener Vulkan, und würde ihm den nötigen Schutz bieten. Schutz vor der Kälte der Nacht, der Hitze am Tag und auch vor Soberano und seinen Soldaten. Allein vor dem Höhlenlöwen und dem Wolf, den beiden gefährlichsten Raubtieren, musste er sich in Acht nehmen. Es gab Wasser, er konnte jagen und alles andere würde er sich irgendwie besorgen – notfalls musste er es stehlen. ~~

Darko blieb einen Moment stehen und betrachtete den Misera. Fast liebevoll glitt sein Blick über die Konturen des Berges, die in der Dunkelheit kaum noch auszumachen waren. So vieles war anders gekommen als er geglaubt und geplant hatte. Er hatte Umwege gehen müssen, die sich als gut und richtig herausgestellt hatten. Er hatte seine Ansprüche zurückschrauben und lernen müssen, abzuwarten und sich in Geduld zu üben. Sein Ziel hatte er dabei nie aus den Augen verloren. Es war noch immer dasselbe, lediglich der Weg dorthin hatte sich verändert. Irgendwann würde er es erreichen. Jetzt musste er sich beeilen. Nicht mehr lange und die feuchte Kälte der Nacht würde das blasser werdende Leuchten rasch verlöschen lassen. Danach herrschte eine schwarze Finsternis, die selbst seine geschulten Augen nicht mehr zu durchdringen vermochten. Das Licht der wenigen Sterne reichte nicht aus, um ihm den richtigen Weg zu zeigen. Und den Begleiter der Nacht, wie seine Mutter den Mond ihrer Heimatwelt, der Erde, genannt hatte – hier gab es ihn nicht.

Kapitel 2

Der appetitliche Duft von heißem Apfelkuchen breitete sich in der großen Wohnküche aus, als Saralean das Blech aus dem Backofen holte. Schnuppernd hielt sie die Nase darüber und sog das Aroma tief in sich hinein. Gleichzeitig betrachtete sie die goldgelbe Farbe des Teiges und den sanften Braunton der Äpfel.

»Perfekt«, lobte sie sich selbst und stellte den Kuchen zum Auskühlen auf die Arbeitsfläche. Sie sah auf die Uhr. Zwei Stunden waren vergangen, die der Professor bestimmt wieder als völlig sinnlos vertane Zeit bezeichnen würde.

Saralean war absolut nicht dieser Meinung. Es entspannte sie und außerdem machte es ihr großen Spaß, Rezepte aus den historischen Kochbüchern auszuprobieren, die Professor Zeilingers Mutter zu Lebzeiten gesammelt hatte. Hin und wieder brauchte sie die Genugtuung, etwas mit ihren eigenen Händen zu erschaffen, anstatt lediglich ein paar Knöpfe zu drücken oder einer kalten Maschine einen sprachlichen Befehl zu erteilen.

»Riecht das nicht lecker?«, fragte sie und hielt dem Hund zu ihren Füßen ein kleines Stück des Kuchens unter die Nase.

Hannibal öffnete gelangweilt die Augen, schnupperte einmal kurz und brachte dann mit einem tiefen, lang gezogenen Seufzer seine empfindsame Nase außer Reichweite. Dass er ihre Kochkünste nicht zu schätzen wusste, war ihm mehr als deutlich anzumerken. Eine ordentliche Portion Fleisch oder ein schöner großer Knochen war weit eher nach seinem Geschmack.

»Ignorant!« Lachend schob Saralean sich den Krümel selbst in den Mund, wobei sie genussvoll die Augen verdrehte. »Du hast keine Ahnung, was dir entgeht.«

Hannibal war ein junger Streuner gewesen, der sich wochenlang in der näheren Umgebung des Hauses aufgehalten hatte. Vor etwa einem Jahr hatte er sich plötzlich den Professor als neuen Herrn ausgesucht. Er hatte sich bei ihm niedergelassen, als wäre es das Selbstverständlichste der Welt. Sein dichtes, schwarzes Fell besaß eine grau-weiße Zeichnung, welche ihm das Aussehen eines Wolfs verlieh. Aber er besaß nicht nur die äußeren Merkmale, sondern auch die Kraft und die Ausdauer seiner wilden Artgenossen. Jetzt jedoch wirkte er fast menschlich, denn er schenkte Saralean einen vorwurfsvollen Blick, bevor er die Augen schloss und sich wieder seinen Hundeträumen hingab.

Saralean erinnerte sich noch gut an den Tag, an dem sie Hannibal kennengelernt hatte.

»Wäre Tramp oder Vagabund nicht der passendere Name für ihn gewesen?«, hatte sie den Professor beim gemeinsamen Abendessen gefragt.

»Nein. So wie der karthagische Heerführer die Alpen überquerte, um Rom zu erobern, hat dieser Hund die hiesigen Hügel überquert, um mich zu erobern. Was dem großen Hannibal allerdings trotz der Kampfkraft seiner Armee nicht in Gänze gelang, gelang dem kleinen Hannibal hier mit einem einzigen Augenaufschlag«, hatte Professor Zeilinger liebevoll erklärt. »Sei vorsichtig, er ist in letzter Zeit recht aggressiv.«

»Ich pass schon auf«, hatte sie erwidert und sich nicht davon abschrecken lassen, als der Hund böse knurrend die Lefzen anhob und seine Zähne zeigte. Geduldig wartete sie, bis er sich von ihr berühren ließ. Sofort erkannte sie, dass Hannibal etwas Besonderes war. In diesem schönen großen Tier schlummerten Fähigkeiten, die man nicht unterschätzen durfte. Etwas Starkes, Mächtiges und Gefährliches war tief in ihm verborgen.

Sein aggressives Verhalten war allerdings von quälenden Zahnschmerzen ausgegangen. Der Splitter eines Knochens hatte sich tief in sein Zahnfleisch gebohrt und ihn wohl schon seit Tagen gepeinigt. Saralean hatte ihn davon befreit und er dankte es ihr mit all der Liebe, zu der sein Hundeherz fähig war. Seit diesem Tag besaß sie sein absolutes Vertrauen, und wenn sie den Professor besuchte, war sie für Hannibal die Nummer eins in seinem kleinen Rudel; er wich ihr nicht von der Seite.

Nachdem Saralean aufgeräumt und die dicken Backhandschuhe an ihren Platz geräumt hatte, blieb sie vor dem schlafenden Hund stehen. »Was meinst du, Hannibal, haben wir zwei uns jetzt eine Pause verdient?«

Eben noch völlig desinteressiert und müde, hob Hannibal nun ruckartig den Kopf. Er reckte genüsslich seine Vorder-, dann seine Hinterbeine und schüttelte sich den Rest Schlaf aus dem Körper. Schwanzwedelnd lief er zur Tür, ließ ein freudiges, helles Jaulen hören und sah sich mit seinen treuen Hundeaugen ungeduldig zu ihr um.

»Ich komme ja schon«, sagte Saralean schmunzelnd und folgte ihm zur Tür. Hannibal erweckte immer den Eindruck, es gäbe für ihn nichts Schöneres, als mit ihr draußen zu sein – nur mit ihr zu schmusen, war vielleicht noch eine winzige Spur schöner.

Saralean sog tief den Duft von wilden Sommerblumen ein, als sie vor die Tür trat, und hielt das Gesicht in die aufgehende Sonne. Das Licht und die angenehm milde Temperatur an diesem frühen Morgen erinnerten sie an zu Hause. Karfana! Wie lange war sie schon nicht mehr dort gewesen? Sie rechnete im Kopf nach und war erstaunt, dass ihr letzter Besuch schon wieder zehn Monate her war. Insgesamt war sie jetzt fast acht Jahre von zu Hause fort, mit kurzen Unterbrechungen. Sie dachte an ihre Eltern und an ihren acht Jahre jüngeren Bruder Elio. Er war gerade zwölf gewesen, als sie sich entschlossen hatte, Karfana zu verlassen, um Ingenieurin der Raumfahrt zu werden. Inzwischen war er ein erwachsener junger Mann, der bald heiraten und seine eigene Familie gründen würde. Zum Weinerntefest und zur Hochzeit ihres Bruders würde sie auf jeden Fall wieder heimreisen. Sie freute sich schon sehr darauf, Elio den Ehekranz zu überreichen.

Auf Karfana wäre auch sie längst verheiratet, hätte Kinder und würde sich um eine Farm kümmern. Zum großen Leidwesen ihrer Mutter war Saralean immer noch ledig und auch noch glücklich dabei. Sie hatte damals hart darum kämpfen müssen, die Erlaubnis zum Studium auf der Erde von ihren Eltern zu bekommen. Erstaunlicherweise hatte ihr ausgerechnet ihr erzkonservativer Großvater beigestanden.

»In diesem Mädchen steckt sehr viel mehr als eine Farmerin und Mutter. Sie trägt den Namen der Göttin der Lüfte – vielleicht gehört sie genau dorthin. Lasst sie gehen und ihren eigenen Weg finden.«

Bokana, die Göttin der Lüfte. Urgroßvater Famosh hatte nach ihrer Geburt darauf bestanden, dass Bokana ihr zweiter Vorname wurde. Man sagte, Urgroßvater Famosh konnte in einem Gesicht lesen. Hatte er ihren Lebensweg möglicherweise vorausgesehen? Vermutlich nicht, ganz sicher war sie sich jedoch nicht.

Hannibal stieß seine feuchte Nase gegen ihr Bein und erinnerte sie daran, weshalb sie draußen war.

»Ich habe ein bisschen geträumt. Weißt du, das machen wir dummen Zweibeiner manchmal.« Während sie sprach, holte Saralean einen Ball aus ihrer Rocktasche und schleuderte ihn fort.

»Such, Hannibal«, rief sie, als er wie ein schwarzer Blitz über die grüne Wiese schoss. Stolz brachte er den Ball zu ihr zurück.

»Eigentlich könntest du ihn für mich auch mal werfen«, rief Saralean lachend, tat ihm aber den Gefallen.

Der Ball flog gerade wieder durch die Luft, als es an ihrem Handgelenk piepte. Sie drückte einen Knopf an ihrer Armbanduhr und das Display wechselte von der Zeitangabe zum Videointerkom. Ein holografischer Monitor bildete sich über der Uhr, auf dem das Gesicht des Professors erschien.

»Hallo, Professor, ich bin mit Hannibal auf der Wiese.«

Zeilinger schüttelte den Kopf, so als ob er gar keine Erklärung von ihr hören wollte. »Lass alles stehen und liegen, Saralean. Pack ein paar Sachen ein und komm mit Hannibal her« forderte er sie unmissverständlich auf.

»Aber ich habe gerade einen Kuchen aus dem Ofen geholt«, wandte Saralean ein.

»Der muss warten – es ist so weit«, verkündete er ihr strahlend.

»Sie sind fertig?«

»Ja!«

»Hat die Kommission Ihnen …?«, setzte sie an, der Professor ließ sie allerdings nicht ausreden.

»Hast du etwas anderes erwartet?«

»Nein, nein! Natürlich nicht!«, antwortete sie, obwohl es nicht ganz der Wahrheit entsprach.

»Na, also. Beeil dich, ich möchte so schnell wie möglich starten.«

Saralean hörte den kaum unterdrückten Jubel in seiner Stimme, sah das lausbubenhafte Grinsen und den triumphalen Ausdruck in seiner Miene und spürte, wie seine Euphorie auf sie übersprang.

Schon als junger Mann hatte Zeilinger sich mit Haut und Haaren der Wissenschaft verschrieben. Dreißig Jahre später war er noch immer voller Ideen und besaß die Energie, diese umzusetzen. Den Gedanken daran, dass man ihn sehr bald in die Ruhezeit entlassen würde, hatte er lange Zeit einfach verdrängt. Vermutlich hatte er gedacht, wenn er diesen Tag vergaß, würden es seine Vorgesetzten auch tun. Dem war allerdings nicht so gewesen. Nach seinem zwangsweisen Ausscheiden aus dem aktiven Dienst hatte sich der Professor schmollend in sein altes Bauernhaus zurückgezogen.

Bei Saraleans erstem Besuch hatte sie dann auch wie erwartet festgestellt, dass der frühere Kuhstall zu einem vollständig eingerichteten Labor umfunktioniert worden war.

»Ich hatte ein neues Projekt in Angriff genommen, Raumschiffe mit einer Tarnfunktion auszustatten, und ich habe nicht vor, das aufzugeben, nur weil die glauben, ich sei zu alt«, hatte Zeilinger ihr mit fast kindlichem Trotz erklärt, und wie ein kleines Kind jubelte er dann auch, als seine Arbeit von ersten Erfolgen gekrönt wurde.

Nach einigen weiteren Testversuchen stellte Professor Zeilinger sein Projekt der PASA, der Planetarischen Luft- und Raumfahrtbehörde, vor und verhandelte so lange mit den Verantwortlichen, bis sie ihm den Bau eines Schiffes genehmigten. Was bei Saralean noch immer nicht gerade geringes Erstaunen hervorrief. Normalerweise war es undenkbar, dass sich jemand sein eigenes Raumschiff zusammenbastelte. Diese wurden in extra dafür eingerichteten Büros geplant. Die Pläne wiederum mussten diverse Computersimulationen durchlaufen, bevor die erste Schraube in die Hand genommen werden durfte. Jede einzelne Bauphase, bis hin zur Vollendung, musste mit äußerster Sorgfalt an Modellen getestet werden. Erst dann wurden die Schiffe in einem Dock im Raumhafen gebaut. Die Aufsichtsbehörde der PASA achtete normalerweise akribisch darauf, dass alle Vorschriften korrekt eingehalten wurden. Ob es aus Bewunderung, Respekt oder auch schlicht aus Anerkennung für die Arbeit des Professors während der vergangenen Jahre geschah oder ob sie am Ende von seiner Idee überzeugt waren, blieb ein Geheimnis der PASA. Die Behörde stellte dem Professor jedenfalls Material, Ingenieure und Arbeiter sowie eine ausreichend große Halle zur Verfügung.

Das Schiff, das in einem alten Kuhstall geplant worden war, wurde nun in einer stillgelegten Reederei direkt am Fluss, in der Nähe des Fischereimuseums, gebaut.

»Ist gut, bin gleich bei Ihnen.« Saralean beendete das Gespräch und nahm dem enttäuscht dreinblickenden Hannibal das Spielzeug ab.

»Wir müssen leider aufhören, mein Freund.« Tröstend streichelte sie seinen Kopf. »Na komm, dein Herrchen erwartet uns.«

Gehorsam trottete Hannibal hinter ihr her ins Haus und sah ihr beim Packen zu. Als sie ihm das eigens für ihn hergestellte HPS-Halsband umlegte, knurrte er widerstrebend.

»Ich weiß, dass du das nicht magst, nur so geht es nun einmal sehr viel schneller«, sagte sie, ohne sich von seinem Knurren beeindrucken zu lassen. Danach tauschte sie Rock und Bluse gegen ihre Uniform und schloss den Gürtel, in dem sich ebenfalls ein HPS-Sender verbarg.

Durch das Human-Positions-System konnte der Träger eines Senders jederzeit exakt geortet und von einem Ort zum anderen gebracht werden. Ein Transponder wertete die gesendeten Daten, aber auch sprachlich übermittelte Befehle innerhalb einer Nanosekunde aus. Mit dem entsprechenden Kommando löste sich der Körper bis zur Unsichtbarkeit auf, um sich dann an der gewünschten Stelle wieder zu materialisieren. Was zur Folge hatte, dass ein Transport innerhalb kürzester Zeit möglich war. Die Isotranssynthese war aus der modernen Raumfahrt nicht mehr wegzudenken.

»Werfthalle – Fischereimuseum«, befahl Saralean.

Wenig später erreichten sie die von Zeilinger genutzte Werfthalle. Im Eingangsbereich wurde sie bereits erwartet.

»Darf ich Ihnen das abnehmen?«, fragte ein Mitarbeiter des Professors hilfsbereit.

»Danke, gern.« Saralean übergab dem jungen Mann ihre beiden Taschen und Hannibals Schlafdecke, dann sah sie sich neugierig um.

Auf den ersten Blick herrschte hier das absolute Chaos. Die etwas eigentümliche zeilingersche Arbeitsweise war schwer zu durchschauen und hatte schon so manchen neuen Mitarbeiter zur Verzweiflung getrieben. Für Saralean allerdings war das vermeintliche Durcheinander eine gut durchdachte Ordnung. Tatsächlich lag und stand alles griffbereit am richtigen Arbeitsplatz. Die ersten von Hand gezeichneten Pläne aus dem Kuhstall zierten die Wände der alten Werfthalle. Unmengen mit handschriftlichen Änderungen versehene Computerausdrucke stapelten sich auf den Tischen oder waren mit Magneten an großen Tafeln festgemacht. Ein Großrechner befand sich in einem durch hohe Glaswände abgetrennten Bereich und auf den mit ihm verbundenen Monitoren waren Schaltpläne erkennbar. Dazwischen wuselten Techniker, Ingenieure und Arbeiter herum. Alle wirkten müde und abgespannt.

»Ah, da seid ihr ja!« Freudestrahlend kam Zeilinger ihr entgegen.

»Haben Sie Ihren Leuten auch mal eine Pause genehmigt?«

»Was? – Ach, natürlich, die Pausen.« Zeilinger sah sich mit erstaunt hochgezogenen Brauen zu den Männern und Frauen um. »Ich bin sicher, sie nehmen sich schon die Pausen, die sie brauchen.«

Saralean bezweifelte das. Wahrscheinlich hatte sich keiner von ihnen getraut. Im Spülbecken der provisorisch eingerichteten Küche stapelten sich bergeweise schmutzige

Kaffeebecher. Sie zeugten davon, dass sich Zeilingers Mitarbeiter seit Stunden krampfhaft wachhielten. Der Professor ließ Saralean keine Zeit, Mitleid für seine Leute zu empfinden, und lenkte ihren Blick auf das fertige Raumschiff.

»Und, was sagst du?«

Professor Zeilinger hatte sein Schiff auf den Namen Argus I getauft, nach einer Figur aus der griechischen Mythologie. Es glich in seiner äußeren Form der PSS-Arturo, an deren Entstehung er maßgeblich beteiligt gewesen war. Die Arturo war das größte planetarische Raumschiff seiner Klasse. Mit ihrem vergleichsweise flachen Körper ähnelte sie einem riesigen Mantarochen, und genauso elegant und schnell wie der Plattfisch im Meer, so glitt die Arturo durchs All.

»Ähm, ich weiß nicht.« Saralean wusste tatsächlich nicht, was sie sagen sollte, denn das, was da vor ihr stand, war nicht ganz das, was sie erwartet hatte.

»Du bist enttäuscht.«

Zeilinger merkte ihr die Zweifel sofort an.

»Nein, nicht enttäuscht – ich habe es mir nur irgendwie anders vorgestellt.«

»Wie?«

»Also gut, größer, ich habe es mir größer vorgestellt.«

Die Argus I war zwar in ihren Ausmaßen nicht wirklich als klein zu bezeichnen, neben der Arturo würde sie sich dennoch wie ein Kinderspielzeug ausmachen.

»Größe bedeutet gar nichts, Saralean«, entgegnete der Professor leicht verstimmt. »Außerdem soll es auch nur einige Testflüge durchs All machen.«

»Natürlich. Tut mir leid«, entschuldigte sie sich sofort bei dem um einen Kopf kleineren Mann.

Saralean zweifelte nicht daran, dass diese Miniaturausgabe eines Raumschiffes von der Erde abheben würde. Sie hielt sie auch durchaus für flugtauglich, aber war es auch für eine, wenn auch kurze, Reise durchs All geschaffen?

Als hätte er ihre Gedanken erraten, sagte Zeilinger: »Raumfähren sind deutlich kleiner als die Argus und trotzdem bringen sie uns seit Jahren sicher zu anderen Planeten.«

Ein Argument, das sie nicht entkräften konnte. Sie selbst nutzte diese komfortablen und schnellen Fähren, um nach Karfana zu reisen.

»Warum der ganze Aufwand? Hätte man nicht ein fertiges Schiff für das Experiment nutzen können?«

»Ein nachträglicher Einbau hätte sehr viel mehr Zeit in Anspruch genommen. Alleine das Auffinden entstandener Fehlerquellen hätte uns Tage oder sogar Wochen gekostet. Auf diese Weise konnte ich schrittweise die bestehende Technik mit den neuen Komponenten verbinden und mögliche Fehler sofort feststellen und ausmerzen. Ich habe beide Systeme so modifiziert, dass sie jetzt perfekt aufeinander abgestimmt sind. Es ist eine völlig neue Technologie daraus entstanden. Um diese nun in die neueren Schiffe zu integrieren, sind lediglich ein paar wenige Modifikationen nötig.«

»Und Sie sind sicher, dass auch alles funktionieren wird?«

»Glaubst du, die Kommission hätte mir sonst heute Morgen die Starterlaubnis erteilt?«

»Nein, vermutlich nicht.«

»Na, siehst du. Hab ein bisschen Vertrauen, Saralean. Du bist eine hervorragende Ingenieurin und Pilotin. Es ist dein Job, dich auf neue Technologien einzulassen und sie zu erproben. Willst du jetzt kneifen oder am Jungfernflug teilnehmen?« Milde lächelnd forderte Professor Zeilinger sie auf, einzusteigen.

Es war ein bisschen unfair von ihm, sie bei ihrer Berufsehre zu packen, aber er hatte recht: Zweifel und Misstrauen passten nicht zum Berufsbild einer Chefingenieurin. Sie wusste plötzlich auch nicht mehr, warum ihr überhaupt Bedenken gekommen waren. Der Professor hatte jahrelang in diesem Bereich gearbeitet; wenn einer Erfahrung mit der Planung und Entwicklung von Raumschiffen und deren Technologie besaß, dann er. Also warum sollte ausgerechnet die Argus I eine Fehlkonstruktion sein? Bloß weil sie in einem Kuhstall entstanden war?

»Okay, stürzen wir uns ins Abenteuer«, sagte Saralean und ließ es endlich zu, dass sich Zeilingers Aufregung auf sie übertrug. Um nichts in der Welt wollte sie diese Gelegenheit versäumen. Was für ein Triumph, wenn es tatsächlich gelingen sollte!

Suchend sah sie sich nach dem Mitarbeiter um, der sie am Eingang begrüßt hatte. »Ah, da sind Sie. Wo haben Sie mein Gepäck gelassen?«

»Das ist schon an Bord.«

»Vielen Dank!« Saralean schenkte dem netten Mann ein Lächeln, dann folgte sie dem Professor, der schon ungeduldig an der Rampe auf sie wartete. Hannibal hielt schnuppernd die Nase in die Höhe und drängte sich vorwitzig an ihnen vorbei.

»Ich glaube, es ist besser, wenn ich die Führung übernehme, mein Freund«, lachte Zeilinger und tätschelte den Rücken des Hundes.

Das Schiff bot Platz für maximal vier Personen und besaß zwei Decks. Die Brücke, vier Schlafräume, eine kleine Küche sowie eine perfekt ausgestattete Krankenstation waren im oberen Deck untergebracht. Über eine schmale Leiter gelangte man auf das untere Deck, zum Herzstück des Schiffes – dem Maschinenraum.

In puncto Technik stand die Argus dem Flaggschiff der Flotte in nichts nach, aber sie war nicht nur technisch vollkommen. Zeilinger hatte auf kleinstem Raum alles untergebracht, was für einen Flug in den Raum nötig war. Es gab allerdings einen entscheidenden Unterschied zur Arturo: Die Argus war nicht annähernd so stark bewaffnet. Da sie allein einem bestimmten Zweck dienen sollte, nämlich der Erprobung von Zeilingers neuester Erfindung, waren lediglich die vorgeschriebenen Handfeuerwaffen an Bord.

»Es ist großartig.« Saralean war mehr als beeindruckt, als sie nach ihrem Rundgang wieder auf der Brücke standen. Sie war ausgebildete Pilotin und so blieb sie wie selbstverständlich vor der Steuerkonsole stehen. »Wo fliegen wir jetzt hin, Professor?«

»Lass dich überraschen, meine Liebe.« Zeilinger schob sie sanft, aber bestimmt beiseite und gab selbst die Zielkoordinaten ein.

»Setz dich und genieße den Flug«, forderte er sie mit einer übertrieben galanten Verbeugung auf.

Saralean dankte ihm mit einem ebenfalls übertrieben ausgeführten Hofknicks und setzte sich schmunzelnd auf einen der bequemen Sessel.

Zeilinger gab den Technikern, die den Start von außen überwachen sollten, ein Zeichen. Sekunden später öffnete sich das Dach der Halle. Ein kaum wahrnehmbares Vibrieren zeigte an, dass die Triebwerke gestartet wurden, und kurz darauf hob das Schiff senkrecht vom Boden ab.

Eine Weile glitten sie über dem Fluss dahin, dann gewannen sie etwas an Höhe, steuerten auf den Park in der Innenstadt zu und schwebten einige Meter über den Köpfen der Menschen hinweg, die auf dem Weg zu ihren Arbeitsplätzen waren. Das Fliegen war zu einem gängigen Transportmittel geworden. Autos, wie sie noch bis zum Ende des 21. Jahrhunderts gang und gäbe waren, standen längst im Museum. Die Zeiten, als diese Fahrzeuge nicht nur eine Unmenge an Platz beanspruchten, sondern auch die Luft verpesteten, waren seit Langem vorbei.

Fliegende Shuttlebusse und Lufttaxis waren also nichts Ungewöhnliches, dennoch sahen die meisten Leute einerseits irritiert, andererseits neugierig zu ihnen herauf.

Saralean hatte nicht erwartet, dass die Argus so große Aufmerksamkeit auf sich ziehen würde. »Man könnte meinen, die Leute hätten noch nie ein Raumschiff gesehen.«

»Sie können uns auch nicht sehen, sie hören uns nicht einmal. Sie spüren natürlich leichte Vibrationen und den Luftzug, was ihre Neugierde erklären dürfte.«

»Professor, Sie haben die Tarnung aktiviert!«

»Und sie funktioniert. Genau, wie ich erwartet habe«, rief Zeilinger und strahlte übers ganze Gesicht.

»Gratuliere, Sie haben es geschafft, Professor!«

»Danke, danke! Innerhalb unserer Atmosphäre arbeitet meine Tarntechnologie offensichtlich einwandfrei. Lehn dich zurück, Saralean. Jetzt werden wir testen, ob sie in allen Punkten hält, was ich von ihr erwarte. Achtung, es geht aufwärts!«

Langsam stiegen sie immer höher hinauf. Als die Wolkendecke erreicht war, schoss das Schiff wie ein Pfeil davon. Kurz darauf wurden sie heftig durchgeschüttelt.

»Professor, das ist nicht normal. Irgendetwas stimmt hier nicht.« Besorgt richtete sich Saralean in ihrem Sessel auf.

Zeilinger schien das Rütteln und Schlingern nichts auszumachen. Kerzengerade saß er auf dem Drehstuhl vor der Steuerkonsole und konzentrierte sich auf die Instrumente.

»Das gibt sich gleich wieder«, beruhigte er sie. »Das Schiff vibriert ein wenig. Wir durchfliegen gerade die äußere Atmosphäre, aber sobald wir im freien Raum sind, hört das auf. Erinnere mich bitte daran, dass ich die Stabilisatoren neu anpassen muss.«

»Ein wenig ist gut«, murmelte Saralean. An den Stabilisatoren lag es ganz sicher nicht. Sie vermutete eher, dass Zeilinger einen falschen Austrittswinkel berechnet hatte. Sie hütete sich jedoch, dies laut zu sagen.

Das Vibrieren, wie der Professor es nannte, war so stark, dass ihr Magen langsam revoltierte. Übelkeit kroch ihr die Speiseröhre hinauf und sammelte sich als bitterer Film in ihrer Kehle. Sie schluckte mehrmals und dachte daran, dass ihr Magen vielleicht nicht so heftig darauf reagieren würde, wenn sie etwas gegessen hätte.

Essen? Der Apfelkuchen!

In der Aufregung hatte sie den Kuchen ganz vergessen. Sie warf einen Blick auf den Professor und ahnte, dass der Kuchen Schimmel angesetzt haben dürfte, ehe sie zurückkehrten.

»So, wir sind durch.«

Augenblicklich hörte das Vibrieren auf; wie auf unsichtbaren Schienen glitt das kleine Raumschiff ruhig und sicher durch den dunklen Raum.

Solara sei Dank!

Saralean lehnte sich beruhigt in den Sessel zurück. Kurz bevor der Professor die Außenjalousien schloss, konnte sie durch die großen Frontscheiben noch verfolgen, wie die Argus mit hoher Geschwindigkeit auf die Sonne zusteuerte und schließlich in unvermindertem Tempo Kurs auf den Merkur nahm. Saralean wollte Zeilinger gerade darauf aufmerksam machen, dass sie viel zu schnell waren, als Hannibal leise aufjaulte. Dann legte er seinen Kopf auf die Vorderpfoten und schloss die Augen.

»Was hast du, geht es dir nicht gut?« Saralean legte ihre Hand auf Hannibals Kopf und spürte ganz deutlich die Unruhe in dem Tier. Sie versuchte, den mittlerweile zitternden Hund durch Streicheln und mit sanften Worten zu beruhigen, als sich seine Nervosität auf sie übertrug. Saralean fühlte es in ihrem eigenen Körper, dass sich irgendetwas Mächtiges in dem Tier regte. »Was ist denn mit dir?«

In dem Moment, als sie seinen Kopf anheben wollte, um ihm in die Augen zu sehen, ging ein kurzer Ruck durch das Schiff. »Was war das?«

Der Professor antwortete ihr nicht. Er stieß lediglich einen heftigen Fluch aus. Dann folgte ein Knall, der einer ohrenbetäubenden Detonation gleichkam. Im selben Moment ging ein weiterer kräftiger Ruck durch das Schiff. Ohne Vorwarnung drehte es sich wie ein Brummkreisel um die eigene Achse. Das Licht flackerte, von irgendwoher stieg Rauch auf und kleinere Gegenstände flogen wie scharfe Geschosse durch die Luft.

Saralean schrie auf und versuchte, sich krampfhaft an der Lehne festzuhalten, aber die Fliehkraft war zu stark. Sie wurde regelrecht aus dem Sessel gehoben, durch den Raum geschleudert und prallte so hart gegen eine Wand, dass ihr die Luft wegblieb. Wie ein Staubkorn in einer Zentrifuge wurde sie an die Wand gepresst und war kaum noch in der Lage, einen Atemzug zu machen. Saralean war den ungeheuren Kräften, die auf sie einwirkten, wehrlos ausgeliefert. Unfähig, ihre Hände nach einem Halt auszustrecken, unfähig, sich abzurollen, schlug sie kopfüber auf dem Boden auf und rutschte an der Wand entlang, bis ihr Körper in einer Nische hängen blieb. Das Gefühl, ihre inneren Organe würden aus ihr herausgepresst, wurde bloß von dem Wissen verdrängt, dass der Tod sie vermutlich einholen würde, bevor es soweit war.

Während sich die Argus in unverminderter Geschwindigkeit drehte, breitete sich in ihr eine fast unheimliche Ruhe aus. Sie spürte weder den Schmerz noch das Schlagen ihres Herzens. Ihr Kopf schien sich mit einer alles verdeckenden Watte zu füllen. Zu keinem Gedanken mehr fähig, gab sie jeglichen Widerstand auf. Hannibals markerschütterndes Heulen und das kurze Aufblitzen kräftiger Reißzähne drangen in ihr Bewusstsein, bevor alles um sie herum in gnädiger Dunkelheit versank.

Kapitel 3

Kurz gestattete Darko sich, stehen zu bleiben und in die Richtung zurückzusehen, aus der er gekommen war. Genau wie er vermutet hatte, war ihm niemand weiter als bis zum Maisfeld gefolgt. Dieses Feld war vor der Stadt, die am Fuß des steil aufragenden Neopatria lag, und der Ebene angelegt worden. Es war wie eine Grenze, die keiner wagte zu überschreiten. Wenn überhaupt, dann folgten Soberanos Soldaten der Straße, die die Ebene in einem weiten Bogen umrundete, um schließlich den Weg durch das Flussbett zu nehmen. Allerdings auch erst dann, wenn der Morgen dämmerte, und nur, wenn sie sicher sein konnten, dass die Geschöpfe der Nacht sich wieder in ihre Verstecke zurückgezogen hatten. Auf diesem Weg brauchten sie mehrere Stunden; bis dahin hatte er sich längst im Labyrinth der Miserahöhlen in Sicherheit gebracht.

Soberanos Männer wagten sich kaum in die unmittelbare Nähe des Berges, dort hinein würden sie ihm niemals folgen – jedenfalls nicht freiwillig.

Soberano, deine Männer sind genauso feige wie du!

Ein kurzes böses Lächeln ließ den harten Ausdruck in Darkos Gesicht noch härter erscheinen. Wieder einmal war er durch den geheimen Tunnel, den er damals zur Flucht genutzt hatte, in Soberanos Residenz im Neopatria eingedrungen. In die Wohnhöhle seines Erzfeindes zu gelangen, hatte er aber auch diesmal nicht geschafft. Zu viele Soldaten hatten sich davor aufgehalten. Stattdessen war er in die Vorratskammer eingebrochen, hatte sich dort bedient und sein Zeichen – einen Kreis mit zwei abstehenden Strichen – hinterlassen. Soberano sollte wissen, wie leicht es für den Teufel war, in seine Nähe zu kommen. Vorerst mussten Darko diese kleinen Attacken als Genugtuung reichen, auch wenn das lähmende Gefühl der Hilflosigkeit, das er damals in sich verspürt hatte, noch immer ein bitteres Echo in seinem Herzen hinterließ.

Er hätte auf Dawied hören sollen, bevor er zu seiner fatalen Rettungsaktion aufgebrochen war. Dawied hatte ihm zu Ruhe und Besonnenheit geraten, lediglich der Drang nach Vergeltung war stärker gewesen. Er hatte seine Eltern und Halina aus den Händen Soberanos befreien wollen und damit den größten Fehler seines Lebens begangen.

Selbstüberschätzung, Leichtsinn und Dummheit hatten ihn alle Vorsicht vergessen lassen, diese Einsicht kam dagegen zu spät. Viel zu spät. Trotz intensiver Suche hatte er von seinen Eltern nie wieder gehört. Vermutlich waren sie tot, genau wie Halina, die noch in derselben Nacht gestorben war. Er selbst konnte nur überleben, indem er Zuflucht in den Höhlen des Misera suchte. Nachdem er damals all seinen Mut zusammengenommen und das Geheimnis des Misera gelüftet hatte, hatte er erkannt, einen perfekteren Unterschlupf würde er nirgends finden. Er hatte den Berg in Besitz genommen und sich dem Leben in dieser unwirtlichen Gegend angepasst. Die beißende Kälte der Nacht hatte ihm bald nicht mehr viel ausgemacht, genauso wenig die flimmernde Hitze bei Tag.

Hatte er zu jener Zeit noch geglaubt, er würde kaum mehr als ein paar Tage im Misera auszuhalten brauchen, so waren mittlerweile über zwei Jahre daraus geworden. Zwei Jahre, in denen er seinem eigentlichen Ziel keinen Schritt näher gekommen war, in denen es Soberano aber ebenso wenig gelungen war, seiner wieder habhaft zu werden. Es waren harte Jahre, die Darko zu einem wahren Mann geformt hatten. Den ungestümen, rachsüchtigen Burschen von einst gab es nicht mehr. Der eigene Schmerz, hervorgerufen von El Soberanos Peitsche, war nicht mehr als ein Schatten in seiner Erinnerung. Der gellende Schrei Halinas hallte dagegen noch heute in seinen Ohren wider. Er wollte ihn nicht mehr hören, hielt sich jedes Mal die Ohren mit beiden Händen zu, nur es half nicht. Der Schrei war in seinem Kopf und wiederholte sich immer und immer wieder.

»Eines Tages«, so schwor er sich wohl zum hundertsten Male, »eines Tages werde ich dich erwischen, dann wirst du für all das büßen.«

Dieser Tag würde in die Geschichte eingehen als der Tag, an dem der große El Soberano um Gnade winselte.

Darko hatte jedoch nicht vor, den Mann, der seine Familie aus einer Laune heraus zerstört hatte, lange am Leben zu lassen. Er trachtete viel zu sehr danach, ihm den Todesstoß zu versetzen.

»Da bist du ja endlich«, rief Sammy, die Darko am Eingang zu den Miserahöhlen bereits erwartete. »Wo warst du so lange?«

»Ich habe Vorräte beschafft.«

»Du bist wahnsinnig, allein zum Neopatria zu gehen«, schimpfte Sammy, die natürlich wusste, woher die Vorräte stammten. »Es ist viel zu gefährlich. Du treibst es noch zu weit, Darko.«

»Was machst du hier draußen?«, fragte Darko, ohne sich gegen Sammys Vorwürfe zu wehren oder sich gar zu rechtfertigen. Ihm war selbst klar, dass er ein großes Risiko einging mit dem, was er tat, aber er brauchte manchmal diesen Nervenkitzel, um sich noch lebendig zu fühlen. »Wo ist die Wache?«

»Ich halte Wache. Tamosz und Dawied haben wieder einen Transport in die Stadt ausgemacht. Es scheint eine Reislieferung aus dem Norden zu sein.«

Der Kampf gegen Soberano gelang in kleinen Schritten. Einer davon bestand darin, Soberanos Schwäche für gutes Essen, guten Wein und schöne Frauen auszunutzen. Wie ein satter Wurm in einem faulen Apfel verbrachte er die meiste Zeit in seiner Wohnhöhle und pflegte ein ausschweifendes Leben. Darko und seine Männer hatten sich irgendwann darauf verlegt, ihn genau damit zu treffen. Wie Wegelagerer aus dem Hinterhalt fingen sie die Lieferungen ab, die Soberano aus den umliegenden Dörfern und den nördlichen Sumpfgebieten erhielt. Einen Teil behielten sie für sich und den Rest verteilten sie so gerecht wie möglich unter den geknechteten Bauern. Hin und wieder gelang es ihnen dabei, auch Jungs und Mädchen, die in Soberanos Armee oder als Sklaven dienen sollten, zu befreien.

»Um diese Zeit?«, wunderte sich Darko. »Wo?«

»An der großen Kreuzung. Sie haben bei Sonnenuntergang dort ihr Lager aufgeschlagen.«

»Mitten auf der Straße? Das riecht nach einer Falle.«

»Wir glauben das auch, deshalb wartet Tamosz beim Brüllenden Löwen auf dich.«

»Bring das hinein.« Darko drückte Sammy den schweren Sack in die Hand. »Was ist mit der Kleinen?«

»Sie hat so lange geschrien, bis sie vor Erschöpfung endlich eingeschlafen ist.«

Darko drückte tröstend Sammys Hand. Er ahnte, wie schwer es war, sein Kind gehen lassen zu müssen. Es gab kaum noch Überlebenschancen für das kleine Mädchen, doch das bisher noch namenlose Baby kämpfte und Sammy hoffte weiterhin, dass sie ihrer Tochter sehr bald einen Namen geben konnte.

»Geh schlafen, kleine Mama. Sag Sunnits Frau, sie soll die Wache übernehmen, bis wir zurück sind.« Darko hauchte Sammy einen Kuss auf die Stirn und beeilte sich dann, zu seinen Männern zu kommen.

Der Brüllende Löwe war ein Gebilde aus erkalteter Lava, geformt wie ein Löwenkopf mit weit aufgerissenem Maul und einer wilden, lockigen Mähne. Es fungierte als natürliche Landmarke und befand sich in der Nähe der Straße, die um die Ebene herumführte. Darko stieß einen leisen Pfiff aus, als er sich dem Treffpunkt näherte.

»Endlich«, flüsterte Tamosz.

»Wo ist Dawied?«

»Da vorn, in der Senke«, antwortete Tamosz und kroch bereits darauf zu.

Dawied hatte sich mit fünf Männern nah an den Lagerplatz herangeschlichen. Er gab Darko durch Zeichen zu verstehen, dass der Wagen von zwei Soldaten, zwei Sklaven und zwei Jungen begleitet wurde. Sehen konnten sie zu dieser Stunde kaum noch etwas, aber das Leben hier draußen hatte ihre Sinne geschärft. Ohne sich noch näher heranwagen zu müssen, konnten sie jedes Wort verstehen, das im Lager gesprochen wurde.

»Mir ist so kalt. Können wir nicht ein Feuer machen?« Kim fror entsetzlich in seinem dünnen Hemd.

»Nein, Bursche, das werden wir nicht. Ein Feuer wird uns sofort verraten«, sagte Borwig.

»Warum machen wir dann hier Rast?«

»Weil kein Mensch nachts den Weg erkennen kann«, erklärte Hektor und warf dem Jungen eine Decke zu.

»Es gibt einen, und du hast uns genau in sein Blickfeld geführt«, entgegnete Borwig mürrisch.

»Nicht einmal der Teufel könnte in dieser Finsternis seinen eigenen Huf erkennen«, erwiderte Hektor.

»Wenn du dich da mal nicht irrst.«

»Was ist alter Mann, hast du etwa Angst vor dem Teufel?« Offener Spott lag in der Stimme des jüngeren Soldaten.

»Du bist ihm noch nicht begegnet, Hektor, sonst würdest du nicht so dumm daherreden.«

»Er wird es nicht wagen, uns anzugreifen.« Hektor tätschelte sein Schwert und griente breit.

»Das haben Georg und Stanislaus auch geglaubt, als sie die Ziegenherde in die Stadt begleiten sollten«, brummte Borwig.

»Was ist ihnen passiert?« Kim sah den altgedienten Soldaten neugierig an.

»Ehe sie sich umdrehen konnten, hat er ihnen die ganze Herde abgenommen. Er besaß sogar die Dreistigkeit, die beiden, immerhin zwei der stärksten Kämpfer in der Armee, wie ein Geschenkpaket zusammenzuschnüren und vor den Toren der Stadt abzuliefern.«

»Der Teufel von Kerelaos?« Kim riss die Augen weit auf.

»Wer sonst treibt hier sein Unwesen?« Hektor lachte höhnisch auf, dann legte er Kim eine Hand auf die Schulter. »Hör nicht auf den Alten und keine Angst, der Reis und du, ihr seid bei uns sicher.«

Borwig verdrehte die Augen und ließ ein missbilligendes Schnaufen hören.

»Georg und Stanislaus sind Idioten«, fuhr Hektor unbeirrt fort und erwiderte Borwigs Blick mit einem selbstgefälligen Grinsen. »Uns wird das nicht passieren. Ich gebe ihm nicht einmal die kleinste Chance, in unsere Nähe zu kommen.«

»Die braucht er auch nicht. Wir werden ihn weder hören noch sehen, nicht einmal riechen, wenn er kommt.«

»Er vermag dich mit deinen verkalkten Sinnen vielleicht zu täuschen, bei mir wird das diesem Hurensohn nicht gelingen.«

Für Borwigs Geschmack besaß Hektor zu viel Hochmut, zu viel Übermut und er war viel zu selbstverliebt. Leider hatte

Hogan diesem unerfahrenen Kerl die Verantwortung für die Reislieferung überlassen, und diese vermeintliche Ehre war dem Einfaltspinsel eindeutig zu Kopf gestiegen. Wenn es nach Borwig selbst gegangen wäre, hätten sie bereits im Buschland haltgemacht. Zwischen den schwarzen Sträuchern wäre die Gefahr, entdeckt zu werden, viel geringer gewesen. Hier hingegen, wo sich Straße und Flussbett kreuzten, saßen sie wie auf dem Präsentierteller. Borwig hoffte, dass die Dunkelheit sie tatsächlich schützen würde, wirklich glauben konnte er es nicht. Er ahnte, er spürte es förmlich, dass der aufgeblasene junge Hektor in dieser Nacht seine Unschuld verlieren würde. Das scherte Borwig jedoch wenig. Hektor war es auch, der sich dann vor El Soberano verantworten musste. Sorgen machte Borwig sich wegen Darko Cardona. Der Teufelskerl ließ sich dieses Geschenk bestimmt nicht entgehen. Fast wünschte der alte Soldat sich das sogar.

Borwig setzte sich auf einen der schwarzen Steine. Bisher war alles ruhig, doch diese Ruhe war trügerisch. Solange das glühende Licht der Ebene nicht ganz erloschen war, mussten sie wachsam sein. Er sah zum Himmel hinauf, der fast so schwarz wie ein Leichentuch war. Es gab nur wenige Sterne, die mit bloßem Auge zu erkennen waren. Erst zur Nachtwende wurden zwei Sterne sichtbar, die mit ihrer Leuchtkraft alle anderen überstrahlten. Borwig wusste nicht, ob es wirklich Sterne waren oder zwei Planeten, die von den Zwillingssonnen angestrahlt wurden. Er wusste nur, dass der Zauber kurz vor Sonnenaufgang endete. Sehnsüchtig dachte er an den Himmel über seiner Heimat. Dort sah man nachts Tausende und Abertausende Sterne, die wie Diamanten funkelten, und einen hellen Mond, der alles in silbriges Licht tauchte. Tagelang war er dort durch die Wälder gestreift, hatte nachts am Lagerfeuer gesessen und sich seinen Träumen hingegeben. Diese hatte er vor langer

Zeit begraben, genauso wie die Hoffnung, eines Tages den Sternenhimmel über seiner Heimat wiederzusehen.

Mit einem unhörbaren Seufzer wandte sich Borwig wieder der Ebene zu, die jetzt stockfinster vor ihm lag. Seine Nerven spannten sich unwillkürlich, während er Hektor innerlich verfluchte. El Soberano hatte sich in dem jungen Cardona einen Feind geschaffen, wie er gerissener nicht sein konnte. Der Junge war ein erfahrener Jäger, sehr schlau und äußerst geduldig. Er bekämpfte Soberano, wo er nur konnte. Sie hatten alles unter Kontrolle gehabt, bis Soberano den Fehler begangen hatte, sich an Cardonas Familie zu vergreifen. Der Hass, den er dadurch heraufbeschworen hatte, war stärker als die Angst, und ein Mann ohne Angst war gefährlich. Sehr gefährlich.

El Soberano war in den Augen der Leute ein Monster. Sein Name stand für Gewalt und Hunger und er nahm Eltern das Liebste – einfach so. Der Mann hingegen, den man allgemeinhin den Teufel von Kerelaos nannte, war für viele ein Held. Die Geschichten, die man sich über ihn erzählte, klangen nach Abenteuer, schmeckten nach Freiheit und schürten die Hoffnung in den Herzen aller. Sogar er, Borwig, der Soberano die Lebenstreue geschworen hatte, zollte dem jungen Mann insgeheim Respekt. Er selbst schaffte es schon lange nicht mehr, die Augen vor dem Leid zu verschließen, welches er zwangsläufig mit verursacht hatte. Auch glaubte er längst nicht mehr daran, dass der Weg, den er vor nunmehr zwanzig Jahren eingeschlagen hatte, der richtige gewesen war. Er konnte jetzt nichts mehr daran ändern, er war zu alt und es war noch niemandem gelungen, die Zeit einfach zurückzudrehen. Man musste mit seinen Entscheidungen leben, ob man sie nun bereute oder nicht.

»Ruh dich aus, alter Mann«, sagte Hektor gönnerhaft und lehnte sich an den Wagen. »Ich übernehme die erste Wache.«

Missmutig wickelte Borwig sich enger in seine Decke. Je älter er wurde, desto mehr machte ihm diese verdammte Kälte zu schaffen. Er war müde, schlafen konnte er aber nicht. Obwohl seine Augen nichts mehr erkennen konnten, starrte er in die Richtung, in der das Miseramassiv lag. Der zerklüftete und von unzähligen Höhlen durchzogene Berg grenzte im Norden an den Franga-Wald und zog sich weit bis in den Osten. Dort lag die Shakra-Wüste mit ihrem glühend heißen, schwarzen Sand. Die Ebene davor erstreckte sich noch weit über die Straße hinaus nach Westen. Im Süden endete sie kurz vor den Stadttoren. Cardona hatte gut gewählt. Der Misera mit seinen verfluchten Höhlen und der Wald mit seinen stinkenden Bäumen waren wie geschaffen, um sich darin zu verbergen. Borwig rümpfte die Nase; der Gedanke an den Wald erzeugte Ekel in ihm. Niemand, der über einen normalen Geruchssinn verfügte, würde es dort für längere Zeit aushalten, und bei dem Gedanken an die Höhlen jagten gleich mehrere eiskalte Schauer über seinen Rücken.

Als junger Mann, weit vor Soberanos Ankunft, hatte Borwig sich mit einigen anderen Männern dort hineingewagt und er war nur ganz knapp mit dem Leben davongekommen. Vier seiner besten Freunde hatten dort drinnen den Tod gefunden. Er war weiß Gott kein ängstlicher Mann, doch der Misera und besonders das, was darin wohnte, hatten ihn das Fürchten gelehrt. Nichts und niemand würde ihn dazu bringen, sich diesem Berg jemals wieder zu nähern. Der junge Cardona hatte sich genau dort niedergelassen. Er musste tatsächlich über teuflische Fähigkeiten verfügen, dass es ihm gelungen war, die Ungeheuer zu zähmen.

»Richte El Soberano meinen untertänigsten Dank aus«, sagte plötzlich jemand hinter ihm. Borwig sprang auf, aber er kam nicht mehr dazu, sein Schwert zu ziehen; ein heftiger Schlag auf den Hinterkopf, war alles, was er noch spürte. Mit dem letzten Flackern seiner Lider nahm er Hektor wahr, der gefesselt und geknebelt bereits im Reich der Träume weilte.

Fackeln wurden entzündet und tauchten die Kreuzung in ein warmes Licht.

»Bringt den Reis ins Dorf hinter dem Wald«, befahl Darko den beiden Sklaven und gab ihnen einen Mann als Begleitung mit. »Danach geht ihr heim, wo auch immer ihr herkommt.« Dann wandte er sich an die beiden Knaben. »Geht mit ins Dorf und morgen früh macht ihr euch auch auf den Weg nach Hause.«

»Nein«, entgegnete einer der beiden und trat mutig vor. »Ich will ein Soldat werden.«

»Ach ja? Du bist also ein Freiwilliger?« Darko verschränkte die Arme vor der Brust und sah teils erstaunt, teils amüsiert auf den Jungen herab.

»Ja, es ist meine einzige Chance.«

»So, so, deine einzige Chance! Wie alt bist du, dass du glaubst, keine Chancen mehr im Leben zu haben?«

»Dreizehn.«

»Und warum willst du unbedingt Soldat werden?«

»Ich muss in die Armee, nur so kann ich meine Schwester finden. Soberano hält sie gefangen.«

Darko musterte den Jungen aufmerksam. »Sie ist eine von Soberanos Frauen, nehme ich an?«

»Ja.«

»Wie heißt du, mein Junge?«

»Kim.«

»Und wer ist das?« Darko zeigte auf den anderen Jungen, der schüchtern neben Kim stand.

»Henry, er ist mein Freund, aber er ist kein Freiwilliger.«
»Hör zu, Kim. Ich möchte, dass du mit Henry nach Hause gehst.«
»Nein, ich will meine Schwester retten.«
»Du wirst nicht einmal in die Nähe deiner Schwester kommen, geschweige denn sie dort herausholen. Sie werden dich dabei erwischen und dich zwingen, Dinge zu tun, die du nicht willst.«
»Ich werde alles tun, um sie zurückzuholen«, beharrte Kim trotzig.
»Ich sage dir, du wirst es nicht schaffen.«
»Dann hilf mir doch!«
»Das werde ich nicht tun. Es ist dumm und gefährlich, dorthin zu gehen.«
»Ich dachte, für dich ist nichts zu gefährlich. Ich dachte, der Teufel von Kerelaos ist ein mutiger Mann«, fauchte Kim und reckte herausfordernd sein schmales Kinn in die Luft.
»Das hat nichts mit Mut zu tun, sondern mit Vernunft.«
»Oh, ist schon klar. Für eine Frau setzt man sein Leben nicht aufs Spiel, nicht wahr? Ich habe jedenfalls keine Angst davor, mein Leben für sie zu verlieren.«
Verärgert über Kims Starrsinn öffnete Darko den Mund, doch dann schüttelte er nur den Kopf und drehte sich um.
»Ich bin nicht so ein elender Feigling wie du«, schrie Kim ihm nach. Seine Stimme zitterte vor Wut und Enttäuschung.
Darko blieb stehen und seufzte tief auf. Er wandte sich gerade halb zu dem Burschen um, als er sah, dass Dawied diesen am Arm packte und kräftig schüttelte.
»Halt den Mund, Junge«, schnauzte Dawied. Er wollte den vorlauten Bengel wohl scharf zurechtweisen, die tränennassen Wangen ließen ihn schließlich einen milderen Ton anschlagen. Er legte seine Hände fest auf die schmalen, zuckenden Schultern und zwang Kim, ihn anzusehen. »Hör mir zu, Kleiner.

Niemand versteht dich besser als Darko, aber er weiß auch, wovon er redet. Er hat selbst eine Frau an Soberano verloren. Darko wollte sie retten, genau wie du, und er war damals auch ebenso unvernünftig wie du. Durch sein unüberlegtes Handeln hat er sie in Gefahr gebracht. Hätte er besser nachgedacht, dann würde sie vielleicht heute noch leben.«

Kim sah Dawied mit vor Schreck geweiteten Augen an. »Sie ist tot?«

»Ja, und Soberano hat sich auch noch einen Spaß daraus gemacht, Darko dabei zusehen zu lassen.«

Sämtliche Farbe wich aus Kims Gesicht. »Es – es tut mir leid«, stotterte er. »Das habe ich nicht gewusst.«

»Das konntest du auch nicht. Allerdings solltest du auch nie vergessen, dass es immer mindestens zwei Seiten einer Geschichte gibt.«

»Sag ihm, dass ich es nicht so gemeint habe«, bat der Kleine sichtlich zerknirscht.

»Er weiß das, glaube mir, er weiß das«, sagte Dawied ernst.

Der Junge nickte. »Hat er sie sehr geliebt?«

»Ja, das hat er.«

Kim nickte erneut. »Was soll ich denn nur tun? Ich habe über zwei Jahre auf diese Chance gewartet. Viel lieber würde ich mich dem Teufel verpflichten, als freiwillig in Soberanos Armee zu dienen, aber ich kann sie nicht im Stich lassen.«

Dawied ließ Kim los und ging stattdessen vor ihm in die Hocke. »Sie ist schon über zwei Jahre bei Soberano?«

»Ja.«

»Wie heißt deine Schwester?«

»Agnella.«

»Ist sie hübsch?«

»Sie ist wunderschön. Sie hat lange, goldene Haare und ein Gesicht wie ein Engel. Ich – wir vermissen sie so.«

»Wir werden versuchen, etwas über sie herauszufinden, dann weißt du wenigstens, ob sie noch am Leben ist.«

»Versprichst du es mir?«

Dawied legte zwei Finger seiner rechten Hand auf sein Herz. »Ich halte immer mein Wort. Geh zurück zu deinen Eltern, Kim. Soberano hat ihnen die Tochter genommen, mute ihnen nicht auch noch zu, ohne ihren Sohn zu leben. Sie brauchen dich.«

Kim seufzte tief und blinzelte die Tränen fort. Die Vorstellung, seine geliebte Schwester endgültig zu verlieren, ließ seinen kindlichen Trotz offensichtlich verpuffen. Er zögerte kurz, dann nickte er, nahm die Fackel, die Dawied ihm reichte, und machte sich mit Henry auf den Weg.

»Du scheinst unseren mutigen Minikrieger zur Vernunft gebracht zu haben«, sagte Darko, als Dawied zu ihm kam.

»Ich habe ihm versprochen, etwas über seine Schwester in Erfahrung zu bringen.«

»Ich habe es gehört, aber wie willst du das anstellen?«

»Irgendwie.«

»Irgendwie ist kein guter Plan.«

»Mir wird schon etwas einfallen. Ich gedenke jedenfalls, mein Wort zu halten«, knurrte Dawied.

Ein Schmunzeln glitt über Darkos Gesicht, als er seinem Freund zusah, wie er einen Sack mit Reis schulterte. Der Junge hatte Dawieds weichen Kern erreicht. Das gelang nur sehr selten und auch nur ganz wenigen.

Während zwei seiner Männer Borwig, Hektor und den leeren Karren zur Stadt brachten, machte sich Darko mit dem Rest seiner Leute auf den Rückweg. Sie hatten den Fuß des Berges noch nicht erreicht, als plötzlich ein fernes Summen erklang, das stetig lauter wurde.

»Hört ihr das?« Darko blieb abrupt stehen und sah sich

suchend um. »Was ist das?«

Horchend blieben auch seine Männer stehen.

»Ich weiß nicht, ich kann nichts erkennen«, sagte Dawied, der sich ebenfalls aufmerksam umsah.

»Da!« Aufgeregt wies Tamosz auf einen hellen Punkt, der am nördlichen Himmel auftauchte und schnell größer wurde.

Eine Feuerkugel raste mit ungeheurer Geschwindigkeit auf die Ebene zu und zog einen dünnen Lichtstrahl hinter sich her. Die Kugel selbst schien aus gleißendem Licht zu bestehen, das ihnen schmerzhaft in den Augen brannte. Als sie die untere Atmosphäre durchbrach, gab es einen lauten Knall und die Kälte ließ das Feuer schnell verglühen.

»In Deckung!«, schrie Darko.

Geistesgegenwärtig sprangen die Männer hinter einen großen Felsbrocken, warfen sich zu Boden und bedeckten ihre Augen.

Begleitet von einem schrillen Pfeifen und Zischen prallte die Kugel, oder was es auch immer war, auf dem steinigen Gelände auf, sprang unkontrolliert ein paar Mal auf und ab und schlitterte dann über das Flussbett an ihnen vorbei. Der Boden unter ihren Füßen vibrierte wie bei einem Erdbeben, und das Geräusch von knirschendem Metall schmerzte in ihren Ohren. Steine flogen durch die Luft und prasselten auf sie hernieder. Sand und Staub vermischten sich zu einem dichten Nebel, der ihnen in Mund und Nase drang. Schließlich erschütterte ein dumpfer Knall den Berg. Funken flogen durch die Luft und Dutzende Volcanis flogen in Panik davon. Kurz darauf war es wieder still. So still, als würde die Welt atemlos abwarten, ob die Gefahr vorüber war. Nur das leise Klackern von herabrieselnden Steinen war noch zu hören.

»Was war das?«

Hustend und spuckend richtete Tamosz sich auf.

»Keine Ahnung, aber das werden wir gleich erfahren.« Darko wischte sich, so gut es ging, den Staub aus dem Gesicht, dann sprang er auf.

Die Gefahren der Ebene missachtend, rannten sie auf den Misera zu und kletterten zum Höhleneingang hinauf.

»Stellt fest, ob jemand verletzt wurde«, rief Darko Tamosz und Franz zu. Sunnit erhielt den Auftrag, eine Fackel zu besorgen. Danach kletterte Darko mit Dawied weiter auf ein schmales Plateau hinauf, von wo aus sie die Ebene überblicken konnten.

»Was immer es auch war, es ist hart aufgeschlagen und dann meterweit über das gesamte Flussbett gerutscht. Sieh nur, die Hitze, die dabei erzeugt wurde, hat sogar die kalte Lava zum Schmelzen gebracht.« Darko wies mit der Hand in Richtung Flussbett, wo das unbekannte Ding eine glühende Spur hinterlassen hatte.

»Ein kleiner Meteorit?«, fragte Dawied.

Darko schüttelte den Kopf. »Er wäre dumpf eingeschlagen und hätte einen riesigen Krater hinterlassen.«

»Irgendjemand verletzt?«, wollte Darko wissen, als Sunnit das Plateau erklomm, und nahm ihm gleichzeitig eine der beiden Fackeln ab, die er mitgebracht hatte.

»In den Wohnhöhlen ist alles in Ordnung. Die Frauen waren nur erschrocken. Franz ist bei ihnen geblieben.«

»Habt ihr schon herausgefunden, was das war?«, erkundigte sich Tamosz, der Sunnit auf dem Fuß folgte und ebenfalls eine brennende Fackel bei sich trug.

Darko und Dawied schüttelten gleichzeitig verneinend den Kopf.

»Kannst du da unten nichts erkennen?« Sunnit hielt seine Fackel über den Abgrund.

Darko beugte sich so weit wie möglich über den Rand des Plateaus. »Es ist nichts zu sehen.«

»Aber da muss etwas sein. Den Geräuschen und der enormen Wucht des Aufpralls nach zu urteilen, muss es etwas Großes gewesen sein«, beharrte Tamosz und trat zu Darko und den anderen an den Abgrund. Er warf seine Fackel hinunter und für kurze Zeit wurde der ganze Bereich erhellt. Sie konnten den tiefen Spalt genau erkennen und auch die drohend aufragende Felsnadel davor. Bis auf das rötliche Glühen des erhitzten Lavagesteins sah alles aus wie immer.

»Wir haben doch nicht geträumt«, murmelte Tamosz.

»Haben wir auch nicht«, sagte Darko.

Geträumt hatten sie nicht, das war sicher, und trotzdem war da absolut nichts. Von ihrem Aussichtspunkt aus lag der Fuß des Berges unverändert da. Lediglich eine dünne Rauchsäule stieg vor ihnen auf und der Geruch von erhitztem Stahl lag in der Luft.

»Ich kenne diesen Geruch! Wie Eisen, das im Feuer glüht«, sagte Sunnit schnuppernd.

»Wir alle kennen diesen Geruch, Sunnit. Aber er scheint aus dem Nichts zu kommen.« Dawied schob seine Nase nochmals über den Rand des Plateaus.

»Und der Rauch? Kommt der etwa auch aus dem Nichts?« Sunnit wies auf die dünner werdende Rauchsäule.

»Vielleicht ist nichts davon übrig geblieben.« Dawied wies mit dem Finger in den Abgrund. »Vielleicht ist es beim Aufprall auf die Felsen in tausend Teile zersprungen. Möglich wäre es doch.«

»Ja, möglich wäre es«, stimmte Darko nachdenklich zu, tief in seinem Innern glaubte er allerdings nicht daran. »Dann müsste es zu Staub zermahlen sein.«

»Wir sollten noch mehr Fackeln holen und da unten nachsehen«, schlug Tamosz vor.

»Nein, wir werden uns nur die Füße in der erhitzten Lava verbrennen. Wir müssen warten bis morgen, dann ist der

Boden wieder kalt und fest. Außerdem wurde die Feuerkugel sicher auch vom Neopatria aus beobachtet. Wir dürfen Soberano nicht den kleinsten Anhaltspunkt geben, wo genau er danach suchen soll. Falls es noch existiert, wird es bei Sonnenaufgang auch noch da sein. Wir werden morgen früh sehen, was zu tun ist«, entschied Darko und schickte Dawied, Tamosz und Sunnit zurück in die Wohnhöhle des Misera.

Darko selbst blieb noch eine Weile auf dem Plateau stehen, bis sich kein Stein mehr regte, der Geruch verflogen war und auch der Rauch sowie der Staub sich legten. Sein Verdacht, es könnte sich um ein kleines Schiff oder zumindest eine Landefähre handeln, behielt er vorerst lieber für sich. Die Männer würden ihn auslachen, denn ein Schiff konnte sich nicht unsichtbar machen. Aber was, wenn doch? Was wussten sie denn schon von Raumschiffen? Nur das, was ihre Eltern wussten, und deren Wissen bezog sich auf technische Entwicklungen, die viele Jahre zurücklagen. Wenn auch hier auf Kerelaos die Zeit scheinbar stehen geblieben war, woanders war sie das sicher nicht.

Darko teilte einen zusätzlichen Mann für die Nachtwache am Höhleneingang ein und bezog selbst Posten auf dem Plateau. Er wickelte sich fest in seinen Mantel und zog sich die Kapuze tief ins Gesicht.

Nachdem er den Misera bezogen hatte, hatte er tagelang Jagd auf das größte und gefährlichste Raubtier gemacht, einen Höhlenlöwen. Das dicke schwarze Fell des Löwen diente ihm seither als Mantel. Aus den langen Reißzähnen hatte er Dolche gefertigt und die scharfen Krallen eigneten sich hervorragend als Wurfwaffen. Sie zierten den Trageriemen seines Köchers. Von dem trockenen, zähen und äußerst bitteren Fleisch hatte er sich einige Tage ernährt.

Der Löwe war einst Herr über dieses Gebiet gewesen, seit es menschliches Leben hier gab, hatten die Tiere sich immer weiter in eine unbewohnte Gegend zurückgezogen. Es war schon lange kein Löwe mehr gesehen worden.

Darko warf einen letzten Blick in den Abgrund. Sein Jagdinstinkt war geweckt und sein Gespür für Gefahr riet ihm, nicht nur lautlos und geduldig, sondern auch wachsam und vorsichtig zu sein. Er trug die Verantwortung für die Männer und Frauen, die sich ihm nach und nach angeschlossen hatten. Diesen Leuten war allen ein ähnliches Schicksal widerfahren wie ihm selbst. Sie hatten ihm ihr Leben anvertraut, sie brauchten ihn, und wenn er ehrlich war, er brauchte sie ebenso. Nach seiner Flucht aus Soberanos Kerker hatte ihn der unbändige Hass gegen diesen Tyrannen am Leben erhalten. Dieser Hass hatte ihn immer größere Risiken eingehen lassen. Seit aber immer mehr Menschen ihre Angst überwunden hatten und zu ihm in die Höhlen gekommen waren, besaß sein Leben einen neuen Sinn. Sie zeigten ihm, dass unstillbarer Rachedurst und unersättlicher Vergeltungshunger keine guten Ratgeber im Kampf gegen den Mann waren, der sie alle unterdrückte.

Seit er nicht mehr allein war, war ihm sein eigenes Leben nicht mehr egal. Früher einmal hatte er seinen Vater für feige gehalten. Im Lauf der letzten beiden Jahre hatte er dann erkannt, dass Donald Cardona eine andere Art von Mut besessen hatte – Besonnenheit. Und nur deshalb hatte ihre kleine Dorfgemeinschaft so viele Jahre unbehelligt überleben können. Und genau das wollte Darko auch für seine Leute. Er hatte längst begriffen, dass er sie keinem offenen Kampf aussetzen durfte. Es waren einfache Bauern, keine Krieger. Vielleicht wären sein bester Freund Dawied und der junge Tamosz, den sie aus den Händen El Soberanos hatten befreien können, in der Lage, sich gegen dessen Schergen zu behaupten. Eine echte Chance, einen solchen Kampf für sich zu entscheiden, hatte aber keiner von ihnen. Gewiss, sie waren im Besitz von Schwertern und Speeren und sie konnten recht gut mit Pfeil und Bogen umgehen, aber einen Angriff konnten sie damit nicht wagen. Soberano besaß richtige Waffen, die tödlich waren und ihr Ziel nie verfehlten.

Ihre stärkste Waffe dagegen war das Geheimnis, das sich um den Misera rankte. Es war eigentlich lachhaft, dass ausgerechnet ein dummer Aberglaube, ein Märchen über Dämonen, ihm und seinen Leuten den nötigen Schutz bot. Doch genauso war es und sie sorgten dafür, dass es auch so blieb. Der heulende Wind schreckte sie nicht mehr, für das saubere, klare Wasser waren sie dankbar und mit den Volcanis waren sie eine Zweckgemeinschaft eingegangen. Sie respektierten ihre angestammten Schlafplätze, dafür warnten die hochsensiblen Tiere sie vor jeglicher Gefahr. Zusätzlich hatten sie Windspiele aus Ziegen- und Vogelknochen aufgehängt, die wie der rasselnde Atem und das gequälte Stöhnen von Untoten klangen. Auf diese Weise hielten sie nicht nur ihre menschlichen Feinde fern, auch die tierischen Räuber wagten sich kaum mehr in die Höhlen. So unbarmherzig und hart das Leben hier auch war, in den Miserahöhlen hatten Darko und seine Leute zumindest annähernd so etwas wie Schutz gefunden.

Darko setzte sich und lehnte den Rücken gegen die Felsenwand. Er würde sehr wachsam sein heute Nacht. Wer oder was auch immer auf der Ebene gelandet oder vielleicht tatsächlich abgestürzt war, in seinen Berg würde es nicht ungesehen hineinkommen.

Kapitel 4

»Ich will, diesen verfluchten Dreckskerl vor mir im Sand kriechen sehen. Ich will, dass er sich unter der zärtlichen Berührung meiner Karbatsche windet. Ich will ihn um Gnade winseln hören, bevor ich ihn aufspieße und auf den Rost binde«, fauchte El Soberano. Die wulstigen Lippen bildeten kaum mehr als einen dünnen Strich, die Augen waren zu schmalen Schlitzen zusammengezogen und die hohe Stirn in Falten gelegt. Mit weitausholenden Schritten marschierte er vor seinem Hauptmann auf und ab. Er kochte vor Wut.

Hogan kannte diese Wutausbrüche zur Genüge. Schon wieder hatte dieser verdammte Teufel Cardona zugeschlagen. Letzte Nacht war es ihm nicht nur gelungen, zum wiederholten Male in die Speisekammer einzubrechen und sich die leckersten Delikatessen herauszupicken, er hatte auch noch die lang erwartete Reislieferung überfallen. Das ging nun schon seit Monaten so, selten erreichte ein Transport ungehindert die Stadt. Nichts war vor diesem Kerl sicher. Cardona nahm sich alles. Ob es nun eine Herde Ziegen aus den westlichen Bezirken, Getreide, Obst und Gemüse aus den südlichen Bezirken oder die Salzlieferung vom großen Salzmeer war. Und wie immer war er mit seiner Beute entkommen. Diesmal mit zehn Säcken Reis, der monatliche Tribut aus den nördlichen Bezirken. Hogan wusste sehr genau, wo er den Reis wiederfinden würde, nämlich dort, wo auch die Reste der anderen Lieferungen hingekommen waren. Cardona verteilte alles unter den Bauern. Aber er stahl nicht nur Soberanos Eigentum, er verhöhnte ihn auch noch, indem er seine Soldaten, die als Begleitschutz eingeteilt waren, wie ein Geschenk verschnürt zurückschickte. Jedes Mal waren die Männer gefesselt und geknebelt vorm Stadttor sitzend aufgefunden worden.

»Cardona!« Soberano spie den Namen förmlich aus. »Seit dieser Hurensohn aus dem Käfig geflohen ist, macht er mir nichts als Ärger und die verfluchten Bauern schützen ihn. Weder die Erhöhung der Abgaben noch die härtesten Strafen bringen die Leute dazu, mir diese Kakerlake auszuliefern.«

»Er ist einfach nicht zu fassen«, führte Hogan als Entschuldigung für das erneute Versagen seiner Männer an. »Die Bauern …«

Soberanos eisiger Blick ließ ihn sofort verstummen. Hogan kannte diesen Blick gut genug und er hütete sich davor, sein Gegenüber weiter zu reizen.

Hogan war einst mit El Soberano zusammen nach Kerelaos gekommen. Mit einigen Gleichgesinnten waren sie aus dem Gefängnis ausgebrochen, hatten ein Schiff in ihre Gewalt gebracht und waren geflohen. Der Zufall und ihre Unerfahrenheit beim Steuern eines Schiffs hatte sie nach Kerelaos gebracht. Neun Monate waren sie unterwegs gewesen, dann hatte ein heftiger Energieabfall in den Systemen sie zur Landung gezwungen. Hogan erinnerte sich noch genau an den Tag ihrer Ankunft. Weit über zwanzig Jahre war das jetzt her. Sie hatten ein paar Gerüchte über Kerelaos gehört, aber sie wussten, dass man der Bevölkerung weder Waffen noch die technischen Möglichkeiten zur Energiegewinnung überlassen hatte. Sie fanden eine rückständige Welt vor, in der die Bewohner sich mit ihrem Schicksal abgefunden hatten. Dennoch schwelte in vielen noch der Hass gegen die, die sie hier ausgesetzt und scheinbar vergessen hatten. Soberano hatte sofort seine Chance gewittert, auf Kerelaos ein neues Leben zu beginnen. Ein Leben ganz nach seinem Geschmack. Bevor die Schiffsenergie ganz zusammengebrochen war, hatten sie alle Informationen aus dem Computer herausgeholt, die ihnen für die Zukunft hilfreich erschienen. Dann begann Soberano, seinen Plan in die Tat umzusetzen. Durch listige und intelligente Schachzüge schaffte er es, die Herrschaft über Kerelaos an sich zu reißen. Die harten Lebensbedingungen hatten es ihm relativ leicht gemacht, die Männer und Frauen davon zu überzeugen, dass sie einen Führer brauchten. Als einige dann seine wahren Beweggründe erkannten und rebellierten, war es längst zu spät. Soberano hatte bereits viele Gleichgesinnte um sich geschart, die ihm blind gehorchten und auf seinen Befehl hin unter den Leuten Angst und Schrecken verbreiteten. Innerhalb kürzester Zeit war es ihm gelungen, die Bewohner von Kerelaos zu unterjochen.

Hogan genoss die Machtposition, die er als Soberanos rechte Hand innehatte, aber er wusste auch, wie wankelmütig dieser Mann im Verteilen seiner Sympathie war. Andererseits war ihm schnell klar geworden, dass El Soberano ihn brauchte. Hogan war in seinem früheren Leben ein Rebell, ein Partisanenkämpfer gewesen und er besaß als Einziger eine militärische Ausbildung. Heute unterstand ihm eine kleine Armee bewaffneter Soldaten, die für Recht und Ordnung sorgten. El Soberanos Vorstellung von Recht und Ordnung.

»Ich habe es endgültig satt, mir deine idiotischen Ausreden anhören zu müssen.«

»Er ist wie ein Muschelskorpion. Er sticht zu und verkriecht sich unter den Steinen.«

»Dann dreh jeden Stein einzeln um, verdammt! Der alte Cardona war nichts als ein dummer Bauer. Ich lasse mir von seinem Sohn nicht auf der Nase herumtanzen.«

»Natürlich nicht, aber …«

»Nichts aber«, schnitt Soberano Hogan scharf das Wort ab.

Seine Macht, die er im Laufe der Jahre auf den Säulen der Angst und des Hungers gefestigt hatte, geriet durch Cardona langsam, aber sicher ins Wanken. Keiner hatte es je gewagt, sich ihm zu widersetzen. Bis zu diesem Tag vor zwei Jahren. Darko Cardona bot Soberano die Stirn und er nahm den Leuten auch einen Teil ihrer Angst. Zumindest die Angst vor dem Verhungern. Gesättigte Bäuche brachten mutigere Menschen hervor, aber nicht nur deshalb verteilte Cardona den größten Teil dessen, was er bei seinen Überfällen erbeutete. Er zeigte Mitgefühl, wo es angebracht war. Hogan hatte Soberano davon überzeugen wollen, dass er eine ebensolche Strategie anwenden musste. Weniger Abgaben, weniger Zwang und weniger Angst würden die Leute dazu bringen, Cardona nicht mehr als ihren Helden zu betrachten. Soberano war allerdings taub gegenüber solchen Vorschlägen. Er gefiel sich in der Rolle des grausamen Tyrannen. Er weidete sich an der Angst in den Augen der Menschen, genoss es, dass ihnen das Blut in den Adern gefror, wenn er sie nur ansah. Und so sollte es bleiben.

»Ich will nicht glauben, dass ein Mann mit der Intelligenz einer winzigen Stubenfliege schlauer ist als du und deine Männer.«

»Er ist unberechenbar und die Leute verehren ihn, sie nennen ihn den Teufel von Kerelaos. Sie behaupten sogar, dass du dich vor ihm fürchtest.«

»Ich weiß, wie sie ihn nennen. Glauben diese winselnden Hunde etwa, ich wage es nicht, es mit diesem Teufel aufzunehmen?« Soberanos Stimme überschlug sich fast, als er seinen Hauptmann anschrie.

»Nein, nein«, beeilte sich Hogan zu versichern, obwohl er es besser wusste, »aber sie schützen ihn und immer mehr Leute schließen sich ihm an.«

»Schwächlinge, Tagediebe und wehrlose Frauen«, zischte Soberano abfällig.

»Furcht ruft Rebellion hervor, Tapferkeit unbedingte Loyalität.«

»Verschon mich mit deinen Plattitüden.«

»Ich weiß, wovon ich rede. Du hast ihn mit deiner harten Linie zu ihrem Helden gemacht.«

»Sie haben sich einen Helden geschaffen? – Gut so! Ich werde ihren Helden zerstören, ihn wie ein lästiges Insekt zertreten. Ich werde diesen frechen Hund gefesselt und erniedrigt öffentlich zur Schau stellen. Ich werde ihn zwingen, sich mir bedingungslos zu unterwerfen, und den Leuten damit zeigen, dass ich noch immer die alleinige Macht über ihr Leben besitze.«

»Du machst ihn damit zum Märtyrer.«

»Auch in den Adern eines Märtyrers fließt nur rotes Blut. Bring ihn mir und ich werde es allen beweisen.«

»Er hat sich irgendwo in den Höhlen verkrochen, nicht einmal die Bauern wissen, wo.«

»Sie wissen es! Nimm ihnen alles und sie werden es dir sagen.«

»Sie haben nichts mehr, was wir ihnen nehmen könnten.«

»Nichts?« Soberano war dicht vor Hogan stehen geblieben. »Sie haben ihre Familien, ein Dach über dem Kopf und sie haben ihr verdammtes Leben.«

»Verzeih, aber es wäre dumm, die Hand abzuhacken, die dich versorgt.«

Soberano hatte gerade seine Wanderung wieder aufgenommen, jetzt hielt er abrupt an. Drohend hob er die Faust, doch dann streckte er lediglich seinen Zeigefinger in die Höhe und nickte.

»Ja – ja, da hast du recht«, stimmte er Hogan unerwartet zu. Als jedoch ein breites Grinsen auf seinem Gesicht erschien, ahnte Hogan bereits, was Soberano dachte, bevor dieser es aussprach: »Dann schick deine Männer in diesen Berg hinein und treibe die Bastarde heraus.«

Hogan schloss sekundenlang die Augen und atmete tief durch. Er hatte immer gehofft, dass Soberano nie auf diese Idee verfallen würde, denn seine Antwort darauf würde ihm gar nicht gefallen. Nun war es soweit und er musste seinen ganzen Mut zusammennehmen.

»Die Männer, sie sind dir alle treu ergeben, aber sie werden dort niemals freiwillig hineingehen und nicht einmal du wirst sie dazu zwingen können, außer, du gehst voran.«

»Feiges Gesindel!«, schrie Soberano, der sehr genau wusste, dass die Männer Angst vor den Höhlen hatten.

Hogan hatte ihm schon einmal gesagt, dass er sich großen Respekt verschaffen konnte, wenn er seine Leute höchstpersönlich in die Höhlen des Misera führen würde. Soberano hatte dies rundheraus abgelehnt und Hogan wusste auch, warum. Der große El Soberano würde nicht einmal mit seinem kleinen Zeh diesem verfluchten Berg zu nahe kommen, nur würde er das niemals zugeben. Zudem suchte Soberano nicht nach Anerkennung, er verlangte blinden Gehorsam.

»Wozu, frage ich dich, habe ich einen Hauptmann, wenn ich alles allein erledigen muss?«, fragte er mit einer Ruhe, die Hogan einen kalten Schauer über den Rücken trieb. »Nein, mein Freund, du wirst ein paar Männer aussuchen und du wirst sie in die Höhlen führen.«

Hogan sackte innerlich zusammen. Er hätte es wissen müssen, warum hatte er nicht den Mund gehalten?

»Bring das faule Pack auf Trab, sonst bist du die längste Zeit mein Hauptmann gewesen. Schließ das Witwenhaus und die Vorratskammern. Deine Männer haben lange genug herumgehurt und der Völlerei gefrönt, damit ist jetzt Schluss. Und erzähl mir nicht, dass deine kräftigsten Kämpfer nicht in der Lage sind, einen einzelnen Mann zu fangen.«

»Dieser kämpft allein wie zehn.«

»So?« Soberano baute sich erneut dicht vor Hogan auf und in seinen Augen loderten eiskalte Flammen des Zorns. Hogan wich unwillkürlich einen Schritt zurück und senkte den Blick.

»Gut, wenn er allein wie zehn Männer kämpfen kann, dann soll er in der Arena auch gegen zehn Männer kämpfen dürfen.« Er betonte jedes einzelne Wort, dann fuhr er im Befehlston fort: »Finde seinen Unterschlupf und räuchere ihn und seine Brut aus. Sag allen deinen Männern Folgendes: El Soberano gewährt demjenigen ein Haus in den Hügeln und Frauen zu seiner freien Verfügung, der ihm Cardona bringt, und zwar lebend. Ich will ihn in der Arena sehen, und das sehr bald, verstanden?«

Hogans Kopf zuckte hoch. Die Aussicht auf eine solche Belohnung war mehr als verlockend. Er sah sich bereits selbst in dem Haus auf den Hügeln.

An Soberanos Blick erkannte Hogan, dass diesem die Veränderung in seiner Haltung nicht entgangen war. Sie kannten sich zu gut und hatten schon immer sehr schnell gewusst, was der andere dachte. Aber diesmal irrte Soberano sich. Er irrte sich sogar gewaltig.

Hogan besaß einen weichen Kern, der jedoch in dieser Umgebung keinen Platz hatte. Er hatte ihn tief in sich begraben müssen. Im Laufe der Zeit war dieser Kern kleiner geworden, wurde von einer immer dicker werdenden harten Schale fast schon erdrückt, doch es gab ihn noch. Darin lebte ein Traum, der Traum von einer eigenen Familie. Plötzlich war er zum Greifen nah. Die Hoffnung darauf ließ feine Haarrisse in der harten Schale entstehen.

»Wie du willst. Wir werden nicht eher ruhen, bis wir ihn gefasst haben«, versprach Hogan. »Ich werde einen Weg finden, sodass du bald deine Freude an ihm haben wirst.«

»Das hoffe ich für dich, mein Freund. Meine Geduld ist am Ende. Bring mir Cardona, ansonsten werde ich ganz sicher meine Freude an dir haben.«

Hogans Hoffnung verpuffte augenblicklich und die Schale schloss sich wieder fest um den Kern. Er schluckte trocken und sämtliche Farbe wich aus seinem Gesicht. Er wusste nur zu gut, wozu Soberano fähig war.

»Verschwinde jetzt und lass Agnella holen, ich brauche eine Massage.«

»Ja, Soberano, sofort.« Hogan verließ eiligst Soberanos Wohnbereich.

Hogan rief fünf seiner besten Männer zusammen.

»Wir gehen morgen früh auf die Jagd. Wir werden nicht zurückkommen, bevor wir diesen Teufel und seine Anhänger ausfindig gemacht haben. Sämtliche Vergünstigungen, ganz besonders die Nutzung des Witwenhauses und der Vorratskammern, sind solange gestrichen, bis wir ihm Cardona bringen«, gab Hogan Soberanos Befehl weiter. Die versprochene Belohnung ließ er allerdings unerwähnt.

»Und du«, sprach er einen jungen, dunkelhaarigen Läufer an, »du gehst und holst ihm Agnella, aber beeil dich, Soberano braucht eine Massage.«

»Jetzt? Noch vor der Mittagsstunde?«

Hogan fuhr herum und blitzte den Läufer an.

»Stell keine dummen Fragen, wenn dir dein Leben lieb ist, Bursche«, knurrte er warnend. »Dein Herr will Agnella – jetzt sofort – kapiert?«

Der junge Mann wich vor der eisigen Kälte in Hogans Worten zurück.

»Hol sie, und dann wartest du hier, bis du sie zurückbringen kannst.«

Der Läufer nickte und rannte los.

Tomasu war in diesen Höhlen geboren worden. Die ersten Bewohner hatten den Berg Neopatria, Neue Heimat, getauft. Insgesamt gab es acht Höhlen, die durch lange Gänge miteinander verbunden waren. Die größte diente schon damals als Wohnhöhle, die anderen sieben waren für die Kinder, als Lager und für die Kranken genutzt worden. Über eine natürliche Wendeltreppe gelangte man in eine weitere Höhle. Diese war zum Wohnen nicht geeignet. Genau in ihrer Mitte war vor Urzeiten ein Loch entstanden. Weit unten erkannte man das rötliche Leuchten eines stetig dahinfließenden Lavastromes. Die Hitze, die von diesem Strom ausging, sammelte sich in der Höhle und wärmte die genau darüberliegende Wohnhöhle.

Heute beanspruchte El Soberano den Neopatria für sich allein. Die ehemalige Gemeinschaftshöhle war sein persönliches Reich und niemand wagte es, sie ohne seine Erlaubnis zu betreten. In der zweitgrößten war das Waffenlager untergebracht, eine war Hogans Unterkunft und zwei weitere beherbergten die Küche und die Vorratskammer. In der kleinsten Höhle schliefen die Läufer und die Sklaven. Die Lavahöhle hatte El Soberano in einen Kerker verwandelt. Ketten waren an den Wänden angebracht und getrocknete Blutspritzer zeugten davon, dass hier schon so mancher Soberanos Peitsche zu spüren bekommen hatte. Über dem Loch hing ein stählerner Käfig. Dieser konnte noch ein gutes Stück in das Loch abgesenkt werden. Die heißen Dämpfe und die Angst, bei lebendigem Leib gekocht zu werden, hatten bisher noch jeden Gefangenen fast um den Verstand gebracht.

Tomasu beachtete den Abgang zur Lavahöhle nicht, er lief den Hauptgang entlang und bog schließlich in einen Nebengang ab. An dessen Ende lag die achte Höhle. Hier lebten Soberanos Frauen. Soberano hatte sie angeblich zu ihrem eigenen Schutz hier untergebracht, Tomasu hingegen kannte den wahren Grund nur zu genau. Die Höhle besaß zwei fensterartige Öffnungen durch die Tageslicht und Frischluft eindringen konnten, aber unterhalb dieser Öffnungen ging es steil bergab. Die Frauen und Mädchen sollten wissen, dass ein Fluchtversuch unmöglich war. Soberano allein hielt ihr Leben und ihr Schicksal in seinen Händen. Sie gehörten ihm und hatten sich seinen Launen und seinen Fantasien bedingungslos zu unterwerfen, bis er das Interesse an ihnen verlor.

»Ich soll Agnella holen«, sagte Tomasu zu dem Soldaten, der vor der Frauenhöhle Wache hielt.

Der grobschlächtige Riese grunzte etwas in sich hinein und zog einen Schlüssel aus seiner Manteltasche. Damit öffnete er die hölzerne Tür, die vor dem Wohnbereich der Frauen angebracht worden war. Er bellte einen Befehl und wenig später erschien Agnella, stumm und schön wie immer. Sie war eingehüllt in einen langen Mantel aus weichem Lammfell und Tomasu ahnte, dass sie darunter nichts weiter als ihre nackte Haut trug.

»Er will eine Massage«, klärte Tomasu sie auf, doch Agnella schien genau zu wissen, was Soberano wollte, denn sie nickte zustimmend und folgte ihm schweigend und mit gesenktem Blick durch die Gänge.

Es war nicht allein der Mantel, es war auch der hoffnungslose Ausdruck in ihrem Gesicht, der Tomasu das Gefühl gab, er führe ein Lamm zur Schlachtbank. Unwillkürlich ging er immer langsamer. Kurz vor der Haupthöhle blieb er stehen und fasste nach ihrer Hand.

»Ein Wort von dir und ich bringe dich zurück.«

Agnella sah erschrocken, aber auch erstaunt zu ihm auf.

»Ich könnte ihm sagen, du seist krank.«

Für einen Moment lag ein kaum merkliches Lächeln auf ihren Lippen und Tomasu schluckte schwer, so schön erschien sie ihm in diesem Augenblick.

»Ich danke dir. Es hat nur keinen Sinn. Ich muss zu ihm, wenn er nach mir verlangt.«

Tomasu seufzte tief auf, ließ ihre Hand los und ging schweren Herzens weiter.

»Ich bringe Euch Agnella, Herr«, meldete er nach einem letzten Blick auf die schöne junge Frau neben sich.

»Schick sie rein und warte draußen.«

»Ja, Herr.« Tomasu schob den Vorhang beiseite und ließ Agnella eintreten, dann schloss er die Tür und bezog davor Posten. Soberanos Höhle war durch diese Tür und den schweren Vorhang nicht nur vor Kälte, sondern auch vor neugierigen Blicken und Ohren geschützt. Tomasu wusste jedoch sehr genau, was dahinter geschehen würde, aber es war nun einmal Soberanos Recht, sich zu nehmen, was er wollte.

Nein verdammt, er besaß nicht das Recht dazu!

Beißender Zorn stieg in Tomasu hoch. Nur was konnte er schon dagegen unternehmen? Er musste gehorchen, tun, was von ihm verlangt wurde. Genau wie Agnella, genau wie alle anderen. Tomasu schloss gequält die Augen und blieb wie befohlen auf seinem Posten.

Über die Stadt, die sich im Lauf der Jahre an den Berg angeschlossen hatte, legten sich bereits die ersten Schatten des späten Nachmittages, als die Tür aufgerissen wurde.

»Komm rein, Bursche«, befahl Soberano und ließ die Tür hinter dem Läufer krachend ins Schloss fallen.

Abwartend blieb Tomasu stehen. Als Soberano ihn aufforderte näherzutreten, sah er sich unauffällig nach Agnella um. Eine Mischung aus Wut, Entsetzen und Begierde bildete einen dicken Kloß in seinem Hals, den er gewaltsam hinunterwürgte. Wie eine Opfergabe auf einem Altar lag das Mädchen auf dem steinernen Tisch in der Nähe der Feuerstelle. Die tanzenden

Flammen hinterließen ein bizarres Muster auf ihrem schlanken Körper, der auf dem schwarzen Fell wie weißes Kerzenwachs wirkte.

»Wie alt bist du, Junge?«

»Dreiundzwanzig, Herr«, antwortete Tomasu heiser, ohne den Blick von Agnella abzuwenden.

»Hast du schon eine Frau gehabt?«

»Ich war einmal im Witwenhaus.«

Soberano lachte dröhnend. »Einmal? Hat es dir dort nicht gefallen?«

»Nicht sehr.«

»Warum nicht? Waren die Frauen nicht nach deinem Geschmack?«

»Schon, aber – ich weiß auch nicht.«

»Sie sind dir zu alt oder zu verbraucht, habe ich recht?«

Tomasu nickte verlegen.

»Nun, dann wird es wohl Zeit, dass du erfährst, wie sich ein junger, straffer Mädchenkörper anfühlt.« Er schlug Tomasu freundschaftlich auf die Schulter. »Für ein paar Minuten gehört sie dir«, sagte Soberano gönnerhaft und stieß ihn vorwärts.

Tomasu wusste, dass er gehorchen musste, auch wenn sein Gewissen ihm sagte, dass es nicht richtig war. Der große Soberano machte ihm ein Geschenk und er durfte es nicht ausschlagen. Er hatte schon einmal erlebt, was sein Herr mit Männern tat, die ein Geschenk von ihm ablehnten. Andererseits träumte er schon sehr lange davon, die schöne Agnella einmal in seinen Armen zu halten. In seinen Träumen schenkten sie sich gegenseitig Zärtlichkeiten, hier und jetzt dagegen würde sie alles wie eine leblose Puppe über sich ergehen lassen. Dennoch wuchs sein Verlangen, sie zu berühren, mit jedem Schritt. Mit einem letzten Blick auf Soberano öffnete Tomasu seine Hose.

»Verzeiht, Vater, ich muss Euch dringend sprechen«, erklang die gedämpfte Stimme von Lucas.

Der Älteste von Soberanos Söhnen hatte die Tür geöffnet und war hinter dem dicken Vorhang stehen geblieben.

»Was ist denn?« Sichtlich erbost über die Störung richtete Soberano sich in seinem Sessel auf.

Lucas schob den Vorhang beiseite und ging auf Soberano zu. Der Läufer zog sichtlich verschämt seine Hose hoch, doch Lucas schenkte dem Jungen und der nackten Agnella keinerlei Beachtung.

»Etwas ist heute Nacht vom Himmel gefallen«, sagte Lucas.

»Vom Himmel gefallen?« Soberanos Frage klang zweifelnd und spöttisch zugleich.

»Ja, Vater. Wir konnten nicht ausmachen, um was …«

Soberano hielt seinen Sohn mit einer kurzen Handbewegung davon ab, weitere Erklärungen abzugeben.

»Bring sie weg«, wandte er sich mit einer herablassenden Geste an den Läufer.

»Sofort, Herr«, sagte dieser, dann wickelte er Agnella fürsorglich in ihren Mantel und trug sie hinaus.

Als sich die Tür hinter dem Läufer schloss, wandte Soberano sich wieder dem jungen Lucas zu.

»Etwas? Sprich nicht in Rätseln«, knurrte er und erhob sich nun ganz.

»Wir wissen nicht, was es ist. Die Wache sah ein grelles Licht und hörte einen dumpfen Knall, dann war alles wieder vorbei.«

»Wo war das?«

»Vermutlich im Flussbett.«

»Du und deine Brüder, ihr kümmert euch darum. Seht verdammt noch mal nach, was es war, oder muss ich etwa alles alleine machen?«

»Nein, Vater. Aber das Licht verglühte beim Misera!«

»Tatsächlich?« Soberano baute sich vor dem Kadetten auf und funkelte ihn wütend an. »Sind selbst meine eigenen Söhne zu feige, sich in die Nähe des Misera zu begeben?«

»Nein, Vater«, erwiderte Lucas merklich eingeschüchtert.

»Dann erstatte mir heute noch Bericht – Nein, warte. Hogan macht sich morgen auf den Weg dorthin. Sag ihm, er soll mir bringen, was auch immer dort angekommen ist.«

»Ja, Vater.« Sichtlich erleichtert deutete Lucas eine Verbeugung an und verließ die Höhle.

Soberano verschwendete keinen weiteren Gedanken an das geheimnisvolle Licht am Misera. Er konnte in Ruhe abwarten, was Hogan ihm bringen oder darüber berichten würde. Dann konnte er immer noch entscheiden, was damit oder deswegen geschehen sollte. Er goss sich den Rest Wein in einen Becher.

Grüner Wein!

Versonnen betrachtete er die dunkle Flüssigkeit.

Der Wein wurde aus den Früchten eines Strauchs gewonnen, der in großen Mengen am Rande der Shakra-Wüste gedieh. Unter der harten, gelblichen Schale verbarg sich eine dunkelgrüne Frucht. Ihre Ähnlichkeit mit einer süßen Traube war jedoch trügerisch. Roh verzehrt war die einzelne Beere nicht nur gallebitter und damit ungenießbar, sie verursachte auch schmerzhafte Magenkrämpfe und heftiges Erbrechen. Erst wenn der Gärungsprozess innerhalb der gelben Schale einsetzte, bildeten die Beeren darin einen stark säuerlichen Saft. Die gärenden Früchte mussten herausgeschält, weich gekocht und schließlich ausgepresst werden. Der reine Saft wurde dann nochmals mit Wasser und Maissirup aufgekocht und dann ließ man ihn einige Zeit in Fässern ruhen, bevor er zu Wein wurde und seine stark berauschende Wirkung erzielte.

Seinen Männern gestand Soberano lediglich eine mit reichlich Wasser verdünnte Version zu. Er selbst genoss den reinen

Wein, versetzt mit einer Essenz aus ausgekochter Süßbaumrinde, wodurch das Getränk einen lieblichen Geschmack erhielt. Manchmal fügte er dem Wein auch einen Tropfen Öl hinzu, welches mühsam aus den kleinen Kernen der Frucht gewonnen wurde. Das Öl allein wirkte beruhigend und schmerzstillend und wurde eigentlich nur für medizinische Zwecke angewendet. In Verbindung mit dem Wein rief es eine äußerst ungewöhnliche Reaktion hervor. Diese Entdeckung hatte er einem Versehen und Agnella zu verdanken.

Etwas mehr als zwei Jahre war es her, dass er zusammen mit Hogan und ein paar Männern auf dem Weg in den Norden gewesen war, um nach geeignetem Nachwuchs für seine Armee Ausschau zu halten. Als sie die Sümpfe durchquerten, sah er sie. Sie stand bis zu den Knien im Wasser und erntete zusammen mit anderen Frauen Reis. Sie war die Tochter eines Bauern und erst siebzehn Jahre alt, aber ihr Körper besaß bereits alle Attribute einer erwachsenen Frau. Soberano war sofort von ihr fasziniert gewesen. Die vollen Brüste, die schmale Taille, die strammen Schenkel und diese weiße, zarte Haut hatten ihn regelrecht verzaubert. Soberano hatte sie nicht gefragt, er hatte auch ihrem Vater kein Angebot für sie gemacht, er hatte sie einfach mitgenommen. Es war sein Recht. Genau, wie es sein Recht war, die jungen Burschen mitzunehmen, die kräftig genug waren, ihm als Soldaten oder Läufer zu dienen.

Vier Monate hatte er das Mädchen wie eine Kostbarkeit behandelt. Das erste Mal im Leben war ihm eine Frau wichtiger gewesen als seine Macht. Er warb um sie, wollte, dass sie freiwillig zu ihm kam. Dachte sogar an Heirat, denn ihm allein sollte sie gehören. Nur er wollte sie ansehen, nur er wollte sie berühren, nur seine Hände durften sich in ihrem Haar vergraben und nur seinen Körper sollten ihre Hände und ihre Lippen berühren. Agnella jedoch weigerte sich beharrlich und dann beging sie einen folgenschweren Fehler. Sie verhalf einem Mädchen, das ihre persönliche Dienerin hatte werden sollen, zur Flucht. Das Mädchen konnte wieder eingefangen werden und Soberano setzte sie so lange unter Druck, bis sie schließlich Agnella verriet.

In seiner Wut hatte er Agnella den Wein gewaltsam eingeflößt, um sie betrunken und damit gefügig zu machen. Statt zu der Phiole mit der Essenz der Süßbaumrinde hatte er versehentlich zu dem Fläschchen mit dem Kernöl gegriffen. Schon nach wenigen Schlucken verlor Agnella die Gewalt über ihren Körper, blieb jedoch zugleich bei klarem Verstand. Er konnte alles mit ihr tun, wonach ihm der Sinn stand. Agnella, die sich ihm standhaft verweigert hatte, war plötzlich Wachs in seinen Händen. Er ergötzte sich an dem Entsetzen und dem Hass in ihren Augen, während sie nicht einmal fähig war, den kleinen Finger zu heben. Viele Stunden hatte er sie in dieser Lage gehalten, ihr immer wieder den mit Öl versetzten Wein in den Mund geträufelt, bis er sicher sein konnte, dass ihr eiserner Wille endgültig gebrochen war. Seither tat sie alles, egal, was er von ihr verlangte, nur um der entsetzlichen Wirkung des Weines zu entgehen. Agnella blieb das Juwel in seiner Sammlung, trotz allem, was sie getan hatte. Er würde freiwillig niemals auf sie verzichten. Um sein Geheimnis zu wahren, musste aber auch sie endlich ein Kind austragen, deshalb behandelte er sie manchmal wie alle anderen auch, indem er sie einem seiner Männer überließ.

Heute war ihm die Begierde in den Augen des jungen Läufers aufgefallen. Vielleicht würde ihm gelingen, was bisher noch keiner geschafft hatte.

Soberano zog sich auf seinen mit weichen Fellen gepolsterten Stuhl zurück. Er rief sich das Bild von dem Burschen und Agnella in Erinnerung. Er fand es amüsant, wie unerfahren und schüchtern der Junge gewesen war. Soberano hatte die beiden nicht aus den Augen gelassen, jedes Detail des Akts förmlich in sich aufgesogen. Er hatte irgendwann bemerkt, dass das bloße Zusehen ihm eine zusätzliche Befriedigung und ein angenehm prickelndes Gefühl schenkte.

Damals, als sein Körper begonnen hatte, erwachsen zu werden, und er erste Erfahrungen hatte sammeln wollen, hatten die Mädchen über ihn gelacht. Später hatte er sich jede Frau genommen, die er wollte, die wenigsten freiwillig, die meisten unter Zwang. Er pflückte sich die Schönsten, wie man sich reife, rote Äpfel vom Baum holte. Dass einige von ihnen schwanger wurden, interessierte ihn in keinster Weise.

Seit er aus dem Gefängnis geflohen und nach Kerelaos gekommen war, hatte er aber kein Kind mehr zeugen können. Dass es an den Frauen hier oder an der neuen Umgebung lag, glaubte er nicht, andere Männer waren nicht davon betroffen. Er fand keine Erklärung dafür, erinnerte sich aber, dass auch sein Vater plötzlich nicht mehr in der Lage gewesen war, ein Kind zu zeugen. Allerdings gab es einen großen Unterschied. Im Gegensatz zu seinem Vater besaß er noch immer seine volle Manneskraft und eine Frau schenkte ihm durchaus angenehme Zufriedenheit. Er galt als mächtig und unbezwingbar und deshalb durfte niemand jemals von seiner Schwäche erfahren. Irgendwann war er dann auf die perfide Idee gekommen, es seinen Männern zu überlassen, die Frauen zu schwängern. Willkürlich suchte er sich einen Soldaten oder auch einmal einen Läufer aus, sich nach ihm mit seinen Frauen zu vergnügen. Die Männer glaubten, es sei eine ganz besondere Belohnung, die er ihnen für treue Dienste zukommen ließ. In Wahrheit hatte er damit einen Weg gefunden, seine Zeugungsunfähigkeit zu verheimlichen, und diese Idioten waren ihm auch noch dankbar dafür. Allein der junge Cardona hatte sich bisher geweigert, dieses Geschenk anzunehmen, und hatte das bestimmt schon bitter bereut.

Cardona! Er hatte diesen Namen ausradieren wollen, jetzt war der Kerl zu seinem persönlichen Martyrium geworden. Damals hatte er sich über Cardonas Drohung, ihn umzubringen, noch köstlich amüsiert, aber nach dessen Flucht war ihm das Lachen recht schnell vergangen. Seit ein aus dem Hinterhalt abgeschossener Pfeil ihn um Haaresbreite verfehlt hatte, hatte Soberano es nicht mehr gewagt, die Stadt zu verlassen.

Ein lautes Knacken ließ ihn zusammenzucken und herumfahren. Es war ein Holzscheit, das den gierigen Flammen nicht entkommen konnte. Funken sprühend brach es zusammen.

Hart stellte Soberano den Becher ab. Diesem Teufel Cardona war es bisher nicht gelungen, seine Drohung wahr zu machen, und er würde ihm auch in Zukunft keine Möglichkeit dazu bieten.

Es wird Zeit, dass ich dem Ganzen ein Ende bereite!

»Gleich Morgen«, murmelte er, »werde ich wieder auf die Jagd gehen. Eine wilde Raubkatze zu zähmen, wäre mal eine angenehme Abwechslung.« Allein die Jagd auf den Höhlenlöwen würde ihn auf andere Gedanken bringen und möglicherweise entdeckte er dabei auch eine menschliche Wildkatze, die er ganz nach seinen Bedürfnissen zähmen konnte. Sein Geheimrezept würde ihm dabei sicher wieder gute Dienste leisten.

Kapitel 5

Strahlendes Sonnenlicht blendete sie und der Jubel der Menschen schmerzte in ihren Ohren, als die Tür sich öffnete. Bunte Lichter tanzten vor ihren Augen, als die Menge Blumen warf und am Himmel ein Feuerwerk entzündet wurde. Hannibal sprang freudig jaulend und bellend hinaus und der Professor schritt nach allen Seiten winkend die Gangway hinab. Als sie den beiden folgen wollte, war es ihr nicht möglich, auch nur einen Fuß vor den anderen zu setzen. Etwas hielt sie fest, klammerte sich förmlich an sie. Sie wollte sich befreien, kämpfte gegen die unsichtbaren Fesseln an, aber es gelang ihr nicht. Geräusche wie das Stöhnen eines altersschwachen Motors und das Ächzen eines Baumes im Sturm drangen an ihr Ohr.

Es dauerte eine Weile, bis Saralean begriff, dass sie ihr eigenes Stöhnen und Ächzen vernommen hatte. Das Atmen fiel ihr so schwer, als läge eine zentnerschwere Last auf ihrer Brust. In ihrem Kopf hämmerte es unaufhörlich und in ihren Ohren dröhnte es, als sei neben ihr eine Bombe explodiert. Zögernd hob sie die bleischweren Lider. Die jubelnde Menge verschwand augenblicklich, genau wie das strahlende Sonnenlicht, das Feuerwerk und die Farbenpracht der Blumen. Zurück blieben ein verschwommenes, nebliges Grau und die Erkenntnis, alles geträumt zu haben.

Natürlich hast du geträumt. Wer kam schon auf die irrwitzige Idee, im Sonnenschein ein Feuerwerk zu entzünden?

Saralean kniff einige Male die Augen fest zusammen. Das neblige Grau verschwand und die eben noch verschwommenen Umrisse traten wieder scharf hervor. Sie befand sich auf der Brücke der Argus I – das war eindeutig kein Traum. Seltsam war nur, dass sich der ganze Raum irgendwie um 90 Grad gedreht haben musste. Die Möbel standen nicht mehr am Boden, sondern hingen an der Wand und die Steuerkonsole mit all ihren Bildschirmen und blinkenden Sensortasten lag am Boden. Verwundert stellte Saralean fest, dass selbst Hannibal an der Wand hing.

Ein äußerst irritierender Anblick.

Ganz langsam begann ihr Verstand wieder zu arbeiten und schließlich erkannte sie, dass es an der Perspektive lag, aus der sie den Raum betrachtete. Vorsichtig hob Saralean den Kopf. Noch immer leicht benommen sah sie sich um. Im flackernden Licht der Notbeleuchtung entdeckte sie den Professor, der seltsam verrenkt vor der Steuerkonsole lag und Hannibal, der winselnd neben ihm saß und ihn immer wieder mit der Nase anstieß. Dann nahm sie den unangenehmen Geruch von verschmortem Gummi wahr und die Realität traf sie mit aller Härte.

»Was ist …? Heilige Solara! Wir sind abgestürzt! Professor?« Ruckartig richtete sie sich auf, bereute dies jedoch augenblicklich. »Au! Verdammt!«

Ein stechender Schmerz, der sie fast lähmte, schoss durch ihre Wirbelsäule. Sie presste sich eine Hand in den Rücken und versuchte es erneut, sehr viel vorsichtiger diesmal. Alles um sie herum drehte sich und sie spürte den unbändigen Drang, sich zu übergeben. Statt dem nachzugeben, zwang sie sich, gleichmäßig tief ein und aus zu atmen. Schließlich kroch sie auf allen vieren auf Zeilinger zu.

»Professor?«, rief sie und drehte ihn vorsichtig auf den Rücken. »Wachen Sie auf, Professor!«

Zeilinger gab keinen Laut von sich. Saralean legte eine Hand auf seine Brust, aber da war nichts mehr, nicht das leiseste

Heben und Senken, kein noch so schwach pochendes Herz – kein Schmerz, kein Fühlen. Alles, was sie spürte, war ihr eigenes Zittern.

»Bitte nicht!« In der verzweifelten Hoffnung, dass sie sich irrte, riss sie den Meditektor aus seiner Halterung und scannte den Professor. Aber auch das handgroße und hochsensible multifunktionale Analysegerät konnte keinerlei Lebenszeichen mehr feststellen. Es bestand kein Zweifel, Professor Zeilinger war tot.

»Verdammt, Thaddeus, das dürfen Sie mir nicht antun«, flüsterte sie und eine Träne rollte über ihre Wange. Zusammengekauert blieb sie vor dem leblosen Körper ihres ältesten und besten Freundes hocken. Erst als Hannibal seine feuchte Nase gegen ihren Arm drückte, sah sie auf. Entschlossen wischte sie die Tränen mit dem Handrücken fort.

»Bist du in Ordnung?« Saralean legte die Hand auf den Hals des Tieres und sah ihm fest in die Augen. »Solara sei Dank, du bist unverletzt.«

Hannibal ließ ein leises, klägliches Fiepen hören und gab ihr einen dicken Hundekuss mitten ins Gesicht.

»Ich weiß, er wird mir auch fehlen, sehr sogar. Wir müssen jetzt stark sein, mein Freund«, sagte sie und presste die Stirn gegen den Kopf des Hundes. »Zum Trauern haben wir später noch Zeit genug. Wir müssen erst einmal in Erfahrung bringen, was genau passiert ist.«

Mit zusammengebissenen Zähnen, den eigenen körperlichen Schmerz missachtend, stand Saralean auf. Den heftigen Schwindel, der sie daraufhin überkam, konnte sie nicht so ohne Weiteres ignorieren. Sich mit beiden Händen auf der Konsole abstützend wartete sie, bis die Knöpfe, Schalter und Sensortasten vor ihren Augen nicht mehr unkontrolliert hin und her sprangen. Noch ein wenig benommen überprüfte Saralean die

Zielkoordinaten, die von Zeilinger in den Computer eingegeben worden waren. Der kleine Bildschirm neben der manuellen Steuerung flackerte einige Male, dann endlich zeigte er neben der aktuellen Zeit auch die gewünschten Daten an.

»Zu Hause! Er wollte mich nach Hause bringen!« Wieder rannen Tränen über ihr Gesicht, doch diesmal waren es Tränen der Dankbarkeit. Sie hatte sich schon so lange danach gesehnt, ihre Eltern, ihren Bruder und ihre Freunde wiederzusehen, und Professor Zeilinger hatte seinen Testflug dazu genutzt, ihr diesen Wunsch zu erfüllen. Erleichtert drehte sie sich zu Hannibal um.

»Wir sind zu Hause, Hannibal. Wir sind auf Karfana!«

Saralean berührte die blaue Sensortaste, die für das Öffnen und Schließen der großen Außenjalousien zuständig war, und sah voller Vorfreude hinaus. Die Landschaft, die vor ihr lag, besaß nicht die entfernteste Ähnlichkeit mit dem, was sie erwartet hatte. Karfana war eine Oase im kalten, dunklen Meer des Universums. Sattgrüne Hügel, Bäume und wogende Kornfelder prägten das Bild. Es gab Tage und es gab Nächte, es gab Regen, es gab Nebel und es gab auch mal Sturm, aber es gab keine Jahreszeiten wie auf der Erde. Die Strahlen von Solara, der kleinen Schwester der irdischen Sonne, erzeugten eine gleichbleibend warme Temperatur. Dadurch herrschte ein dauerhafter Frühling und das milde Klima hatte Karfana zu einem der fruchtbarsten Planeten der südlichen Galaxis werden lassen. Das sprichwörtliche Paradies.

Hier sah es eher aus wie der Vorhof zur Hölle. Eine kalte Hölle. Die Außentemperatur zeigte minus 12 Grad an.

»Das kann nicht Karfana sein«, murmelte Saralean und lief von einem Fenster zum anderen.

Überall bot sich ihr derselbe trostlose Ausblick. Rechts ragte eine dunkle Gesteinswand auf, links türmten sich gewaltige Felsbrocken und vor ihr lag eine Wüste aus schwarzem Geröll.

Am Horizont war die Korona der aufgehenden Sonne zu erkennen. Genau genommen waren es sogar zwei Sonnen, deren orangerote Strahlen sich langsam über die Ebene ausbreiteten. Die Sonnen brachten die dünne Eisschicht, die auf dem pechschwarzen Gestein lag, langsam zum Schmelzen. Da, wo die Feuchtigkeit verdampfte, stieg feiner Nebel auf und erweckte den Anschein, als sei die ganze Gegend gerade erst in Schutt und Asche gelegt worden. Das Bild erinnerte Saralean an ein riesiges verlöschendes Lagerfeuer. Verwirrt ging sie zurück zur Steuerkonsole.

»2335.22.05.06.38.23«, las sie laut vor, als ihr Blick auf die Zeitangabe fiel. Es waren mehr als 21 Stunden vergangen. Der Flug zu ihrem Heimatplaneten dauerte normalerweise etwas mehr als 8 Stunden. »Hier stimmt etwas ganz und gar nicht.«

»Sit?« Sie musste einen Moment warten, bis auf dem Monitor ein computeranimiertes Gesicht sichtbar wurde. Der Special Intelligence Techtronic, den sie extra für die Argus umprogrammiert hatte, war eines der ältesten Computersysteme, die noch im Dienst standen. Allerdings war der SIT 2330 nach Meinung des Professors auch der zuverlässigste, der je entwickelt wurde.

»Bist du intakt?« Saralean hoffte inständig, dass sich Zeilinger nicht geirrt hatte.

Auf dem Bildschirm erschienen allerhand Zeichen und Zahlen, Sit schien sich einer Selbstdiagnose zu unterziehen.

»Nun mach schon, ich brauche dich.« Ungeduldig trommelte sie mit den Fingern auf der Konsole.

Nach einigen Sekunden, die Saralean vorkamen wie eine Ewigkeit, meldete sich die vertraute Stimme des Computers: »Hallo, Saralean.«

»Na endlich«, rief sie und stieß erleichtert die angehaltene Luft aus. »Geht es dir gut?«

»Meine Systeme zeigen keine Fehlfunktion.«

»Das ist sehr beruhigend, aber ich habe ein Problem, bei dem du mir helfen musst. Der Professor hat Karfana angesteuert.«

»Korrekt.«

»Wir sind aber nicht auf Karfana. Ich brauche sofort alle Informationen über diesen Planeten.«

»Welcher Planet?«

»Der, auf dem wir uns befinden.«

»Name?«

»Das will ich ja gerade von dir wissen. Stell fest, wo wir hier sind.«

Wieder erschienen eine lange Reihe Zahlen und Daten auf dem Bildschirm. Wieder wurde Saraleans Geduld auf eine harte Probe gestellt, bis Sit endlich antwortete.

»Meinen Berechnungen zufolge befinden wir uns auf Kerelaos.«

»Kerelaos? – Bist du dir sicher? Kerelaos befindet sich rund 0,5 Parsec von der Erde entfernt!« Ein Schauer durchfuhr sie. Einen Augenblick starrte sie wie gelähmt auf den Bildschirm. »Wie ist das möglich?«

»Die Argus I wurde vom programmierten Kurs abgebracht.«

»Wodurch?«

»Sie geriet in einen magnetischen Sturm, ausgelöst durch eine Sonneneruption.«

»Erklärung!«

»Sonneneruptionen werden die Detonationen auf einem Stern genannt. Ihre Auswirkungen kommen einer Nuklearexplosion gleich …«

»Stopp«, unterbrach Saralean gereizt, »der Begriff ist mir bekannt. Der Sturm allein erklärt aber nicht, warum wir von unserem eigentlichen Kurs abgekommen sind.«

»Durch die Eruption geriet die Argus I auf direkten

Kollisionskurs mit einem Asteroiden, der ebenfalls aus seiner Bahn geworfen wurde.«

Eine Kollision! Das, was sie für eine Explosion gehalten hatte, war ein Zusammenprall mit einem Asteroiden gewesen!

»Wann ist das passiert?«

»Bei Zeitpunkt 2335.21.05.09.05.57.«

»Dann haben wir eine Strecke, für die wir bei Lichtgeschwindigkeit gut und gerne anderthalb Jahre gebraucht hätten, innerhalb von knapp 22 Stunden zurückgelegt?« Saralean fasste sich an den Kopf. Für einen Augenblick glaubte sie, alles um sie herum würde sich wieder drehen.

»Die Argus benötigte exakt 15 Stunden, 11 Minuten und 43 Sekunden«, berichtigte Sit ihre Rechnung.

»15 Stunden?« Saralean schloss einen Atemzug lang die Augen, dann hatte sie sich einigermaßen wieder gefasst. »Das kann nicht stimmen. Selbst die Arturo hätte mit vierfacher Lichtgeschwindigkeit noch etwa vier Monate gebraucht. Überprüf die Daten noch einmal.«

Sit rief alle in seinem Speicher vorhandenen Informationen erneut auf: Stärke des Magnetsturms, Größe, Geschwindigkeit und Gewicht des Asteroiden, Größe, Geschwindigkeit und Gewicht der Argus, die Richtung und die Geschwindigkeit der Argus nach der Kollision sowie die Zeitspanne vom Zeitpunkt des Unfalls bis zum Absturz.

»Die Argus benötigte exakt 15 Stunden, 11 Minuten und 43 Sekunden«, bestätigte Sit seine erste Berechnung.

»Das ist eigentlich unmöglich! Hast du eine Erklärung dafür?«

»Die Argus I wurde nach der Kollision mit dem Asteroiden unkontrolliert in den Raum geschleudert. Die dadurch erreichte kurzfristige Beschleunigung auf sechsfache Lichtgeschwindigkeit öffnete einen Zeitkorridor.«

Sechsfache Lichtgeschwindigkeit? Heilige Solara!

Es war kaum vorstellbar, dass die verhältnismäßig kleine Argus die ungeheuren Kräfte, die auf sie eingewirkt haben mussten, überhaupt heil überstanden hatte. Ein Zeitkorridor war da schon eine sehr viel plausiblere Erklärung, aber dennoch … Ein Zeitkorridor? – Eine Abkürzung durch den Raum? Es gab Geschichten darüber. Piloten berichteten immer mal wieder von willkürlich auftauchenden Korridoren durch Zeit und Raum. Sie seien nicht steuerbar, und einmal darin gefangen könne man nur hoffen, dass man nicht in unbekannten Raum geschleudert werde. Lange waren diese Berichte als Hirngespinste abgetan worden, doch die Erforschung dieses Phänomens war weiter fortgeschritten. Erst vor Kurzem hatte Saralean einen Bericht darüber gelesen. Darin behauptete ein anerkannter Wissenschaftler, erste Versuche, einen Zeitkorridor künstlich entstehen zu lassen, seien erfolgreich gewesen. Wenn Sit sich nicht irrte – und eigentlich irrte er sich nie – dann hatte die Argus möglicherweise einen unwiderlegbaren Beweis für diese These erbracht.

»Eine Kurskorrektur wurde nicht vorgenommen«, fuhr Sit mit seinem Bericht fort, »erst im Orbit von Kerelaos und durch den Eintritt in dessen Atmosphäre wurde die Argus abgebremst.«

»Keine Kurskorrektur? Nicht einmal der Versuch? – Das heißt ja, der Tod des Professors ist vermutlich bereits kurz nach dem Zusammenstoß mit dem Asteroiden eingetreten«, überlegte Saralean laut.

»Korrekt.«

»Das mag korrekt sein, aber nicht akzeptabel!« Sie stemmte beide Hände auf die Konsole und sah das Gesicht auf dem Monitor fest an. »Fassen wir also zusammen: Fakt ist, der Professor war vermutlich bereits tot. Ich war ohnmächtig.

Hannibal kann kein Raumschiff fliegen. Was war mit dir? Warum hast du nichts getan?«

»Der Professor hat, gegen meine ausdrückliche Empfehlung, die Autonavigation deaktiviert.«

»Er hat was getan?« Saralean richtete sich ruckartig auf.

»Der Professor hat, gegen meine ausdrückliche Empfehlung, die Autonavigation deaktiviert«, wiederholte Sit.

»Ich habe schon verstanden«, winkte Saralean müde ab.

Zeilinger hatte sich demnach selbst überschätzt. Stolz, Überheblichkeit und auch ein wenig kindliche Naivität hatten ihn wahrscheinlich dazu gebracht, sein Schiff allein fliegen zu wollen. Das war mehr als unvernünftig von ihm gewesen, denn er besaß sehr wenig Flugerfahrung. Selbst die routiniertesten Piloten würden niemals auf die Idee kommen, die Autonavigation zu deaktivieren. Es war sogar Vorschrift, diese im Stand-by-Modus zu halten, damit sie sich im Notfall selbst zuschalten konnte.

»Was ich nicht verstehe, ist: Wie konnten wir in einen magnetischen Sturm geraten? Jede Sonneneruption kündigt sich an und jedes Mal wird eine entsprechende Warnung an die in der Nähe befindlichen Schiffe herausgegeben. Ist die Argus nicht gewarnt worden?«

»Die Warnung über die bevorstehende Sonneneruption wurde noch vor dem Start übermittelt. Professor Zeilinger hatte auch die Kommunikation mit mir deaktiviert und meinen über den Monitor schriftlich übermittelten Hinweis ignoriert.«

Ach, Professor, was haben Sie sich bloß dabei gedacht?

Saralean schüttelte bekümmert den Kopf, dann straffte sie die Schultern. Was geschehen war, war geschehen. Der Professor hatte Fehler gemacht, falsche Entscheidungen getroffen und Vorschriften missachtet und am Ende mit seinem Leben dafür bezahlt. Eine winzige Hoffnung, dass Sit einem Irrtum unterlag, bestand noch.

»Es tut mir leid, aber ich werde die manuelle Überprüfung deiner Systeme durchführen. Vielleicht hast du trotzdem eine Fehlfunktion erlitten.«

Für Saralean verging eine halbe Stunde zwischen Hoffen und Bangen, dann hatte sie das Ergebnis. Sit funktionierte fehlerlos.

»Wir befinden uns also zweifelsfrei auf Kerelaos.«

»Das sagte ich bereits. Ein Irrtum ist ausgeschlossen. Die Sauerstoff-Stickstoff-Zusammensetzung der Atmosphäre und die Zwillingssonnen lassen keinen anderen Schluss zu. Wir befinden uns auf dem einzigen bewohnbaren Planeten im vierten Quadranten des Sarkussystems oder auch an der nördlichsten Grenze des bisher von uns erforschten Universums.«

Auf dem Bildschirm wurde eine Animation sichtbar. Es hatte fast den Anschein, als sei Sit beleidigt, denn er stellte minutiös die Flugbahn der Argus vor und nach der Sonneneruption dar. Ein stark vereinfachtes Abbild eines Raumschiffes steuerte auf die Sonne zu, änderte dann den Kurs in Richtung Merkur. Kurz darauf tauchten eine Menge Punkte auf dem Bildschirm auf, wovon einer mit dem Raumschiff kollidierte und es zum Rotieren brachte. Unter Hinzunahme der enormen Geschwindigkeit, mit der die Argus aus ihrer Bahn katapultiert worden war, der Richtung, die sie nach dem Zusammenprall mit dem Asteroiden genommen hatte und der Zeit, die bis zum Absturz vergangen war, gab es nur diese eine Alternative.

»Ist ja gut, ich glaube dir.« Saralean ließ sekundenlang den Kopf hängen. Es gab Tausende, ach was, Abertausende Planeten – warum mussten sie ausgerechnet auf diesem abstürzen?

Jammere nicht. Sei lieber froh, dass du noch am Leben bist. Es hätte auch anders kommen können!

Sie stieß sich von der Konsole ab und gab neue Koordinaten ein. Es wäre sinnlos, lange darüber nachzudenken, jetzt galt es, der Situation, in die sie geraten war, möglichst unbeschadet zu entkommen. Handeln, den Fehler korrigieren, das musste jetzt ihr primäres Ziel sein.

»Du musst eine schiffsweite Diagnose durchführen. Ich brauche eine detaillierte Schadensmeldung. Wir müssen hier so schnell wie möglich weg.«

Kerelaos war vor langer Zeit als Strafkolonie genutzt worden. Das alte Regime hatte Verbrecher jeglicher Couleur zur Höchststrafe verurteilt und das bedeutete lebenslange Verbannung auf diesen kargen Planeten.

Vor etwas mehr als fünfzig Jahren hatte ein Forschungsschiff nach einem Maschinenbrand auf Kerelaos notlanden müssen. Der Planet war schon lange in den gängigen Sternenkarten als Dronte 630c vermerkt gewesen. Niemand hatte ihm bisher größere Beachtung geschenkt. Die Wissenschaftler waren höchst erstaunt darüber, in diesem fast leeren Raum einen Planeten vorzufinden, der eine mit Sauerstoff und Stickstoff angereicherte Atmosphäre besaß. Eine Atmosphäre, die mit der auf der Erde und auf anderen bewohnten Planeten vergleichbar war. Während die Crew sich um die Reparaturarbeiten an dem Raumschiff kümmerte, erforschten sie den Planeten. Sie fanden hauptsächlich schwarze Sandwüsten, Lavafelder und Berge vulkanischen Ursprungs vor. Einige wenige waren tief in ihrem Innern noch aktiv, aber der überwiegende Teil war längst erloschen. Am Ende erklärten sie etwa ein Drittel des Planeten als bewohnbar. In diesem Gebiet lagen ausgedehnte Sümpfe, ein Wald aus stinkenden Bäumen, die starke Ähnlichkeit mit dem irdischen Faulbaum besaßen, und ein großes, salzhaltiges Meer, das allerdings auszutrocknen drohte. Die Wissenschaftler entdeckten allerdings auch einige Süßwasserquellen, in deren Nähe ihrer Einschätzung nach Ackerbau und Viehzucht durchaus möglich war. Neben dem Wald und einigen verstreut wachsenden Bäumen mit zuckerhaltiger

Rinde sowie verschiedenen Strauchgewächsen existierte ansonsten kaum nennenswerte natürliche Vegetation. Die Evolution hatte dagegen einige Tiere hervorgebracht, die kurioserweise von ihrer körperlichen Beschaffenheit und ihrer Wesensart nur wenige Unterschiede zu ihren Artgenossen auf der Erde aufwiesen. Diese Tiere hatten sich den harten Lebensumständen bestens angepasst, Menschen würde dies ganz sicher auch gelingen. Einer Besiedelung von Dronte 630c, so das Urteil der Wissenschaftler, stünde demnach nichts im Wege. Dronte 630c wurde in die Liste der bewohnbaren Planeten aufgenommen und erhielt den Namen Kerelaos.

Dennoch wollte niemand freiwillig nach Kerelaos umsiedeln. Da das im erdnahen Asteroidengürtel verankerte Gefängnis seit Langem überfüllt war, wurde schließlich von den damaligen Machthabern entschieden, Kerelaos anderweitig zu nutzen. Der kleine, anderthalb Lichtjahre von der Erde entfernte Planet, erschien ihnen als idealer Standort für eine Strafkolonie. Die Verurteilten wurden kurzerhand dorthin verbannt, regelmäßig mit dem Nötigsten versorgt und ansonsten sich selbst überlassen. Von Kerelaos, so sagte man schon nach kurzer Zeit, kehre niemand lebend wieder zurück. Nach dem Krieg gegen die Hetaner entschied der neu eingesetzte Planetarische Rat, dass eine Verbannung auf den Planeten unmenschlich sei und die weitere Nutzung als Strafkolonie wurde gesetzlich verboten.

Saralean war erst fünf Jahre alt gewesen und lebte sicher und behütet mit ihren Eltern auf Karfana, als die Erde von den Hetanern angegriffen wurde. Von dem verheerenden Krieg, der ein ganzes Jahr tobte, war auf Karfana kaum etwas zu spüren gewesen. Alles, was sie darüber wusste, hatte sie erst Jahre später an der Universität und aus Geschichtsbüchern erfahren. Während des Studiums hörte sie dann auch zum ersten Mal von Kerelaos. Da der Planetarische Rat nach dem Krieg mehr als genug damit zu tun hatte, den Frieden zwischen den Planeten und mit den Hetanern zu festigen und auf Dauer zu sichern, war Kerelaos langsam in Vergessenheit geraten und dementsprechend waren die Informationen recht spärlich ausgefallen. Nur dass das strikte Landeverbot auf diesem Planeten niemals aufgehoben worden war, hatte man den Studenten während der Pilotenausbildung klar und deutlich erklärt.

Saralean hielt einen Moment inne. Das bedeutete aber, dass es noch menschliches Leben auf Kerelaos geben musste, sonst hätte das Landeverbot überhaupt keinen Sinn! Die Bewohner, sofern tatsächlich noch welche existierten, waren durchweg verurteilte Verbrecher und würden sie bestimmt nicht freundlich willkommen heißen und zum Tee einladen.

»Es tut mir leid«, presste sie hervor, als sie den leblosen Körper des Professors beiseite rollte.

»Sit! Beeil dich!«, rief sie mahnend und breitete gleichzeitig eine Decke über dem Leichnam aus.

Hannibal, der bisher ruhig bei seinem toten Herrn gesessen und Saralean lediglich mit den Augen verfolgt hatte, begann, unruhig hin und her zu laufen. Leise winselnd blieb er schließlich vor einer der beiden Außentüren stehen.

»Geh auf deine Kiste, Hannibal. Ich kann dich hier nicht hinauslassen – Sit? Was dauert denn so lange?«

»Diagnose abgeschlossen«, meldete Sit.

»Und?«

»Keine irreparablen Schäden innerhalb der beiden Decks – Energie ausreichend vorhanden – Energiereserven nicht beschädigt – Wassertanks intakt – Sauerstoff auf Normalniveau – Antrieb intakt.«

»Gut, dann starten wir. Kurs Erde«, befahl Saralean.

»Start nicht möglich.«

»Wie bitte? Du hast gerade gesagt, es sei alles in Ordnung!«

»Die Statik der Argus I weist erhebliche Schäden auf.«

»Welche?«

»Risse in der äußeren Ummantelung«, begann Sit mit der Aufzählung, wurde jedoch von Saralean unterbrochen.

»Wie konnte das passieren?«

»Die Landeautomatik wurde nicht aktiviert. Die Argus stürzte, abgeschwächt durch die äußeren Luftschichten, aber dennoch ungebremst auf die Oberfläche des Planeten. Außerdem wurde der Hitzeschild durch den unkontrollierten Eintritt in die Atmosphäre zu 74,8 Prozent zerstört.«

»Oh nein!« Saralean stützte sich schwer auf der Steuerkonsole ab. Das konnte, das durfte nicht wahr sein.

»Wie hoch ist die Wahrscheinlichkeit, dass ein Start trotzdem gelingt?«

»Ein Start ist nicht ratsam.«

»Wie hoch, Sit!«

»Die Wahrscheinlichkeit tendiert gegen null. Das Heck der Argus steckt in einer unter uns befindlichen Felsspalte fest. Zudem wurden Teile der Argus von flüssiger Lava umschlossen, die aufgrund der nächtlichen Tiefsttemperaturen wieder erkaltet ist. Der Rumpf der Argus wird bei einem Startversuch erheblichen Schaden nehmen.«

»Mist«, fluchte Saralean laut. Demnach war die Argus nach dem Absturz über diese Ebene geschlittert, bis der Berg sie gestoppt hatte. Dadurch war eine derart hohe Temperatur entstanden, dass das Lavagestein zum Schmelzen gebracht worden war. Saralean konnte nicht einmal einen Startversuch wagen. Vermutlich würde die Argus sofort auseinanderbrechen und sollte sie wider Erwarten dennoch freikommen, würde sie vermutlich spätestens in der oberen Atmosphäre zerplatzen, wie ein Ballon, der zu stark aufgeblasen worden war.

»Dann sitzen wir also fest!«

Ruhig bleiben, ermahnte sie sich selbst, denk nach! Panikattacken sind jetzt nicht unbedingt hilfreich.

»Ist es möglich, einen Hilferuf auszusenden?«

»Möglich schon, aber sinnlos.«

»Warum?«

»Es befinden sich Warnsonden in der Umlaufbahn. Sie sind mit einer Übersetzungsmatrix ausgestattet, die das Lande- und Annäherungsverbot in sämtlichen Sprachen aussendet.«

Das Verbot galt natürlich nicht nur für die Mitglieder der Vereinten Planeten, sondern für alle Reisenden, die Kerelaos passierten. Sollte sich ein fremdes Raumschiff nähern, waren die Sonden in der Lage, die Warnung in der entsprechenden Sprache zu senden. Nachdenklich wanderte Saralean auf und ab. Die Sonden besitzen einen Computerkern, in dem eine linguistische Datenbank eingebettet ist. Ein Programm, das sich selbstständig aktiviert, wenn ein Schiff in Reichweite der Sonden kam – vielleicht gab es doch eine Möglichkeit.

Saralean drehte sich schwungvoll zu Sit um; sie mussten es versuchen, es war vielleicht ihre einzige Chance.

»Kannst du Kontakt zu den Sonden herstellen?«

»Ja.«

»Gut, wir werden über sie einen Hilferuf absetzen. Irgendein Schiff wird ihn empfangen und entschlüsseln. Du wirst folgende Nachricht einspeisen: Hier Argus I – Heimathafen Erde – Sektion Nordwest-Europa – befanden uns auf genehmigtem Testflug – sind durch Unfall bei Zeitpunkt 2335.21.05.09.05.57 vom Kurs auf Karfana abgekommen – Absturz auf Kerelaos – Professor Zeilinger verstorben – bitte dringend um Hilfe – PASA-Chefingenieurin Lieutenant Saralean Terfee.«

»Es ist auch verboten, auf einen Hilferuf von Kerelaos zu antworten.«

»Sie müssen nicht antworten, aber kein Kapitän wird einen Hilferuf unbeachtet lassen. Sie werden es auf jeden Fall überprüfen. Man wird uns über kurz oder lang vermissen und dann werden sie schon irgendwie reagieren. Solange müssen wir hier eben aushalten.«

»Verstanden«, erwiderte Sit und begann mit der Übertragung.

»So, und jetzt kontrolliere die Umgebung. Taste die Gegend nach menschlichem Leben ab. Wir dürfen hier nicht entdeckt werden, bis Hilfe kommt.«

Soweit sie sich erinnerte, gab es auf Kerelaos keine oder zumindest keine nennenswerte Technik, dennoch war die Wahrscheinlichkeit groß, dass man ihren Absturz gesehen oder zumindest gehört hatte. Nervös wartete sie auf das Ergebnis.

»Wir werden beobachtet«, meldete sich Sit.

»Ich habe es geahnt – wie viele sind es?«

»Ein Mann. Er steht auf dem Plateau über uns.«

»Zeig ihn mir«, forderte Saralean und beobachtete gespannt den Bildschirm, auf dem eine Person sichtbar wurde. Sie war in einen dicken Fellmantel gehüllt und hatte eine Kapuze tief ins Gesicht gezogen. »Bist du sicher, dass es ein Mann ist?«

»Ganz sicher«, bestätigte Sit, der die Person gescannt hatte.

»Ist er bewaffnet?«

»Er trägt altertümliche Waffen bei sich.«

»Welche?«

»Ein äußerst primitives Messer, einen Köcher mit Pfeilen und einen Langbogen.«

Saralean war beunruhigt. Nicht so sehr wegen der Waffen, auf Karfana trug jeder ein Messer bei sich und man ging mit Pfeil und Bogen auf die Jagd. Schusswaffen, wie sie auf der Erde benutzt wurden, waren ausschließlich der karfanischen Schutztruppe vorbehalten. Saralean sorgte sich eher darum, von dem Fremden entdeckt zu werden.

»Funktioniert unsere Tarnung?«

»Es sieht ganz danach aus, ich kann es nur nicht mit Sicherheit sagen, ich habe keine Verbindung.«

»Auch das noch! Sag mir Bescheid, wenn er verschwindet, dann werde ich das Verbindungskabel überprüfen. Jetzt müssen wir auf unser Glück vertrauen.«

Während sie warten musste, machte Saralean sich mit der Technik auf der Brücke vertraut, überprüfte die Handfeuerwaffen auf ihre Funktionstüchtigkeit und erkundete die Schränke, in denen Werkzeug, Ersatzteile und andere Dinge verstaut waren. Sie schloss gerade eine Schranktür, hinter der sie Nachtsichtgeräte, Armbänder mit integriertem HPS-Sender und Sauerstoffmasken gefunden hatte, als Sit sich meldete.

»Saralean?«

»Ja?«

»Er ist fort.«

»Kannst du feststellen, wo er hingegangen ist?«

»Er ist im Innern des Berges verschwunden.«

»Das ist gut, hoffen wir, dass er vorerst auch dort bleibt.«

»Ich habe den Berg gescannt. Er ist von einem weitverzweigten, labyrinthartigen Netz aus Gängen durchzogen. Ein erloschener Vulkan, in dem sich über die Jahre eine große Anzahl Höhlen gebildet haben. In einigen zusammenhängenden Höhlen konnte ich humanoides wie auch tierisches Leben ausmachen.«

»Menschen?«

»Die mineralische Zusammensetzung des Vulkangesteins lässt keine exakte Identifizierung zu.«

»Kannst du sagen, wie viele es sind?«

»Neunzehn Individuen und ein Säugling.«

»Ein Baby? Bist du ganz sicher?«

»Ich würde es nicht sagen, wenn ich nicht sicher wäre«, gab Sit beleidigt zurück.

»Ist ja schon gut, du hast recht. Es wundert mich nur.«

»Warum?«

Ja, warum eigentlich? Es ist doch ganz normal. Da, wo Männer und Frauen zusammenleben, gibt es auch Kinder, überlegte Saralean, während sie den Kabelkanal unter der Konsole öffnete.

»Ich habe es einfach nicht erwartet – ehrlich gesagt habe ich nicht einmal erwartet, dass es überhaupt noch Leben auf diesem Planeten gibt.« Ihre Stimme klang gepresst, als sie ihre Hand tief in den Kabelkanal hineinschob, um die Fehlerquelle zu beheben, die der Scanner ihr angezeigt hatte. »Die Tiere, was sind das für Tiere?«

»Eine Kolonie Flughunde. Man muss sie wohl zur Familie der auf der Erde beheimateten Acerodon zählen. Diese hier sind größer, kräftiger und sie sind vollkommen weiß. Außerdem befinden sich Ziegen in einer der Höhlen.«

»Hier war ein Kabel lose, steht die Verbindung jetzt wieder?«

»Wir sind getarnt.«

»Solara sei Dank.« Erleichtert kroch sie unter der Konsole hervor und schloss den Kabelkanal.

»Er ist wieder da.«

»Was tut er?«

»Er sitzt auf dem Vorsprung, sonst tut er nichts.«

»Er wird vermutlich Wache halten.«

»Das Baby ist übrigens krank.«

»Was hat es?«

»Das kleine Mädchen leidet an Unterernährung, hat aufgrund von Unterkühlung hohes Fieber und eine schwere Bronchitis.«

»Können wir etwas tun?«

»Nicht, ohne uns zu verraten.«

»Verstehe. Warum machen die Eltern kein Feuer?«

»Diese Frage kann ich dir leider nicht beantworten.«

»Okay, es geht uns auch nichts an.« Saralean fuhr sich mit der Hand über die Stirn. Der pochende Schmerz dahinter hatte sich noch immer nicht gelegt. »Ich habe furchtbare Kopfschmerzen und werde mich einen Moment ausruhen. Ruf mich, sobald sich da draußen etwas tut.«

Kapitel 6

Saralean hatte ein leichtes Schmerzmittel genommen und sich auf das Bett gelegt. Als sie ein paar Stunden später erwachte, sprang sie erschrocken auf.

»Sit? Warum hast du mich schlafen lassen?«

»Es erschien mir sinnvoll.«

»Sinnvoll vielleicht, aber nicht unbedingt angebracht. Ist der Mann noch da?«

»Er hat sich in die Höhlen zurückgezogen.«

»Gut, dann haben sie vielleicht noch keinen Verdacht geschöpft.«

»Das kann ich nicht beurteilen. Man hat die Argus I zumindest noch nicht entdeckt.«

Wäre Sit ein Mensch, würde man ihn als Neunmalklugen bezeichnen, da war Saralean sich ganz sicher. Schmunzelnd nickte sie, dann fiel ihr Blick auf die Anzeige für die Außentemperatur.

»Du meine Güte!«, rief sie aus. »Das kann doch nicht sein. Heute Morgen waren es noch Minusgrade.«

Die beiden Sonnen standen mittlerweile hoch am Himmel und die Ebene hatte sich in einen wahren Glutofen verwandelt. Es wurde eine Temperatur von knapp unter 50 Grad angezeigt.

»Meinen Informationen nach sind derartige Temperaturunterschiede völlig normal.«

»Normal? Ich glaube, auf diesem Planeten ist nichts normal«, murmelte Saralean. »Ist der Hitzeschild noch in der Lage, uns vor diesen Temperaturen zu schützen?«

»Die herrschenden Temperaturunterschiede stellen für die

Argus kein Problem dar. Wenn die Sonnen ihren Zenit überschritten haben, kühlen die Temperaturen langsam wieder ab.«

»Gut. Wir sollten jetzt so viel Energie einsparen wie irgend möglich. Wir wissen nicht, wie lange wir hier aushalten müssen. Irgendwelche Vorschläge?«

»Ich empfehle, die Tarnung bei Tag aufrechtzuerhalten. Bei Nacht ist es hier so dunkel, dass ein menschliches Auge das Schiff nicht erkennen kann.«

»Gute Idee. Wie sieht es mit unseren Vorräten aus?«

»Es sind Vorräte für vierzig Tage an Bord.«

»Ich hoffe, sie sind für zwei Personen berechnet.«

»Absatz 25245.243 der PASA-Vorschriften zur Ausstattung eines Raumschiffes besagen, dass für jedes Besatzungsmitglied Vorräte für mindestens vierzig Tage vorhanden sein müssen. Die Argus I ist für vier Besatzungsmitglieder ausgelegt.«

»Hat der Professor sich ausnahmsweise einmal an die Vorschriften gehalten?«

»Es war eine der Bedingungen für die Starterlaubnis. Allerdings reichen die Vorräte für Hannibal auch nur für vierzig Tage.«

»Hannibal.« Saralean drehte sich zu dem treuen Vierbeiner um. »Ich schätze, du wirst dich auch an andere Lebensmittel gewöhnen müssen, ansonsten muss ich dich ein wenig auf Diät setzen.«

Saralean fand es immer wieder faszinierend, wie das Tier auf ihre Stimme reagierte. Hannibal legte den Kopf leicht schief und sah sie so aufmerksam an, als würde er tatsächlich jedes Wort verstehen. Liebevoll strich sie ihm über das dichte, weiche Fell, dann wandte sie sich wieder zu Sit um.

»Können wir notfalls den Replikator nutzen?«

»Er benötigt vergleichsweise viel Energie, er sollte daher wirklich nur bei einem Notfall aktiviert werden.«

»Verstanden. Ich hätte jetzt gern alle Informationen über Kerelaos, die du in deinem Superhirn finden kannst.«

Den ganzen Tag über beschäftigte Saralean sich mit den verschiedenen Möglichkeiten der Energieeinsparung, während Sit ihr all sein Wissen über den Planeten vermittelte. Es war allerdings nicht sehr viel mehr als sie ohnehin wusste.

»Das ist nicht gerade erschöpfend. Zumindest wissen wir, dass sie nicht über moderne Waffen verfügen dürften. Somit sind wir ihnen überlegen.« Sie kappte gerade die Energiezufuhr des Antriebssystems. »Ich werde alles abschalten, was wir nicht benötigen. Pass auf, dass ich nicht versehentlich eine negative Kettenreaktion auslöse.«

Saralean leitete die Energie für die Lebenserhaltung im Frachtraum um, stellte all die kleinen Energiequellen auf dem unteren Deck ab und programmierte die Lichtautomatik neu. Erst als Sit ihr meldete, dass sie eine Einsparung von über 45 Prozent erreicht hatte, war sie zufrieden. Als die Dämmerung einsetzte und die Temperaturen auf ein angenehmes Maß zurückgegangen waren, wagte sie sich hinaus, um den Professor zu beerdigen. Hannibal ließ sich nicht davon abhalten, ihr zu folgen.

»Sit! Halte uns erfasst! Sobald du jemanden entdeckst, holst du uns zurück.«

Saralean wählte eine Stelle in einiger Entfernung zur Argus, die ihr für ein unauffälliges Grab geeignet erschien, dann gab sie Sit den Befehl, den Leichnam des Professors zu erfassen und per Isotranssynthese zu ihr zu bringen. Kaum einen Wimpernschlag später materialisierte sich Zeilingers Körper vor ihr. Saralean nahm Zeilinger den Gürtel mit dem HPS-Sender ab und verbarg den Körper unter Steinen. Eine Weile blieb sie mit gesenktem Kopf vor dem Hügel stehen und sprach leise ein karfanisches Totengebet.

»Leben Sie wohl, mein Freund. Wo auch immer der neue Weg Sie hinführt, Hannibal und ich werden in Gedanken immer bei Ihnen sein«, sagte sie leise und wischte sich ein paar Tränen fort, dann drehte sie sich entschlossen um. »Komm, Hannibal, wir dürfen nicht länger als unbedingt nötig hier draußen sein.«

Saralean hatte eben die Türen geschlossen, als Sit meldete, dass wieder jemand auf dem Vorsprung stand.

»Ist es derselbe Mann?«

»Größe, Gewicht und die Waffen, die er bei sich trägt, sind identisch.«

»Was tut er?«

»Nicht. Eine Frau ist jetzt bei ihm.«

»Sit! Audio zuschalten!«, verlangte Saralean.

Ein leises Rauschen drang aus dem Lautsprecher neben dem Monitor, dann war die Stimme der Frau zu hören: »Die Fremde. Sie stand da und hat Steine aufgestapelt und sich ganz merkwürdig benommen.«

»Merkwürdig? Was meinst du damit?«, fragte der Mann.

»Nun ja, es sah fast so aus, als ob sie vor dem Steinhaufen ein Gebet gesprochen hat.«

»Bist du sicher, dass es eine Frau war?«

»Sie trug Männerhosen, aber ihre Figur war eindeutig die einer Frau.«

»Zeig mir die Stelle«, forderte der Mann.

»Da unten.« Die Frau wies auf Zeilingers Grab. »Siehst du? Der Haufen war vorher nicht da. Ich glaube, sie hat dort etwas vergraben.«

»Also doch!«

»Was?«

»Ach nichts«, winkte der Mann ab. »Geh wieder hinein zu den anderen. Ich werde mir das gleich einmal aus der Nähe ansehen.«

»Sei vorsichtig, Darko! Sie hatte ein Tier bei sich, ich glaube, es war ein Wolf.«

»Ich werde schon aufpassen«, versprach der Mann und schob die Frau in Richtung Höhleneingang.

Saralean hatte gehofft, dass das Grab zwischen den vielen anderen Steinhaufen niemandem auffallen würde. Dies erwies sich als fataler Irrtum. Diese Leute wussten, dass sie hier war, hatten wahrscheinlich sogar ihren Absturz beobachtet. Der Versuch, sich vor ihnen zu verstecken, war fehlgeschlagen und eigentlich auch sinnlos. Sie musste sich zeigen. Schon allein wegen Hannibal. Er brauchte seinen Auslauf und er musste sein Geschäft verrichten können – Hunde gingen nun einmal nicht gern auf eine provisorische Toilette. Sie musste etwas tun, um diese Leute freundlich zu stimmen. Nur was?

Der Säugling!

»Was ist mit dem Kind, geht es ihm besser?«

»Es ist schlimmer geworden, ich fürchte, es wird die Nacht nicht überleben«, antwortete Sit.

Saralean nickte nachdenklich. Sie besaß die medizinische Ausrüstung, um das Baby zu retten. Dieses Kind für ihre Zwecke zu nutzen, erschien ihr einerseits egoistisch. Andererseits war ihr der Gedanke, es einfach sterben zu lassen, unerträglich. Ihr Plan war nicht ungefährlich und vielleicht beging sie einen großen Fehler, aber er war die beste Möglichkeit, sich diese Leute gewogen zu machen. Sie musste es wenigstens versuchen.

»Kannst du das Kleine auch ohne Sender erfassen?«

»Das ist kein Problem, das Kind ist aufgrund seiner geringen Körpergröße unverwechselbar. Zudem befindet es sich gerade in einer der Nebenhöhlen und es ist nur ein männlicher Erwachsener bei ihm«, erklärte Sit.

»Hol den Säugling her. Wir werden ihm helfen und vielleicht finden wir dann in diesen Leuten Verbündete. Ich fürchte nämlich, dass wir die über kurz oder lang brauchen werden. Während die Kleine bei uns ist, bleiben Video und Audio besser aktiv.«

Das kann doch gar nicht sein!

Sobald Saralean das Mädchen im Arm hatte, spürte sie es. Nur schwach, aber es war da – eine Verbundenheit, die sie lange nicht mehr gespürt hatte. Sie legte eine Hand auf die krampfende schmale Brust.

›Ganz ruhig, meine Kleine. Gleich wird es dir besser gehen‹, versuchte Saralean, eine gedankliche Verbindung zu dem Kind aufzubauen, und spürte, wie das kleine Wesen tatsächlich darauf reagierte.

Sie beruhigt sich!

Saralean konnte sich dieses Phänomen nicht erklären und drängte es deshalb vorerst beiseite. Mit dem Baby auf dem Arm ging sie auf die Krankenstation, die trotz ihrer geringen Größe perfekt ausgestattet war.

»Licht!«, rief Saralean, als sie den Raum betrat.

Im Register suchte und fand sie Gardoton, ein aus Kräutern gepresster Saft, der auf Karfana schon seit Urzeiten als Heilmittel genutzt wurde. Eine leichte Berührung des Monitors und hinter ihr sprang die Schublade auf, in der sich das Mittel befand. Saralean flößte dem Säugling den gleichzeitig fiebersenkenden und schlaffördernden Saft ein, dann griff sie nach dem Meditektor und scannte den kleinen Körper. Sie wollte absolut sichergehen, das Richtige zu tun. Die angezeigten Werte waren mehr als beunruhigend. Sie musste schnell handeln, das Kind war unterernährt und sein ganzer Körper glühend heiß.

»Sit! Aktiviere die Röhre! Hausmittel helfen hier nicht mehr.

Das kleine Mädchen stirbt uns unter den Händen weg, wenn wir das Fieber nicht schnell behandeln und die Lungen vom Schleim befreien.«

Saralean legte das jetzt zwar ruhige, jedoch völlig entkräftete Kind auf den Behandlungstisch, dann drückte sie ein paar Knöpfe an dessen Kopfende und eine Röhre schloss sich um den gesamten Tisch. Nervös wartete sie auf das Ergebnis der Untersuchung.

»Ich kann den Schleim auflösen. Für die schnelle Heilung der Lungen benötigt das Kind zusätzlich eine Dosis Dofanicept.«

»Ich kann einem Baby kein Dofanicept verabreichen, das Mittel ist viel zu stark.«

»Es ist das einzige Mittel, das dem Kind helfen kann.«

»Gibt es keine andere Möglichkeit? Die Kleine ist ein Säugling, ihr Körper ist noch unausgereift. Wir könnten mehr Schaden damit anrichten, als wir uns vorstellen können.«

»Es tut mir leid, wir sind nun einmal nicht für die Behandlung von Säuglingen ausgerüstet.«

Sit hatte bereits die entsprechende Schublade in der Wand geöffnet und Saralean entnahm daraus das empfohlene Medikament. Einen Moment wog sie die Ampulle in ihrer Hand, dann fiel ihr Blick auf die Spritzen.

»Behält es seine Wirkung, wenn wir es mit Wasser oder Milch verdünnen?«

»Bei einem Erwachsenen nicht, aber im Verhältnis 2:10 sollte es bei dem kleinen Körper ausreichend Wirkung zeigen.«

»Dann los.« Saralean rannte in die Küche hinüber. Sie riss einen Beutel Milchpulver auf, löste etwas davon in Wasser auf und stellte den Becher in die Öffnung über der Ablage. »Sit! Lauwarm!«

Es dauerte nicht einmal eine Sekunde und sie hielt einen Becher mit angewärmter Milch in der Hand. In einen zweiten

Becher füllte sie zehn Milliliter Milch ab, öffnete die Ampulle und gab mit einer Pipette genau zwei Tropfen des Mittels hinzu. Dann zog sie die Flüssigkeit in den zylindrischen Hohlraum einer Spritze auf und schob die Düse zwischen die bläulichen Lippen des kleinen Mädchens. Langsam und gleichmäßig leerte sie die dünne Röhre und beobachtete konzentriert, die Schluckbewegungen des Kindes.

»Was passiert draußen?«, fragte Saralean, während sie die Kleine dabei nicht aus den Augen.

»Der Mann untersucht das Grab. Die Frau ist in den Höhlen verschwunden.«

Kaum hatte Sit seinen Bericht beendet, als ein gellender Schrei, unterbrochen von Rauschen und Knarzen, aus dem Lautsprecher kam.

»Mein – krk – Kind! Wo – krk – ist mein – krk – Kind?«

»Bekommst du es nicht klarer rein?«, rief Saralean aus der Krankenstation.

»Nein. Das mineralische Gestein lässt keine klarere Übertragung zu.«

»Die Bewohner sind durch den Schrei alarmiert worden und befinden sich jetzt in dem Bereich, in dem das Baby war«, gab Sit wieder, was seine Sensoren erfassen konnten. »Der Mann am Grab ist ebenfalls gerade dazugekommen.«

»Was ist passiert?«, hörte Saralean nun erneut die Stimme dieses Mannes.

»Die Kleine, eben war sie noch da! Ich habe mich nur kurz umgedreht und plötzlich war sie weg. Sie hat sich einfach in Luft aufgelöst«, sagte eine andere männliche Stimme.

»Mein Baby!«, rief die junge Mutter. Sie schien hemmungslos zu weinen.

»Wie konnte das passieren? War jemand hier?«, fragte der Mann, den die Frau Darko genannt hatte.

»Nein, niemand«, beteuerte die andere Männerstimme. »Irgendetwas passiert hier, Darko. Wer ist da draußen?«

»Ich glaube, an unserem Berg liegt ein Schiff. Vielleicht eine Raumfähre oder etwas Ähnliches.«

»Und der Pilot hat das Baby gestohlen? Warum?«

»Ich weiß es nicht, Dawied, aber wir werden es herausfinden. Kommt mit.«

Danach herrschte Ruhe, lediglich das leise Schluchzen der Frau war noch zu hören.

Nachdem das Fieber gefallen und die Bronchitis abgeklungen war, hatte Saralean das Kind gebadet. Sie war gerade dabei, das Kleine in ein weiches Handtuch zu wickeln, als Hannibal merklich unruhig wurde.

»Was ist mit dir?«, fragte sie den Hund.

»Wir wurden entdeckt, Saralean«, meldete Sit zeitgleich und im selben Moment hörte sie es. Laut hallten die Schläge durchs Schiff. Irgendjemand versuchte, mit Gewalt einzudringen.

»Wie konnte das geschehen?«

»Es ist mittlerweile Nacht und ich habe, wie besprochen, die Tarnung abgestellt. Die Dunkelheit hätte uns eigentlich schützen müssen.«

»Das hat sie ganz offensichtlich nicht. Nun gut, du musst sie aufhalten, ich brauche noch ein wenig Zeit. Tu etwas, nur verletze sie nicht.«

Ein paar Minuten später kam Saralean mit dem Baby auf die Brücke. »Sit? Ich brauche ein paar weiche Windeln und eine warme Decke.«

›Alles wird gut, meine Kleine. Bald bist du wieder bei deiner Mutter.‹

Das Mädchen sah Saralean mit großen Augen an. Es war, als hätte sie genau verstanden, denn plötzlich lachte sie und strahlte die fremde Frau an. Saralean war sofort hingerissen von dem zarten Wesen.

›Verstehst du mich oder spürst du nur, dass ich dir nichts Böses will?‹

Der Säugling blieb ihr natürlich eine Antwort schuldig, der glucksende Laut, den er von sich gab, war für Saralean allerdings Bestätigung genug. Mit dem Kind auf dem Arm blieb sie vor dem Replikator stehen. Es dauerte einen Augenblick, dann hielt sie das Gewünschte in Händen, dazu eine Tasche mit Creme, Öl und Puder sowie einen warmen Strampelanzug und eine kleine Mütze. Überrascht hielt sie die Sachen hoch.

»Wir haben es hier demnach mit einem Notfall zu tun!«

»Durchaus«, bestätigte Sit. »Meinen Recherchen zufolge benötigt ein Säugling diese Dinge dringend.«

»Du bist ein wahrer Schatz. Wenn ich könnte, würde ich dich jetzt küssen.«

»Das ist nicht nötig«, wehrte Sit ab. Lächelnd registrierte Saralean, dass er ein klein wenig verlegen klang.

»So, jetzt bringen wir dich ganz schnell zu deiner Mama zurück.« Sie bettete das kleine Mädchen auf einen der Sessel, legte ihm eine Windel um, zog ihm die Sachen an und wickelte es in die warme Decke. »Sind die Leute noch da, Sit?«

»Ich habe sie durch kurze Stromstöße vertreiben können. Sie befinden sich noch in unmittelbarer Nähe und scheinen etwas ratlos zu sein.«

»Befindet sich jemand in der Höhle, aus der du das Mädchen geholt hast?«, fragte sie, während sie eins der HPS-Armbänder, die sie im Schrank entdeckt hatte, aktivierte und anlegte. Diese Bänder waren leichter und deutlich praktischer als ein zusätzlicher Gürtel.

»Eine weinende Frau, ich vermute, es handelt sich um die Mutter des Kindes.«

»Also gut, jetzt oder nie.« Saralean schob noch eine der Laserpistolen in die dafür vorgesehene Halterung an ihrem Ausrüstungsgürtel, dann schnappte sie sich die Tasche und ein dünnes Röhrchen mit weißen Kügelchen. »Bring mich in diese Höhle.«

Sammy schrie erschrocken auf, als in der schwach erleuchteten Höhle plötzlich eine fremde Frau erschien. Sie wich, soweit es möglich war, zurück, während sie panisch nach einer Fluchtmöglichkeit Ausschau hielt.

»Keine Angst, ich werde dir nichts tun«, sagte die Frau.

Sammy gab kein Wort von sich, horchte nur auf die Stimme der Fremden, die weich und warm klang.

»Du bist ihre Mutter, nicht wahr?«, fragte die Frau sanft, wartete aber nicht auf eine Antwort. »Deine Tochter war sehr krank, sie hätte die Nacht nicht überlebt, wenn ich sie nicht zu mir geholt hätte.«

Sie legte Sammy den zufrieden schlafenden Säugling in den Arm.

»Wie – wie hast du das gemacht?«, stotterte Sammy und drückte ihr Kind fest an sich.

»Das ist unwichtig. Dein Kind braucht Wärme und es braucht deine Milch.«

»Ich habe kaum noch Milch«, sagte Sammy, die die Fremde nicht aus den Augen ließ.

»Das dachte ich mir. Hier«, die Frau drückte ihr ein Röhrchen in die Hand, »nimm jeden Morgen zwei von diesen Kugeln. Sie regen den Milchfluss an.« Dann zeigte sie auf eine Stelle an der Wand. »Was ist das da?«

Sammy, noch immer verwirrt und auch noch immer ein

wenig ängstlich, sah sich zu der Stelle um. »Das ist ein Steinhaufen.«

Die Frau streckte ihren Arm aus und richtete ihn auf die Steine. Ein rötlicher Lichtstrahl zeichnete sich scharf in dem Halbdunkel ab. Kurz darauf glühten die Steine und eine angenehme Wärme breitete sich aus.

»Das – das ist …« Sammy drehte sich zu der Fremden um, diese war jedoch schon wieder verschwunden. »… Zauberei!«, beendete sie ihren Satz flüsternd.

Sammy schüttelte den Kopf, betrachtete einen Moment die glühenden Steine, schüttelte erneut den Kopf und rannte dann, so schnell sie konnte auf das Plateau hinaus.

»Darko, Tamosz, kommt schnell!«

Die Männer waren gerade dabei, einen weiteren Versuch zu wagen, das Ding, von dem sie mittlerweile überzeugt waren, dass es sich um eine Landefähre handelte, zu öffnen. Als sie Sammys Ruf hörten, ließen sie Fackeln und Werkzeuge sofort fallen, kletterten den Abhang hinauf und folgten ihr in die Höhle. Die glühenden Steine, die Wärme, das sanfte Licht und vor allem das friedlich schlafende Kind, sorgten für einige Verwirrung.

»Diese Frau – sie war hier«, erklärte Sammy.

»Hier? Wie – wann?« Darko drängte sich durch die Leute hindurch.

»Gerade eben! Sie war sehr freundlich. Sie hat meine Tochter geheilt und die Steine zum Glühen gebracht«, sagte Sammy und Freudentränen kullerten über ihre Wangen, als sie ihm das Kind entgegenhielt. »Und seht nur, was sie mir noch alles geschenkt hat. Eine warme Decke, weiche Windeln und eine ganze Tasche voll mit Salben.«

»Aber wie ist sie ungesehen an uns vorbeigekommen?«

»Ich weiß nicht, sie stand plötzlich vor mir. Sie gab mir auch diese Medizin, damit ich die Kleine wieder stillen kann. Als ich ihr danken wollte, war sie schon wieder fort.«

Darko sah das Kind, das keinerlei Anzeichen von Krankheit mehr zeigte, er sah die Medizin und er sah und fühlte die Wärme, die von den Steinen ausging, doch glauben konnte er es offensichtlich nicht.

»Ein Feuer ohne Feuer?« Misstrauisch hielt er die Hand über die leuchtenden Steine und zuckte erschrocken zurück. »Sie sind heiß, sie brennen von innen heraus«, murmelte er ungläubig.

Die Frauen von Sunnit und Franz waren dagegen weniger skeptisch, sie nutzten die Chance und stellten einen Topf mit Wasser auf die Steine, um Tee zu kochen.

»Eine Zauberin, sie ist ganz bestimmt eine Heilerin und Zauberin. Wer sonst kann Steine brennen lassen«, sagte Sammy zu Tamosz.

»Ist das Ding da draußen wirklich eine Landefähre?«, fragte Tamosz an Darko gewandt.

»Es ist ein Raumschiff«, sagte dieser mehr zu sich selbst.

»Ein richtiges Schiff? Glaubst du wirklich?«

»Ja. Ich bin davon überzeugt.«

»Es kann nicht sehr groß sein.«

»Stimmt, es ist deutlich kleiner als das, mit dem Soberano hier ankam.«

»Vielleicht ist es nur eine Rettungskapsel.«

»Dafür ist es wiederum zu groß – nein, Tamosz, es ist ein Raumschiff, glaub mir.«

»Ich frage mich, was es zum Absturz gebracht hat.«

»Wenn es denn ein echter Absturz war.«

»Oh Mann, wir haben den Absturz doch miterlebt!«

»Sicher, aber was ist, wenn Soberano sie gerufen hat?«

»Übertreibst du da nicht ein wenig?«

»Vielleicht.«

»Das ist albern. Wie soll er das gemacht haben? Er besitzt gar nicht die Möglichkeit dazu. Nein, er wäre auch dumm, wenn er auf sich aufmerksam machen würde.«

»Mag sein. Nimm einmal an, dass er einen Grund und eine Möglichkeit gefunden hat, einen Ruf abzusetzen, dann …«

»Dann was? Glaubst du ernsthaft, Soberano würde eine Frau herbeirufen?«

Darko war noch nicht überzeugt. Er musste Tamosz allerdings in einer Hinsicht recht geben, Soberano würde niemals eine Frau um Hilfe bitten. Frauen waren für ihn keine selbstständig denkenden Lebewesen. Sie eigneten sich nur dazu, Söhne zu gebären, und für sein Vergnügen. Frauen waren bloß Spielzeug, das man benutzte, solange man Spaß daran hatte.

»Falls er eine Möglichkeit gefunden hat, einen Ruf abzusetzen, kann er kaum wissen, wer auf diesen reagiert«, fuhr Tamosz eindringlich fort.

»Möglicherweise versucht er auch nur, ein Schiff in seine Gewalt zu bekommen, und der Pilot ist ihm völlig egal«, sagte Darko.

»Damit könntest du recht haben, nur dann ist diese Frau in Gefahr«, mischte Sammy sich in das Gespräch der Männer ein. »Darko, sie hat meine Tochter gerettet. Mit ihrer Hilfe können wir kochen – ganz ohne das stinkende Holz. Ich glaube nicht, dass sie uns etwas Böses will.«

»Und wie hat sie es gemacht?«, überlegte Darko laut.

»Durch Zauberei.« Tamosz grinste und vollführte eine drehende Handbewegung in der Luft.

»Zauberei!« Darko verzog verächtlich die Mundwinkel.

»Sie ist eine Zauberin«, betonte Sammy.

»Für dich gehört alles in den Bereich der Zauberei, was du dir nicht erklären kannst.« Darko zwinkerte Sammy zu.

»Sammy ist eben überzeugt, dass die Fremde ein gutes Herz hat, und ich glaube es jetzt auch.« Tamosz legte demonstrativ einen Arm um ihre Schulter.

»Nur weil sie Sammys Kind gegenüber freundlich war, heißt das noch lange nicht, dass sie ein gutes Herz hat, Tamosz«, gab Darko, nun wieder ernst, zu bedenken.

»Du vergisst, dass es auch mein Kind ist.«

»Nein, das vergesse ich nicht.« Darko sah seinen Freund fest an und legte beschwörend die Hand auf dessen Schulter. »Trotzdem sollten wir nicht zu leichtgläubig sein. Wir wissen noch nicht einmal, ob es sich tatsächlich um eine Frau handelt.«

»Es ist eine Frau, da bin ich mir sicher. Ein Mann hätte keinen Gedanken an ein schreiendes Kind verschwendet. Sie schon. Sie hat erkannt, dass es krank ist«, beharrte Sammy.

»Und wie, wenn sie es nicht einmal gesehen hat?«

»Es ist die Art, wie das Kind schreit«, erklärte Sammy. »Frauen besitzen ein Gen oder so etwas Ähnliches, das nennt man Mutterinstinkt.«

»Mutterinstinkt!« Darko warf ihr einen spöttischen Blick zu.

»Doch, es stimmt, was Sammy sagt!«, sprang Tamosz der Mutter seiner Tochter zur Seite. »Mein Ziehvater hat einmal gesagt, dass Frauen die besten Pilotinnen, die härtesten Kämpferinnen oder auch die intelligentesten Wissenschaftlerinnen sein können, geht es um ein Kind, ist alles andere plötzlich unwichtig.«

»Mag sein, aber zeig mir eine, die sich in Luft auflösen kann. Diese Frau kommt weder von der Erde noch von einem erdnahen Planeten, mein Vater hätte mir sonst davon erzählt. Ich vermute, sie stammt von einem Planeten weit außerhalb des Sarkussystems.«

»Auch dort gibt es Kinder und diese Kinder haben Mütter«, entgegnete Sammy.

»Dennoch, das Ganze ist mir nicht geheuer, die Fremde ist mir nicht geheuer. Ein menschliches Wesen kann sich nicht in Luft auflösen und das kann nur eins bedeuten: Sie ist kein menschliches Wesen.«

»Vielleicht solltest du nicht so misstrauisch sein, Darko. Vielleicht können wir sie dazu bringen, uns im Kampf gegen Soberano zu unterstützen«, schlug Tamosz vor.

»Es ist unser Kampf. Wir können niemanden zwingen, uns zu helfen.«

»Soberano wird es tun, wenn sie ihm in die Hände fällt«, gab Sammy zu bedenken.

»Also gut, wenn ihr denn unbedingt wollt«, gab Darko schließlich nach. »Versuchen wir es – aber, wenn überhaupt, dann werden wir sie um ihre Hilfe bitten.«

»Dann müssen wir jetzt verhindern, dass Soberano sie findet«, sagte Tamosz.

»Und wie?« Darko wies mit dem Finger in Richtung Höhlenausgang. »Ihr Schiff liegt unübersehbar am Fuß des Berges.«

Kapitel 7

Während alle anderen noch schliefen, löste Darko die Wache ab, und als der Morgen graute, ging er leise hinaus auf die Felsenterrasse. Irritiert starrte er auf die Stelle, wo in der Nacht noch das Raumschiff gelegen hatte. Es war nirgends zu entdecken. Wo war es hin? Sie hatten davor gestanden, es sogar berührt! Langsam kletterte er den Abhang hinunter und schlich um die Felsnadel herum, die wie eine riesige Lanzenspitze aus der Erde aufragte, aber auch von hier aus war nichts zu sehen. Ungläubig blieb er stehen und suchte die nackte Felswand nach irgendeinem Hinweis ab. Nichts, da war absolut nichts. Nur der längliche Steinhaufen zeugte davon, dass die Fremde hier gewesen war. Entweder war sie völlig lautlos abgeflogen oder das Schiff war am Tage unsichtbar. War die Frau vielleicht doch der Zauberei mächtig? War sie in der Lage, eine Illusion zu erschaffen, die seinen Augen vorgaukelte, das Schiff sei verschwunden? Obwohl ihm das gänzlich unmöglich erschien, fand er keine andere Erklärung.

Darko wollte gerade die Hand ausstrecken, um vielleicht zu fühlen, was seine Augen ihm versagten, als er hinter sich ein Geräusch vernahm. Er fuhr herum. Bevor es ihm gelang, einen Warnschrei auszustoßen, rammte ihm jemand auch schon seine Faust ins Gesicht. Gleich darauf grub sich eine zweite in seine Magengrube und ließ ihn zusammenknicken. Als ein weiterer Schlag sein Kinn traf, fiel er nach Luft ringend auf die Knie. Sofort griffen seine Angreifer zu, packten ihn und schleiften ihn wie einen schweren Mehlsack ein Stück über die Ebene, bis zu einem hohen Wall aus Lavagestein. Hier waren sie außer Hörweite der Höhlen. Ein dichter Curiastrauch schützte sie zusätzlich vor ungebetenen Zuschauern.

Noch bevor die Männer ihn fallen lassen konnten, gelang es Darko, sich aus den festen Griffen zu befreien. Ein Tritt in seine linke Kniekehle ließ ihn sofort wieder zu Boden gehen. Augenblicklich war er von fünf Männern umringt, die nur darauf zu warten schienen, dass er eine unbedachte Bewegung machte. Darko sah von einem zum anderen. Er versuchte, seine Chancen abzuschätzen, als sein Blick an Hogan hängen blieb. Lässig einen Fuß auf einem Stein abgestellt, stand er da und blickte triumphierend auf ihn herab.

»El Soberano bittet dich freundlichst darum, sein Gast zu sein«, sagte er und ein widerliches Grinsen zierte sein vernarbtes Gesicht.

»Ich kann auf seine Gastfreundschaft verzichten«, presste Darko schwer atmend hervor.

»Du solltest die Einladung annehmen. Es sei denn, das Leben deiner Mutter ist dir egal.«

»Kann er jetzt schon Tote auferstehen lassen?«

»Tot? Du irrst, sie ist bei bester Gesundheit – zumindest noch.«

»Du Mistkerl!« Darko sprang auf und stürzte sich auf Hogan, doch bevor er ihn erreichte, wurde er durch einen gezielten Fausthieb in die Nieren außer Gefecht gesetzt. Mit schmerzverzerrtem Gesicht taumelte Darko zurück, hielt sich trotzdem auf den Beinen.

»Na, na, wer wird denn gleich so aggressiv werden?«

»Wo ist sie?« In Darkos Augen blitzte es teuflisch auf.

Sein Blick hätte vermutlich jeden anderen in die Flucht geschlagen. Hogan jedoch grinste nur.

»Ich traf sie zuletzt im Witwenhaus. Sie hat viel zu tun, musst du wissen«, versicherte er und warf Darko einen herausfordernden Blick zu. »Sie ist nicht mehr so schön wie früher, aber wirklich gut. Biegsam und sehr willig!«

»Du lügst, du verfluchtes Schwein!« Noch einmal versuchte Darko, Hogan einen Schlag zu versetzen, doch wieder wurde er daran gehindert.

»Noch nicht genug?«, lachte Hogan beißend, dann wurde seine Miene hart wie Stahl. »Telana ist am Leben. Glaub es oder glaub es nicht, ist mir egal.«

Ohne den Blick von Darko zu lösen, fuhr er an seine Männer gewandt fort: »Freunde, darf ich euch den gefürchteten Teufel von Kerelaos vorstellen? Ein sehr gefährlicher Mann, wie es heißt. Mir erscheint er eher wie ein dreckfressender Kakerlak, leicht im Staub zu zertreten. Es besteht wahrlich kein Grund, sich vor ihm zu fürchten und erst recht nicht, wegen ihm auf all die guten Dinge, die uns zustehen, zu verzichten.«

Die brutalen Kerle rissen ihre Fäuste in die Höhe und grölten lautstark ihre Zustimmung hinaus. Hogan ließ sie kurz gewähren, dann rief er seine Soldaten zur Ruhe. Er warf einen raschen Blick auf den Misera, als ob er sich versichern wollte, weder gehört noch gesehen zu werden.

»Ihr könnt euch gern ein wenig an ihm austoben, übertreibt es nur nicht. El Soberano wünscht, dass man ihn lebend zu ihm bringt, und er möchte, dass der gute Darko hier seinen Aufenthalt in der Arena noch so richtig genießen kann.« Sein überhebliches Grinsen wurde noch breiter, dann nickte er seinen Leuten aufmunternd zu.

Diese ließen sich das nicht zweimal sagen. Ihre Fäuste prasselten auf Darko nieder, ohne dass er die geringste Chance zur Gegenwehr erhielt. Seine erstickten Schmerzensschreie riefen keinerlei Mitleid hervor, im Gegenteil, sie heizten das Feuer des Triumphes nur noch mehr an.

»El Soberano wird stolz auf uns sein und er wird euch sicher reich belohnen«, rief Hogan.

Die Männer umringten Darko und zogen den Kreis um ihn herum immer enger. All seine Versuche, selbst auch einen Schlag auszuführen, gingen ins Leere, was zusätzliche Erheiterungsstürme bei seinen Peinigern auslöste.

»Ha, ha! Wo ist denn das Teufelchen? Zeig ihn uns mal!«

»Wurden dem Teufelchen etwa die Hörner gestutzt?«

»Ein leerer Ziegensack ist er, mehr nicht!«

Sie lachten und verhöhnten ihn, obwohl er ihnen längst hilflos ausgeliefert war. Jeder Schlag ließ ihn taumelnd von einem zum anderen stolpern. Schließlich hagelten die Hiebe fast gleichzeitig auf ihn ein. Blut tropfte ihm in die Augen. Alles, was er noch erkennen konnte, wurde von einem rötlichen Schleier überzogen. Mit jedem weiteren Schlag verlor er an Kraft, um sich aufrecht zu halten. Als ihn ein besonders hart ausgeführter Kinnhaken traf, sackte er lautlos zusammen. Aber selbst das hielt sie nicht auf. Sie malträtierten seinen Körper noch mit Tritten, als er längst völlig wehrlos am Boden lag. Ein heftiger Tritt gegen seine linke Schläfe ließ ihn schließlich das Bewusstsein verlieren.

»Aufhören!«, befahl Hogan.

Widerwillig knurrend ließen die Männer von Darko ab.

Hogan ging in die Hocke, griff Darko ins Haar und riss seinen Kopf hoch.

»Er hat genug, sonst bleibt nichts mehr von ihm übrig. Und El Soberano will nicht auf den Genuss verzichten, ihn in der Arena kämpfen zu sehen, nachdem er selbst seinen Spaß mit ihm hatte.« Er ließ Darkos Kopf fallen und richtete sich auf. »Fesselt ihn.«

Zwei der Männer wollten den Befehl gerade ausführen, da

zerplatzte plötzlich neben ihnen ein Stein. Sie schrien auf vor Schmerz, als sich scharfe Splitter in ihre nackten Waden bohrten.

»Verschwindet, oder ihr werdet spüren, wie es ist, wenn eure Körper zerbersten wie dieser Stein.« Die unmissverständliche Warnung wurde von einem tiefen Grollen begleitet.

Hogan und seine Männer sahen sich einem fremden Wesen gegenüber, das breitbeinig auf dem Wall stand. Drohend hielt es seinen ausgestreckten Arm in ihre Richtung.

Im ersten Moment wirkte es sehr weiblich. War es wirklich eine Frau? Hogan glaubte eher an ein Geschöpf der Finsternis. Einem Wesen, das seinen dunkelsten Fantasien entsprungen und zum Leben erweckt worden war, und seinen Männern schien es nicht anders zu gehen. Vor ihnen stand ein furchteinflößender Dämon. Seine Haut war pechschwarz und schuppig. Die Augen waren ebenfalls schwarz. Groß, rund und glänzend beherrschten sie den Kopf, der von tanzenden Flammen umgeben war. Der heiße Wind, der ihnen selbst den Schweiß aus sämtlichen Poren trieb, schien dem Wesen nichts auszumachen. War es womöglich direkt aus der Hölle gekommen?

Während sich auf den Gesichtern seiner Männer das blanke Entsetzen bildete, zog Hogan sein Schwert und ging auf die schlanke Gestalt zu. Weiter als ein oder zwei Schritte kam er nicht. Er spürte einen kurzen, aber umso heftigeren Schmerz, als irgendetwas ihm das Schwert aus der Hand schlug. Schwer atmend blieb er stehen und fixierte den Dämon aus zusammengekniffenen Augen.

Als das Wesen sich nicht rührte, ihnen keinen Schritt näherkam, sagte Hogan leise: »Wir ziehen uns besser zurück. Den Kerl hier nehmen wir mit.«

»Er bleibt hier!«, befahl der Dämon, als die Männer Darko anheben wollten.

»Nein, er ist unser Gefangener. Er kommt mit uns«, wagte Hogan zu widersprechen.

»Ich sage dir, er bleibt!«

»Wer bist du, dass du glaubst, mir Befehle erteilen zu können«, rief Hogan mutiger als er sich fühlte.

»Hast du keine Augen im Kopf, Schwächling?«, donnerte die Stimme zu ihm herüber.

Im selben Moment packte Hogan das blanke Grauen. Neben dem Dämon tauchte ein schwarzes Untier mit mächtigen Pranken und scharfen Reißzähnen auf, dessen Knurren Hogan das Blut in den Adern gefrieren ließ. Für einen kurzen Moment bildete er sich ein, dass selbst der Dämon erschrocken schwankte. Ein Irrtum, wie sich gleich darauf herausstellte.

»Muss ich mich wirklich wiederholen, oder verschwindet ihr freiwillig?«, fragte die zweibeinige Höllengestalt ungerührt.

Offensichtlich verunsichert ließen Hogans Männer von Darko ab. Sie drehten sich halb zu ihm um und warteten auf seinen Befehl. Hogan erkannte in ihren Gesichtern, dass nur die Angst vor einer harten Bestrafung sie davor zurückhielt, davonzulaufen.

Fieberhaft überlegte er, wie er dieser Situation entkommen konnte. Mit Darkos Männern, die sicherlich gleich mit gezückten Waffen aus der Höhle gestürmt kamen, konnte er fertig werden, aber er wusste nicht, was das Wesen tun würde, wenn er sich seinem Befehl widersetzte. Andererseits fürchtete er sich vor Soberanos Drohung. Als ein weiterer Stein direkt vor seinen Füßen zerplatzte und das schwarze Ungeheuer seine Zähne fletschte und ein dunkles, drohendes Knurren hören ließ, war Hogan sicher, dass Soberano von beiden das kleinere Übel war.

»Weg hier«, befahl er und rannte als Erster davon.

»Lasst euch hier nie wieder blicken!«, rief der Dämon den

Flüchtenden hinterher und stemmte die Hände mit einem zufriedenen Grunzen in die Hüften.

Saralean hatte sich vor Sonnenaufgang hinausgewagt, um sich persönlich einen kurzen Überblick über die Gegend zu verschaffen. Sie war gerade zurück, als Sit ihr meldete, dass der Mann mit dem Messer von sechs Gladiatoren angegriffen wurde.

»Gladiatoren?«

»Sie sehen nicht sehr freundlich aus und sie tragen eine Art Rüstung wie die römischen Kämpfer zur Zeit der Cäsaren.«

Gladiatoren! Heilige Solara, wo bin ich hier bloß gelandet?

»Zeig sie mir.«

»Sie befinden sich hinter dem Wall aus Lavagestein. Die Kamera kann sie nicht erfassen.«

Gladiatoren!

Kopfschüttelnd verließ Saralean das Schiff und schlich zu dem Wall. Bäuchlings kroch sie so weit hinauf, dass sie einen Blick dahinter werfen konnte, ohne selbst entdeckt zu werden. Sit hatte nicht übertrieben und sie konnte beim ersten Anblick der Männer ein Grinsen nicht unterdrücken. Die Kerle ähnelten tatsächlich entfernt Gladiatoren. Sie trugen einen aus breiten Lederstreifen gefertigten Brustschutz über einem weiten Hemd und knielange Hosen. Ihre Füße steckten in flachen Schuhen, die mit Riemen an den Waden hochgebunden waren. Ein Gürtel hielt Hose und Hemd an ihrem Platz und diente gleichzeitig als Halterung für ein Schwert. Auch wenn der Aufzug der Fremden lächerlich wirkte, ihr Handeln war alles andere als das. Sie prügelten und traten auf den wehrlosen Mann in ihrer Mitte ein. Selbst als dieser schon am Boden lag, ließen sie nicht von ihm ab. Den ungleichen Kampf tatenlos mit ansehen zu müssen, zerrte an Saraleans Nerven. Schließlich schob sie Sits Warnungen beiseite und griff beherzt ein. Als das schwarze Riesentier neben ihr auftauchte, wäre sie fast vor Schreck vom Wall abgerutscht, dann erkannte sie jedoch, um wen es sich dabei handelte.

»Wir beide unterhalten uns später«, sagte sie, nachdem die Angreifer auf und davon waren.

Saralean steckte ihre Laserpistole in die Halterung an ihrem Gürtel und lief, begleitet von Hannibal, zu dem Mann, der wie tot am Boden lag. Sie schob ihre Sonnenbrille in das vom Wind zerzauste Haar und ging vor ihm in die Knie.

»Heilige Solara!« Saralean beugte sich entsetzt über den Mann, der übel zugerichtet worden war.

Mit geübten Fingern tastete sie nach seiner Halsschlagader und legte eine Hand auf seine Brust. Sein Atem ging unregelmäßig und sein Puls war kaum noch spürbar. Ein Ziehen und Stechen drang in Saraleans Brustkorb, und als sie ihre Hand auf seine Stirn legte, durchzuckte sie ein Hämmern, das bei ihr eine heftige Übelkeit verursachte. So stark, dass sie für einen Moment die Augen schließen musste und tief ein und ausatmete.

Seine körperlichen Schmerzen waren dagegen nichts gegen den Hass, der in seinem Herzen wohnte und der sie förmlich erzittern ließ. In ihm herrschte eine Kälte, die sich in jeder Zelle seines Körpers eingenistet hatte und ihm unerträgliche Qualen verursachte. Von diesem Schmerz würde sie ihn nicht befreien können, seine Verletzungen aber konnte sie heilen. Saralean sah auf, die Sonnen standen mittlerweile so hoch, dass es schon unerträglich heiß wurde. Sie musste sich beeilen.

»Halte durch, du darfst nicht aufgeben«, sagte sie zu dem bewusstlosen Mann.

Ihn anzuheben, versuchte sie gar nicht erst. Sie sah auch so, dass er viel zu groß und zu schwer für sie war.

»Sit! Hol Hannibal auf die Argus! Und dann halte dich bereit, mich direkt auf die Krankenstation zu bringen.«

Hannibals Knurren ließ sie aufhorchen, doch es war zu spät, Sit hatte ihn bereits erfasst.

Saralean wollte aufspringen, erstarrte jedoch mitten in der Bewegung, als sie etwas Spitzes in ihrem Rücken spürte.

»Fass ihn nicht an«, forderte eine tiefe Stimme unmissverständlich.

Sie wagte nicht, sich ganz aufzurichten, drehte lediglich vorsichtig den Kopf zur Seite und sah mehrere Männer hinter sich stehen. Jeder von ihnen hielt irgendeine Art von Waffe in der Hand. Schwerter, Messer, Pfeil und Bogen und sogar eine Heugabel. Aber das, was sie in ihrem Rücken spürte, war eindeutig die scharfe Klinge eines Schwertes. Die Fremden schienen, genau wie die geflüchteten Angreifer, einem dieser alten Kostümfilme entsprungen zu sein, die Saralean sich gern mit Freunden im Kino der Erinnerungen ansah und über die sie sich immer herzlich amüsieren konnte. Diese Männer hier waren leider keine Schauspieler, sie waren real und sie sahen absolut nicht lächerlich aus. Ihrer Haltung und ihren Gesichtern war sehr deutlich zu entnehmen, dass sie ihre Waffen, waren sie auch noch so primitiv, sehr wohl zu gebrauchen wussten.

»Ich will ihm helfen«, erklärte Saralean, so ruhig es ihr möglich war.

»Geh weg von ihm, Hexe«, hörte sie den Mann mit dem Schwert sagen.

»Das kann ich nicht, er braucht meine Hilfe. Er ist schwer verletzt, wenn er nicht sofort behandelt wird, könnte er sterben.«

»Ich sagte, geh weg von ihm«, forderte der Mann erneut und drückte ihr die Schwertspitze ein wenig fester zwischen die Schulterblätter.

Saralean spürte die eigene Angst in sich, ebenso spürte sie die des Mannes hinter ihr. Sie konnte sie förmlich riechen. Er sorgte sich nicht nur um seinen wie tot daliegenden Freund, er hatte auch Furcht vor ihr und sie wusste, dass Angst jede Vernunft ausschaltete. Ein falsches Wort oder eine falsche Bewegung und die scharfe Spitze des Schwertes würde sich sofort in ihren Körper bohren. Es war jetzt nicht die Zeit, ihm oder den anderen zu erklären, wer sie war oder was sie tun wollte. Sie würden ihr sowieso nicht zuhören, geschweige denn glauben. Der Mann vor ihr war so schwer verletzt, dass er mit dem Tode rang. Saralean spürte, dass Kälte und Schmerz, ja sogar der Hass sich langsam in ihm auflösten. Er war nah daran, die letzte Schwelle zu überschreiten. Wenn sie dies verhindern, ihn retten wollte, dann musste sie rasch handeln. Sollten diese Fremden doch noch eine Weile in dem Glauben leben, sie sei eine Hexe.

Fast unmerklich glitt ihre Hand am Arm des Verletzten entlang. Ihre Finger schlossen sich fest um sein Handgelenk, dann flüsterte sie: »Sit! Jetzt!«

Dawied und seine Männer wichen erschrocken zurück, als die Fremde mit Darko verschwand. Sprachlos starrten sie auf die Stelle, die jetzt genauso verlassen dalag wie der Rest der Ebene.

»Was war das? Wo sind sie hin?« Tamosz fand als Erster die Sprache wieder und stocherte mit seiner Speerspitze zwischen den Steinen herum, wohlwissend, dass es sinnlos war. Darko und die Fremde waren beide vor ihren Augen erst durchsichtig geworden und sich dann in Luft aufgelöst.

»Weg, einfach weg«, flüsterte Dawied ungläubig und ließ sein Schwert resigniert sinken.

»Das ist unmöglich!«, rief Sunnit.

»Für uns ist es unmöglich, aber wie ihr seht, hat Sammy nicht übertrieben. Diese Frau kann auftauchen und verschwinden, ohne eine Spur zu hinterlassen. So hat sie das Baby zu sich geholt und so hat sie jetzt auch Darko mit sich genommen«, sagte Tamosz.

»Das war sie?« Dawied drehte sich zu Tamosz um.

»Wenn es nicht noch mehr von ihrer Sorte gibt, dann ja.«

»Sie sah aus wie ein Mensch!«

»Genau wie Sammy sie beschrieben hat«, bestätigte Tamosz.

»Sie ist vielleicht eine Formwandlerin«, mutmaßte Franz. »Mein Vater hat mal mit so einem Wesen zu tun gehabt.«

»Hm, was auch immer sie ist, ich traue ihr nicht. Wer weiß, was sie mit Darko vorhat«, murmelte Dawied.

»Ihn heilen, was sonst?«, sagte Tamosz.

»Was macht dich so sicher, dass sie ihn nicht töten wird?«

»Ich weiß es einfach.« Tamosz schien davon überzeugt, dass die Fremde nichts Böses im Sinn hatte.

»Und woher?«

»Ich habe sie reden hören. Halte durch, hat sie gesagt. Mehr habe ich nicht verstanden. Sie schien sich große Sorgen um Darko zu machen.«

»Ach, ja?«

»Ja! Es war, als hätte ich mit ihr – ich kann es nicht erklären. Ich bin mir lediglich sicher, dass von ihr keinerlei Gefahr ausgeht.«

»Was, eine geistige Verbindung aufgenommen?«, spottete Sunnit.

»Du spinnst«, rief Tamosz und tippte sich an die Stirn.

»Vielleicht will sie sich seinen Geist gefügig machen«, griff Franz die Idee auf.

»Ihr seid ja verrückt!«, erwiderte Tamosz heftig.

»Seit wann vertraust du Fremden?« Dawied sah seinen Freund zweifelnd an.

»Tu ich nicht, aber immerhin hat sie Hogan und seine Männer verjagt.«

»Ich weiß, ich habe die Kerle noch nie so schnell laufen sehen«, musste Dawied zugeben. »Obwohl ich es kaum glauben kann, dass Hogan vor einer Frau flüchtet.«

»Hat einer von euch gesehen, wie sie das geschafft hat?« Sunnit sah von einem zum anderen. Keiner konnte ihm eine Antwort darauf geben.

»Ist mir auch egal. Ohne sie wäre er jetzt Hogans Gefangener«, sagte Tamosz.

»Jetzt ist er ihrer.« Dawied trat wütend nach einem Stein. Das Gefühl, einer fremden Macht hilflos ausgeliefert zu sein, gefiel ihm ganz und gar nicht. »Wir müssen etwas tun!«

»Und was?« Sunnit stützte sich auf seinen Speer und sah Dawied auffordernd an.

»Wir werden dieses Ding, dieses Schiff, aufbrechen, das Wesen gefangen nehmen und Darko da herausholen.«

»Welches Schiff? Siehst du es hier irgendwo?« Tamosz breitete die Arme aus.

»Es ist weg!« Suchend blickte sich Dawied um.

»Genau, und ich fürchte, uns bleibt nichts anderes übrig, als abzuwarten.«

»Abwarten!« Dawied funkelte Tamosz wütend an. »Ich will nicht abwarten, ich will wissen, was hier vorgeht.«

»Ich fürchte, das kann dir im Augenblick niemand erklären.«

»Ich kann es.«

Die fremde Stimme hinter ihnen ließ sie alle herumfahren. Ein paar Schritte von ihnen entfernt stand ein alter Mann, sichtlich von Schmerz gebeugt und schwer auf einen Stock gestützt. Der Alte nickte ihnen freundlich zu.

Das Schwert noch immer in der Hand trat Dawied auf den Fremden zu. Es schien keine Gefahr von dem alten Mann auszugehen, aber für seinen Geschmack gab es nun schon zwei Fremde zu viel.

»Bist du auch ein Zauberer?«, fragte Dawied.

»Auch? Nein, mein junger Freund. Diese Frau kann ebenso wenig zaubern wie du und ich.«

»Du kennst sie demnach.«

»Ich habe sie noch nie gesehen. So wie ihr von der Frau gesprochen habt, hat ihr plötzliches Verschwinden jedoch nichts mit Zauberei zu tun.«

»Womit sonst?«

»Ich hörte, es sei etwas vom Himmel gefallen. Ich vermute, es ist ein Raumschiff, und wenn dem so ist, dann hat sich die Frau mit der Hilfe des Bordcomputers an einen anderen Ort bringen lassen.«

»Sie hat sich aufgelöst«, sagte Franz.

»Das hast du gut beobachtet, mein junger Freund. Sie wurde tatsächlich in ihre Bestandteile aufgelöst und sie wird an einem anderen Ort wieder zusammengefügt.«

»Du redest blanken Unsinn, Fremder. Das ist Humbug«, sagte Dawied.

»Nein, das ist es ganz und gar nicht. Es ist eine sehr alte Technik, die ich früher selbst genutzt habe.«

»Ha, alte Technik! Wohl eher das Gefasel eines alten Mannes«, mischte Sunnit sich in das Gespräch ein.

»Und weil ich ein alter Mann bin, habe ich schon mehr gesehen, als du dir erträumen kannst«, kam die Antwort freundlich, aber bestimmt.

»Dann sag uns doch, wo sie hin ist«, forderte Dawied.

»Zurück auf ihr Schiff, schätze ich.«

»Mach die Augen auf, Alter. Siehst du hier irgendwo ein Schiff?« Franz drehte sich mit offenen Armen einmal um seine eigene Achse.

»Nein, das heißt allerdings nicht, dass es nicht da ist.«

»Genug jetzt.« Dawied ging noch weiter auf den Mann zu. »Was hast du hier eigentlich zu suchen?«

Mit einer Mischung aus Misstrauen und Neugier betrachtete er den Alten. Tiefe Falten gruben sich in dessen Gesicht. Sie zeugten von einem harten, entbehrungsreichen Leben. Eine Verletzung am Bein schien ihm schwer zu schaffen zu machen. Er war dünn und noch ärmlicher gekleidet als Dawied selbst. Sein langes Haar war ebenso grau wie sein Bart und genauso ungepflegt. Nur seine Augen besaßen noch immer den Glanz der Jugend und aus ihnen sprach ein wacher Geist. Sie sahen Dawied mit einem eigentümlichen Ausdruck an.

»Ich suche den, den man den Teufel von Kerelaos nennt«, erklärte der alte Mann.

»Den Teufel suchen viele«, rief Sunnit.

»Auch aus demselben Grund wie ich?«, fragte der Alte, ohne Sunnit anzusehen. Sein Blick blieb starr auf Dawied geheftet.

»Es ist egal, aus welchem Grund du ihn suchst. Er ist nicht hier«, sagte Dawied.

Der Fremde nickte verstehend, dann legte sich plötzlich die Andeutung eines Lächelns um seine Augen. »Du bist Dawied, nicht wahr?«

Dawied richtete bei der Nennung seines Namens unwillkürlich sein Schwert auf. Als der Alte beschwichtigend eine Hand hob, ließ er es wieder sinken.

»Du beschützt ihn also immer noch – das ist gut. Du warst damals schon wie ein Bruder für ihn.«

Dawied kniff die Lider zusammen. Der Alte schien ihn zu kennen, doch er selbst konnte sich nicht an den Mann erinnern. Je länger er den Alten betrachtete, desto bekannter kam er ihm schließlich vor. Ganz langsam krochen Erinnerungen an eine längst vergangene Zeit von irgendwo hervor.

»Ich kenne dich, aber ich weiß nicht woher.«

»Es ist viel Zeit vergangen. Habe ich mich wirklich so verändert, dass du dich nicht mehr an mich erinnerst?«

»Papa Cardona?« Dawieds Miene hellte sich plötzlich auf und der Ausdruck des Erkennens glitt über sein Gesicht. Er ließ sein Schwert fallen und fasste nach der Hand des alten Mannes. »Papa Cardona! Du lebst! Wir haben geglaubt, du seist tot!«

»Ich bin noch sehr lebendig, mein Junge. Jetzt sag mir, wo mein Sohn ist.«

»Das wissen wir leider nicht. Es war Darko, den die Fremde mitgenommen hat.«

Kapitel 8

»Danke, Sit. Das ist gerade noch einmal gut gegangen«, rief Saralean.

»Du gehst zu viele Risiken ein«, erwiderte Sit vorwurfsvoll.

»Ich weiß, aber darüber können wir später streiten. Jetzt haben wir einen Patienten, der unsere Hilfe dringend braucht.«

Der Verletzte lag auf dem Behandlungstisch der Krankenstation. Er war noch immer ohne Bewusstsein. Einerseits sorgte Saralean sich deswegen, andererseits war sie auch ganz froh darüber. Er würde Antworten fordern und für lange Erklärungen hatte sie einfach keine Zeit. Saralean entledigte sich des Hitzeschutzanzugs und befahl Sit gleichzeitig, die Röhre zu aktivieren.

»Diagnose?«, forderte sie, während sie in eine bequeme braune Hose und eine beigefarbene Tunika schlüpfte.

»Der junge Mann wurde ziemlich übel zugerichtet.«

»Ich weiß. Hat er innere Verletzungen?« Sie trat an den Behandlungstisch heran und beobachtete die Anzeigen.

»Du kennst die Antwort.«

»Sit!«

»Fraktur der fünften und sechsten Rippe rechts, Steißbeinfraktur, Schädel-Hirn-Trauma, Einblutungen im Oberbauch, großflächige Hämatome am gesamten Körper. Platzwunden an Stirn, Hinterkopf und linker Augenbraue«, zählte Sit auf. »Steinsplitter in Schulter und Oberschenkel. Diese Wunden haben sich bereits entzündet. Er befindet sich in einem komaähnlichen Zustand.«

»Das sehe ich auch«, erwiderte Saralean ungeduldig.

»Warum fragst du, wenn du die Antwort schon kennst?«

»Wodurch sind die Einblutungen entstanden?«

»Das weißt du auch selbst.«

»Sit, bitte! Ich brauche deine Bestätigung.«

»Durch einen Milzriss.«

»Danke, Sit.«

»Du solltest dir selbst endlich vertrauen.«

Saralean beachtete den Einwand nicht. »Er hat offenbar noch einmal Glück gehabt.«

»Sein kräftiger Körperbau hat ihn vor schlimmeren Verletzungen bewahrt«, sagte Sit.

Saralean beugte sich über den Mann. Die äußeren Wunden konnte sie selbst behandeln. Die Gehirnerschütterung würde von allein abklingen. Wichtig war, die innere Blutung sofort zum Stillstand zu bringen und den Riss in der Milz zu schließen sowie die Frakturen an Rippen und Steißbein zu beheben. Sie gab die entsprechenden Befehle an Sit weiter, der daraufhin die Röhre programmierte. Kaum eine viertel Stunde später öffnete sich die Röhre wieder und Saralean machte sich sofort an die Arbeit. Sie schnitt ihrem Patienten die Kleider vom Körper, wusch ihn, so gut es ging, und verabreichte ihm eine Injektion gegen die Wundentzündungen. Danach behandelte sie die diversen Prellungen mit einer Heilsalbe.

»Sit? Was sind das für Narben?«, fragte sie, als sie zwei wulstige Striemen bemerkte, die sich quer über seiner Brust abzeichneten.

»Form und Länge der Narben deuten darauf hin, dass sie von einer Peitsche stammen.«

»Von einer Peitsche?«

»Es spricht alles dafür. Auf seinem Rücken befinden sich ähnliche Narben.«

»Wie barbarisch. Wer tut so etwas Grausames?«

»In früheren Zeiten war die Peitsche ein probates Mittel zur Bestrafung.«

»Vor Hunderten von Jahren vielleicht, aber heutzutage?«

»Auf diesem Planeten scheinen nicht nur die Waffen und die Lebensweise archaisch zu sein, sondern auch die Gesinnung«, entgegnete Sit.

Saralean antwortete nicht, sie dachte an die Leute, die wie Tiere in den Höhlen hausten. An die altertümlichen Waffen der Männer und an die augenscheinlich von Hand genähten Kleider aus grob gewebten Stoffen. Sie trugen primitive Stiefel aus Leder und schwere Mäntel aus Tierfellen.

»Sie leben wie im sogenannten Mittelalter der Erde, dabei stammen sie aus unserer Zeit. Glaubst du, sie haben sich zurückentwickelt?«

»Ich würde eher sagen, sie sind notgedrungen in ihrer Entwicklung stehen geblieben und haben das Beste aus dem gemacht, was sie zur Verfügung haben.«

»Hm, ja, vermutlich.« Saralean strich sanft über die wulstigen Linien. »Kannst du sagen, wie alt diese Narben sind?«

»Nicht genau, höchstwahrscheinlich ein oder zwei Jahre.«

»Vielleicht erzählst du mir eines Tages, was du getan hast, um derart brutal bestraft zu werden«, sagte Saralean leise zu dem Fremden. Noch einmal fuhr sie mit den Fingerspitzen über die längst verheilten Striemen, dann griff sie entschlossen nach der Pinzette. Vorsichtig entfernte sie die Steinsplitter, die tief in seine Schulter gedrungen waren.

»Tut mir leid, das war wohl meine Schuld«, sagte sie, als er leise aufstöhnte. »Es war leider die einzige Möglichkeit, diese Kerle von ihrem Vorhaben abzubringen.«

Nachdem der Meditektor ihr bestätigte, dass sich kein Fremdkörper mehr in der Wunde befand, legte sie einen Verband mit einer scharf riechenden Heilsalbe an. Erst dann betrachtete sie ihren Patienten genauer. Sein Körper war athletisch mit breiten Schultern und einer schlanken Taille. Er war gut einen Kopf größer als sie selbst. Schwarze Bartstoppeln zierten sein Gesicht und das schwarze Haar war ungewöhnlich lang. Es hatte sich zum größten Teil aus dem Zopf gelöst, der durch einen dünnen Lederfetzen zusammengehalten wurde. Obwohl sein Gesicht fast bis zur Unkenntlichkeit angeschwollen war, konnte sie jetzt aus der Nähe erkennen, dass er jünger war als sie zuerst vermutet hatte.

»Vielleicht neunundzwanzig, höchstens dreißig Jahre alt«, mutmaßte Saralean, während sie vorsichtig sein Gesicht und die diversen Hautabschürfungen an seinem Körper mit einem kühlenden und gleichzeitig desinfizierenden Elixier betupfte.

»Was ist das denn?« Sie nahm seine rechte Hand in ihre und betrachtete den dunklen Fleck darauf genauer. »Eine Tätowierung – eine schwarze Feder! Wie ungewöhnlich. Was meinst du, Sit, stammt er von der Erde?«

»Eine DNA-Analyse könnte Aufschluss über seine Herkunft geben.«

»Nein, ich weiß vermutlich schon mehr über ihn, als ihm lieb sein dürfte. Belassen wir es dabei.«

»Wie du willst.«

Sie ließ die Hand des Mannes los und kümmerte sich stattdessen um die Splitter in seinem Oberschenkel. Sie waren dank des festen Stoffes, aus dem seine Hose bestand, und der ausgeprägten Muskulatur nicht allzu tief eingedrungen und ließen sich leicht entfernen.

»Du besitzt einen stark durchtrainierten Körper«, sagte sie, wohlwissend, dass er es nicht hören konnte. »Auf Karfana würde dich so mancher Mann glühend darum beneiden.«

Schließlich wandte sie sich seinen Kopfverletzungen zu.

»In Sachen Verletzungen scheinst du wirklich kein

unbeschriebenes Blatt zu sein«, murmelte Saralean vor sich hin, als sie zwei weitere alte Narben entdeckte. Eine verlief entlang seiner linken Augenbraue, die andere saß direkt am Haaransatz. Auch diese beiden waren schlecht verheilt, was auf eine unzureichende Wundversorgung hinwies. Entweder gab es keinen Arzt hier oder dieser hatte nicht die nötigen Möglichkeiten gehabt.

Die beiden neuen Platzwunden waren mittlerweile ausgeblutet, was genau ihre Absicht gewesen war. Die einfachste und immer noch sicherste Art, eine derartige Wunde von Fremdkörpern und Bakterien zu reinigen.

»Diese zwei hier werden keine hässlichen Narben hinterlassen«, versprach sie, wusch das Blut ab, betupfte die Stellen nochmals mit dem Elixier und nahm auch schon den Wundkleber zur Hand.

Saralean führte die breite, flache Düse in einer ruhigen und gleichmäßigen Bewegung über die Wunde an der Stirn, wobei sie den Finger auf den Sensor hielt, der am Griff angebracht war. Der Wundkleber hinterließ eine warme durchsichtige Folie, die beim Erkalten die Wundränder gerade so weit zusammenpresste, dass sie sauber verheilen konnten. Eine ganz feine Narbe würde bleiben, die sie später mit dem Hautregenerator behandeln konnte. Am Hinterkopf des Patienten gestaltete sich die Versorgung etwas schwieriger, sodass Saralean nichts anderes übrig blieb, als ihm das Haar an der Stelle abzurasieren.

»Es tut mir leid, aber sie wachsen bestimmt schnell nach«, entschuldigte sie sich noch einmal bei ihm und machte sich ohne weitere Verzögerung an die Arbeit.

Darko spürte keinen Schmerz mehr. Sein Körper gehorchte ihm nicht. Ihm war, als hinge er über einem tiefen Abgrund. Seine Hände klammerten sich zwar noch an den scharfkantigen Rand und seine Füße suchten nach einem festen Halt, aber er fühlte, dass seine Kräfte ihn bald verlassen würden. War es eben nicht noch früher Morgen gewesen? – Nein, er musste sich irren, denn die Zeit der Nachtwende hatte bereits begonnen. Er sah jetzt ganz deutlich die beiden blauen Himmelskörper in der Dunkelheit aufleuchten.

Blau? Warum ist mir nie aufgefallen, dass sie so strahlend blau sind?

Ganz nah waren sie, so nah, dass er glaubte, sie berühren zu können. Er streckte eine Hand danach aus – und verlor den Halt. Unaufhaltsam stürzte er in die Tiefe, doch der freie Fall in den Abgrund war schnell vorbei. Eine sanfte fordernde Stimme fing ihn auf: Halte durch, du darfst nicht aufgeben.

Er wollte dieser Forderung nicht nachkommen. Ein Gefühl von Leichtigkeit bemächtigte sich seiner. Es war angenehm, er fühlte sich so frei und unbeschwert wie schon lange nicht mehr. Dann sah er sie. Halina lächelte ihm zu und legte beruhigend eine Hand auf seine Brust, die andere auf seine Stirn. Wo waren seine Eltern? Halina hatte allein auf ihn gewartet, sie würde ihn bestimmt gleich zu ihnen bringen. Er war ganz sicher, dass auch Vater und Mutter irgendwo auf ihn warteten. Der Tod würde sie endlich wieder vereinen und er wehrte sich nicht gegen das Unvermeidliche.

Deine Zeit ist noch nicht gekommen. Dein Lebenspfad liegt noch vor dir, rief Halina ihm zu. Die Worte kamen ihm seltsam bekannt vor. Wo hatte er sie schon einmal gehört? Egal, sie irrte sich. Er wusste, seine Zeit war vorbei, sein Lebenspfad endete genau hier. Hogans Schläger hatten den letzten Funken Lebenswillen aus ihm herausgeprügelt. Er wollte nichts mehr spüren – nie wieder. Er wollte nie wieder kämpfen, nie wieder leiden, nie wieder diesen unerträglichen Schmerz fühlen. Der Tod kam ihm sehr viel gnädiger vor als er immer geglaubt hatte, und so ließ er sich immer weiter fallen.

Ganz plötzlich und unerwartet sanft wurde er abgefangen. Ein merkwürdiges Kribbeln durchzog seinen Körper und er schwebte durch einen leeren Raum irgendwo zwischen unbekannten Welten. Angenehm kühl war es hier und die Schwerelosigkeit befreite ihn nicht nur von seinem Eigengewicht, sondern auch vom Gewicht seiner Sorgen, seiner Ängste und dem unendlichen Hass. Sein Körper entspannte sich und sein Geist gab sich der Leere hin, fast als würde er sich auflösen. Er ließ sich treiben, genoss diese absolute Stille, bis er ein leises Pfeifen vernahm. Das Geräusch schwoll an, wurde unerträglich laut und dann spürte er es. Luft drang in die Leere ein, begann zu zirkulieren und füllte seine Lungen. Ein undefinierbarer Schmerz durchzuckte ihn, als er in einen Sog geriet, gegen den er sich nicht wehren konnte. Mit aller Macht wurde er in ein dunkles Loch gezogen, glitt eine Weile in völliger Finsternis dahin und fand sich schließlich in einer Art Höhle wieder. Hell und warm war es hier. Die Wände glänzten wie Spiegel, aber er konnte sich selbst nicht darin sehen. Ein unbekannter, scharfer Geruch stieg ihm in die Nase, sein Herzschlag hallte unnatürlich laut von den Wänden wider und das gleichmäßige Hämmern setzte sich hinter seiner Stirn fort. Er wollte umkehren, zurück in die Leere, zurück zu Halina, sein Körper hingegen fühlte sich an, als sei er in schwere Ketten gelegt. Aus den Tiefen seines Unterbewusstseins drang die Gewissheit hervor, dass er seine Familie im Jenseits nicht wiedersehen würde. Der Tod wollte ihn nicht in sein Reich aufnehmen – noch nicht. Er ahnte auch, warum. Es war noch nicht vorbei, seine Aufgabe noch nicht beendet. Er musste weiter kämpfen, auch wenn das bedeutete, weiter diesen bitteren Schmerz in seinem Herzen zu ertragen.

Das Licht begann sich auszubreiten und tauchte alles in ein tiefes Rot. So rot wie das Feuer, das ihn von innen heraus zu verbrennen drohte. Als er schon glaubte, direkt in der Hölle gelandet zu sein, berührte etwas Kühles, Weiches seine Stirn, dann sein Gesicht, seinen Hals und blieb einen Moment auf seiner Brust liegen. Die Berührung war sanft, fast zärtlich, wie von einem Engel. Ein Engel in der Hölle? Das war nicht möglich. Oder doch?

»Das Fieber sinkt«, hörte er jemanden sagen.

Seine Augen wollten sehen, nur seine Lider weigerten sich beharrlich, sich zu öffnen. Wieder spürte er etwas Kühles und Weiches und dieses Mal berührte es seine Schulter. Ihm war, als ob der Schmerz darin sofort nachlassen würde. Es war angenehm und beruhigend und er wollte sich der Berührung hingeben, dennoch zwang er sich, die Augen einen Spalt zu öffnen. Verschwommen erkannte er eine Frau, die sich über ihn beugte. Sie hielt etwas in der Hand, das ihn vage an eine Waffe erinnerte. Blitzschnell griff er zu. Trotz seines geschwächten Zustands schlossen sich seine Finger eisenhart um ihr Handgelenk.

»Au! Du tust mir weh«, schrie die Frau erschrocken auf und versuchte sich, aus der Umklammerung zu befreien.

»Lass die Waffe fallen«, forderte er. »Lass sie fallen – sofort!«

Sie sah verständnislos von ihm zu der Waffe, die sie noch immer in der Hand hielt, dann schien sie zu verstehen.

»Das ist keine Waffe, das ist ein medizinisches Gerät«, erklärte sie, legte das Genannte trotzdem aus der Hand.

»Wer bist du und was hast du mit mir gemacht?« Seine Stimme glich dem heiseren Krächzen eines Croak. Ihm fehlte jedoch die Kraft dieses rabenähnlichen Aasfressers. Die

Anstrengung trieb ihm winzige Schweißperlen auf die Stirn und eine pochende Ader trat scharf an seiner Schläfe hervor.

»Mein Name ist Saralean und ich habe gar nichts mit dir gemacht. Ich habe bloß die Verletzungen behandelt, die dir diese Männer zugefügt haben.«

»Welche Männer?«

»Wer auch immer sie waren, sie sind nicht gerade sanft mit dir umgegangen.«

»Wer? Von wem redest du?«

»Na, von diesen Kerlen. Sie sahen aus wie Gladiatoren aus dem alten Rom. Oder waren das womöglich Freunde von dir?«

»Freunde?« Verwirrt ließ er sie los. Langsam kehrte die Erinnerung zurück. Aufstöhnend schloss er die Augen. »Nein, das waren keine Freunde.«

»Das habe ich mir schon gedacht, so wie sie auf dich eingeschlagen haben«, erwiderte Saralean trocken. Sie rieb sich das Handgelenk, auf dem seine Finger deutliche Spuren hinterlassen hatten.

»Meine Leute, sie werden sich Sorgen machen.« Mühsam richtete er sich auf.

»Bleib liegen, du bist noch zu schwach zum Aufstehen.« Mit sanfter Gewalt drückte sie ihn zurück auf das Kissen, das sie ihm unter den Kopf geschoben hatte.

»Hast du hier Schmerzen?«, fragte sie und winkelte seine Beine nacheinander an, dann übte sie sanften Druck auf seine Rippen aus.

»Nein.« Argwöhnisch beobachtete er jeden ihrer Handgriffe. Sie ließ sich davon allerdings in keinster Weise aus der Fassung bringen.

»Und hier?« Sie rollte ihn auf die Seite und tastete seine Wirbelsäule ab.

»Nein.«

»Gut«, sagte Saralean.

»Ich muss gehen.« Darko drehte sich zurück auf den Rücken. »Ich muss meine Leute beruhigen.«

»Du musst dich ausruhen. Deine Leute wissen, dass du bei mir bist.«

Darko spürte die sanfte, kühle Berührung ihrer Hände auf seiner Haut. Es mussten diese Hände gewesen sein, die ihm wie die eines Engels vorgekommen waren. Zu seiner eigenen Überraschung beruhigten sich seine aufgewühlten Nerven und er entspannte sich zusehends. Sein Blick wanderte von ihrem konzentrierten Gesicht zu dem Raum, in dem er lag. Das Licht, das ihn geblendet hatte, war in Wirklichkeit gedämpft. Es war auch nicht rot. Allein das Haar der Fremden schimmerte rötlich.

»Wo bin ich hier überhaupt?«

»In Sicherheit.«

»Es gibt keinen sicheren Platz auf Kerelaos.«

»Doch, bei mir schon. Vorerst zumindest.«

»Und wo ist bei dir?«

»Auf meinem Schiff.«

»Welches Schiff?«

»Mein Schiff, die Argus.«

»Du lügst.«

»Ach ja, entschuldige. Es ist die Argus I. Ob es allerdings jemals eine Argus II geben wird, ist noch recht fraglich.«

»Du machst dich über mich lustig.«

»Ach, und warum sollte ich das bitte tun?« Amüsiert blitzte es in ihren Augen auf.

Er schnaubte missbilligend. Statt ihr zu antworten, stellte er weitere Fragen. »Warum bist du hier? Hat El Soberano dich gerufen?«

»El Soberano? Wer soll das sein?«

Das amüsierte Blitzen in ihren Augen verschwand, an dessen Stelle trat deutliches Unverständnis. Kannte sie Soberano wirklich nicht? Noch war Darko nicht bereit, ihr so ohne Weiteres zu glauben.

»Tu nicht so unschuldig. Der Herr von Kerelaos, wer sonst.« Er wollte wütend klingen, sie einschüchtern, nur irgendwie gelang es ihm nicht. Ihre Hand lag noch immer auf seiner Brust und hinterließ ein Gefühl von – von Sorglosigkeit in ihm.

»Und wenn er der Herr des ganzen Universums wäre, ich weiß wirklich nicht, wer das ist. Mich hat niemand gerufen, ich bin hier dummerweise abgestürzt. Es war ein Unfall, den ich gerne verhindert hätte.«

»Es war ein Unfall?« Darko erinnerte sich an den merkwürdigen Lichtstrahl, der vom Himmel fiel, an den Krach, den Geruch von verschmortem Metall und an die Rauchsäule, die aus dem Nichts zu kommen schien. Er erinnerte sich auch, dass er da, wo die Unfallstelle hätte sein müssen, nichts hatte sehen können. Und er erinnerte sich ebenfalls an das große, silbrige Ding, das in der darauffolgenden Nacht plötzlich genau dort gelegen war, wo sie es auch erwartet hatten, und dass es bei Sonnenaufgang genauso plötzlich wieder verschwunden gewesen war.

»Dein Raumschiff haben wir gesehen, aber es war nicht mehr da, als ich – bevor ich – es war weg.« Er war immer noch nicht bereit, ihr zu glauben, und ihr mildes Lächeln zeigte ihm, dass sie das auch wusste.

»Es war nicht weg, es liegt noch immer zu Füßen eures Berges. Mein Schiff besitzt eine Tarnvorrichtung, du konntest es nicht sehen. Nachts schalte ich sie ab, am Tage bleibt sie aktiviert – reine Vorsicht.«

»Du kannst dich unsichtbar machen?«

Wieder erschien ein belustigtes Funkeln in ihrem Gesicht.

»Nun, wenn du es so ausdrücken willst, ja, ich kann mich unsichtbar machen.«

»Ist es dir so gelungen, das Kind zu holen?«

»Ja, mehr oder weniger.«

»Warum hast du es heimlich getan?«

»Ich musste es tun. Ich wusste nicht, wie ihr auf mich reagieren würdet, und die Kleine brauchte dringend meine Hilfe.«

Damit hatte sie nicht unrecht. Vermutlich, nein, ganz bestimmt sogar, hätten er und seine Leute niemals einem fremden Wesen das Kind überlassen. Merkwürdigerweise kam sie ihm gar nicht so fremd vor. Sie sah aus wie ein Mensch, wie eine Frau – eine sehr schöne Frau. Das einzig Ungewöhnliche an ihr waren ihre Augen. Ihre Form erinnerte ihn an zwei schräg fallende Tropfen und die Farbe ähnelte dem glasklaren Aquamarin, den er vor Jahren auf der Jagd gefunden und seiner Mutter geschenkt hatte.

»Einige meiner Leute glauben, du bist eine Zauberin.«

»Sie scheinen eher zu glauben, ich sei eine Hexe. Nun, in ihren Augen mag es so aussehen.«

»Ich glaube weder an Hexen noch an Magie.«

»Gut«, sagte sie nur, »denn hätte ich übernatürliche Kräfte, wäre ich bestimmt nicht mehr auf diesem gottverlassenen Planeten.«

»Niemand, der auch nur einen Funken Verstand besitzt, würde freiwillig auf Kerelaos bleiben«, stimmte er düster zu.

»Freut mich, dass du das auch so siehst – wie heißt du eigentlich?«

»Woher kommst du?« Wieder ging er auf ihre Frage nicht ein.

»Von der Erde, na ja, eigentlich von Karfana. Ich – nein«, Saralean kreuzte die Arme vor der Brust und sah ihn auffordernd an, »erst will ich wissen, wer du bist.«

»Wozu?«

»Wozu?«, wiederholte Saralean.

Er sah zu ihr auf. Es war wohl nicht allein seine Gegenfrage, die sie für einen Moment sprachlos werden ließ. Er wusste, dass er ihr damit auch ganz offen Ablehnung entgegenbrachte. Allerdings ließ sie sich davon nicht abschrecken.

»Das fordert die Höflichkeit«, sagte sie bestimmt.

»Ich muss nicht höflich sein, du bist auf meinem Planeten.«

»Gleichwohl bist du jetzt in meinem Raumschiff«, konterte Saralean. »Du bist mein Gast und ich habe verdammt noch mal das Recht, zu erfahren, wer hier meine Gastfreundschaft genießt.«

»Ich habe nicht um deine Gastfreundschaft gebeten«, brummte er.

Sie schluckte ganz offensichtlich eine schnippische Antwort hinunter, stattdessen zuckte sie lediglich mit den Schultern. »Stimmt! Entschuldige, wenn ich dir Unannehmlichkeiten bereitet habe. Ich habe die Situation anscheinend verkannt.« Wieder legte sie eine Hand auf seine Brust. »Ich konnte ja nicht ahnen, dass du da draußen lieber sterben wolltest. Das nächste Mal werde ich dich vorher fragen.«

»Hm«, grunzte er.

»Verrätst du mir nun deinen Namen?«

»Darko, mein Name ist Darko Cardona«, sagte er ganz gegen seinen Willen, und als sie ihre Hand fortnahm, fragte er sich, warum er das getan hatte.

»Lässt du dich gern verprügeln, Darko?«, fragte sie mit einem leicht spöttischen Unterton, während sie ein Tuch nahm und ihm die Schweißperlen von der Stirn tupfte.

»Nein«, zischte er gereizt und fuhr hoch, sank aber stöhnend auf die Liege zurück. Ein stechender Schmerz, den er eben noch nicht wahrgenommen hatte, durchfuhr ihn. Es war, als ob sich glühende Messer durch beide Schläfen in seinen

Kopf bohrten und darin alles zerschnitten, was sich ihnen in den Weg stellte.

»Ich sagte doch, bleib liegen«, meinte Saralean ungerührt, legte das Tuch beiseite und verschränkte die Arme wieder vor der Brust. »Was waren das für Männer, die dich so zugerichtet haben?«

»El Soberanos Soldaten«, presste er zwischen zusammengebissenen Zähnen hervor. Der rasende Schmerz hinter seiner Stirn ließ nur ganz langsam nach.

»El Soberano – der Herrscher. Hm, ziemlich hochtrabend, sich so zu nennen.« Saralean räumte alles zurück in die Fächer, dann drehte sie sich zu ihm um. »Ich wusste gar nicht, dass man hier so etwas wie einen Verwalter eingesetzt hat.«

»Er ist kein Verwalter.«

»Gouverneur?«

»Er hat sich selbst zum alleinigen Herrscher über Kerelaos erhoben.«

»Herrscher über Kerelaos? Verstehe, hat er sich deshalb El Soberano genannt?«

»Das ist sein Name.«

»Das glaube ich weniger. Nun, wie auch immer. Wie kam es denn dazu, dass er sich zum Herrscher aufgeschwungen hat?«

»Wir hatten keine Chance gegen ihn, seine Waffen und die Männer, die er für seine Ideologien begeistern konnte.«

Darko ließ es bereitwillig zu, dass Saralean ihren Arm in seinen Nacken schob, und ihm half, sich ein Stück aufzurichten. Der unerträgliche Schmerz war fast abgeklungen und er hatte nicht das Bedürfnis, ihn durch eine abrupte Bewegung erneut hervorzurufen.

»Warum haben seine, ähm, Soldaten dich so behandelt?«

»Weil ich mich ihm nicht mehr unterwerfe. Er ist ein Tyrann – was ist das?«

Sie hielt ihm eine Tasse mit einer klaren grünlichen Flüssigkeit an den Mund. »Trink, das wird deinem Körper helfen, sich selbst zu heilen.«

»Ich muss jetzt wirklich …«, sagte Darko, nachdem er ohne Widerrede getrunken hatte. Was war denn mit ihm los? Seine Stimme versagte ihm den Dienst und er fühlte sich schwach und schläfrig. »Ich muss …« Sein Kopf sank zur Seite und seine Augen schlossen sich langsam. »Mir ist so – ich bin so müde.«

Kapitel 9

Saralean hatte ein schnellwirksames Schlafmittel in dem Tee aufgelöst. Augenblicklich war ihr Patient tief und fest eingeschlafen.

»Er wird es überstehen«, sagte sie zu Hannibal, der ihr nicht von der Seite wich, seit sie mit dem Fremden an Bord gekommen war. »Die Frage ist nur, werden wir es überstehen? Vielleicht war es doch ein Fehler, ihm zu helfen.«

Wer konnte schon sagen, wozu diese Leute hier fähig waren? Zumindest waren sie ihr schon gefährlich nahegekommen. In der vergangenen Nacht hatten sie wieder versucht, die Tür aufzubrechen und in das Schiff einzudringen. Sit hatte sie gerade durch einen leichten Energieausstoß davon abhalten wollen, als ein alter Mann mit Gehstock erschien. Der Neuankömmling hatte sehr heftig reagiert und den Männern strikt verboten, sich dem Schiff zu nähern. Seitdem waren sie nicht mehr aufgetaucht. Nun, zumindest einer hatte Vernunft walten lassen.

Saralean breitete eine Decke über Darko aus und betrachtete sein Gesicht. Die Schwellungen waren abgeklungen, nur die bläulichen Hämatome unter den Augen und am Kinn verunzierten es noch immer. Er war nicht das, was man gemeinhin als schönen Mann bezeichnen konnte. Die hohen Wangenknochen ließen sein Gesicht hart erscheinen. Die große Nase stand im krassen Gegensatz zu den schmalen Lippen, passte aber wiederum perfekt zu dem ausdrucksstarken, fast trotzigen Kinn. Und seine Augen? Sie erinnerte sich, dass sie sehr dunkel waren. Mehr schwarz als braun und ganz leicht mandelförmig. Das Gesicht eines unbeugsamen, kämpferischen Mannes, von dem jetzt allerdings sämtliche Anspannung abgefallen war. Aber gerade diese Gegensätze machten ihn für Saralean zu einem sehr attraktiven Mann.

Attraktiv? Hallo! Würdest du deine Gedanken mal wieder einsammeln? Gefährlich ist wohl die passendere Bezeichnung!

Im Moment allerdings war nichts Gefährliches an ihm. Saralean legte ihre Hand auf sein Herz. Es schlug langsam und gleichmäßig. Für wenige Stunden würde das Mittel den Schmerz aus Körper und Geist verdrängen, was für seine endgültige Genesung unerlässlich war.

Fast fünfzig Stunden hatte Darko mit dem Fieber gekämpft. Zwei Tage und eine Nacht, in der sie selbst kaum geschlafen hatte. Immer wieder hatte sie ihm Tee und Wasser eingeflößt, seinen Körper abgerieben, die Heilung seiner Verletzungen beobachtet. Einerseits war sie so manches Mal versucht gewesen, die Röhre einzusetzen, andererseits wusste sie auch, dass er einen inneren Kampf ausfocht. Einen Kampf, in den sie nicht eingreifen durfte. Jetzt spürte sie, dass sein Überlebenswille stärker war als die Sehnsucht nach dem Tod. Genau das hatte sie erreichen wollen, selbst wenn es bedeutete, dass sich die Kälte, der Schmerz und auch der Hass ihren angestammten Platz in ihm zurückeroberten.

»Nein, es war kein Fehler«, murmelte sie. Saralean schob ihm eine schwarze Haarsträhne aus dem Gesicht. »Schlaf dich gesund, Darko Cardona, dann werden wir sehen, wie gefährlich du wirklich bist.«

Sie betrachtete noch einen Augenblick seine entspannten Züge, dann wandte sie sich zu Hannibal um.

»Und jetzt müssen wir zwei uns endlich mal unterhalten«, sagte Saralean und ging mit dem Hund in die kleine Bordküche.

»Kannst du mir bitte mal erklären, was du da draußen eigentlich abgezogen hast?«, fragte sie.

Hannibal legte den Kopf schief und ließ lediglich ein zartes Fiepen hören.

»Nein, natürlich kannst du es mir nicht erklären, aber weißt du, es war schon verdammt unheimlich. Wer oder was bist du?«

Saralean hatte immer gewusst, dass etwas Mächtiges in diesem wunderbaren Tier steckte, doch zu was er wirklich fähig war, damit hatte sie nicht im Entferntesten gerechnet. Sie hatte nicht vorhergesehen, dass es so gewaltig sein würde.

»Entweder du bist aus einer anderen Welt – was ich mir nicht wirklich vorstellen kann – oder du warst ein Versuchstier und bist aus einem geheimen Labor ausgerissen – was ich mir viel eher vorstellen kann. Nun, wie dem auch sei, solange du deine Fähigkeiten unter Kontrolle hast, soll es mir egal sein.«

Wieder legte Hannibal den Kopf schief, diesmal zur anderen Seite und sah sie aus treuen Hundeaugen an.

»Ich werde gut auf dich achten müssen«, murmelte sie und strich ihm zärtlich über den Kopf, dann füllte sie etwas Futter in Hannibals Napf und goss sich selbst einen Tee ein. Bevor sie jedoch einen Schluck trinken konnte, war sie bereits am Tisch eingeschlafen.

Ein anhaltendes böses Knurren ließ Saralean hochfahren. Hannibal saß mit gebleckten Zähnen und aufgestelltem Nackenfell neben ihr.

»Was ist?« Erschrocken sah sie sich um und erkannte Darko, der in eine weiche Decke gewickelt im Durchgang stand und Hannibal nicht aus den Augen ließ. Mit einer fahrigen Geste schob sie sich die rotbraunen Strähnen aus dem Gesicht.

»Bleib ganz ruhig, da ist ein Wolf«, flüsterte Darko.

»Ein Wolf?« Saralean sah verwirrt von Darko zu Hannibal und wieder zu Darko hinüber.

»Warte!« Saralean sprang auf, als Darko sich mit bloßen

Händen auf das Tier stürzen wollte, und stellte sich zwischen die beiden. »Nicht, das ist kein Wolf, das ist mein Hund.«

Rasch legte sie eine Hand beruhigend auf Hannibals Kopf, dessen gefährliches Knurren fast sofort leiser wurde.

»Dein Hund? Er sieht aus wie ein Wolf.«

Er ist sogar mehr als das, viel mehr!

Dieses Wissen behielt Saralean lieber noch für sich. »Setz dich. Er wird dir nichts tun, solange ich ihm dazu nicht den Befehl erteile.« Sie wies auf den Stuhl, der ihr gegenüber auf der anderen Seite des Tisches stand.

»Er gehorcht deinem Befehl?« Zögernd trat Darko näher. Er schwankte noch ein wenig.

»Natürlich«, bestätigte Saralean überzeugter als sie wirklich war. Sie streichelte Hannibals Hals. Noch hatte er sich nicht gänzlich beruhigt. »Ruhig, Hannibal, das ist Darko, unser Gast – Darko, das ist Hannibal, mein bester Freund und Beschützer.«

Darko drängte sich an Hannibal vorbei, der ihn daraufhin noch einmal böse anknurrte.

»Ist gut, Hannibal, er wird mir nichts tun. Nicht nachdem ich ihm das Leben gerettet habe. Leg dich, Hannibal.«

Darko war sichtlich beeindruckt, als das Tier tatsächlich zu knurren aufhörte und sich niederließ. Sein Kopf ruhte auf seinen Vorderpfoten, aber er warf Darko immer wieder einen kurzen Blick zu.

»Er passt wirklich auf dich auf!«

»Ja, das tut er«, bestätigte Saralean lächelnd. »Hast du Hunger?«

Darko nickte und sah sich dabei erstaunt um. »Was ist das hier?«

»Eine Küche. Eine winzig kleine, aber immerhin eine Küche.«

»Meine Mutter hat den Bereich, in dem sie gekocht hat, auch immer ihre Küche genannt. Diese Küche unterscheidet sich allerdings völlig von ihrer. Wie kannst du ohne Feuerstelle kochen?« Neugierde sprach aus seinem Blick, als er sie dabei beobachtete, wie sie eine Schüssel aus einem der Wandschränke hervorzauberte, ein Pulver hineinschüttete, das Ganze mit Wasser auffüllte und die Schüssel wieder in einem Schrank verschwinden ließ.

»Damit«, sagte Saralean, dann drückte sie einen Knopf und wenig später ertönte ein kurzer Piepton.

»Du kochst in einem Schrank?«

»Kochen ist zu viel gesagt«, lachte Saralean.

Sie öffnete den Schrank und stellte die Schüssel, aus der ihm der verführerische Duft einer kräftigen Hühnersuppe entgegenströmte, vor ihn auf den Tisch. Gierig schlang er die heiße Suppe in sich hinein.

»Danke«, sagte er und hielt ihr die leere Schüssel hin.

»Nun, Appetit scheinst du zu haben, das ist ein gutes Zeichen.«

»Wie kam ich hier her?«

»An was erinnerst du dich?«

»Ich habe dein Schiff gesucht und dann haben mich Hogans Männer zusammengeschlagen, dann – waren sie plötzlich weg.« Darko schwieg.

»Sagen wir mal so, ich habe sie gebeten, nach Hause zu gehen.« Saralean lachte leise auf, bei der Erinnerung an den Schock, den sie und Hannibal diesen Kerlen versetzt haben mussten. Sie selbst hatte sich fast zu Tode erschrocken, als Hannibal in dieser riesigen Gestalt neben ihr auftauchte.

»Du hast sie verjagt, einfach so, ganz allein?« Ungläubig starrte er sie an.

»Ja.« Saralean wich seinem Blick aus und beugte sich zu Hannibal hinunter. ›Entschuldige mein Freund, ich weiß ja, ohne dich hätte ich es nicht geschafft. Dies unserem Gast zu erklären, wäre eher unklug.‹

Als hätte er sie verstanden, ließ Hannibal ein leises Fiepen hören.

»Danke«, formte sie lautlos mit den Lippen, dann wandte sie sich wieder Darko zu. »Sie hatten wohl Angst vor meiner – ähm, vor mir, jedenfalls sind sie weggelaufen.« Gerade noch rechtzeitig hatte sie sich zurückgenommen. Es wäre ebenso unklug, ihn wissen zu lassen, dass sie Laserwaffen an Bord hatte.

Darko zog zweifelnd die Brauen zusammen. »Wie hast du es geschafft?«

»Ich weiß nicht, ich habe sie wohl überrascht. Ich schätze, ein zweites Mal wird mir das nicht gelingen, und ich hoffe, ich komme auch nicht noch einmal in diese Situation.«

»Wie?« Hartnäckig hielt Darko an seiner Frage fest.

»Ist das so wichtig? Es hat funktioniert und sie sind gerannt wie die Hasen. Mit deinen Leuten war das schon schwieriger.«

»Meine Leute?« Darkos Haltung versteifte sich augenblicklich. »Was hast du mit ihnen gemacht?«

Er traut mir noch immer nicht. Na ja, wie sollte er auch? Alles in der Argus muss ihm fremd erscheinen, einschließlich Hannibal und mir!

»Ich habe nichts getan. Mit einem Schwert im Rücken hatte ich keine Chance, etwas gegen sie zu unternehmen. Ich vermute aber, sie haben gesehen, dass deine Angreifer vor mir geflohen sind. Vielleicht hatten sie deswegen ein wenig Respekt vor mir.«

»Du behauptest also, meine Freunde hatten genauso viel Angst vor dir wie die Soldaten?«

»Das habe ich nicht gesagt. Sie sind immerhin nicht vor mir davongelaufen und sie waren mutig genug, mich mit ihren Waffen zu bedrohen.«

»Sie haben dich nicht davon abgehalten, mich in dein Raumschiff zu bringen.«

»Sie haben es immerhin versucht.«

Zumindest einer wollte mich davon abhalten, ein anderer war – Heilige Solara! Dieser andere war – konnte das sein? Doch, ich habe es genau gespürt, aber das kann nur bedeuten, dass …

»Ihr Versuch scheint gründlich fehlgeschlagen zu sein«, unterbrach Darko Saraleans Gedanken.

»Ähm, was?« Noch verwirrt von dem, was ihr gerade bewusst geworden war, sah sie auf.

»Ich sagte, ihr Versuch ist ganz offensichtlich fehlgeschlagen.«

»Oh ja«, Saralean räusperte sich kurz, »sie wollten mir nicht erlauben, dir zu helfen. Ich weiß nicht, was sie in mir sehen. Sie glauben wohl, ich bin eine Hexe. Zumindest hat einer mich so genannt; nun, ich habe sie in diesem Glauben gelassen und Sit gebeten, uns beide hereinzuholen.«

»Sit? Wer ist Sit?«

»Sit ist ein Computer.«

»Das ist unmöglich. Ein Computer – eine Maschine – kann keinen Menschen irgendwohin transportieren.«

»Das ist völlig normal – oh.« Saralean nahm gerade ein Glas aus dem Schrank; als sie sich wieder zu ihm umwandte, erkannte sie sehr deutlich an seinen hochgezogenen Brauen, dass er nichts von dem begriff, was sie da erzählte.

»Nein, das ist nicht normal.« Darko nahm das Glas Wasser, das sie ihm reichte, und sah sie skeptisch an.

»Für dich nicht, für mich schon. Weißt du überhaupt, was ein Computer ist?«

»Ja, natürlich. Mein Vater hat mir davon erzählt.«

»Wie gesagt, deine Freunde wollten nicht, dass ich dir helfe. Ich konnte nicht riskieren, dass sie dich bewegen, ohne zu wissen, ob du innere Verletzungen davongetragen hattest. In diesem Glutofen da draußen konntest du auch nicht liegen bleiben, du wärst bei lebendigem Leibe verschmort. So gab ich Sit den Befehl, uns direkt auf meine Krankenstation zu befördern.«

»Du redest Unsinn. Ich weiß, dass ein Computer eine Menge kann, aber er kann niemanden irgendwohin befördern.«

»Doch, das kann er.« Saralean hielt einen Moment inne. »Du hast keine Ahnung, wie das funktioniert, nicht wahr?«

»Nein.«

Den Bewohnern von Kerelaos sei aus Sicherheitsgründen keinerlei Technik überlassen worden, erinnerte Saralean sich an die Worte von Admiral Cohen, der auf der Offiziersschule einen kurzen Vortrag über Kerelaos gehalten hatte.

»Tja, wie soll ich dir das jetzt erklären?« Saralean goss sich selbst ein Glas Wasser ein und setzte sich zu ihm an den Tisch. Sie überlegte, wie sie es ihm mit einfachen Worten begreiflich machen konnte, entschied sich dann allerdings dafür, es ihm zu zeigen. Darko würde dem, was er sah, vermutlich eher glauben, als simplen Worten.

»Pass auf.« Sie stellte ihr Glas auf den Tisch, nahm ihr Armband ab und legte es um das Glas. »Sit? Würdest du bitte das Glas auf die Anrichte stellen?«

Darko wich ruckartig zurück, als das Glas sich samt Inhalt vor seinen Augen auflöste und auf der Anrichte wieder auftauchte, ohne einen Tropfen Wasser verloren zu haben.

»Bei einem Lebewesen funktioniert das ganz genauso. In diesem Armband befindet sich ein Sender. Damit kann ein Computer dich orten, in deine Einzelteile zersetzen und an einen anderen Ort transportieren, um dich dort wieder zusammenzusetzen. Man nennt es Isotranssynthese.«

»Oh!« Automatisch sah Darko an sich herunter.

»Keine Angst«, rief Saralean lachend, »es ist wieder alles da, wo es hingehört.«

Darko nickte und ein verlegenes Lächeln ließ den harten Zug um seinen Mund für einen Moment weicher werden.

»Glaubst du mir jetzt?«

»Dann hast du das Baby gar nicht selbst geholt?«

»Nein, das war Sit.«

»Aber du hast es geheilt.«

»Mit Sits Hilfe, ja. Wie geht es der Mutter und dem Kind?«

»Es geht ihnen gut, aber sie hatte Angst vor dir.«

»Ich weiß, und es tut mir leid. Sag ihr, dass ich nur helfen wollte.«

»Sie weiß es und Sammy ist dir sehr dankbar. Sie ist es übrigens, die fest glaubt, du seist eine Zauberin.« Darko stand auf. »Ich muss jetzt gehen. Sagst du mir, wo meine Sachen sind?«

»Ich musste deine Kleider zerschneiden, tut mir leid. Ich habe hier Ersatz für dich.« Sie reichte ihm Hemd und Hose.

Saralean hielt unwillkürlich die Luft an, als Darko die Decke ungeniert vor ihr ablegte. Nicht einmal Attelok, der karfanische Gott der Fruchtbarkeit, hätte neben Darkos ausgeprägter Männlichkeit bestehen können. Rasch drehte sie sich um und wartete, bis er angezogen war.

»Ich hoffe, es gefällt dir«, sagte sie und wagte einen kurzen Blick über ihre Schulter. Dass ihre Stimme noch ein wenig zittrig klang, schien er nicht zu bemerken.

»Ja, danke.« Er strich mit der Hand über das Material. »Es ist weich und anschmiegsam. Der Stoff erinnert mich an ein Kleid, das meiner Mutter gehörte. Es war ihr Festtagskleid gewesen und sie hatte darin immer wunderschön ausgesehen.« Sekundenlang schloss er die Augen und schien sich einen Moment der Erinnerung zu erlauben. Als er plötzlich schwankte, war sie sofort bei ihm.

»Alles in Ordnung?«

»Ich denke schon.« Er straffte sich. »Ich danke dir für deine Hilfe.«

»Gern geschehen.«

»Bringt dein Sit mich jetzt wieder hinaus?«

»Nein, das kostet unnütz Energie. Du kannst ganz normal durch die Tür hinausgehen.« Lächelnd zeigte sie ihm den Ausgang.

»Ich werde meinen Leuten sagen, dass du keine Hexe bist.«

»Das wäre gut. Ich habe nämlich keine Lust, von hinten mit einem Speer durchbohrt zu werden.«

Er nickte und wandte sich der Tür zu.

»Ach, Darko? Diese Männer, Soberanos Soldaten, sie haben dich nicht nur verprügelt, sie wollten dich …«

»Sie wollten mich zu Soberano bringen«, fiel er ihr ins Wort.

»Und was genau will dieser Soberano von dir?« Saralean legte ihre Hand auf seinen Arm. Wieder spürte sie den Schmerz, den er in sich trug.

»Mich töten«, sagte er knapp und wandte sich ganz zu ihr um.

Darko betrachtete die zarte junge Frau vor sich. Er war ihr dankbar, sie hatte ihn geheilt, hatte sie ihm auch die ganze Wahrheit gesagt? Etwas ließ ihn daran zweifeln. Er kannte Hogan und natürlich auch Dawied gut genug, um zu wissen, dass sie sich von einer Frau nicht so ohne Weiteres verjagen lassen würden. Nein, selbst wenn sie diesen Hund bei sich gehabt hätte, kein Mann wäre vor ihr davongelaufen.

Es war einfach undenkbar! Gut, sie konnte sich selbst und vielleicht auch ihr Raumschiff unsichtbar machen. Sie hatte ein Kind geheilt und hatte Steine zum Glühen gebracht. Hatte sie es tatsächlich gewagt, sich sechs von Soberanos Soldaten entgegenzustellen, um ihn zu befreien? Ihre Haltung zeugte auf jeden Fall von großem Selbstbewusstsein, von innerer Stärke und Mut. Genau das waren die Dinge, die weder Hogan noch Dawied von einer Frau erwarteten. Offen blieb die Frage, ob es ihnen wirklich Angst machen würde? Irgendetwas stimmte hier nicht. Entweder sie verschwieg ihm etwas oder sie war verrückt. Ihre Erklärung, als sie das Glas hatte verschwinden lassen, hatte sich jedenfalls verrückt angehört. Eigentlich hatte er da sofort aufstehen und gehen wollen. Andererseits, er war hier und nicht in Soberanos Kerker. Etwas Wahres musste also dran sein. Was auch immer geschehen war, die Fremde hatte ihm geholfen, hatte ihn irgendwie vor Soberanos Kerker bewahrt und seine Verletzungen geheilt. Ohne sie wäre er nicht mehr am Leben. Das war ihm klar geworden, nachdem er sich wieder erinnert hatte. Er stand in ihrer Schuld und klang ihre Geschichte auch noch so verdreht, sie verdiente zumindest etwas Aufmerksamkeit. Dass die schöne Fremde ihn faszinierte, versuchte er zu verdrängen.

Er suchte ihren Blick festzuhalten. Ihre Augen besaßen nicht nur eine ungewöhnliche Form, sie leuchteten auch in einem ungewöhnlichen Blau. An was erinnerte ihn dieses Blau? An zwei blaue Sterne!

Es waren keine Sterne, die ich gesehen habe, es sind ihre Augen gewesen!

So wie sich die Farbe des Himmels verdunkelte, wenn ein Sturm über die Ebene fegte, veränderte sich urplötzlich die Farbe ihrer Augen. Eben noch in einem sehr hellen, glasklaren Blau, erschienen sie ihm jetzt so dunkel wie Schiefer. Ihre Pupillen weiteten sich und nahmen ihn gefangen, sogen ihn hinab in einen Strudel unerfüllter Träume und Sehnsüchte. Der Sturm drang in sein Innerstes vor, doch bevor er sein Ziel erreichte, senkte sie den Blick und löste ihre Hand von seinem Arm. Im selben Moment kam er so hart in die Wirklichkeit zurück, dass er kurz schwankte.

»Was war das?« Darko fuhr sich mit beiden Händen über die Arme, als ob er das Zittern damit wegwischen konnte.

»Was?«

»Du hast gerade etwas mit mir gemacht, deine Augen, sie waren …«

»Was waren sie?« Saralean sah ihn offen an und er konnte nur den Kopf schütteln.

Ihre Augen waren so strahlend blau wie zuvor. Er fand keinerlei Anzeichen dafür, dass sie den Sturm in ihm hervorgerufen hatten. Aber etwas war mit ihm passiert, er spürte noch deutlich die Nachwirkungen in sich. Unruhe erfüllte ihn und er schüttelte das Gefühl gewaltsam ab.

Komm zu dir, Darko Cardona. Es gibt keine Zauberer, keine übernatürlichen Kräfte. Sie ist eine Frau, nur eine Frau!

Sein gesunder Menschenverstand schob jeden Anflug von Argwohn, jeglichen Gedanken an Magie und Zauberkräfte beiseite. Ihm war lediglich schwindelig geworden, schließlich hatte er gerade eine schwere Gehirnerschütterung überstanden und ihre Augen hatten nichts weiter als Mitgefühl ausgedrückt. Sie sorgte sich um seinen Gesundheitszustand, nicht um seine innere Zerrissenheit. Woher sollte sie auch davon wissen?

Warum hatte er trotzdem das Gefühl, sie wüsste genau, wie trostlos und leer es in ihm aussah? Warum hatte er das Gefühl, die Bürde, die ihm auferlegt worden war, nicht mehr allein tragen zu müssen? Warum graute ihm plötzlich davor, sich wieder in seine selbst gewählte Einsamkeit zurückzuziehen?

Darko hob die Hand an ihre Wange, ohne sie jedoch zu berühren.

»Vielleicht hat Sammy doch recht«, sagte er leise, dann drehte er sich um und verließ die Argus.

»Darko! Sie hat dich gehen lassen!« Dawied sprang auf, als er die Gemeinschaftshöhle im Misera betrat.

»Warum sollte sie mich nicht gehen lassen? Ich war nicht ihr Gefangener. Im Gegenteil, sie hat mich gerettet und meine Verletzungen behandelt.«

»Wie?«

»Wo warst du?«

»Wie hat sie das gemacht?«

»Wer ist sie?«

»Wie geht es dir?«

»Was hat sie mit dir gemacht?«

»Wo kommt sie her?«

Die Fragen stürmten von allen Seiten auf ihn ein. Lächelnd hob er beide Hände. »Beruhigt euch, es ist alles in Ordnung. Mir geht es wieder gut. Ihr Name ist Saralean und sie kommt von der Erde.«

»Dann ist es wirklich ein Raumschiff da draußen?«

»Ja, Dawied. Sie ist mit ihrem Schiff abgestürzt. Es war ein Unfall, nicht mehr und nicht weniger.«

Darko suchte Tamosz' Blick und nickte ihm kurz zu. »Sie ist übrigens weder eine Hexe noch eine Zauberin. Es ist alles nur Technik, von der wir keine Ahnung haben, aber sie macht daraus kein Geheimnis. Sie hat mir alles gezeigt. Sie besitzt eine Röhre, mit der sie heilen kann, einen Schrank, in dem sie kocht, und einen Computer, der Dinge von einem Ort zum anderen transportieren kann. Man nennt das …«

»Isotranssynthese. Ich habe es ihnen bereits erklärt«, erklang eine Stimme aus dem hinteren Teil der Höhle.

Darko horchte auf. Diese Stimme, sie erzeugte ein warmes Gefühl der Vertrautheit. Sie gehörte zu keinem seiner Leute, dennoch kannte er sie. Es war eine Stimme aus der Vergangenheit. Eine Stimme, von der er geglaubt hatte, sie nie wieder zu hören. Glaubte auch jetzt nicht daran, sie wirklich gehört zu haben.

»Wer hat das gesagt?«

Die Umstehenden traten beiseite und gaben den Blick auf einen alten, grauhaarigen Mann frei. »Ich.«

»Vater?« Ungläubig starrte Darko den Mann an, der sich ihm humpelnd näherte. Als dieser mit Tränen in den Augen nickte und seine Arme nach ihm ausstreckte, war er mit zwei Schritten bei ihm. »Mein Gott, Vater!« Fest drückte Darko den alten Mann an seine Brust. »Du lebst! Ich dachte, ich hätte euch alle verloren.«

»Das dachte ich auch, bis ich die Geschichten über dich hörte. Ich kann es noch gar nicht glauben, dass ich dich wirklich gefunden habe.«

»Wo kommst du her? Was ist mit dir passiert? Wo bist du so lange gewesen?«

»Langsam, Junge«, wehrte Donald Cardona nun Darkos Flut an Fragen ab. »Ich muss mich erst setzen, mein Bein.«

»Was ist mit deinem Bein?« Darko half ihm, sich auf den Boden zu setzen. Besorgt sah er auf das steife Bein, dann in das schmerzverzerrte Gesicht seines Vaters.

»Ein Unfall, aber lass mich der Reihe nach erzählen«, bat Donald. »Nach dem Kampf in der Arena brachten sie mich in die Wüste und ließen mich dort ohne Nahrung und ohne Wasser zurück.«

»Soberano wollte dich dort sterben lassen!«

»Natürlich, er lässt niemanden am Leben, der seinem Befehl nicht gehorcht.«

»Aber du hast dich seinem Befehl nicht widersetzt, du hast in der Arena gekämpft!«

»Ja, und ich habe meinen Gegner getötet, wie es von mir verlangt wurde. Glaub mir, ich bin nicht stolz darauf. In der Arena gab es bloß eins – entweder er oder ich. Ich dachte nur daran, mit meiner Familie heimzukehren. Ich ahnte nicht, dass ich die Frau des anderen …« Donald verstummte und ließ den Rest des Satzes ungesagt. Er schloss sekundenlang die Augen, dann fuhr er fort: »Ich konnte es nicht.«

»Du hast Mutter damit ihrem Schicksal überlassen«, flüsterte Darko und senkte den Kopf.

»Glaubst du wirklich, Soberano hätte sein Wort gehalten?«, fragte Donald, schüttelte aber gleichzeitig den Kopf. »Nein, nichts wäre dadurch anders geworden. Hätte ich mich töten lassen, mein Gegner wäre vielleicht nicht davor zurückgeschreckt, diesen barbarischen Befehl auszuführen. Wäre dir das lieber gewesen?«

Darko verneinte stumm, dennoch fühlte er unendliche Trauer in sich.

Donald legte beide Hände auf die Schultern seines Sohnes und drückte diese. »Glaube mir, ich habe immer und immer wieder darüber nachgedacht, was schlimmer gewesen wäre. Irgendwann wurde mir dann eines klar, er wollte deine Mutter.«

»Aber warum?«

»Er muss sie wiedererkannt haben. Er nannte sie gleich beim Namen. Ich vermute, er war früher einmal ihr Patient und damals ist irgendetwas passiert, für das er sich rächen wollte. Vielleicht wollte er sie als seine persönliche Ärztin. Ich weiß es nicht. Was ich ganz sicher weiß, ist, so oder so hätte sich nichts geändert. Es war alles eine Lüge. Soberano hätte uns niemals zusammen heimkehren lassen. Er wollte uns zerstören, und was auch immer ich getan oder nicht getan habe, diese Entscheidung war längst getroffen.«

»Ja. Vermutlich hast du recht.« Darko ballte seine Hände zu Fäusten, der unbändige Hass gegen Soberano schnitt sich noch tiefer in sein Herz hinein.

»Ich hatte Glück, wenn man es als Glück bezeichnen kann, dieses Leben weiterzuleben. Ich war längst am Ende meiner Kraft, als mich ein paar Salzleute fanden. Sie nahmen mich mit an die Ufer des großen Salzmeeres, pflegten mich, so gut es ging, und gaben mir einen Schlafplatz. Ich dankte es ihnen später, indem ich bei der Salzgewinnung half. Vor knapp einem Jahr geriet mein Bein unter eine schwer beladene Karre. Eine junge Frau, sie war erst kurz zuvor ins Dorf gekommen, pflegte mich und erzählte mir während dieser Zeit die Geschichten vom Teufel von Kerelaos. Davon, dass er Soberano auf ganz eigenwillige und unblutige Weise bekämpfen würde. Seinen wahren Namen kannte sie nicht, nur dass er die Dämonen gezähmt und mit ihnen im Misera leben würde. Sie sprach mit großer Bewunderung von ihm. Er sei ein Rebell, ein Dieb und ein Held. Er verweigere Soberano den Gehorsam, würde die Lieferungen an ihn abfangen und die Beute teile er mit den armen Bauern. Es klang für mich wie ein Märchen, eine letzte Hoffnung, an die sich die Leute klammerten. Ich lachte heimlich über sie, tat es sogar als Humbug ab. Schließlich wusste ich es besser, hatte ja am eigenen Leib erfahren, was es hieß, Soberano etwas zu verweigern. Dann kamen plötzlich fremde Männer ins Dorf. Sie brachten ein paar Ziegen, frisches Gemüse, Reis und Kartoffeln. Mit Empfehlung des Teufels, sagten sie und verschwanden wieder. Als ich endlich wieder aufstehen konnte, wurde mir schnell klar, dass ich den Salzleuten mit dem steifen Bein keine Hilfe mehr war und so entschloss ich mich, ihnen nicht länger zur Last zu fallen. Auf meiner Wanderung gen Norden hörte ich dann immer mehr Geschichten und ich begann zu begreifen, dass es sich nicht nur um eine Legende handelte, nicht nur um ein heroisches Wunschbild der Unterdrückten. Je mehr ich von diesem Teufel hörte, desto stärker wuchs plötzlich auch die Hoffnung in mir. Ein Köhler und seine Tochter, bei denen ich eine Nacht verbrachte, behaupteten, dem Teufel und seinen Männern persönlich begegnet zu sein. Der Köhler schilderte mir ein paar Einzelheiten von dieser Begegnung; als er dann die Tätowierung auf der Hand des Mannes erwähnte, wusste ich, dass dieser Teufel mein Sohn ist.«

»Ich erinnere mich an den Köhler. Wir haben ihm ein paar Säcke Holzkohle abgenommen und ihm später dafür Reis und Gemüse gebracht.«

»Ja, davon sprach er.«

»Ich bin froh, dass du mich gefunden hast, Vater.«

»Ich auch, mein Junge, ich auch.« Donald fasste nach der Hand seines Sohnes und betrachtete die kleine Feder, die darauf abgebildet war. »Das Stammeszeichen deiner Mutter«, sagte er leise, dann holte er tief Luft. »Aber jetzt musst du mir von dir erzählen.«

Darko wollte gerade mit seiner Geschichte beginnen, als sich plötzlich eine atemlose Stille in der Höhle ausbreitete.

Kapitel 10

»Ein Wolf!«

Der entsetzte Schrei hallte von den Wänden wider, verteilte sich bis in den hintersten Winkel und drang auch in den langen Gang hinaus.

Saralean beschleunigte ihren Schritt. Sie ahnte, wer diesen Aufruhr verursacht hatte. Im Eingang zur Wohnhöhle blieb sie atemlos neben Hannibal stehen.

Als wäre ihr Auftauchen ein Zeichen zum Angriff, kam Bewegung in die bis zu diesem Moment noch ruhig dasitzende Menge. Frauen wichen ängstlich zurück. Männer griffen zu ihren Waffen und stürzten auf Hannibal zu.

»Nicht!«, schrie Darko und stellte sich ihnen mit ausgebreiteten Armen in den Weg. »Wartet! Das ist kein Wolf. Das ist ein Hund, ein Beschützer. Er wird euch nichts tun.« Noch immer die Hände abwehrend erhoben, wandte er sich zu Saralean um.

»Es tut mir leid – wir wollten nicht – ich wollte nur – ich, wir – es tut mir leid«, stotterte diese. Ein kurzer Blick auf das Tier verursachte ihr eine Gänsehaut. Sie konnte sehen, wie sich die Bestie in ihm zu regen begann. Hannibals anhaltendes tiefes Knurren und das nervöse Zucken seiner Lefzen machten ihr bewusst, wie unüberlegt sie gehandelt hatte, ihn allein vorauslaufen zu lassen. Schnell legte sie eine Hand auf seinen Kopf.

›Ruhig, Hannibal. Es ist alles gut.‹

Saralean spürte erleichtert, wie die Anspannung von dem Tier abfiel. Hannibals Muskeln lockerten sich so weit, dass die unmittelbare Gefahr, in die sie die Höhlenbewohner durch ihr unbedachtes Auftauchen gebracht hatte, vorüber war.

»Es tut mir leid«, entschuldigte sie sich nochmals und schickte sich an, die Höhle so schnell wie möglich zu verlassen.

»Nein, geh nicht«, rief Darko und lief ihr nach. »Bitte bleib, sie sind bloß erschrocken. Es gibt auf Kerelaos keine Hunde, nur Wölfe, und die sind sehr gefährlich. Gib ihnen eine Chance, euch kennenzulernen«, bat er.

Zögernd nickte Saralean und ließ es zu, dass Darko sie bei der Hand nahm.

»Freunde, ich möchte euch Saralean vorstellen. Und dies«, er wies auf den großen schwarzen Hund, der sich zwischen ihn und Saralean drängte, »dies ist Hannibal, ihr Freund und Beschützer. Es ist ihr Raumschiff, das an unserem Berg verunglückt ist. Sie hat Hogan die Stirn geboten und meine Wunden geheilt, so, wie sie auch Sammys Kind vor dem sicheren Tode bewahrt hat.«

Darko machte eine kurze Pause und ließ seinen Blick über seine Leute schweifen, dann fuhr er fort: »Ich denke, es braucht keinen weiteren Beweis, dass sie uns freundlich gesinnt ist.«

Die Höhlenbewohner murmelten etwas, das wie Zustimmung klang, blieben aber dennoch distanziert; lediglich Sammy, die junge Mutter, kam ohne Scheu auf Saralean zu und zeigte ihr das Baby.

»Es geht ihr wieder gut und mir auch. Dank deiner Medizin gebe ich wieder Milch. Ich bin dir unendlich dankbar dafür.«

»Ich freue mich für dich, Sammy. Wie heißt die Kleine?« Saralean beugte sich über das Kind und berührte zart die winzigen Finger. Wieder spürte sie die kaum wahrnehmbare Verbindung.

»Sie hat noch keinen Namen. Wenn du erlaubst, möchte ich sie gern Sara nennen.«

»Das würde mich sehr stolz machen.« Saralean gab dem

Mädchen einen Kuss auf die Stirn. Die Kleine quietschte vergnügt und schob ihre winzige Faust in ihren Mund. Lachend sagte Saralean: »Du hast ein wirklich zauberhaftes Kind.«

Ein Mann trat vor und reichte ihr die Hand. »Herzlich willkommen, Saralean. Mein Name ist Sunnit«, stellte er sich vor.

»Oh ja, wir kennen uns bereits. Warst du es nicht, der mich Hexe genannt hat?«

»Nein, das war ich«, gab ein anderer junger Mann zerknirscht zu. »Ich bin Dawied und es tut mir leid.«

»Es ist schon okay«, erwiderte Saralean lachend. »Ich hätte vermutlich nicht anders reagiert.«

Das helle Lachen schien die angespannte Stimmung zu lösen und die Höhlenbewohner sahen Saralean als das, was sie war – eine ganz normale Frau.

»Willkommen, Saralean.« Auch Tamosz reichte ihr die Hand zur Begrüßung, dann zuckte er zurück.

›Keine Angst, das ist völlig normal, aber wir werden darüber reden müssen‹, übermittelte sie ihm mit einem kurzen Nicken.

Tamosz riss sichtlich erschrocken die Augen auf. Er schien etwas sagen zu wollen, doch bevor er den Mund aufmachen konnte, wurde er von Franz und seiner Frau beiseite gedrängt.

»Komm, setz dich zu uns, Saralean.« Darko legte schließlich einen Arm um ihre Schultern und befreite sie aus dem Kreis derjenigen, die sie mit Fragen über ihre Herkunft und ihr Raumschiff überhäuften. »Ich möchte dir meinen Vater vorstellen, Donald Cardona.«

Saralean setzte sich und grüßte den alten Mann freundlich. »Ich hoffe, ich habe euch nicht gerade bei etwas Wichtigem gestört?«

»Nein, gar nicht. Wir feiern nur unser Wiedersehen.« Donald reichte ihr einen einfachen Holzbecher. »Bleib und trink einen Tee mit uns.«

»Danke«, sagte sie und nahm den Becher. Dabei berührte sie die Finger des alten Mannes und unwillkürlich richtete sie ihren Blick auf das unnatürlich abgewinkelte Bein.

Saralean sah, wie Donald erstaunt eine Augenbraue in die Höhe zog und sie einen Moment nachdenklich betrachtete. Schließlich glitt ein Lächeln über sein Gesicht und er nickte ihr kurz zu.

»Du bist also mit diesem Raumschiff abgestürzt?«

»Ähm, ja.« Saralean erwiderte sein Lächeln. Sie musste ihn nicht noch einmal berühren. Es war deutlich, dass er wusste, was sie war.

»Wie konnte das passieren?«, fragte Donald.

»Was?«

»Der Absturz!«

»Oh, ja. Nun, das ist relativ leicht zu erklären. Ein Sonnensturm hat das Schiff aus der Bahn geworfen. Es geriet auf Kollisionskurs mit einem Asteroiden, woraufhin wir quer durch den Raum an dieses Ende der Galaxis geschleudert wurden.«

»Wir?«

»Ja, Professor Zeilinger, Hannibal und ich.«

»Zeilinger? Thaddeus Zeilinger?«

»Ja, Sie kennen ihn?«

»Natürlich, einer der genialsten Köpfe unserer Zeit. Wir waren gute Freunde, gingen zusammen auf die Universität. Unsere Wege trennten sich dann später und wir sind uns nicht mehr so häufig begegnet. Wo ist er?«

»Er hat den Unfall leider nicht überlebt. Als ich nach dem Absturz zu mir kam, war er schon tot«, erklärte Saralean und spürte die Trauer wieder in sich.

»Das tut mir sehr leid. Er war ein großartiger Mann.«

»Ja, das war er.«

»Liegt er unter dem Steinhaufen?«, fragte Darko.

»Er war mein Mentor und mein Freund. Ich musste ihn bestatten.«

»Erzähl mir von ihm«, bat Donald.

»Oh, wo soll ich da anfangen? Wir lernten uns an der Uni kennen, als er ein Semester Quantenphysik lehrte. Er hat nie viel von sich erzählt, aber da Sie ihn kennen, wissen Sie sicher, dass ihm bereits im Alter von zwanzig Jahren eine seiner ersten bahnbrechenden Erfindungen gelungen war.« Als Donald dies bejahte, fuhr sie fort: »Er hat im Lauf der Jahre einige bereits vorhandene technische Errungenschaften noch perfektioniert. Der Fortschritt, insbesondere die Raumfahrttechnologie, hat von seinen kreativen Einfällen stark profitiert. Ich weiß noch, wie enttäuscht er war, als man ihn in den Ruhestand geschickt hat.« Saralean gab ihrer Stimme einen etwas dunkleren Klang, als sie versuchte, Zeilinger zu imitieren: »Sie haben mich aufs Abstellgleis geschoben, Saralean, weil ich angeblich nicht mehr in die moderne Zeit passe.«

»Das klingt sehr nach ihm«, schmunzelte Donald.

»Ich versuchte, ihm klarzumachen, dass dem nicht so war. Niemand arbeitet länger als dreißig Jahre. Das Problem war nur, dass er noch so voller Tatendrang steckte. Die Tarntechnologie in der Argus war seine letzte große Erfindung. Er war besessen von der Idee, dass sich Raumschiffe für den Notfall tarnen können. Sie sollten die Möglichkeit besitzen, sich praktisch unsichtbar zu machen, um damit einer drohenden Gefahr schnell und ohne Blutvergießen zu entkommen. Monatelang hat er jeden Tag und oft auch in den Nächten, daran gearbeitet.«

»Es scheint ihm gelungen zu sein.«

»Natürlich! Zeilinger wäre nicht Zeilinger, wenn er es nicht geschafft hätte. Er hat die Argus geplant und den Bau überwacht.«

»Argus, der hundertäugige Wächter.« Donald schmunzelte. »Ist das die Argus da draußen?«

»Ja, wir befanden uns auf einem Testflug, als der Unfall geschah.«

»Ich hoffe, du konntest einen Notruf absenden, bevor du hier gelandet bist.«

»Leider nicht, aber Sit hat die Warnsonden im Orbit umprogrammiert. Sie senden jetzt einen Hilferuf auf allen Frequenzen aus.«

»Sit?«

»Mein Bordcomputer«, erklärte Saralean.

»Es wird eine Weile dauern, bis sie dich hier finden. Wenn du erlaubst, würde ich gern sehen, was sich in den letzten Jahren alles verändert hat«, bat Donald.

»Sie kennen sich mit Raumschiffen aus?«

»Mein Vater gehörte der terrestrischen Militärpolizei an. Er war Kohortenführer und hat selbst Raumschiffe geflogen«, erklärte Darko.

Überrascht sah Saralean den alten Mann an.

»Du wunderst dich, weshalb ein hochrangiger Angehöriger der Militärpolizei nach Kerelaos verbannt wurde? Nun, das ist ebenfalls ganz einfach zu erklären.« Er schob sein krankes Bein erneut in eine bequemere Stellung.

Saralean legte wie unabsichtlich eine Hand darauf. Sie musste nicht lange nach dem Grund seiner Schmerzen suchen. Ein falsch zusammengewachsener Knochen und gerissene Muskelstränge, die sich nicht wieder verbunden hatten, waren die Ursache dafür. Unter ihrer Berührung schien der Schmerz deutlich nachzulassen, denn Donald entspannte sich spürbar.

»Meine Frau ist Ärztin«, begann er, »sie klagte immer wieder die katastrophalen Zustände in den öffentlichen Krankenhäusern an. Beteiligte sich an Demonstrationen und Kundgebungen. Ich stritt deswegen häufig mit ihr, wollte es ihr verbieten, weil sie damit meiner Karriere schadete. Ich war blind, gehorchte den Befehlen meiner Vorgesetzten und dachte an meine bevorstehende Beförderung. Wir waren kurz davor, uns zu trennen. Dann allerdings erhielt ich den Befehl, auf wehrlose Kinder einzuschlagen, nur weil sie ihren Vater beschützen wollten. Da endlich wachte ich auf. Schließlich weigerte ich mich, diesen unsinnigen Befehl auszuführen. Ich sah plötzlich alles mit anderen Augen, mit ihren Augen, und begann, ebenfalls an der Rechtmäßigkeit der Befehle zu zweifeln. Meine Position hatte meiner Frau einen gewissen Schutz verliehen, doch nun waren wir beide den Machthabern ein Dorn im Auge. Wir wurden eines Abends verhaftet und noch in derselben Nacht nach Kerelaos gebracht.«

»Man hat Sie mundtot gemacht.«

»Menschen, die Kritik üben, sind eben lästig.«

»Diese alte Machtstruktur existiert schon seit fast zwanzig Jahren nicht mehr. Seit der Planetarische Rat eingesetzt wurde, gibt es kaum noch Grund für Kritik.«

»Tatsächlich?« Wieder zuckte Donalds Braue in die Höhe. »Wie kam es dazu?«

»Die früheren Machthaber begannen, die Planeten des Sonnensystems, und später auch die des Sarkussystems, mit falschen Versprechungen zusammenzuschließen und übernahmen die alleinige Führung. Bei vielen war es ihnen gelungen, Hetan dagegen durchschaute die List. Nach dem Angriff der Hetaner hat sich dann alles verändert. Der Krieg dauerte ein ganzes Jahr und erst, als die alten Machthaber endlich abgesetzt wurden, waren die Hetaner zu Verhandlungen bereit. Am Ende wurden die Verantwortlichen inhaftiert und wegen Hochverrats angeklagt. Nach dem Wiederaufbau der irdischen Städte wurde der Planetarische Rat eingesetzt. Er besteht aus gewählten Mitgliedern aller eigenständigen Planeten.«

»Nun, das ist neu für uns. Wer gehört denn alles dazu?«

»Erde, Hetan, Folonia, Prekum, Karfana, Dolanko, Nijan, Sulvan, Reema und Inivar«, zählte Saralean auf. »Habt ihr denn keine Nachrichten über die Veränderungen bekommen?«

»Nein, haben wir nicht. Wir erhielten und erhalten keine Nachrichten von der Erde. Wir haben auch nie etwas von einem Krieg erfahren. Wir wunderten uns nur, warum niemand mehr nach Kerelaos gebracht wurde und es keine Versorgungsschiffe mehr gab.«

»Der Rat hat eine Verbannung nach Kerelaos gesetzlich verboten. Eine lebenslange Verbannung sei inhuman und nicht sachdienlich.«

»Anscheinend hat sich niemand die Mühe gemacht, die einmal verhängten Strafen rückgängig zu machen und zumindest diejenigen unter uns, die unschuldig sind, zu begnadigen«, bemerkte Donald trocken.

»Man hat uns nicht viel über Kerelaos gesagt, nur, dass rechtskräftig verurteilte Mörder, Rebellen und Terroristen hierher verbannt worden sind.«

»Das trifft lange nicht auf alle zu. Die meisten von uns waren den diktatorischen Machthabern schlicht unbequem. Wir wurden hierher abgeschoben, weil wir es wagten, Kritik zu üben. Nur einige wenige griffen zu drastischeren Mitteln und wurden als Rebellen und Terroristen verurteilt.«

»Ist dieser Soberano einer von ihnen?«, fragte Saralean an Darko gerichtet.

»Das wissen wir nicht. Er, Hogan und drei weitere Männer in seiner Begleitung kamen nicht wie wir mit einem Gefangenentransport her. Sie landeten in einem eigenen Raumschiff, so wie du. Soberano behauptete, ein Energieabfall in der Sauerstoffzufuhr hätte sie zur Landung gezwungen.«

»Konnte das nicht repariert werden?«

»Es fehlte an Ersatzteilen und so blieben sie.« Darkos Vater hob die Schultern leicht an und verzog kurz die Mundwinkel.

»Wo ist das Schiff heute?«

»Es existieren kaum mehr als Fragmente davon. Man hat es irgendwann demontiert und Unterkünfte am Fuß des Neopatria daraus gebaut. So entstand die Siedlung, die wir die Stadt nennen«, erklärte Donald.

»Dann diente es wenigstens einem guten Zweck.«

»Das war auch das einzig Gute, das aus Soberanos Ankunft erwachsen ist«, meinte der alte Mann düster.

»Warum wurdest du hergebracht?«, wandte Saralean sich wieder an Darko.

»Ich wurde nicht verbannt, ich wurde auf dem Weg hierher geboren.«

»Wie lange lebt ihr denn schon hier?«

»Fast dreißig Jahre«, antwortete Donald anstelle seines Sohnes. »Davon etwas mehr als zwanzig Jahre unter Soberanos Knechtschaft.«

Saralean schlug entsetzt die Hand vor den Mund. »Wie habt ihr das nur durchgestanden?«

»Zuerst waren wir natürlich verzweifelt. Wir wussten, dass wir die Heimat nie wiedersehen würden, und wollten lieber sterben, als in der Verbannung zu leben. Kurz nach dem Start unseres Raumschiffs merkte meine Frau dann, dass sie schwanger war, und so wuchs mit dem Baby in ihrem Bauch auch unser Überlebenswille. Wir richteten uns hier ein, so gut es ging. Man hatte uns zwar völlig ohne Technik zurückgelassen, aber nachdem wir das Gebiet erkundet hatten, begannen wir mit dem Bau von Brunnen und legten Felder an. Wir mussten das Rad neu erfinden, um uns einige Arbeiten zu erleichtern. Damit war es dann vorbei, als Soberano kam.«

»Und deshalb kämpft ihr gegen ihn?«, fragte sie Darko.

»Er sät Gewalt, wo er auftaucht. Er ist ein mörderisches Monster, das sich nimmt, was es haben will.«

Saralean legte ihre Hand auf seine zu Fäusten geballten Hände. Sie fühlte wieder den Schmerz in seinem Herzen und erkannte auch den Hass gegen diesen Mann darin, und als sie sich zu Donald umwandte, sah sie denselben Schmerz in dessen Augen.

»Was hat er euch angetan?«

»Als meine Eltern hier ankamen, hatten sie mehr als die meisten anderen, sie hatten sich und ein Baby, nämlich mich. Sie wollten das Beste aus ihrer Situation machen«, begann Darko, dann nickte er seinem Vater zu, damit dieser ihre Geschichte weitererzählen konnte.

»Die Höhlen im Neopatria, das ist der Berg südlich der Ebene, dienten als erste Unterkunft. Meine Frau hielt es dort nicht aus, es lebten zu viele Menschen auf engstem Raum, also verließen wir den Berg. Wir fanden weit abseits davon eine Süßwasserquelle und ich baute uns dort ein Haus aus Stämmen des Frangabaumes. Diese Bäume sind die einzigen, die sich dafür eignen, leider sondern sie einen fauligen Geruch ab. Es dauerte Wochen, bis der Gestank des Holzes erträglich wurde. Einige andere folgten unserem Beispiel und im Lauf der Zeit war aus unserem Rückzugsort eine kleine Siedlung geworden. Meine Frau sammelte Kräuter, erforschte diese und begann, sich um die Kranken und Verletzten zu kümmern. Es war eine gute Nachbarschaft entstanden. Wir lernten voneinander und gingen gemeinsam auf die Jagd. Es gibt hier eine kleine Katze – die Mauskatze. Meine Frau gab ihr diesen Namen. Wir fanden ihn passend, denn das Tier besitzt den Kopf und den Schwanz einer überdimensionalen Maus und den Körper einer großen Wildkatze. Das Fleisch ist zart, schmeckt leicht salzig und die dicke ledrige Haut eignet sich hervorragend zur

Herstellung fester Schuhe. Hin und wieder gelang es uns auch, ein paar Partas, Schweine, die kaum größer sind als Frischlinge, zu erlegen. Die Frauen kochten daraus nahrhafte Suppen und die weichen Felle wurden zu wärmenden Decken zusammengenäht. Die hiesige Evolution hat sogar Wildhühner hervorgebracht. Die ausgewachsenen Hühner ergeben ein wahres Festmahl, während ihre Eier und die Jungtiere für Mensch und Tier ungenießbar sind, weshalb sie sich auch ungehindert vermehren. Und dann gibt es da noch die Kerbus. Kleine Raubvögel, deren Ähnlichkeit mit Adlern unverkennbar ist. Das Fleisch der Kerbus schmeckt widerlich, dafür legen sie sehr schmackhafte Eier. Wir hatten alles, was wir zum Leben brauchten, und waren unter den gegebenen Umständen eine kleine glückliche Gemeinschaft.«

»Und dann?«

»Dann kam Soberano«, äußerte Donald, in einem Ton, als sei damit alles gesagt. Seine Stimme klang rau, als er weitersprach: »Zuerst hegten wir keinerlei Misstrauen, dann hörten wir, dass er den Neopatria für sich allein beanspruchte. Nach und nach schlossen sich ihm immer mehr Männer an, und hin und wieder tauchten Geschichten über seine Grausamkeiten auf. Schließlich erkannten wir, was er war und welches Ziel er verfolgte, aber da war es bereits zu spät. Wir verhielten uns ruhig und passten uns den neuen Gegebenheiten an. Jeden Tag wurde einer von unserer Gemeinschaft als Wachposten eingeteilt, der uns rechtzeitig warnte. Wenn Soberanos Soldaten kamen, brachten wir die Kinder in Sicherheit. Viele Jahre konnten wir so leben, ohne dass er Notiz von uns nahm. Vor zwei Jahren dann kam er persönlich in unser Dorf. Seine Männer hatten den Wachposten entdeckt und überwältigt, bevor er uns warnen konnte. Die Kinder waren Gott sei Dank in der Schule, eine kleine Höhle am Fuß des Misera. Soberano sah meine Frau und Halina und verlangte, dass sie ihm folgten. Der Sohn eines Nachbarn und ich wollten es verhindern, hatten jedoch keine Chance.«

»Ich kam gerade von der Jagd zurück«, ergriff Darko nun wieder das Wort. »Eli, unser Dorfälteste, erzählte mir, was geschehen war. Dawied warnte mich davor, doch ich folgte ihnen trotzdem. In der Stadt erfuhr ich, dass Halina in Soberanos Frauenhöhle gebracht worden war. Was aus meinen Eltern geworden war, wusste ich nicht. Ich versuchte immer wieder, etwas über sie in Erfahrung zu bringen. Ohne Erfolg, und schließlich hielt ich beide für tot.«

Darko nahm den Tee, den Sammy ihm brachte, und starrte minutenlang schweigend in die bräunliche Flüssigkeit. Da war er wieder, der Schrei. Halinas gellender Hilfeschrei, der ihm die Seele zerschnitt.

»Halina war erst sechzehn, als Soberano sie entführte. Darko wollte sie befreien …«, begann Sammy, aber Darko unterbrach sie.

»Lass gut sein, Sammy.«

»Nein«, entgegnete sie fest, »Donald hat das Recht, es zu erfahren.«

Darko hob die Hand, um Sammy zum Schweigen zu bringen, doch als er ihrem fordernden Blick begegnete, nickte er resigniert. Natürlich musste sein Vater erfahren, was damals geschehen war, es fiel ihm nur unsagbar schwer, über die Vergangenheit zu reden. Immer wieder hatte er die Erinnerung daran in sich heraufbeschworen, um seinen Rachedurst am Leben zu erhalten. Darüber zu sprechen, hatte er sich stets geweigert.

»Was ist geschehen?« Saraleans Frage drang tief in ihn ein

und mit ihr das Gefühl zu ersticken, wenn er nicht antwortete. Darkos Kopf weigerte sich nach wie vor, nur was es auch war, Saraleans Nähe, ihre Sanftheit, ihr Mitgefühl oder die warme Berührung ihrer Hand, er spürte plötzlich den unwiderstehlichen Drang, davon zu erzählen.

Darko drehte den Becher langsam in seinen Händen hin und her, während er sprach: »Ich schaffte es bis in die Frauenhöhle und zu Halina. Soldaten versperrten uns dann den Rückweg. Sie trennten uns. Mich sperrten sie in den Kerker und Halina sah ich erst wieder, als man mich zu Soberano brachte. Soberano hatte sie geschlagen, gequält und vergewaltigt. Sie bewegte sich kaum noch und ich hörte sie leise wimmern. Selbstgefällig saß Soberano auf seinem Stuhl und amüsierte sich darüber. Mit einem schmierigen Grinsen bot er mir an, mich mit ihr zu vereinen. Ich hätte sie gewollt, nun könnte ich sie haben. Ich war so voller Hass, ich wollte ihn auf der Stelle töten, aber ich konnte nichts tun als vor ihm ausspucken. Sein Gelächter füllte die ganze Höhle aus, dann überließ er sie seinen Männern, die das Geschenk, wie er es nannte, nur zu gern annahmen. Zur Unfähigkeit verdammt, musste ich zusehen, wie sie sich nacheinander an ihr vergingen. Ihre Schreie werde ich nie vergessen.« Darko fuhr sich mit einer Hand über die Augen. Er wollte das grausige Bild fortwischen. Es gelang ihm nicht. Es war wie eine eitrige Narbe, die nicht heilen wollte.

»Sie starb noch in derselben Nacht«, fuhr er leise fort. Seine Augen schimmerten feucht, als er den Blick hob. »Es tut mir leid, Vater, es war meine Schuld.«

Donald sah seinen Sohn einen Moment schweigend an, dann sagte er: »Es war nicht deine Schuld, mein Junge. Ihr schwaches Herz und ihr zarter Körper hatten der Gier von vier ausgewachsenen Männern nichts entgegenzusetzen.«

»Woher weißt du, dass es vier Männer waren?« Darkos Kopf

ruckte hoch und er starrte Donald aus weit aufgerissenen Augen an.

»Bevor sie mich meinem Schicksal überließen, schilderten sie mir in allen Einzelheiten, was geschehen war. Auch, dass man dich gefangen, ausgepeitscht und zum Tode verurteilt hatte. Ein Dolchstoß mitten ins Herz hätte nicht tödlicher sein können. Sie wollten auch den letzten Strohhalm, der mich noch am Leben hielt, brechen.«

Saralean stieß heftig den Atem aus. »Deine Ablehnung war Halinas Todesurteil?« Tränen des Mitgefühls glänzten in ihren Augen.

»Ja und nein. Soberano hätte sie vermutlich so oder so seinen Männern überlassen.«

»Du hast sie sehr geliebt, nicht wahr?«

»Ja, das habe ich.«

»Warum hast du nicht getan, was Soberano von dir verlangt hat? So furchtbar es jetzt klingen mag, aber dann wäre sie vielleicht noch am Leben!«

»Ich hätte alles getan, um sie zu retten, nur das konnte ich nicht.«

»Warum nicht?«

»Sie war meine Schwester.«

»Heilige Solara!« Saralean schnappte hörbar nach Luft. »Hat er, hat er das gewusst?«

»Ich bin nicht sicher, ich vermute es nur.«

»Wie kann ein Mann so grausam sein?«

»Er ist ein skrupelloser Sadist. Es macht ihm Freude, andere zu quälen. Man nennt mich den Teufel von Kerelaos, der wahre Teufel ist hingegen er.«

»Wie konntest du ihm eigentlich entkommen?«, fragte Donald.

»Ich sollte am darauffolgenden Tag öffentlich hingerichtet werden, doch ein junger Läufer, der mir auch die Nachricht von Halinas Tod überbracht hatte, verhalf mir zur Flucht. Er zeigte mir einen Weg hinaus, dann bin ich in die Ebene und in diese Höhlen geflüchtet. Seitdem kämpfe ich gegen El Soberano und eines Tages werde ich ihn töten.«

»Und wir werden dir dabei helfen, mein Freund.« Tamosz war hinzugekommen und setzte sich neben Darko. »Rücksichtslos nimmt er sich, was er braucht und was ihm gefällt, und ganz besonders gefallen ihm blutjunge Mädchen oder eben schöne Frauen, selbst wenn sie bereits einem anderen angehören. Männer, die gegen ihn rebellieren, schickt er in die Arena.«

»Was für eine Arena?« Saralean zog fragend eine Braue in die Höhe.

»Hast du schon einmal etwas von den Cäsaren gehört?«, fragte Donald.

»Die römischen Kaiser? Ja, aus alten Kino-Filmen.«

»Nun, sie bauten Theater mit Sitzen, die schräg anstiegen. Sie waren meist im Oval oder im Halbkreis angelegt, manche waren auch rund.«

»Nannte man die nicht Amphitheater?«

»Genau, und in der Mitte traten Schauspieler und Gaukler auf oder es wurden Gladiatorenkämpfe ausgetragen. Manchmal sogar ganze Seeschlachten nachgestellt, indem der Innenraum mit Wasser geflutet wurde. Todesurteile wurden dort vollstreckt, indem die Verurteilten um ihr Leben kämpfen mussten. Tausende starben in den Amphitheatern. El Soberano gefällt sich offensichtlich in der Rolle eines Cäsaren und hat sich so ein Theater bauen lassen. Er nennt es Arena.«

»Das erklärt natürlich, dass seine Soldaten wie die Gladiatoren gekleidet sind. Lässt er sie in der Arena auch kämpfen?«, fragte Saralean.

»Auch, aber meist bestraft er dort Männer, die ihm den Gehorsam verweigert haben. Viele davon sind verheiratet. Sie müssen gegeneinander kämpfen, bis einer tot zusammenbricht. Der Sieger darf heimgehen, allerdings nur unter einer Bedingung. Er muss vor allen Leuten beweisen, dass er in jeder Hinsicht ein echter Mann ist. Soberano verlangt, dass er sich die Frau, die er zur Witwe gemacht hat, noch in der Arena gefügig macht.«

»Heißt das auch …?« Saralean riss entsetzt die Augen auf.

»Mit allen Mitteln, die ihm zur Verfügung stehen – auch damit. Schafft der Sieger es, darf er mit seiner Frau nach Hause gehen und die Witwe als persönliche Sklavin behalten. Schafft er es nicht, gilt er fortan als Versager und wird aus der Stadt gejagt«, erklärte Donald.

»Sie haben in dieser Arena kämpfen müssen?«

»Ja, ich habe meinen Gegner auch getötet, die Bedingung habe ich allerdings nicht eingehalten.«

»Was wurde aus Ihrer Frau?«

»Sie wurde vermutlich ins Witwenhaus gebracht. Früher nannte man so ein Haus Bordell. Wann immer die Soldaten Lust verspüren, sich mit einer Frau zu vergnügen, gehen sie ins Witwenhaus«, sagte Donald hasserfüllt.

»Sie war nie dort, Vater.«

Donald hob ruckartig den Kopf. »Sie war nie dort?« Ein Hoffnungsschimmer überzog sein Gesicht.

»Nein. Wenn Mutter dort gewesen wäre, hätte ich es erfahren.«

»Wo könnte sie dann sein?«

»Ich weiß es nicht. Als Hogan sagte, sie sei am Leben, habe ich ihm nicht geglaubt, denn ich habe sehr lange nach euch gesucht. Schließlich war ich davon überzeugt, euch alle verloren zu haben. Jetzt hoffe ich, dass Hogan die Wahrheit gesagt hat.« Er legte die Hand auf Donalds Schulter. »Wenn Mutter noch lebt, bringe ich sie zu dir zurück, Vater.«

Kapitel 11

Saralean beobachtete die beiden Männer. Vater und Sohn, die sich nach zwei grauenvollen Jahren endlich wiedergefunden hatten. Das Leben hier hatte beide geprägt. Noch nie hatte sie von solchen Grausamkeiten gehört, wie sie diese Menschen hatten erleiden müssen. Was alles sie durchmachen mussten! Wie naiv war sie bisher gewesen!

Außer von Professor Zeilinger hatte sie sich noch von niemanden verabschieden müssen, bevor dessen Zeit abgelaufen war. Er war ein guter Freund gewesen und sein Tod schmerzte sie sehr, aber sie konnte nicht einmal erahnen, wie qualvoll es gewesen sein musste, einen wahrhaft geliebten Menschen zu verlieren.

Saralean stand auf und rief nach Hannibal. Sie wollte Darko und Donald allein lassen, die sich sicher noch eine Menge zu erzählen hatten. Dinge, die sie nichts angingen.

»Ich begleite dich zu deinem Schiff«, erbot sich Darko sofort.

»Keine Widerrede«, sagte er, als sie ablehnen wollte.

»Was genau ist damals geschehen?«, fragte Saralean auf der Hälfte des Weges.

»Das habe ich doch schon erzählt.«

»Nein, du hast nicht alles gesagt. Da ist noch mehr. Ich habe die Narben gesehen. Sie stammen von einer Peitsche, nicht wahr?«

Darko schnaubte nur, dann nickte er.

»Als die Kerle endlich von Halina abließen, war sie schon

mehr tot, als lebendig. Ein Läufer erhielt den Befehl, sie fortzubringen. Dann wandte Soberano sich mir zu, und ich bekam die Peitsche zu spüren. Der Schmerz war kaum zu ertragen, aber ich flehte nicht um Gnade. Diese Genugtuung wollte ich El Soberano nicht gönnen. In seinem Kerker habe ich schließlich auf meine Hinrichtung gewartet. Noch niemandem war es gelungen, von dort zu fliehen.«

»Aber du konntest ihm entkommen.«

»Ein Läufer half mir.«

»Du hattest Glück.« Einen Moment später fragte sie: »Was sind Läufer?«

»Boten. Sie stehen in Soberanos Diensten.«

Saralean nickte. Natürlich, es gab hier keine andere Möglichkeit, Nachrichten zu übermitteln.

»Wie hast du diesen Läufer dazu gebracht, dir zu helfen?«

»Gar nicht. Ich weiß bis heute nicht, warum er sich einer solchen Gefahr ausgesetzt hat.«

»Hast du ihn jemals wiedergesehen?«

»Leider nicht, und ich hoffe, dass ihm sein Mut nicht zum Verhängnis wurde.«

»Was hält Soberano eigentlich davon ab, den Misera zu stürmen? Es müsste für ihn ein Leichtes sein, euch hier zu überfallen und gefangen zu nehmen.«

»Solange die Dämonen uns beschützen, wird er es nicht wagen.«

»Dämonen?« Saralean blieb stehen und sah fragend zu Darko auf.

»Ja, du hast richtig gehört – Dämonen.«

»Das ist ein Scherz, oder? Ihr könnt nicht ernsthaft an Geister und Dämonen glauben.«

»Wir hier tun das auch nicht – oder besser, nicht mehr. Der Rest der Bewohner von Kerelaos tun es sehr wohl, einschließlich Soberano und seine Soldaten. Das Labyrinth aus Gängen und die Geschichten über Geister und Ungeheuer, die angeblich in den Höhlen hausen, schrecken selbst den mutigsten Soldaten ab. Und davon gibt es nicht viele in Soberanos Armee. Diese Kerle sind nur stark und mutig, wenn es gegen deutlich Schwächere geht. Und davon gibt es heute wiederum mehr als genug. Aber das war nicht immer so. Weit vor Soberanos Ankunft waren viele der Männer und Frauen auf Kerelaos sehr mutig. So wie meine Eltern nahmen auch andere ihr Schicksal an und begannen, das karge Land zu besiedeln. Sie bauten sich kleine Farmen auf und gründeten Familien. Auf der Suche nach weiteren Süßwasserquellen wurden eines Tages sechs Männer ausgewählt, die diesen Berg und seine Höhlen erforschen sollten. Zwei von ihnen ließ der Misera wieder frei. Die beiden erzählten von unheimlichen Schatten, schmatzenden Geräuschen und markerschütterndem Brüllen und Heulen. Die Legende war geboren. Die Leute glauben bis heute, dass Dämonen und Ungeheuer im Misera hausen, und bleiben ihm fern. Niemand hat sich seither wieder in die Höhlen gewagt, niemand hat versucht, die grauenhaften Geschichten zu widerlegen. Im Gegenteil, sie wurden und werden noch heute von Erzählung zu Erzählung mit weiteren grausigen Details ausgeschmückt.«

»Du hast es gewagt, du könntest die Geschichten widerlegen.«

»Ich wäre dumm, es zu tun. Genau diese Geschichten sind es doch, die uns ein bisschen Sicherheit verschaffen.«

Eine Weile gingen die beiden schweigend nebeneinander her.

»Was denkst du? Du bist so still geworden«, fragte Darko schließlich.

»Ich weiß nicht, was ich denken, geschweige denn sagen soll. Ich habe im Augenblick das Gefühl, als hätte ich eine Zeitreise ins finsterste Mittelalter der Erde gemacht.«

»Dein Gefühl trügt dich nicht. Sieh dich einmal um, wir besitzen nichts außer unserem nackten Leben. Genauso muss es vor tausend Jahren auf der Erde auch gewesen sein.«

Saralean war hin und hergerissen zwischen dem Mitleid für diese Leute und der Wut auf die, die ihnen das angetan hatten.

»Das alles ist so unglaublich! Wie konnte ein einzelner Mann eine solche Machtposition erreichen?«

Dankbar nahm sie Darkos Hand, als er ihr half, den Abhang vor dem Höhleneingang sicher hinunterzuklettern.

»Er suchte mit jedem, der sich ein gewisses Ansehen durch Stärke, Schnelligkeit oder Geschicklichkeit erworben hatte, Streit. Er forderte sie zum Kampf heraus und er besiegte einen nach dem anderen und so scharrte er viele treu ergebene Männer um sich. Er schaffte es, diese Leute in seinen Bann zu ziehen, und er überzeugte sie, dass sie nur überleben konnten, wenn einer die Führung übernahm; und natürlich wählten sie ihn zu ihrem Anführer. Damit begann sein Aufstieg.«

»Warum habt ihr es zugelassen?«

»Wie mein Vater schon sagte: Als wir es erkannten, war es längst zu spät. Ich frage mich heute allerdings, warum der Planetarische Rat sich nie um uns gekümmert hat.«

Saralean blieb in der geöffneten Tür der Argus stehen. »Der erste Rat war bloß vorübergehend eingesetzt. Sie wussten vermutlich gar nicht, dass ihr noch auf Kerelaos seid. In der Nachkriegszeit herrschte großes Chaos. Es hat einige Jahre gedauert, bis wieder Ruhe einkehrte. Man wusste vermutlich gar nicht, dass ihr noch auf Kerelaos seid.«

»Mag sein, aber es hätte sie wohl auch nicht interessiert.«

»Das glaube ich nicht«, begehrte Saralean auf. »Ein Freund meines Vaters ist Mitglied des ersten Rates gewesen. Er hätte diese Ungerechtigkeit nie zugelassen, wenn er davon Kenntnis gehabt hätte.«

»Du wusstest doch auch von Kerelaos; hast du dich jemals gefragt, was aus den Leuten hier geworden ist?«

»Nein«, gab Saralean zu und senkte beschämt den Blick.

»Siehst du, warum also sollten sie es tun?« Darko ergriff ihr Kinn und hob es an, sodass sie ihn ansehen musste. Für einen kurzen Moment konnte sie spüren, wie es in ihm aussah. Etwas wuchs in ihm. Etwas, das weit über freundschaftliche Gefühle für sie hinausging. Gefühle, die auch in ihr erwachten. Er war sich dessen nur noch nicht bewusst – sie schon. Es waren Empfindungen, die sie beide besser im Keim ersticken sollten.

»Weil es ihre verdammte Aufgabe ist, sich um alle Planeten und deren Bewohner zu kümmern«, erwiderte sie heftig und drehte sich halb von ihm weg. Sie musste sich auf eine ruhige, gleichmäßige Atmung konzentrieren, um ihr wild pochendes Herz wieder unter Kontrolle zu bekommen.

»Man hat uns die ersten Jahre mit allem versorgt, was wir zum Leben benötigten. Einmal im Jahr kam ein Schiff mit neuen Gefangenen, es brachte dann auch Saatgut, Kleidung und Zuchttiere mit. Das ist schon lange vorbei. Das letzte Schiff kam kurz vor Soberanos Ankunft.«

Saralean nickte. »Damals waren die Schiffe noch deutlich langsamer. Mehr als zweifache Lichtgeschwindigkeit erreichten sie nicht. Soberano muss schon unterwegs gewesen sein, als die Hetaner die Erde angriffen. Danach musste die Ordnung erst wieder hergestellt werden und darüber hat man euch schlicht vergessen.«

»Wir haben trotzdem überlebt. Wir züchten Pferde, Schafe und Ziegen, bauen Gemüse an, ernten Reis und Kartoffeln. Nordöstlich von hier gibt es sogar Kornfelder und wir gehen auf die Jagd. Wir könnten alle sehr gut davon leben, wenn Soberano nicht den größten Teil für sich beanspruchen würde.«

»Er nimmt euch alles weg?«

»Oh nein, er gibt auch sehr viel. Es kommt allerdings darauf an, welcher Klasse du angehörst.«

»Was meinst du damit?« Saralean drehte sich erstaunt zu Darko um. Der Sarkasmus in seiner Stimme war ihr nicht entgangen.

»Soberano hat die Bewohner von Kerelaos in Klassen eingeteilt. Ganz oben an der Spitze steht natürlich er selbst – der große El Soberano. Nach ihm kommt Hogan, sein Hauptmann, dann die drei Gruppenführer, danach folgen die Soldaten. Sie schützen ihn, setzen seine Befehle um und treiben notfalls mit Gewalt die geforderten Abgaben ein. Diese teilt Soberano zu einem großen Teil unter ihnen auf, sodass sie sich um ihren Lebensunterhalt keine Gedanken machen müssen und in Saus und Braus leben können. Innerhalb der Stadtgrenzen können sie sich so ziemlich alles nehmen, was Soberano nicht für sich persönlich beansprucht. Dann gibt es ein paar Bedienstete. Sie müssen sich um das leibliche Wohl El Soberanos und seiner Soldaten kümmern. Sie arbeiten in der Küche, in der Waffenkammer und bewachen Soberanos Frauen. Einige von ihnen wurden auch ausgesucht, um als Läufer Nachrichten zu überbringen. Sie leben von dem, was die Soldaten übrig lassen. Dann gibt es die Arbeiterklasse. Das sind Jäger, Schmiede, Bauern, Viehzüchter und so weiter. Sie füllen die Vorratskammern, liefern Kleider, Waffen und alles andere, was in der Stadt benötigt wird. Alles in solch großen Mengen, dass ihnen nach Aushändigung der Abgaben meist kaum genug bleibt, um sich und ihre Familien zu ernähren. Dann gibt es noch die Sklaven. Sie erledigen die Drecksarbeiten, müssen die Stadt und die Höhlen reinigen, schuften in den Kohlebergen, im Franga-Wald und auf den Kaliumfeldern.«

»Das ist ja der reinste Feudalismus«, rief Saralean angewidert aus.

»Soberanos Wort ist eben Gesetz, sein Wunsch ist Befehl

und er verlangt blinden Gehorsam. Brichst du das Gesetz, verweigerst du ihm einen Wunsch oder tust nicht, was er verlangt, dann stirbst du.«

»Er hält euch wie Leibeigene.« Saralean und Darko waren mittlerweile auf der Brücke angekommen.

»So ist es, und solange El Soberano seinen Soldaten jeden erdenklichen Luxus bietet, wird sich das auch nicht ändern.«

»El Soberano«, murmelte sie nachdenklich. »Kennst du ihn noch unter einem anderen Namen?«

»Nein, wieso?«

»El Soberano bedeutet der Herrscher. Die Bezeichnung stammt aus der alten spanischen Sprache.«

»Sind die alten Sprachen auf der Erde nicht längst ausgestorben?«

»Sie werden nicht mehr gelehrt, aber einzelne Worte sind in die gemeinsame Sprache eingeflossen. Er hat diesen Namen vermutlich gewählt, weil er gut klingt. Sehen wir doch mal, ob Sit uns nicht sagen kann, wer er wirklich ist. Vielleicht gibt es etwas in Soberanos Vergangenheit, das wir gegen ihn nutzen können.«

»Wozu? Seine Vergangenheit ist mir egal. Ich will nur eins, ihn tot sehen.«

»Man kann einen Menschen auf zweierlei Arten töten. Du kannst ihm dein Messer zwischen die Rippen jagen. Du kannst ihn auch mit den richtigen Mitteln dazu bringen, dass er sich in sein eigenes Messer stürzt.«

»Wie?« Offensichtlich neugierig geworden, blieb Darko dicht hinter Saralean stehen.

»Sit? Ich brauche Informationen darüber, wer alles nach Kerelaos verbannt wurde. Such mir bitte alle heraus, auf die folgende Beschreibung passt: männlich, vermutlich spanischer Abstammung.«

»Die Beschreibung passt auf sechsunddreißig Personen. Der Letzte wurde vor einundzwanzig Jahren deportiert.«

»Zeig sie uns, bitte.«

»Du sprichst mit dem Computer, als sei er dein Freund«, stellte Darko belustigt fest.

»Er ist mein Freund«, bestätigte Saralean mit einem leichten Tadel in der Stimme. »Ohne ihn und Hannibal würden wir vermutlich nicht hier stehen.«

»Natürlich, bitte entschuldige.«

Auf dem Bildschirm erschienen nacheinander Fotos und Daten der Männer.

»Erkennst du ihn?«, fragte Saralean.

»Nein, er ist nicht dabei.«

»Merkwürdig, vielleicht sollte Sit noch einmal alles überprüfen.«

»Warte mal«, sagte Darko, als Saralean Sit gerade den entsprechenden Befehl geben wollte. »Soberano ist damals mit einem defekten Raumschiff hier gelandet. Er und seine Männer sind nicht in die Verbannung geschickt worden.«

»Hm, stimmt. Sit? Zeig uns die Männer, die in diesem Zeitraum auf unerklärliche Weise verschwunden sind.«

Es dauerte ein paar Sekunden, bis Sit ihnen die gewünschten Fotos präsentierte.

»Da, das ist Hogan. Hogan ist sein Hauptmann. Er führte auch den Trupp an, der mich zusammengeschlagen hat«, erklärte Darko.

»Hogan Henriks«, las Saralean. »Er war der Anführer der Revolution. Ich hörte im Geschichtsunterricht von ihm. Sie hatten es fast geschafft, die alten Machthaber zu stürzen, aber sie wurden verraten von einem Mann namens Garcia. Hogan wurde inhaftiert, konnte jedoch kurz darauf während einer Revolte fliehen.«

»Suchen wir weiter nach Soberano.«

»Sit? Zeig uns bitte die nächsten Fotos.«

»Stopp!«, rief Darko. »Geh ein Foto zurück. – Bitte«, setzte er mit einem kurzen Seitenblick auf Saralean hinzu.

»Aber gern!«, antwortete Sit.

Saralean konnte sich ein kleines Grinsen nicht verkneifen, als sie Darkos gerunzelte Stirn sah. Der Spott in Sits Stimme war sehr deutlich gewesen. Für Darko war Sit nur eine Maschine. Für sie war er sehr viel mehr als das. Sit konnte denken, und auch wenn bisher noch jeder sie deshalb ausgelacht hatte – Saralean war sich sicher, dass er durchaus so etwas wie Gefühle besaß.

»Das ist er«, rief Darko plötzlich aufgeregt.

»Sicher?«

»Ja, siehst du die Narbe an seiner Stirn? Das ist El Soberano.«

»Hernandez Garcia, geboren in Barcelona. Seine Eltern waren ebenfalls Rebellen, sie wurden nach einem missglückten Attentat auf den damaligen Gouverneur der Provinz erschossen. Garcia verbrachte den Rest seiner Jugend in ständig wechselnden Heimen. Mit zwanzig wurde er das erste Mal verhaftet, als er versuchte, ein Schiff zu stehlen. Danach folgen immer wieder kurze Gefängnisaufenthalte. Zehn Jahre später wurde er wegen Vergewaltigung verurteilt. Ihm wurde ein ausgeprägter Hang zur Brutalität bescheinigt. Trotzdem wurde er nach vier Jahren wegen guter Führung entlassen und schon zehn Tage danach wieder festgenommen. Er hatte die Frau umgebracht, die ihn wegen Vergewaltigung angezeigt hatte! Kurz darauf nutzte er eine Gefängnisrevolte zur Flucht. Er war noch keine fünfunddreißig Jahre alt, als er entkommen konnte. Den Akten nach verschwand er spurlos. Genau wie Hogan und drei weitere Gefangene.« Saralean schüttelte ungläubig den Kopf. »Jetzt ist es für mich nicht mehr unvorstellbar, dass er es geschafft hat, innerhalb kurzer Zeit die gesamte Bevölkerung eines ganzen Planeten in Angst und Schrecken zu versetzen.«

»Nun, so viele sind wir nicht. Der größte Teil von Kerelaos besteht aus Wüste und ist unbewohnbar. Außerdem besitzt die gesamte Bevölkerung, wie du es nennst, keine nennenswerten Waffen. Womit sollten wir uns gegen ihn wehren? Mit Messern und Pfeilen gegen das moderne Waffenarsenal, das er an Bord hatte? Es war ein Leichtes für ihn, zumal er die brutalsten Kerle bereits auf seiner Seite hatte. Als ihm die Unterwerfung gelang, ließ er das Schiff auseinandernehmen und baute aus den Einzelteilen die Stadt auf.«

»Aber bestimmt nicht aus lauter Nächstenliebe. Er muss gewusst haben, dass man der Signatur eines Schiffes folgen kann. Er hat es zerlegen lassen, damit das Raumschiff nicht mehr als solches identifiziert werden konnte. Dieser Mann ist nicht zu unterschätzen.« Saralean betrachtete nachdenklich das Foto auf Sits Bildschirm. »Garcia, Garcia! Der Verräter, der Hogan ins Gefängnis gebracht hatte, hieß der nicht ebenfalls Garcia?«

»Kannst du das prüfen?«

»Sit? Zeig uns noch einmal die Daten von Hogan Henriks – danke. Hier! Siehst du? Die Daten stimmen überein. Garcias vorzeitige Entlassung aus dem Gefängnis und Henriks Festnahme liegen nur wenige Tage auseinander. Garcia muss etwas über die Rebellion gewusst haben, kannte vielleicht sogar ihren Unterschlupf. Er hat dieses Wissen genutzt, um sich die Freiheit zu verschaffen. Es war Soberano, der Hogan und seine Rebellen verraten hat.«

»Warum hat Hogan sich dann mit Soberano eingelassen? Er muss den Mann doch hassen.«

»Hogan ahnt vermutlich nicht, wer Soberano in Wirklichkeit ist.«

»Das wäre eine Erklärung«, stimmte Darko zu.

Saralean nickte und las weiter: »Garcia wurde bei einer

Prügelei mit einem Mithäftling verwundet. Er weigerte sich, die Wunde behandeln zu lassen und erkrankte kurz darauf am surdanischen Fieber – das ist interessant«, murmelte Saralean.

»Was meinst du?«

»Das surdanische Fieber! Er leidet mit Sicherheit unter Azoospermie.«

»Ist er impotent?«

»In gewisser Weise. Er kann durchaus mit einer Frau intim sein und darin auch seine Befriedigung finden. Dieses Fieber hat bedauerlicherweise die Zeugungsunfähigkeit zur Folge. Das surdanische Fieber wird durch Viren ausgelöst und das Virus wird durch Blut übertragen. Nehmen wir an, es wurde durch diesen Mithäftling an ihn weitergegeben. Da er die Wunde nicht behandeln ließ, konnte sich das Virus über die Blutbahn in seinem Körper ungehindert ausbreiten. Eine schwere Entzündung der Hoden und extrem hohes Fieber sind die Symptome dieser Krankheit. Das Fieber sinkt, die Entzündung klingt ab, nur die Krankheit hinterlässt einen irreparablen Schaden an den Hodenkanälchen und den Samenleitern. Sein Körper produziert keine Spermien mehr. Es gibt kein Heilmittel dagegen und damals kannte man die Auswirkungen dieser Krankheit noch nicht.«

»Dann weiß Soberano nicht, dass er krank ist?«

»Vermutlich nicht. Er wird allerdings mit Sicherheit festgestellt haben, dass die Frauen, mit denen er schläft, nicht von ihm schwanger werden.«

»Seine Frauen werden aber schwanger.«

»Er ist zeugungsunfähig und laut seiner Krankenakte muss er das bereits bei seiner Ankunft hier gewesen sein.«

»Vielleicht haben sich die Ärzte geirrt.«

»Nein, die Diagnose ist eindeutig – oh, sieh mal, der Arzt, der die Diagnose gestellt hat, hieß auch Cardona.«

»Das muss meine Mutter gewesen sein. Vater glaubt, dass Soberano sie von früher kennt.«

»Damit wird einiges klarer. Soberano musste befürchten, dass auch sie ihn wiedererkannt hatte und sein Geheimnis verraten könnte.«

»Was hätte das für einen Sinn?«

»Er wollte sie zum Schweigen bringen.«

»Nur, wenn es stimmt, was du vermutest. Ich frage mich aber, wie konnte er sich im Laufe der Jahre eine kleine Armee von Söhnen heranziehen?«

»Er kann keine Söhne haben, denn aus medizinischer Sicht ist es absolut unmöglich. Es sei denn, er hat einen anderen Weg gefunden.« Saralean stemmte die Hände in die Hüften und ging nachdenklich auf und ab, dann blieb sie plötzlich stehen. »Ich könnte mir vorstellen, wie er das geschafft hat.« Sie drehte sich zu Darko um und bewegte ihren erhobenen Zeigefinger hin und her. »Du solltest dich mit Halina vereinen, nachdem er sich mit ihr vergnügt hatte, und als du abgelehnt hast, hat er sie einem anderen geschenkt.«

»Nicht bloß einem«, knurrte Darko. »Er wollte Halina und mich bestrafen und erniedrigen.«

»Ich weiß. Nur, was wäre, wenn er mit all seinen Frauen ähnlich verfährt?«

»Worauf willst du hinaus?«

»Er beweist den Frauen seine Männlichkeit, was er auch durchaus kann. Die eigentliche Befruchtung aber, die überlässt er einem seiner Leute. Ein Soldat, ein Läufer, vielleicht auch mal sein Koch oder ein Jäger.«

»Ich weiß nicht, findest du das nicht zu weit hergeholt?«

»Im Augenblick ist es für mich die einzig logische Erklärung.« Sie hob beide Hände und zog die Schultern ein wenig in die Höhe.

»Für mich klingt das eher abstrus als logisch«, brummte Darko.

»Versetz dich bitte mal in seine Lage.«

»Ganz bestimmt nicht«, lehnte er konsequent ab.

»Gut, dann stell dir vor, du bist in einer Position, in der du dir keinerlei Unvermögen leisten kannst. Du weißt, dass du keine Nachkommen zeugen kannst, aber genau das wird von dir erwartet. In einer männlich dominierten Welt waren fehlende Abkömmlinge schon immer ein Zeichen von Schwäche. Früher gab man grundsätzlich den Frauen die Schuld. So behielt der Mann sein Ansehen. Die Bewohner von Kerelaos sind natürlich nicht dumm, sie kommen aus einer modernen und aufgeklärten Welt. Sie wissen, dass nicht nur die Frau unfruchtbar, sondern auch der Mann zeugungsunfähig sein kann. Was tust du also, um deine Unfähigkeit vor allen zu verheimlichen?«

»Ich habe keine Ahnung.«

»Du hast dir im Laufe der Zeit einen kleinen Harem zugelegt und vermutlich sind es die schönsten Mädchen und Frauen von ganz Kerelaos. Sie sind makellos, gesund, und sie haben gelernt, alles zu tun, was du von ihnen verlangst. Für deine Leute gibt es nur das Witwenhaus und dort sind die meisten Frauen sicher nicht mehr so attraktiv. Die Männer gieren förmlich danach, einen schönen, straffen Frauenkörper berühren zu dürfen, und dann gewährst du ihnen diese Gunst – sagen wir, als Dank für ihre Treue oder für besondere Verdienste. Sie stellen natürlich keine Fragen. Warum auch, es ist eine Belohnung und sie nehmen sie an. Wird die Frau schwanger, wird niemand daran zweifeln, dass du der Erzeuger des Kindes bist, denn es ist schließlich deine Frau.«

»Dann sind es gar nicht seine Söhne, sondern die Söhne seiner Männer!«

»Genau, und damit haben wir etwas gegen El Soberano in

der Hand. Wir müssen lediglich dafür sorgen, dass diese Geschichten sich wie ein Lauffeuer unter den Soldaten verbreiten. Soberanos Verrat an der Revolution und seine Zeugungsunfähigkeit müssen sich in den Köpfen seiner Soldaten festsetzen. Wenn diese Kerle nicht schon völlig abgestumpft sind, wird sich jeder Mann, der schon einmal mit einer von Soberanos Frauen intim werden durfte, fragen, ob eines der angeblichen Kinder Soberanos nicht vielleicht sein eigenes ist. Hogan hingegen weiß vermutlich, dass er und seine ganze Truppe damals von einem Mann namens Garcia verraten worden sind, nur hat er keine Ahnung, dass es El Soberano war. Er wird nicht gerade erfreut sein, wenn er es erfährt.«

»Aber was nützt uns das?«

»Krieger, in deren Köpfen der Zweifel wohnt, gehorchen nicht mehr blind.«

Kapitel 12

»Ihr hattet ihn?« Soberano baute sich vor Hogan auf, der nervös von einem Fuß auf den anderen trat. »Und wie konnte er euch dann wieder entkommen?«

»Ein Dämon, Herr.«

»Wie bitte?«

»Da war ein dämonisches Wesen. Augen wie ein riesiges Insekt, aus dem Kopf züngelten Flammen empor und der Körper war von einer glänzenden, schwarzen Haut überzogen.«

»Vermutlich besaß es auch noch Spinnenbeine und Flügel auf dem Rücken«, höhnte Soberano.

»Ähm, nein. Für mich sah es eher aus, wie eine ...«

Hogans Zögern ließ Soberano aufhorchen. Anscheinend war es so unfassbar, dass dieser es kaum wagte, die Worte auszusprechen. »Wie eine was?«

»Nun«, Hogan räusperte sich, »wie eine Frau.«

»Eine Frau?« Soberano zog erstaunt eine Braue in die Höhe. Er begann ernsthaft, an der Zurechnungsfähigkeit seines Hauptmanns zu zweifeln. »Sag das noch einmal.«

»Der Dämon erschien mir weiblich. Aus der Ferne sah es zumindest so aus. Was es auch immer war, es war genauso schlank und wohlgeformt wie Agnella.«

»Wie Agnella? Du elender Hund! Wer hat dir erlaubt, sie so genau zu betrachten?«

Hogan senkte rasch den Blick. »Niemand – sie – sie war Hektors Belohnung – und er ...«

»Ja – ja, sicher.« Soberano unterbrach Hogans Gestammel und wandte sich rasch ab.

Er griff nach dem Becher, in dem sich noch ein Rest Wein befand. Sobald es um Agnella ging, loderte das Feuer der Eifersucht noch immer in ihm. Er musste es löschen. In einem Zug leerte er den Becher, dann stellte er ihn krachend auf dem Tisch ab.

»Sag mir, dass meine starken und mutigen Soldaten nicht vor einem dummen Weibsbild geflüchtet sind«, zischte er.

»Sie war furchterregend. Eine wahre Furie, und sie hatte ein riesiges Tier bei sich.«

»Was für ein Tier?«

»Eine Bestie – ein grauenhaftes Ungeheuer.« Hogan hob die Hand auf Brusthöhe hoch, um die Größe zu zeigen. »Lange spitze Reißzähne wuchsen aus seinem mächtigen Maul. Sein Fell war grauschwarz und so stumpf wie Kohlenstaub. Scharfe Krallen an riesigen Pranken und Augen wie glühende Lava. Sein Gebrüll«, Hogan erschauerte merklich bei der Erinnerung daran. »Ich habe so etwas noch nie in meinem ganzen Leben gehört. Cardona muss die Macht über diese Furie erlangt haben, sonst wären sie und ihre Bestie bestimmt nicht zu seiner Rettung erschienen. Er muss diese teuflischen Fähigkeiten tatsächlich besitzen, die man ihm nachsagt, wenn er diese beiden Kreaturen bezwingen konnte.«

»Teuflisch – pah! Cardona ist der missratene Sohn einer indianischen Hure.« Soberano schnaufte wie ein wilder Stier.

»Nur der Teufel kann solche Ungeheuer herbeirufen. Sie kamen ganz sicher direkt aus der Hölle.«

»Dummkopf!« Soberano stieß Hogan mit beiden Händen von sich. »Es gibt keine Ungeheuer in den Miserahöhlen, und Darko Cardona ist weder der Teufel noch kann er Ungeheuer zähmen. Er ist nichts weiter als ein verängstigter Wurm, der sich dort verkrochen hat. Er ist ein Bastard, die Brut eines erbärmlichen Kartoffelbauern und seiner Kräuterhexe.«

»Ja, natürlich«, stimmte Hogan zu, wagte es dann aber seine eigene Meinung zu äußern: »Obwohl – die zwei Jahre, in denen wir nun schon versuchen, diesen verängstigten Wurm wieder einzufangen, haben mich gelehrt, dass wir es eher mit einem listigen Fuchs zu tun haben.«

»Listiger Fuchs? Dämonen? Ungeheuer aus der Hölle? Bin ich denn nur noch von Idioten umgeben?« Soberano versetzte Hogan einen kurzen, schmerzhaften Hieb gegen den Hinterkopf. »Denk nach, Hogan! Streng dein bisschen Grips ausnahmsweise einmal an. All die Jahre hat sich nie ein Ungeheuer sehen lassen. Also, wo, glaubst du, kam diese Frau her?«

»Ich weiß es nicht. Sie war plötzlich da. Sie tauchte wie aus dem Nichts auf. Sie streckte ihren Arm aus, ließ Steine zersplittern und schlug mir das Schwert aus der Hand, ohne mich zu berühren. Sie stand auf diesem Felsen, wie – wie eine Rachegöttin aus dem Reich der Untoten.«

»Das ist lächerlich!«

»Hättest du sie mit eigenen Augen gesehen, du würdest nicht an meinen Worten zweifeln. Auch meine Männer werden dir keine andere Beschreibung liefern.«

Nachdenklich verschränkte Soberano die Arme vor der Brust. Einerseits war Hogans Geschichte mehr als ungewöhnlich und sie klang auch viel zu unrealistisch, um glaubhaft zu sein. Andererseits besaß Hogan keinerlei Fantasie. Es musste also etwas dran sein an dieser Geschichte. Soberano gelangte zu der Überzeugung, dass sein Hauptmann zwar maßlos übertrieb, aber dennoch die Wahrheit sagte. Allerdings konnte er sich nicht vorstellen, dass diese beiden Kreaturen bisher unbehelligt in den Miserahöhlen gehaust hatten. Ihm ging eine andere Erklärung für ihr plötzliches Auftauchen durch den Kopf.

»Hat Lucas dir von dem Licht berichtet, das beim Misera gesichtet wurde?«

»Ja, dein Sohn hat mir sofort Meldung gemacht, nachdem er bei dir war.«

Soberano schnaufte leise. Lucas! Er sollte eines Tages seine Nachfolge antreten. Nur hatte er längst erkannt, dass der Junge dieser Aufgabe nicht gewachsen war. Auch Lucas war nicht wirklich sein Sohn, denn er besaß weder im Wesen noch in seinem Äußeren Ähnlichkeit mit ihm. Im Gegensatz zu einigen anderen, versuchte der Junge wenigstens mit aller Macht, den Ansprüchen des Mannes gerecht zu werden, den er Vater nannte. Soberano musste sich vorerst damit zufriedengeben. Unzufrieden war er jedoch über das Verhältnis zwischen Lucas und seinem Hauptmann. Waren die beiden Vater und Sohn? Hogan mochte den Jungen etwas zu sehr, schützte ihn sogar vor Anfeindungen. Allerdings war das jetzt nebensächlich.

»Dieses Ding, das angeblich vom Himmel gefallen ist – könnte es ein Raumschiff gewesen sein?«, fragte El Soberano also.

»Ich glaube nicht, es war jedenfalls keins zu sehen.«

»Irgendetwas ist beim Misera abgestürzt und ich denke, das Auftauchen deiner Ungeheuer hat eine Menge damit zu tun. Ich muss wissen, was es ist. Wir können nicht riskieren, dass möglicherweise hochentwickelte Technologie in die Hände dieses Abschaums fällt. Schick Wachposten aus, sie sollen mir stündlich Meldung machen. Ich will genau wissen, was dort vor sich geht.« Soberano trat dicht an Hogan heran und kniff die Augen zusammen. »Alles will ich wissen, verstanden? Alles. Selbst wenn dieser Bastard nur pinkeln geht, will ich es wissen.« Er machte einen Schritt zurück und wies auf die Tür. »Und jetzt raus hier!«

»Ja, Soberano.« Hogan zog den Kopf ein und verließ die Höhle im Laufschritt.

El Soberano blieb noch einen Augenblick mitten im Raum

stehen, dann wandte er sich ruckartig herum und griff nach der kurzen Peitsche, die auf dem Tisch lag. Die Wut auf Cardona kroch wie giftige Galle seine Speiseröhre hinauf und setzte sich als übler Nachgeschmack in seiner Kehle fest.

»Eines Tages werde ich dich kriegen und dann werde ich dir die Haut zerfetzen«, murmelte er und ließ die dünne Gerte mit heftigen Bewegungen durch die Luft schnellen. Kurz hielt er inne, fast zärtlich strichen seine Finger über die mit hauchdünnem Stahl verstärkte Spitze, dann knallte er sie mit einem kurzen schnellen Hieb auf den Tisch. Mit einem teuflischen Grinsen betrachtete er den tiefen Schnitt, den die Peitsche in dem harten Holz hinterlassen hatte.

Tomasu war gerade dabei gewesen, eine neue Flasche Wein für El Soberano abzufüllen, als Hogan unangemeldet eingetreten war. Er wollte nicht des Lauschens bezichtigt werden, ein Sklave hatte deshalb sein rechtes Ohr verloren; aber als der sonst so stolze Hauptmann kleinlaut sein Versagen bei der Gefangennahme von Darko Cardona beichtete, konnte Tomasu nicht widerstehen. Rasch war er hinter die Weinfässer gekrochen, die in der kleinen Nische zwischen Tür und Vorhang in El Soberanos Höhle gelagert wurden, und hatte die Ohren gespitzt.

Jetzt wand er sich vorsichtig aus seinem Versteck und verließ so geräuschlos wie möglich die Höhle. Nie zuvor war Tomasu dankbarer gewesen, dass er sein Leben lang nie genug zu essen bekommen hatte, um Fett anzusetzen. Nicht auszudenken, was geschehen wäre, hätte Soberano ihn in seinem Versteck entdeckt. Tomasus schlanker, drahtiger Körper passte genau in die Lücke zwischen der Wand und einem der Fässer. Was er gehört hatte, befriedigte ihn zutiefst. Darko war seinen Häschern also wieder einmal entkommen. Nur, was war das für eine seltsame Geschichte, die der Hauptmann da erzählt hatte? Hogans Stimme, sonst kräftig und von klirrender Kälte, hatte ängstlich, fast schon panisch geklungen, als er von den angeblichen Ungeheuern gesprochen hatte. Das Grauen, das den Hauptmann erfasst hatte, war deutlich aus seinen Worten herauszuhören gewesen.

Darko Cardona – was für ein Teufelskerl! Tomasu kniff die Augen zusammen, dann verzogen sich seine Mundwinkel zu einem breiten Grinsen. Natürlich, warum hatte er nicht früher daran gedacht? Darko würde ihm helfen – er musste einfach! Darko war es ihm schuldig, und an diese Schuld würde Tomasu ihn notfalls erinnern.

In den letzten Tagen war er nur von einem einzigen Gedanken erfüllt gewesen: Agnella zu befreien und mit ihr zu fliehen. Plan um Plan hatte er geschmiedet und sie alle wieder verworfen. Allein, so musste er erkennen, war es unmöglich, doch mit des Teufels Hilfe – mit Darkos Hilfe – würde es gelingen.

Ich muss zu den Miserahöhlen, noch heute Nacht!

Tomasu erhielt erst drei Tage später die Möglichkeit, sich unbemerkt aus der Stadt zu entfernen. Wieder einmal musste er El Soberano Essen und Wein servieren. Hogan war bei seinem Herrn und berichtete, dass sich am Misera nichts, absolut gar nichts Bemerkenswertes tat. Es waren weder eine Fremde noch ein Raumschiff gesichtet worden. Hin und wieder hatte man eine Person auf einem Plateau gesehen, sonst war absolut nichts geschehen. Soberano befahl daraufhin, die Wachposten wieder abzuziehen.

Als Tomasu gerade dabei war, den Krug mit frischem Wein zu füllen, öffnete sich die Tür und ein junges Mädchen trat zögernd ein.

»Was willst du«, knurrte Soberano sie an.

»Ich …« Völlig verängstigt wagte sie es nicht, El Soberano anzusehen.

»Was ist?«

»Ich soll Euch sagen, der Kampf beginnt in wenigen Minuten«, meldete sie leise.

»Sprich lauter oder hast du deine Zunge verschluckt? Und sieh mich gefälligst an, wenn du mit mir sprichst«, herrschte Soberano sie an.

»Ich – ich soll Euch sagen, der Kampf beginnt in wenigen Minuten«, wiederholte das Mädchen diesmal etwas lauter, dann drehte sie sich um und floh förmlich vor ihm.

El Soberano starrte ihr grimmig hinterher, dann lachte er dröhnend. Die Angst des Mädchens hatte wohl seine Stimmung merklich verbessert. Er stand auf und griff nach seinem Mantel. Im Hinausgehen schlug er Hogan freundschaftlich auf die Schulter.

Nachdem Soberano und Hogan die Höhle verlassen hatten und auch in den Gängen Ruhe eingekehrt war, wagte es Tomasu endlich, sein Vorhaben in die Tat umzusetzen. Er schlich zum Ausgang und kletterte die Leitern hinab.

Aus der Arena hörte er Anfeuerungsrufe und lautes Gejohle. El Soberano ließ wieder einmal einen seiner Soldaten gegen einen Sklaven kämpfen. Und wie immer würde der Sklave keine Chance haben. Der Tod saß dem armen Kerl bereits im Nacken. Die Grausamkeit El Soberanos war kaum noch zu überbieten. Tomasu drückte sich eng an die Felsen und beobachtete den Eingang zur Arena. Fackeln erhellten den Schauplatz. Der Duft von gebratenem Ziegenfleisch und Wein vermischt mit dem scharfen Geruch vom Schweiß der Kämpfenden, zog zu ihm herüber. Tomasu erinnerte sich noch an den ersten

Kampf, den er hatte mitansehen müssen. Damals waren es zwei Bauern gewesen. Nackt bis auf ein schmales Tuch, das ihre Blöße bedeckte, kämpften sie um ihr Leben und um ihre Frauen, die, in Käfige gesperrt, zusehen mussten. Der Kampf dauerte einige Zeit, bis der eine dem anderen das Genick brach. Dann wurde dessen Witwe aus dem Käfig geholt und in die Arena geführt. Wie eine Furie ging sie auf den Sieger los. Der Mann war stärker als sie und er wusste, was er tun musste, um selbst zu überleben. Unter den kreischenden Anfeuerungsrufen der Zuschauer riss er der armen Frau die Kleider vom Leib und vergewaltigte sie vor den Augen der geifernden Menge und seiner eigenen Frau, die weinend in ihrem Käfig hockte. Tomasu hatte sich angewidert abgewandt und sich in einer dunklen Ecke übergeben.

Seitdem hatte er es geschafft, sich von diesem brutalen Schauspiel fernzuhalten. Heute war er fast dankbar für das grauenvolle Spektakel, denn es hatten sich alle, einschließlich der Wachen, deshalb in der Arena versammelt. Dennoch blieb er vorsichtig. Schritt für Schritt tastete er sich an dem Felsen entlang, bis das große Tor in Sicht kam. Nur noch einmal sah er sich zu der Arena um, und als er sicher war, dass niemand auf ihn achtete, rannte er los.

Sein Weg führte ihn zwischen der Schenke und dem Witwenhaus hindurch, an der Schmiede vorbei bis zum Tor. Unbemerkt stahl er sich an der schlafenden Wache vorbei. Die schmale Seitentür quietschte in ihren Angeln, doch als er erschrocken innehielt und sich zu dem Wachmann umsah, hob dieser lediglich grunzend einen Becher an die Lippen. Der Mann war so betrunken, dass er die Hälfte seines Weins verschüttete. Kurz darauf zeigte ein tiefes gleichmäßiges Schnarchen an, dass er wieder eingeschlafen war. Tomasu vermied jedes weitere Geräusch, um die Aufmerksamkeit des Wachmanns nicht auf sich zu lenken. Er zwängte seinen Körper durch die entstandene Öffnung und überquerte mit einem kurzen Sprint die schwach durch Fackeln erleuchtete Freifläche bis zum Maisfeld. Die dort herrschende Dunkelheit erlaubte ihm, einen Moment innezuhalten. Erst als sein Atem wieder gleichmäßig durch seine Lungen strömte, lief er weiter.

Tomasu war seit vier Jahren Läufer. Er war darauf trainiert, selbst in der heißesten Zeit des Tages lange Strecken ohne Pause zurückzulegen, und hatte gelernt, seine Kraft und seine Ausdauer einzuteilen. In gleichbleibender Geschwindigkeit folgte er der Straße, die in einem weiten Bogen um die Ebene herumführte. Normalerweise konnte er recht gut abschätzen, wie lange er bereits unterwegs war. Jetzt, in der Nacht, verließ ihn sein Zeitgefühl. Es erschien ihm wie eine Ewigkeit, seit er die Stadt verlassen hatte. Hinzu kam die Kälte, die seinen Atem gefrieren ließ und den Schweiß auf seiner Haut in eine dünne Eisschicht verwandelte. Er trug die leichte Kleidung der Läufer, die ihn zwar am Tage vor den scharfen Strahlen der Sonnen, jedoch nicht gegen die beißende Kälte der Nacht schützte. Er spürte seinen Körper kaum noch. Anzuhalten oder gar umzukehren, kam nicht mehr infrage. Auch seine eigene Dummheit zu verfluchen, weil er nicht an warme Kleidung gedacht hatte, machte keinerlei Sinn.

»Weiter, nicht denken, nur laufen. Du wirst nicht aufgeben, Tomasu Dinare«, feuerte er sich selbst immer wieder an.

Krampfhaft konzentrierte er sich auf die schemenhaft zu erkennenden Umrisse des Miseras und rannte weiter. Bald herrschte völlige Dunkelheit und er konnte die Richtung nur noch anhand einer Handvoll Sterne bestimmen. Die Straße zu seinen Füßen sah er nicht mehr. Allerdings kannte er den Weg, war ihn in all den Jahren so oft gelaufen, dass er sicher war, nicht von ihm abzuweichen. Als die Nachtwende eintrat, ergriff eine bleierne Müdigkeit von ihm Besitz, aber Tomasu gönnte sich keine Pause. Er wusste, dass er in dieser Kälte nicht ruhen durfte. Es würde seinen Tod bedeuten, und dafür war er noch nicht bereit.

Tomasu beschwor Agnellas Bild herauf. Er sah ihr schönes Gesicht, hörte ihre sanfte Stimme und spürte ihre weichen Lippen auf seinen. Vergiss mich, hatte sie gesagt, doch er würde sie nie vergessen können. Sie hatte sich für immer in sein Herz gebrannt.

»Ja, ich bin nur ein Läufer, aber ich bin nicht dumm. Ich finde einen Weg, dich vor ihm zu beschützen. Ich werde nicht zulassen, dass er dich noch länger quält. Du bist mehr als nur eine Liebesdienerin, für mich bist du mein Leben.«

Für sie setzte er sich dieser Strapaze aus, für sie wollte er leben. Lächelnd streckte sie ihm die Arme entgegen und rief seinen Namen.

»Ich komme, Agnella. Ich komme und ich werde dich befreien. Warte auf mich. Vertrau mir, ich werde es schaffen und dann wird alles gut.«

Ohne seine Geschwindigkeit auch nur für eine Sekunde zu verringern, lief er weiter. Als am Horizont ein feiner blauer Streifen die Morgendämmerung ankündigte, wirkte das noch einmal wie ein Anfeuerungsruf auf ihn. Endlich erreichte er das Flussbett. Obwohl seine Lungen brannten und er kaum noch in der Lage war, seine Arme gleichmäßig im Takt seiner Beine zu bewegen, hielt er nicht an. Die Kälte und der eintönige Rhythmus, in dem er sich fortbewegte, hatten ihn in eine Art Trance versetzt, doch immer wieder geriet er ins Straucheln. Dabei verfing sich seine dünne Hose in den Büschen am Wegesrand und die Dornen schnitten sich tief in das Fleisch seiner Waden. Tomasu achtete nicht darauf, spürte die Dornen nicht einmal. Erst als die aufgehenden Sonnen seinen Rücken wärmten, wachte er aus diesem Zustand auf. Die Wärme weckte alle Sinne in ihm und er spürte, wie die Kraft ihn verließ.

»Es ist nicht mehr weit – du schaffst es – du musst! Agnella – warte!«

Die letzten Meter durch das ausgetrocknete Flussbett legte er stolpernd zurück, bis er kurz vor dem Ziel ohnmächtig zusammenbrach.

»Wir haben Besuch«, sagte Dawied, als Darko die Augen aufschlug.

»Wer?«, fragte Darko.

»Keine Ahnung. Ich habe erst das Knirschen von Schuhen auf Stein, dann ein Schnaufen und schließlich einen verhaltenen Aufschrei gehört. Ich konnte zwar niemanden entdecken, bin mir aber sicher, dass sich irgendjemand dem Misera nähert.«

Darko lief in die Nachbarhöhle und rüttelte Tamosz wach. »Wir haben Besuch.«

Tamosz war sofort hellwach und folgte Dawied und Darko hinaus. Getrennt suchten sie die nähere Umgebung ab.

»Mist!«, fluchte Tamosz, dann rief er: »Hier!«

Als Darko und Dawied bei ihm ankamen, sagte er: »Einer von Soberanos Läufern. Ich bin fast über ihn gefallen.«

Darko beugte sich über den leblos daliegenden Körper und tastete nach seiner Halsschlagader. »Verdammt, der Junge ist halb tot. Wir bringen ihn in die untere Höhle«, bestimmte er.

»Warum nicht gleich zu Saralean?«

»Nein, er darf von ihr nichts erfahren. Nicht, bevor wir wissen, wer er ist und was er hier will.«

Tamosz akzeptierte Darkos Entscheidung und half Dawied, den Jungen in die Höhle zu tragen. Sie kühlten seine Stirn, zogen einige schwarze Dornen aus seinen Waden und flößten ihm Wasser und Kräutertee ein. Der schmale, ausgezehrte Körper wurde jedoch derart vom Fieber und von Krämpfen geschüttelt, dass das meiste daneben ging.

»Der Bursche stirbt uns unter den Händen weg, wenn wir nichts tun. Ich hole Saralean«, sagte Tamosz.

Darko packte seinen Arm und hielt ihn zurück. »Nein, das wirst du nicht tun.«

Tamosz rollte verständnislos mit den Augen und warf Dawied einen hilfesuchenden Blick zu, der schüttelte verneinend den Kopf. Darko nickte Dawied kurz zu. Sein Freund schien seine Meinung zu teilen, dass der Läufer von Saraleans Anwesenheit nichts erfahren durfte.

Während Darko Tamosz anwies, die Beine des Jungen festzuhalten, versuchte er, dessen Oberkörper ruhig zu halten.

»Hör auf, Darko. Wenn wir so weitermachen, brechen wir ihm sämtliche Knochen«, rief Tamosz und ließ den Jungen los, der sich sofort wimmernd zusammenrollte. »In seinen Beinen steckten zwar einige Dornen vom Curiastrauch, nur diese Krämpfe sind mir nicht geheuer.«

»Tamosz hat recht, das ist nicht normal«, sagte nun auch Dawied.

»Sieh her.« Dawied zeigte Darko zwei kleine Einstiche. »Wenn es das ist, was ich vermute, dann brauchen wir Saralean.«

»Nein.« Darko war hin und hergerissen zwischen dem Mitleid mit dem Jungen und der Sorge um Saralean. Der Bursche könnte sie verraten und sie durfte Soberano nicht in die Hände fallen. Soberano war ein Sadist und er würde Mittel und Wege finden, Saralean zu zwingen, ihm zu Willen zu sein und zu tun, was auch immer er von ihr verlangte. Darko musste sie beschützen, sie war zu wichtig für seine Leute. Sie war wichtig für ihn.

»Sei vernünftig, Darko.« Dawied legte eine Hand auf die Schulter seines Freundes und sah ihm beschwörend in die Augen. »Ich glaube nicht, dass der Junge in seiner jetzigen Verfassung eine Gefahr darstellt. Er wird nicht einmal wissen, wer ihn behandelt. Er ist ein Läufer, aber nicht einmal Soberano hätte ihn nachts allein durch die Ebene geschickt. Wenn du mich fragst, ist er geflohen. Sieh ihn dir an, er hat sich nicht einmal die Zeit genommen, warme Kleidung anzuziehen. Es sieht so aus, als ob er Hals über Kopf losgelaufen ist. Wir können bloß raten, was ihn dazu getrieben hat, sich einer solchen Strapaze auszusetzen. Ohne Saralean wird der Junge es nicht überstehen.«

Darko ließ sich zurücksinken und stützte einen Arm auf seinem angezogenen Knie ab. Es stimmte, ohne Saralean würden sie nie erfahren, was den Läufer hergeführt hatte. Ihre Kenntnisse in der Krankenheilung waren sehr viel fortschrittlicher als Darkos eigene. Sicher, sie hatten alle schon Bekanntschaft mit dem Curiastrauch gemacht, und keiner war daran gestorben. Hier lag die Sache völlig anders. Der Junge war total geschwächt, unterkühlt und er hatte offensichtlich furchtbare Schmerzen.

»Hol sie«, entschied er schließlich ganz gegen seine Überzeugung.

»Wir haben ihn hier in der Nähe gefunden. Er ist nicht bei Bewusstsein«, erklärte Tamosz, als er Saralean zu dem Jungen brachte.

»Ich brauche ein paar große Steine«, sagte sie, ohne sich direkt an einen der drei Männer zu wenden, »ein paar zusätzliche Decken und mehr heißen Tee. Wir müssen ihn warm halten.«

Saralean schien die Situation sofort zu erfassen. Sie schob sich nur die Kapuze vom Kopf und behielt ansonsten den dunklen, grob gestrickten Umhang an, den Tamosz ihr gegeben hatte. Schnell hatten die Männer Steine auf einen Haufen gelegt, dann gingen Dawied und Tamosz hinaus, um das Gewünschte zu besorgen.

Als die beiden die kleine Höhle verlassen hatten, griff Saralean unter den Umhang und holte ihre Laserwaffe hervor. Ohne auf Darkos überraschten Blick zu achten, zielte sie auf die Steine, die kurz darauf zu glühen begannen. Dann ging sie in die Knie und legte eine Hand auf die Brust des jungen Mannes. Sie zuckte zusammen, als würde ein stechender Schmerz durch ihren Körper fahren; stöhnend kniff sie die Augen fest zusammen.

»Was ist mit dir?« Darko beugte sich vor und griff besorgt nach ihrem Arm.

Saralean antwortete ihm nicht, sie riss ihre Augen weit auf und stieß einen leisen, verzweifelten Schrei aus, dann schüttelte sie Darkos Hand heftig ab. Dieser wich erschrocken zurück, doch sie ließ ihm keine Zeit, neugierige Fragen zu stellen.

»Es geht mir gut«, sagte sie, noch etwas atemlos, »aber der Junge ist am Ende seiner Kräfte. Er ist unterkühlt und seine Muskeln sind völlig verkrampft. Sein Herz kämpft um jeden einzelnen Schlag und seine Lungen ringen um jeden noch so kleinen Atemzug. Es muss sich um ein Nervengift handeln.« Zur Sicherheit scannte sie den Jungen noch einmal mit dem Meditektor.

»Ein Nerven lähmendes Pflanzengift«, folgerte sie anhand der Daten. »Ihr müsst ihn sofort zu mir auf die Krankenstation bringen.«

»Das halte ich im Moment für nicht ratsam. Er ist einer von Soberanos Läufern. Wir wissen nicht, was er hier will.«

»Die Symptome ähneln denen einer Strychninvergiftung. Er wird vielleicht sterben, wenn ich ihn nicht behandeln kann.« Während Saralean sprach, suchte sie den Körper ihres Patienten ab und zog schließlich noch weitere schwarze Dornen aus seinem Oberschenkel.

»Was sind das für Stacheln?«, fragte sie, als sie einen Dorn näher untersuchte. »Sie sondern ein giftiges Alkaloid ab.«

»Das Gift ist nicht tödlich«, sagte Darko.

»Woher willst du das wissen? Es kommt immer auf die Dosis an.«

»Sie stammen vom Curiastrauch. Ich habe selbst schon Bekanntschaft damit gemacht. Das Gift lähmt dich, tötet dich aber nicht.«

»Ihn schon«, betonte Saralean und kramte bereits aus den Tiefen ihres Umhangs ein handliches Injektionsgerät hervor. »Das pflanzliche Gift mag einem gesunden, kräftigen Mann nicht allzu viel anhaben, nur dieser Junge ist so schwach, dass das Gift auf keinerlei Abwehr stößt.«

»Er wurde auch gebissen.« Darko zeigte Saralean die mit bloßem Auge kaum erkennbare Wunde. »Dawied hat die beiden Einstiche an seinem Fuß entdeckt. Dafür gibt es zwei Erklärungen: Entweder stammen sie vom Biss der Barkaschlange oder vom Stich des Muschelskorpions.«

»Kannst du dich nicht festlegen?«

»Nein, die durch diese Tiere hervorgerufenen Wunden ähneln einander stark und beide erzeugen heftige Krämpfe und Schmerzen. Sicher kann man sich erst dann sein, wenn sich die Wundränder bläulich oder rötlich färben. Färben sie sich bläulich, ist jeder Rettungsversuch vergebens. Das Gift der Schlange ist tödlich.«

Saralean hielt den Meditektor genau über die Einstichstelle. »Ich kann keine tödlichen Substanzen feststellen.«

»Dann war es nicht die Schlange.«

»Demnach hat er noch einmal Glück gehabt. Ich muss ihn ruhigstellen, sonst werden die Krämpfe ihn töten.«

Sie drehte einen Ring am Griff des Injektionsgerätes, bis er leise einrastete.

»Was ist das?«

»Damit kann ich ihm ein Heilmittel verabreichen, das gleichzeitig seine Muskulatur entkrampft und die Lungen kräftigt. Außerdem regt das Medikament den Herzschlag an. Das Pflanzengift darf sich nicht in seinen Organen festsetzen.«

Saralean platzierte das Gerät in der Armbeuge ihres Patienten und Darko hörte gleichzeitig ein klickendes Geräusch.

»So«, sagte sie dann, »jetzt können wir nur noch warten und hoffen.«

Immer wieder tastete sie nach dem Puls des Läufers und horchte auf seinen Atem. Nach über einer Stunde sagte sie endlich: »Er schafft es. Er atmet tiefer und sein Herz schlägt kräftiger.«

»Dann weck ihn auf«, forderte Darko.

»Noch nicht.«

»Du musst. Ich verstehe ja, dass du dir Sorgen um den Jungen machst, aber du musst auch verstehen, dass ich mir Sorgen um die Sicherheit meiner Leute mache. Wir brauchen Antworten. Wir haben bisher überlebt, weil wir niemandem blind vertraut haben.«

»Nun gut, versprich mir aber, dass du ihn danach in Ruhe lässt«, bat Saralean. »Er muss alles ausschwitzen und viel trinken, dann reinigt sich der Körper von allein.«

»Ich werde meinen Vater bitten, sich um ihn zu kümmern, ich verspreche es dir.«

»Dann gebe ich ihm jetzt ein leichtes Amphetamin, damit er aufwacht.«

Wieder drehte Saralean einen Ring an dem Gerät und drückte es in die Armbeuge des Jungen. Ein leises Klacken erklang und wenig später öffnete der Läufer seine Augen. Angst flackerte in ihnen auf, dann glitt ein Lächeln über seine blutleeren Lippen.

»Darko – Gott sei Dank«, flüsterte er.

»Woher weißt du, wer ich bin?«

»Erkennst du mich denn nicht?«

»Nein. Wer bist du und was willst du hier?«

»Ich bin Tomasu.« Es kostete dem Läufer sichtlich viel Kraft, seinen Arm zu heben. Mit zitternder Hand zeigte er auf das kleine, handgemachte Messer, welches Darko am Gürtel trug. »Das Messer, du hast es von mir.«

Die Stimme des Jungen war so schwach, dass Darko sich tief zu ihm hinunterbeugen musste, um ihn zu verstehen.

»Dieses Messer ist schon sehr lange in meinem Besitz«, erwiderte er.

»Zwei Jahre, du konntest dich damit befreien. Es – es gehörte mir. Ich gab es dir, als die Wächter eingeschlafen waren. Am Griff befindet sich eine kleine Schnitzerei – ein T in einem Dreieck. Ich habe damals den Käfig in den Schlund hinabgelassen und du bist durch den Tunnel gekrochen, den ich dir beschrieben habe. Diesen Tunnel kennt keiner außer mir. Ich war es auch, der den Käfig wieder hochgezogen hat. Niemand hat jemals erfahren, wie du entkommen konntest.«

Darko richtete sich langsam auf, ohne den Blick von Tomasu abzuwenden. Erinnerungen drangen an die Oberfläche seines Bewusstseins und das Gespräch mit dem Läufer war ihm wieder so gegenwärtig, als hätten sie es gerade erst geführt.

~~ »Ein Läufer! Nenn mir einen Grund, dir zu vertrauen.«

»Ich bin nur ein Läufer, ja, aber deine einzige Chance, zu überleben.«

»Du scheinst dir ziemlich sicher zu sein.«

»Ich nicht, Agnella schon.«

»Agnella? Wer ist das?«

»Soberanos derzeitige Favoritin. Sie hat die Gabe des Sehens. Soberano weiß davon nichts und darf es auch nie erfahren. Agnella sagt, deine Zeit ist noch nicht gekommen. Dein Lebenspfad liegt noch vor dir.«

»Hat deine Agnella auch gesehen, welchen Pfad ich nehmen soll?«

»Ja, den zum Misera und ich zeige dir den Weg hier heraus. Alles Weitere liegt bei dir und in deinem vorbestimmten Schicksal.«

Der junge Läufer warf ihm ein Messer zu. Es war primitiv, aber solide gearbeitet. Ein Stück Stahl, in mühevoller Handarbeit zur Klinge geformt und geschärft, steckte in einem ebenfalls von Hand geschnitzten Holzgriff.

»Löse damit die Scharniere, dann werde ich dich ein Stück ins Loch hinunterlassen. Dort unten ist eine Falte im Gestein, dahinter befindet sich ein Tunnel. Ich habe ihn entdeckt, als ich noch klein war, niemand sonst weiß davon. Folge ihm und du kommst auf der anderen Seite beim Maisfeld heraus. Im Feld findest du ein Bündel mit frischen Kleidern, etwas zu essen und zu trinken.«

Der Läufer hatte ihm damals auch die Nachricht von Halinas Tod überbracht.

»Jetzt hast du keine Zeit, lange zu trauern. Soberano überlegt noch, ob er dich in die Arena schickt oder den Käfigboden öffnet, damit du in die kochende Lava dort unten stürzt. Jetzt tu, was ich dir sage. Du kannst das Mädchen nur rächen, wenn du frei bist.« ~~

Darko hatte nicht vergessen, dass es ein Läufer gewesen war, der ihn gerettet und ihm das Messer geschenkt hatte, bloß auf dessen Gesicht konnte er sich nicht besinnen.

Er stand auf und zog Saralean ein Stück mit sich fort.

»Stimmt etwas nicht?«, fragte sie leise.

»Er behauptet, der Läufer zu sein, der mir zur Flucht verhalf. Der Bursche damals war sehr mutig, an mehr kann ich mich nicht erinnern. Woher soll ich wissen, ob dieser da es wirklich ist?«

»Frag ihn«, sagte Saralean nur.

Darko wendete den Kopf und sah zu dem Läufer hinüber, dann drehte er sich zurück zu Saralean.

»Frag ihn«, wiederholte sie mit einer auffordernden Kopfbewegung.

Darko atmete tief ein, dann ging er auf Tomasu zu. »Hat Soberano dich geschickt?«

Erregt verneinte Tomasu. Er öffnete den Mund, schien etwas sagen zu wollen, doch bevor er antworten konnte, begann er unkontrolliert zu zittern. Es war nicht zu übersehen, dass er von einer heftigen Schmerzwelle überrollt wurde. Der kaum unterdrückte Aufschrei fand sein Echo an den Höhlenwänden.

Sofort beugte sich Saralean über den Läufer. »Genug jetzt, der Junge muss schlafen«, sagte sie zu Darko. »Du kannst ihn später noch verhören.«

Darkos Protest verhallte ungehört. Saralean hatte Tomasu bereits ein schlafförderndes Mittel injiziert.

»Er kann dir in diesem Zustand weder davonlaufen noch wird er eine Nachricht übermitteln können. Lass ihn jetzt zu Kräften kommen, sonst wirst du nie erfahren, was du wissen willst.«

Kapitel 13

Fast vier Stunden dauerte der Kampf gegen das Gift, dann hatte Tomasu es anscheinend überstanden. Sichtlich erschöpft saß er in eine warme Decke gehüllt neben den glühenden Steinen und hielt einen Becher heißen Tee in Händen.

»Diese Steine, ich habe so etwas noch nie gesehen.«

»Die sind jetzt unwichtig, ich will wissen, warum du hier bist«, forderte Darko.

Tomasus Stimme zitterte noch von der Anstrengung, als er endlich auf Darkos Fragen antwortete: »Soberano weiß nicht, dass ich hier bin. Ich bin aus der Stadt geflohen. Ich – ich brauche deine Hilfe.«

»Wobei?«

»So wie du damals, will ich heute die Frau retten, die ich liebe.«

»Ich liebte nicht die Frau, ich liebte die Schwester.«

Tomasu, der gerade einen weiteren Schluck Tee trinken wollte, hielt inne und starrte Darko über den Rand des Bechers hinweg an. Ein entsetzter Ausdruck glitt über sein blasses Gesicht und er schloss sekundenlang die Augen.

»Das wusste ich nicht. Es tut mir leid. Ich dachte immer, ihr wart ein …«

»Nein, wir waren kein Liebespaar«, unterbrach Darko ihn scharf, bereute seinen heftigen Ausbruch jedoch sofort. »Du konntest es auch nicht wissen«, setzte er versöhnlicher hinzu.

Darko musterte den Jungen. Er besaß ein aufrichtiges Gesicht und er verdiente ein wenig Dankbarkeit, denn ohne ihn wäre er, Darko, heute nicht mehr am Leben. Dennoch mahnte er sich selbst, Tomasu nicht zu früh zu vertrauen. Wer sagte ihm denn, dass der barmherzige Bursche von damals heute nicht im Auftrag von Soberano hier war, um ihn in eine Falle zu locken? Darko verdankte ihm sein Leben, das hieß allerdings nicht, dass er ihm seine Geschichte blind glauben konnte.

»Du sprichst von Liebe«, sagte er. »Weißt du überhaupt, was Liebe ist?«

»Bei den Salzleuten sagt man: Wenn sich jemand Nacht für Nacht in deine Träume schleicht, wenn jemand dein Herz vor Sehnsucht schneller schlagen lässt und wenn du bereit bist, alles für jemanden zu geben, dann ist es Liebe. Ich bin bereit, ich schaffe es nur nicht allein.«

Darko rieb sich nachdenklich das Kinn. Das war die exakte Beschreibung dessen, was er für Saralean empfand. War das wirklich Liebe? Er schüttelte den Gedanken gewaltsam ab. Er konnte sich derartige Gefühle nicht leisten. In seinem Leben existierten weitaus wichtigere Dinge als die Liebe. Es gab zu viele Menschen, die seine Hilfe brauchten und denen er sich verpflichtet fühlte.

»Soberanos Männer haben Angst vor dir«, sprach Tomasu in seine Gedanken hinein.

»Oh nein, das haben sie nicht.« Darko erinnerte sich sehr gut an den Tag, als Hogan und seine Männer ihn überfallen hatten.

»Doch, glaub mir. Ich hörte, wie Hogan El Soberano davon berichtet hat, dass er und seine Männer dich gefasst hätten. Dann sei wie aus dem Nichts ein Dämon mit schwarzer Haut und den Augen eines Insektes aufgetaucht. Das Wesen konnte Steine splittern lassen, allein mit der Kraft seiner Gedanken. Selbst Hogan ist jetzt davon überzeugt, du hättest die Macht über die Geister und Ungeheuer der Miserahöhlen erlangt. Er hatte panische Angst, und das nicht nur vor dem Dämon, auch vor einer gefährlichen Bestie, die bei ihm gewesen ist. In seiner

Stimme schwang das pure Grauen mit.«

»Hm, eine Bestie! Wie sah sie denn aus?«

»Ganz schwarz, mit spitzen Reißzähnen, riesigen Pranken und scharfen Krallen.«

»Das klingt doch sehr nach einem Höhlenlöwen.«

»Nein, kein Löwe. Hogan hat das Biest als sehr viel größer und gefährlicher beschrieben.«

»Hogans Fantasie wird mit ihm durchgegangen sein.«

»Ich kenne Hogan schon sehr lange, seine Vorstellungskraft reicht gerade bis zu einer willigen Frau und einem Becher Wein. Dieser weibliche Dämon mit seiner Bestie ist nicht in seiner Einbildung entstanden. Hogan machte auf mich eher den Eindruck, als sei er gerade noch mit dem Leben davongekommen.«

Darko warf Saralean, die sich im Hintergrund hielt, einen langen, abschätzenden Blick zu. Er konnte gerade noch das Zucken ihrer Mundwinkel erkennen, bevor sie sich abwandte.

»Hat Hogan sonst noch etwas gesagt?«, richtete er seine Aufmerksamkeit wieder auf Tomasu.

»Nein. Soberano glaubt nicht an die Geschichte mit dem Ungeheuer und dem Dämon. Er ist überzeugt, es handelt sich um eine Frau, die vermutlich mit ihrem Raumschiff abgestürzt ist. Er hatte Beobachter ausgeschickt, hat sie nach drei Tagen jedoch abgezogen, da sie ihm nichts berichten konnten. Ich glaube, er möchte die Frau in Sicherheit wiegen. Er will ihr Schiff und ihre Technologie.«

Darko nickte. Natürlich wollte Soberano das und er wollte die Frau, die diese Technologie bedienen konnte. Nun, er würde sie nicht bekommen, und wenn er, Darko, sein Leben dafür geben musste. Solange er nicht sicher war, ob Tomasu die Wahrheit sagte, durfte er ihn nichts von Saralean wissen lassen.

»Wer ist die Frau, die du liebst?«, wechselte er darum das Thema.

»Agnella.«

Bei der Nennung des Namens horchte Dawied auf, der bisher schweigend zugehört hatte. »Agnella? Ist das nicht die Tochter eines der Reisbauern?«

»Ja! Du kennst sie?«

Dawied reagierte nicht auf Tomasus Frage. Er gab Darko ein Zeichen, ein Stück mit ihm beiseite zu gehen.

»Erinnerst du dich an den kleinen Kim, der die Reislieferung begleitet hat? Es könnte seine Schwester sein«, raunte er ihm zu.

Darko hatte den Jungen, der unbedingt in Soberanos Armee aufgenommen werden wollte, um seine Schwester zu befreien, sofort wieder vor Augen. Aber der Name Agnella weckte plötzlich noch andere Erinnerungen, Erinnerungen an ein junges, hübsches Mädchen mit langen, blonden Haaren.

Darko nickte Dawied kurz zu, dann drehte er sich wieder zu dem Läufer um. »War sie nicht Soberanos Favoritin?«

»Sie ist es immer noch, obwohl sie Halina damals zur Flucht verhelfen wollte. Agnella hat für ihren Fehler bitter bezahlen müssen. Soberano hat ihren Willen gebrochen und manchmal behandelt er sie wie seine anderen Frauen auch. Vor ein paar Tagen hat er sie …«, Tomasu zögerte kurz, »… danach musste ich …«

Darko ahnte, was der Läufer nicht auszusprechen wagte. »Du hast es getan?«

»Ja«, gab dieser beschämt zu.

»Warum?«

»Ich hatte Angst, es nicht zu tun. Ich wusste doch, was er dir und Halina angetan hatte«, sagte Tomasu, dann straffte er die Schultern. »Nein, das ist nur die halbe Wahrheit. Ich wollte sie, weil ich sie schon so lange begehre.«

»Nun, du hast sie gehabt, was willst du dann noch?«

»Ich kann es nicht mehr ertragen, dass er und seine dreckigen Männer sie anfassen.« Tomasu brach ab und schloss einen Moment gequält die Augen, dann holte er tief Luft. »Ich will nicht, dass er sie noch länger demütigt und quält. Ich liebe Agnella. Ich will ohne sie nicht mehr leben.« Tomasu krallte seine Finger in Darkos Unterarm, dabei sah er ihn voller Verzweiflung an. »Bitte, Darko, hilf uns.«

»Das sind …« Darko brach ab, als Saralean sich zu dem Jungen hinunterbeugte und eine Hand auf seine Brust legte. Einen Moment verharrte sie so.

»Ich muss mit dir reden«, raunte sie Darko zu und gab ihm ein Zeichen, ihr zu folgen.

»Wer ist das?« Der Läufer blickte Saralean mit einer Mischung aus Neugier und Argwohn hinterher. Darko, der im Begriff war, Saralean zu folgen, hielt in seiner Bewegung inne und wandte sich Tomasu wieder zu.

»Unsere Heilerin«, erklärte er knapp.

»Ist sie gut?«

»Du würdest hier nicht sitzen, wenn sie es nicht wäre.«

»Wie macht sie das mit ihren Augen?«

»Wovon sprichst du?«

»Ihre Augen wurden eben ganz dunkel, als sie mich berührt hat.«

»Das war nur der Schatten«, wiegelte Darko ab, sah Saralean aber mit zusammengezogenen Brauen nach.

»Ja, vielleicht«, stimmte Tomasu zu. Überzeugt schien er trotzdem nicht zu sein. Er zuckte kurz mit einer Schulter, dann sah er zu Darko auf. »Wirst du mir helfen, Agnella zu befreien?«

»Werde erst einmal gesund und ich werde darüber nachdenken, ob es einen Weg gibt, deine Agnella zu retten.«

»Danke«, flüsterte Tomasu.

Hoffnung blitzte in seinen Augen auf.

»Bedank dich nicht zu früh, mein Junge. Ich habe mich noch nicht entschieden. Darüber nachdenken bedeutet nicht, dass wir es auch tun werden.«

Tomasu blickte erneut zu Darko auf. Ein Lächeln legte sich auf sein immer noch vom Schmerz gezeichnetes Gesicht, dann rollte er sich auf dem weichen Fell zusammen und schloss die Augen.

Darko folgte Saralean zu ihrem Raumschiff. Es war für ihn immer noch ein merkwürdiger Anblick, sie unsichtbare Stufen hinaufsteigen und dann im Nichts verschwinden zu sehen. Wäre da nicht die geöffnete Tür, durch die man in das Innere des Schiffes sehen konnte, würde selbst er an Magie glauben.

»Wirst du dem Jungen helfen?«, fragte Saralean, als sie auf der Brücke angekommen waren.

»Ich bin mir nicht sicher. Er hat mir das Leben gerettet und ich bin es ihm schuldig.«

»Du hegst noch immer Zweifel an seiner Aufrichtigkeit.«

»Ich möchte ihm gern glauben, aber ich darf es nicht.«

»Er hat keinerlei Hintergedanken. Er liebt dieses Mädchen und du bist seine einzige Chance.«

»Woher willst du das wissen, du kennst ihn doch gar nicht.«

»Das spürt man einfach.«

»Ich kann mir keine romantischen Gefühlen leisten, Saralean. Wir leben hier nicht in einer Märchenwelt«, erwiderte Darko fest.

»Das weiß ich auch und ich lasse mich ebenfalls nicht davon leiten. Es ist nur so, dass ich ihm glaube.«

Darko schüttelte zweifelnd den Kopf und wanderte ein paar Mal vor ihr auf und ab.

»Er vertraut dir, Darko.« Saralean legte eine Hand auf seinen Arm. »Sonst hätte er nicht sein Leben aufs Spiel gesetzt, um zu dir zu kommen.«

Darko blieb stehen und wandte den Kopf zu ihr um. Er spürte die Wärme, die sich von seinem Arm bis in sein Herz zu verteilen schien.

»Mir kann er auch vertrauen.«

»Und du bist der Einzige, der das von sich behaupten kann?«, fragte Saralean sanft.

»Nein, natürlich nicht.« Darko seufzte leise auf, als sie ihre Hand von seinem Arm nahm und sich das warme Gefühl in ihm auflöste. »Aber versteh doch, nur unserem Misstrauen gegenüber Fremden haben wir es bisher zu verdanken, dass wir noch leben.«

»Ich verstehe das, nur wenn du nichts tust, dich bloß um deine eigene kleine Welt kümmerst, wirst du dein Misstrauen anderen gegenüber nie ablegen. Wenn du nicht nur auf die Vernunft hörst, sondern auch auf dein Herz, wird das eine ganz neue Erfahrung für dich sein.«

»Ich habe einmal auf meine Gefühle gehört. Am Ende landete ich in Soberanos Kerker.«

»Ich habe nicht von Leichtsinn gesprochen. Damals warst du von Hass geblendet. Der Gedanke an Rache lebt noch immer in dir, aber heute kannst du deinen Gefühlen vertrauen. Die Vernunft hält sich mit ihnen die Waage.«

Darko drehte sich ganz zu ihr um und sah sie einen Moment an. Wie war es möglich, dass sie ahnte, was in ihm vorging? Wie konnte sie wissen, dass er heute auch an die Folgen seines Handelns dachte? Diese Frau war ihm ein großes Rätsel. Eines, das er gern entschlüsseln wollte.

»Vernünftig wäre es, den Burschen auf dem schnellsten Weg nach Hause zu schicken. Tomasu steht noch immer in Soberanos Diensten und es könnte eine Falle sein. Mal abgesehen davon, kann ich nicht in die Stadt marschieren und das Mädchen aus der Höhle herausholen. Das ist unmöglich; es ist mir schon einmal nicht gelungen.«

»Ich hätte eine Idee, wie es funktionieren könnte. Die Entscheidung liegt bei dir«, sagte Saralean.

Darko stöhnte innerlich auf. Es war genau diese Entscheidung, die er eigentlich nicht treffen wollte. Andererseits hatten Tomasu und Agnella ihr Leben für Halina und ihn aufs Spiel gesetzt. Musste er da nicht wenigstens versuchen, den beiden zu helfen?

»Viel Glück, mein Freund«, hatte der Läufer ihm damals zugerufen und die Bremse an der Seilwinde gelöst. Diesem Jungen hatte Darko seine Rettung zu verdanken, mit seiner Hilfe war ihm die Flucht gelungen. Er stand in Tomasus Schuld. Dennoch war es ein Risiko, das für alle Beteiligten böse enden konnte.

»Ich werde darüber nachdenken.« Abrupt wandte Darko sich um und verließ das Raumschiff.

Auf der Felsenterrasse sah er seinen Vater stehen, der sich schwer auf seinen Stock stützte. Kurzentschlossen kletterte er zu ihm hinauf.

»Was tust du hier?«

»Ich habe eine Weile die Wache übernommen. Ich muss mich ein wenig aufwärmen. Die Kälte in den Höhlen tut meinem Bein auf Dauer nicht gut«, erklärte Donald, ohne den Blick von der sonnenüberfluteten Ebene zu lösen. Die Zwillingssonnen hatten den Zenit längst überschritten und zogen sich langsam hinter dem Gipfel des Misera zurück.

»Ich denke manchmal, Kerelaos hätte ohne Soberano eine neue Heimat für uns alle werden können«, fuhr Donald fort.

»Unter Heimat verstehe ich etwas anderes«, erwiderte Darko schnaubend. »Ganz sicher nicht diesen toten Planeten.«

»Ich sprach nicht von dir, mein Sohn. Du wurdest hier geboren, und damit wird Kerelaos immer deine Heimat sein.«

Donald streckte den Arm aus und wies in die Ferne. »Hast du jemals hier gestanden und die Schönheit vor dir betrachtet?«

Darko schüttelte den Kopf. »Dafür war bisher keine Zeit.«

»Dann nimm sie dir einen Moment. Siehst du die Farben, die die flirrende Hitze auf dem Lavagestein hervorruft und dieses Spiel aus Licht und Schatten, jetzt wo die Sonnen sich auf ihren Untergang vorbereiten?«

Darko seufzte ergeben auf und ließ den Blick über die Ebene streifen. Tatsächlich schien sich die Welt vor ihm plötzlich in einem Farbrausch zu befinden. Das glänzende Schwarz des Lavaflussbettes wurde von rötlich und bläulich gefärbten Streifen durchbrochen. Der Misera warf erste Schatten auf die Fläche, die vom dunklen Grün der Curiasträucher umrahmt wurde. Die in weiter Ferne liegende Bergkette schimmerte golden im Licht der Sonnen und über allem hing ein sattblauer Himmel. Darko musste seinem Vater recht geben, wäre da nicht auf der anderen Seite die Härte von Kerelaos gewesen, die er nicht aus seinen Gedanken verbannen konnte.

»Der Junge schläft«, sagte Donald in diesem Moment.

»Hm«, brummte Darko.

»Quält dich etwas?« Donald wandte sich mit hochgezogenen Brauen zu seinem Sohn um.

Darko nickte und schilderte seinem Vater in kurzen Worten, wer Tomasu war und worum er ihn gebeten hatte.

»Du hegst dennoch Zweifel gegen ihn.«

»Ich weiß nicht, ob der Läufer die Wahrheit sagt.« Darko hob kurz die Schultern und ließ diese wieder fallen.

»Was meint Saralean?«

»Saralean ist von seiner Ehrlichkeit überzeugt und sie möchte, dass ich ihrem Urteil vertraue.«

»Und das fällt dir schwer.«

»Es fällt mir überhaupt nicht schwer, ihr zu vertrauen, aber nicht ihrer Aussage in Bezug auf diesen Jungen. Sie sieht nur das Jetzt. Sie hat keine Ahnung, wie schwer der Weg bis hierher war. Ich fürchte, dass ihre Meinung von Mitleid und romantischen Gefühlen beeinflusst wird.«

»Hat sie ihn berührt?«

»Was hat das damit zu tun?«

»Hat sie ihn berührt?«, wiederholte Donald seine Frage.

»Ja, hat sie.«

»Dann kannst du ihrem Urteil trauen.«

»Woher willst du das wissen?«

»Tu es einfach«, sagte Donald und ließ seinen Sohn auf dem Plateau zurück.

»Sind denn jetzt alle völlig verrückt geworden?« Darko stemmte die Hände in die Hüften und warf den Kopf in den Nacken.

Er blieb noch lange auf dem Plateau stehen und rang mit seinen Zweifeln. Erst als Franz erschien, um die Wache anzutreten, merkte er, dass die Sonnen fast untergegangen waren.

»Donald hat mit uns über Tomasu gesprochen«, begann Franz.

»Und?«

»Das Mädchen, diese Agnella, sie hat deine Schwester retten wollen?«

»Ja, wollte sie.«

Franz knuffte mit der Faust gegen Darkos Schulter. »Dann darfst du Tomasu deine Hilfe nicht verweigern. Du bist es dem Jungen und dem Mädchen schuldig.«

»Also dann, wenn ihr es unbedingt so haben wollt«, knurrte Darko. Er nickte Franz kurz zu und machte sich auf den Weg zurück zu Saralean.

»Gut, tun wir es also«, rief Darko, als er die Brücke der Argus betrat.

Saralean hatte Mühe, ein Lächeln zu unterdrücken, was ihm offensichtlich nicht verborgen blieb.

»Du wusstest, dass ich mich so entscheide«, stellte er fest.

»Sagen wir, ich habe es gehofft.«

Der Versuch, wütend zu erscheinen, misslang ihm völlig, und er schien es zu wissen, denn er warf resigniert die Arme in die Luft und fragte: »Was ist das also für eine Idee, die du hast?«

»Wenn wir Glück haben, ist Tomasu so unwichtig, dass sie sein Verschwinden noch nicht bemerkt haben. Wir werden ihn mit einem Sender zurückschicken.«

»Und dann?«

»Sobald er in Agnellas Nähe ist und sie berühren kann, braucht er nur ein Kommando zu geben und Sit wird sie beide herholen.«

»Aus dieser Entfernung?«

»Entfernung ist dabei relativ. Wichtig ist, dass Sit den Sender orten und erfassen kann. Es ist die einzige Möglichkeit, den beiden zu helfen, ohne dass du oder einer deiner Leute in Gefahr gerätst. Und falls der Junge ein falsches Spiel spielt und wir jemand anderen herholen, dann müssen der Dämon und seine Bestie eben noch einmal auftauchen!«

»Hm! Klingt gewagt.«

»Ist es nicht, wenn sich alle an den Plan halten.«

»Apropos Bestie, du hast mir noch immer nicht erzählt, wie du das mit Hogan und seinen Leuten gemacht hast.«

»Ich sagte ihnen, sie sollten verschwinden, und sie taten es.« Saralean biss sich auf die Lippen und drehte Darko schnell den Rücken zu.

Heilige Solara! Wie unendlich dumm von ihr!

Sie hatte gehofft, dass Darko das Thema nicht wieder

ansprechen würde, und dann brachte sie es ihm selbst wieder in Erinnerung.

Es war ihr beim ersten Mal schon schwergefallen, ihm etwas zu verschweigen, ein weiteres Mal, das war ihr fast unmöglich. Sie wünschte in diesem Moment, sich tatsächlich unsichtbar machen zu können.

»Oh nein! Hogan hätte sich von dir nicht ohne Gegenwehr vertreiben lassen. Da muss sehr viel mehr geschehen sein«, erklärte Darko.

Saralean zuckte nur mit den Schultern, doch diesmal gab sich Darko nicht damit zufrieden.

»Woher kam die Bestie, die Hogan beschrieben hat, und wieso glaubt er, du seist ein Dämon? Bist du eine Gestaltwandlerin?«

Als Saralean nicht sofort antwortete, fasste er sie bei den Schultern und drehte sie zu sich herum. Leise, aber umso eindringlicher sagte er: »Du willst, dass ich dir Vertrauen schenke. Dann sag mir auch jetzt und hier die Wahrheit.«

Saralean sah zu ihm auf und erkannte die stumme Bitte in seinen Augen. Ja, es war sein gutes Recht, die Wahrheit von ihr zu verlangen. Er besaß nicht ihre Fähigkeiten, sie konnte bloß mit absoluter Offenheit seinen Argwohn zerstreuen.

»Nein, ich bin keine Gestaltwandlerin. Ich trug eine Brille und einen schwarzen Anzug. Beides sollte mich gegen die Strahlen der Sonnen schützen. Hogan muss etwas anderes in mir gesehen haben.«

»Und du hast auf sie geschossen, mit dieser Waffe, mit der du auch die Steine zum Glühen bringst.«

»Ja«, gab Saralean offen zu. Leugnen hatte keinen Sinn mehr, schließlich hatte Darko die Waffe gesehen. »Es ist eine Laserpistole.«

»Das dachte ich mir schon. Und was hat es mit dieser Bestie auf sich? Was hat Hogan damit gemeint?«

»Er muss Hannibal gesehen haben.«

»Hannibal.« Darko gab einen zweifelnden Laut von sich. »Hannibal mag einem auf den ersten Blick wie eines der gefährlichsten Raubtiere auf Kerelaos erscheinen, er ist jedoch keine Höllenbestie! Außerdem hätte Hogan einen Wolf sofort erkannt.«

Saralean geriet in eine Zwickmühle. Darkos Frage dirigierte sie auf gefährliches Terrain. Wie sollte sie ihm Hannibals Geheimnis erklären, ohne das treue Tier einer Gefahr auszusetzen? Die Gruppe hatte Hannibal gerade akzeptiert; was würden sie tun, wenn bekannt wurde, dass der liebenswerte Hund sich in ein äußerst gefährliches Raubtier verwandeln konnte? Nein, dafür war es noch zu früh. Darko die ganze Wahrheit zu sagen, wagte sie noch nicht.

»Was kann ich dafür, wenn Hogans Fantasie Kapriolen schlägt«, zog sie das Thema ins Lächerliche. »Aber ist das jetzt so wichtig? Sag mir lieber, was du von meinem Plan für Tomasu hältst.«

Darko runzelte die Stirn und Saralean hatte schon die Befürchtung, dass er auf einer Antwort bestehen würde, zu ihrer Erleichterung tat er es nicht. Ob er nun ahnte, dass sie etwas vor ihm verschwieg oder nicht, er gab sich offensichtlich mit ihrer Antwort zufrieden.

»Denkst du denn, dass es funktioniert?«, fragte er stattdessen.

»Es wird funktionieren.«

»Du bist unglaublich, weißt du das eigentlich?« Darko ließ ihre Schultern los, blieb aber dicht vor ihr stehen. »Warum tust du das alles?«

»Nun, ich, ich brauche euch eben.« Saraleans Selbstbewusstsein schmolz wie ein Schneeball auf einer Sommerwiese unter seinem Blick, der sie fast hypnotisierte. Verunsichert sah sie zu ihm auf, als er dicht vor ihr stehen blieb.

»Du brauchst uns nicht. Du kommst sehr gut ohne uns zurecht. Wir hingegen, wir brauchen dich, Saralean. Ich glaube nicht an Schicksal, und doch muss es einen Grund dafür geben, warum du ausgerechnet auf Kerelaos abgestürzt bist. Vielleicht war es tatsächlich nur Zufall. Vielleicht hat auch irgendwo irgendjemand gewollt, dass wir uns begegnen.« Er hob die Hand und berührte mit den Fingerspitzen ihre Wange.

Saralean spürte es in ihren Beinen, in ihrem Magen, ja sogar in ihrem Kopf. Ein anhaltendes Vibrieren erfasste sie. Ein fernes Beben, als ob irgendwo ein Triebwerk gestartet wurde. Sie fragte sich, warum Sit ausgerechnet jetzt …

»Ich bin diesem Jemand sehr dankbar dafür«, flüsterte Darko, während er sich langsam zu ihr hinabbeugte.

Saralean konnte nicht in Worte fassen, was sie fühlte, als der erwartete Kuss ausblieb. Darko hatte sich ganz plötzlich von ihr zurückgezogen. Ohne ein Wort hatte er die Argus verlassen. Mit geschlossenen Augen stand sie da und versuchte, ihren Verstand zu reaktivieren.

Erinnerungen an eine ähnliche Situation stiegen in ihr auf. Es war auf Haruna II gewesen. Damals hatte sie sich Hals über Kopf in den stillen, zurückhaltenden Wissenschaftler Jeremy verliebt.

War sie auch in Darko verliebt?

Nein. Damals hatte sie in Flammen gestanden, hatte ein merkwürdiges Flattern im Magen gespürt und ihre Beine hatten sich wie Gummi angefühlt. All das war heute nicht passiert. Sie hatte lediglich ein leichtes Vibrieren wahrgenommen und sie hatte kurz den Atem angehalten, was nicht verwunderlich war, wenn ein Mann wie Darko sich einem auf diese Art näherte. Darko hatte sie küssen wollen, daran gab es überhaupt keinen Zweifel. Warum hatte er es nicht getan?

»Weil du ihn verlassen wirst, sobald sich dir die Möglichkeit bietet«, gab sie sich selbst die Antwort und dachte wieder an ihre Zeit mit Jeremy. Er hatte damals keine Beziehung zulassen wollen, weil er gewusst hatte, dass sie wieder fortgehen würde.

Und Darko wusste es auch.

Gut, dass er im richtigen Moment zur Vernunft gekommen war. Ihre Situation war schon schwierig genug, sie konnten beide nicht noch mehr Komplikationen gebrauchen.

»Es war das flüchtige Aufflackern von Leidenschaft, die Anziehungskraft des Fremden. Nicht mehr und nicht weniger«, sagte sie zu sich selbst.

»Die Tarnung ist deaktiviert«, meldete Sit ein paar Minuten später. »Gute Nacht, Saralean.«

»Danke, Sit«, antwortete Saralean und ging in ihren Schlafraum.

Gähnend zog sie sich aus, löschte das Licht und legte sich ins Bett. In der Dunkelheit erlebte sie den Moment mit Darko immer und immer wieder. Er hatte sie kaum berührt und doch fühlte sie sich von ihm fest umschlungen. Sie sah seine Augen und seinen Mund, die immer näher kamen. Allein diese Nähe hatte das Beben in ihr ausgelöst.

Saralean wälzte sich von einer Seite auf die andere, beschwor Bilder von ihren Eltern und von Karfana herauf, dennoch gelang es ihr nicht, länger an etwas anderes zu denken. Die Erinnerung an die Art, wie Darko sie angesehen hatte, reichte aus, um das Vibrieren in ihr hervorzurufen. Als sie nach einer Stunde noch immer nicht eingeschlafen war, rollte sie sich auf den Rücken.

Es war Liebe, was sie für Darko empfand. Es noch länger zu leugnen, hatte keinen Sinn, genauso wenig, wie sich selbst zu belügen. Lügen war etwas, das sie nicht konnte, nie gelernt hatte und auch nicht lernen wollte. Sie konnte Dinge verschweigen, aber wie verschwieg man etwas vor sich selbst?

»Das ist verrückt!«, flüsterte Saralean mit einem tiefen Seufzer, drehte sich auf die Seite und schlief endlich ein.

Das Blau ihrer Augen hatte sich verdunkelt, nur eine Spur, nicht wirklich auffällig, Darko hatte es trotzdem gesehen. Er hatte auch die winzigen dunklen Punkte darin erkennen können. Dunkel? Nein, sie schienen zu leuchten, hell und klar wie Eiskristalle. Er war ihr so nah gekommen, dass er diese Punkte hätte zählen können, wenn er es gewollt hätte. Er hatte es nicht getan, es war unwichtig. Er hatte sie küssen wollen. Saralean hatte den Kopf ein wenig zur Seite geneigt, als wüsste sie, was er tun wollte, als wollte sie, dass er es tat. Das Verlangen danach war so groß gewesen, dass ihm im Nachhinein noch schwindelig wurde. Gleichzeitig hatte er auch erkannt, dass er diesem Drang widerstehen musste. Er war dabei, die Kontrolle über sich und seine Gefühle zu verlieren. Etwas, das er niemals zulassen durfte. Zu groß war die Verantwortung, die er trug. Er brauchte einen klaren Kopf, um den Gefahren, die ihm und den anderen ständig drohten, aus dem Weg zu gehen. Er durfte nicht erlauben, dass Saralean ihn ablenkte. Er wusste, sie würde seine Gedanken beherrschen und dieses Wissen hielt ihn davon ab, sich seinen Gefühlen zu ergeben.

Es war richtig gewesen zu gehen.

Darko hielt erst an, als er das Plateau erreicht hatte. Breitbeinig, die Hände im Nacken verschränkt, blieb er stehen. Am liebsten hätte er seinen ganzen Frust in die dunkle Ebene hinausgeschrien. Stattdessen hielt er sein Gesicht dem kalten Nordwind entgegen. So blieb er stehen, bis seine Haut eiskalt, seine Finger steifgefroren waren und sich auf seinen Haaren eine dünne Eisschicht bildete. Die Hoffnung, die Kälte würde auch sein Innerstes abkühlen, erfüllte sich leider nicht. Im Gegenteil, die äußere Kälte verstärkte das Feuer, das Saralean in ihm entfacht hatte, nur noch. Alles in ihm drängte danach, zu ihr zurückzugehen, doch die Vernunft gewann schließlich die Oberhand und er verließ den Vorsprung.

Im Eingang zur Haupthöhle blieb Darko stehen und ließ den Blick über die kleine Gruppe schweifen, die sich an den glühenden Steinen wärmte und Suppe aus Reis und Trockenfleisch aß. Für sie hatte er die Verantwortung übernommen, für sie musste er einen kühlen Kopf behalten. Warum konnte es nicht immer so friedlich und sorglos zugehen wie in diesem Moment? Sie tranken Wein und hingen gebannt an Donalds Lippen. Sein Vater erzählte ihnen von seinem Leben auf der Erde und wie es dort ausgesehen hatte. Geduldig beantwortete er jede Frage.

Auf Dawieds Zeichen, sich zu ihm zu setzen, reagierte Darko nicht. Er hob lediglich grüßend die Hand und verließ die Haupthöhle, sah noch einmal nach Tomasu, der tief und fest schlief. Dann zog er sich selbst auf seinen Schlafplatz zurück.

Darko wickelte sich fest in seinen Fellmantel, zog die Kapuze tief ins Gesicht und schloss die Augen. Er wollte nichts als schlafen, aber er konnte nicht verhindern, dass seine Gedanken zu Saralean wanderten. Sie war kein fremdartiges Wesen, keine Hexe mit dämonischen Kräften, und doch hatte sie ihn verzaubert. Von ihr ging eine geheimnisvolle Magie aus. Wenn sie ihn berührte und ihn dabei ansah, beschlich ihn das Gefühl, als ob sie durch ihn hindurchsehen konnte – nein, als ob sie in ihn hineinsehen konnte. Heute Abend allerdings, als er kurz davor gewesen war, sie zu küssen, da hatte er in sie hineinsehen können und er hatte dieselbe Sehnsucht erkannt, die auch in ihm tobte. Wieder fühlte er sich in dem klaren Blau ihrer Augen gefangen, und er wusste, wenn er sie geküsst hätte, wäre er nicht mehr in der Lage gewesen, sich daraus zu befreien. Aber wollte er das überhaupt? Wünschte er sich nicht vielmehr, sich einfach hineinfallen zu lassen und alles andere zu vergessen?

»Es wäre schön, wenn es so problemlos ginge. Die Realität sieht allerdings anders aus und die darfst du nicht vergessen«, ermahnte er sich leise, drehte sich zur Seite und schloss die Augen.

Als der Schlaf ihn schließlich einholte, träumte er von zwei glänzenden blauen Augen und von weichen Lippen, die seinen Kuss erwiderten. Er spürte ihren Körper, der sich an seinen drängte, fühlte ihre Muskeln, die sich unter seinen streichelnden Händen anspannten. Er hörte sie leise seinen Namen rufen als er …

»Darko! Darko, wach auf.«

»Was ist?« Darko setzte sich sofort auf; verwirrt sah er in die gütigen Augen seines Vaters.

»Du hast geträumt«, sagte Donald. »Von ihr, nicht wahr?«

»Wie kommst du darauf?«,

»Du hast ihren Namen gerufen.«

Darko nickte und massierte mit Daumen und Zeigefinger seine Nasenwurzel. Leugnen hatte wenig Sinn, er hatte schon als kleiner Junge vor seinem Vater nichts verheimlichen können.

»Ja, ich habe von ihr geträumt.«

»Saralean ist etwas Besonderes.«

»Nein, ähm, ja, sie ist – sie ist anders, sie verwirrt mich. Es ist, als ob sie alles von mir weiß.«

»Als ob sie in dich hineinsehen kann, als ob sie spürt, was in dir ist«, sagte Donald.

Erstaunt sah Darko seinen Vater an. »Woher weißt du das?«

»Weil ich bemerkt habe, was sie ist, als sie mein Bein berührte.«

»Was soll das heißen? Was ist sie denn?«

»Wo kommt sie her?«, fragte Donald seinerseits, anstatt auf die Frage seines Sohnes zu antworten.

»Von der Erde, wieso?«

»Bist du sicher? Denk nach, hat sie dir nichts gesagt?«

Darko runzelte die Stirn; angestrengt dachte er nach. Von der Erde, na ja, eigentlich von Karfana, hatte sie gesagt. Er hatte keine Ahnung, wo das lag.

»Erinnerst du dich?«, hakte Donald nach.

»Sie sagte etwas von Karfana.«

»Ha, ich wusste es.« Mit einem zufriedenen Lächeln schlug Donald sich mit der Hand auf sein gesundes Bein.

»Was wusstest du? Sag es mir endlich«, forderte Darko ungeduldig.

»Sie ist – nein, das wäre nicht fair. Sie sollte es dir besser selbst sagen.«

»Vater, bitte. Ich verstehe nicht, was das soll. Sag mir, was du über sie weißt.«

»Sie wird es dir sagen, wenn sie dazu bereit ist. Ich habe nicht das Recht, dem vorzugreifen.« Donald verfiel in einen Moment des Schweigens, während er Darko betrachtete. Schließlich fragte er: »Liebst du sie?«

»Nein«, wehrte Darko heftig ab.

Donald legte eine Hand auf die Schulter seines Sohnes und sah ihm aufmerksam ins Gesicht. »Ist es deine Überzeugung oder spricht die Vernunft aus dir?«

»Es wäre verrückt, mich in sie zu verlieben«, antwortete Darko. »Ich bin verantwortlich für die Sicherheit anderer. Mein Leben besteht aus einem ständigen Kampf ums Überleben. Ich kann nicht auch noch die Verantwortung für Saralean übernehmen. Wenn es Soberano gelingt, sie in seine Gewalt zu bringen, wäre alles umsonst gewesen.«

»Er würde sofort erkennen, dass du alles tun würdest für diese Frau. Sogar deinem eigenen Leben ein Ende setzen, nur um sie zu schützen.«

»Soberano hätte eine gewaltige Waffe gegen mich in der Hand.«

»Die hat er auch jetzt schon, ob du deine Gefühle für sie zulässt oder nicht. Lass dir eins gesagt sein, mein Junge. Vernunft ist nicht dazu geeignet, derartige Gefühle zu unterdrücken.« Donald erhob sich mühselig. »Liebe ist etwas Natürliches, genauso vielfältig wie die Natur und auch genauso unberechenbar. Jeder empfindet sie anders, zu jedem kommt sie mit einem anderen Gesicht. Man muss sie zulassen, sich ihr öffnen und sie behüten wie einen wertvollen Schatz.«

»Ich kann nicht zu ihr gehen.«

»Doch, das kannst du und wenn du sie begehrst, solltest du auch zu ihr gehen.« Donald sah auf ihn herab. »Liebe kommt, wann sie will, manchmal auch äußerst ungelegen.«

»Aber nicht jetzt.«

»Ich kenne dich, mein Sohn und deshalb habe ich längst erkannt, was du selbst gerade zu begreifen beginnst. Geh zu ihr, mein Junge. Mit Saralean ist das Leben zu dir zurückgekehrt.«

Bevor sein Vater ging, sagte er noch: »Sie ist dein Spiegelbild.«

Darko sah ihm nach. Es war Jahre her, da hatte er seinen Vater einmal gefragt, warum er Mutter als sein Spiegelbild bezeichnete. Weil ich ohne sie nicht vollständig bin, hatte Donald geantwortet.

War Saralean sein Spiegelbild?

Seit er auf ihrer Krankenstation aufgewacht war, fühlte er sich zu ihr hingezogen. Aber war allein der Wunsch, sie zu küssen und zu berühren, schon Liebe? Nein, das war schlichtes Begehren, doch es gab weit mehr Gefühle in ihm, die er nur nicht beschreiben konnte. Die Worte des Läufers fielen ihm ein: Wenn sich jemand Nacht für Nacht in deine Träume schleicht, wenn jemand dein Herz vor Sehnsucht schneller schlagen lässt und wenn du bereit bist, alles für jemanden zu geben, dann ist es Liebe.

Selbst wenn es Liebe war, es war gefährlich, sich völlig an Saralean zu verlieren – gefährlich für sie und für ihn. Den Mörder seiner Familie in die Hölle zu schicken, war ihm bisher das Wichtigste gewesen. Jeden verdammten Tag hatte er sich gezwungen, dafür am Leben zu bleiben. Heute musste er sich nicht mehr dazu zwingen. Sein Vater war wie durch ein Wunder zu ihm zurückgekommen und auch seine Mutter lebte vielleicht noch. Der Tod seiner kleinen, süßen Schwester würde nicht ungesühnt bleiben, aber es gab jetzt keinen Grund mehr, dem eigenen Tod freundschaftlich gegenüberzustehen. Warum also noch warten, warum nicht annehmen, was das Leben einem schenkte? Tamosz und Sammy hatten es getan, Tomasu wollte um Agnella kämpfen und selbst Dawied verschwand manchmal für eine Nacht und traf sich mit der Tochter des Köhlers. Darko fuhr sich mit beiden Händen über das Gesicht, dann stand er entschlossen auf und verließ die Höhle.

Kapitel 14

»Wach auf, Saralean. Du hast Besuch!«, meldete Sit.

»Wer ist es?« Verschlafen richtete sie sich auf.

»Darko.«

»Dann lass ihn ein.« Saralean wollte ihren Besucher nicht in ihrem Nachtkleid empfangen und griff nach dem schweren Umhang, der über einem Stuhl lag. Sie wickelte sich darin ein und betrat die Brücke in dem Moment, als Darko hereinkam.

»Ist etwas passiert?«

»Ich will beenden, was ich vorhin begonnen habe.«

Mehr sagte er nicht, wartete auch nicht auf ihre Antwort, sondern kam direkt auf sie zu, umfing ihren Kopf mit beiden Händen und beugte sich über sie.

»Du bist mein Spiegelbild«, murmelte er dicht an ihrem Mund, bevor er ihn mit seinem verschloss.

Ganz ruhig ließ er seine Lippen auf ihren liegen, wartete wohl darauf, dass sie ihn erbost von sich schob, und schien fast erstaunt, als dies nicht geschah. Sie spürte, dass sich seine Lippen zu einem Lächeln verzogen.

Saralean tat nichts, um ihre Gefühle zu verbergen. Sie wäre nicht einmal fähig dazu gewesen. Wie ein entfesselter Sturm breitete sich Wärme in ihr aus. Sie fühlte nur noch. Seinen Körper, der sich an sie presste. Seinen Kuss, der ihr glühende Pfeile durch die Adern jagte. Seine Hände, die sich langsam unter den Umhang schoben und ihn von ihren Schultern streiften. Darko ließ seine Lippen über ihr Kinn zu ihren Ohren wandern. Von dort suchte er einen Weg zu ihrem Hals, verweilte einige Zeit auf der heftig pulsierenden Schlagader und erreichte schließlich ihre Schultern. Sie wehrte sich nicht, als er ihre Taille und ihre Knie umfing und sie in ihren Schlafraum trug.

Vor ihrem Bett stellte er sie auf die Füße, blieb aber hinter ihr. Seine Hände tasteten sich von ihrer Hüfte über ihren Bauch immer weiter hinauf. Saralean schloss die Augen und sank gegen seine Brust. Sie hob die Arme, damit er ihr das Hemd ausziehen konnte, dann drehte sie sich zu ihm um. Seine Finger fuhren durch ihr offenes Haar, während sie den Gürtel öffnete, der sein Hemd und seine Hose hielt. Er stöhnte auf, als ihre Hände seine Haut berührten und sie ihre Lippen über seine Brust hinauf zu seiner Kehle wandern ließ.

»Küss mich«, flüsterte sie an seinem Hals und legte eine Hand in seinen Nacken. Mit sanftem Druck zwang sie ihn zu sich herab und knabberte zart an seiner Unterlippe.

Ohne sich voneinander zu lösen, sanken sie auf das Bett. Saralean war berauscht von Darkos Wärme, von seinem Duft, der Kraft, mit der er sie hielt, und der Zärtlichkeit, mit der er sie berührte. Das Gefühl, verliebt zu sein, war nicht neu, dieses brennende Begehren jedoch war mit nichts zu vergleichen, das sie je erlebt hatte – und sie genoss es mit jeder Faser ihres Körpers. Sie spürte seine Erregung, hörte leise gemurmelte Worte, die sie nicht verstand, die ihr dennoch heiße Schauer über die Haut sandten. Machtlos war sie seiner Zärtlichkeit und ihrer eigenen Begierde ausgeliefert. Saralean zog ihn nah zu sich heran.

»Noch nicht mein schöner Dämon.« Seine Worte waren mit einem leisen Lachen unterlegt, das kleine Wellen in ihr auslöste, und sie hörte sich selbst schnurren wie eine Katze.

Saralean wollte noch etwas erwidern, aber sein Mund legte sich bereits auf ihren. Der Kuss war fordernd und rücksichtslos zugleich und doch voller Zärtlichkeit. Seine Finger verankerten sich in ihren, seine Zunge schob sich gebieterisch zwischen ihre

Lippen wie sein Körper sich zwischen ihre Beine. Sie war aufgewühlt von den Gefühlen, die er in ihr hervorrief und die so anders waren als in ihrer Vorstellung. Saralean genoss das langsame Ansteigen der Hitze in ihrem Schoß und das leise Kribbeln, das seine streichelnden Hände auf ihrer Haut verursachten.

Darko war ein Dieb. Er hatte nicht nur ihren Verstand, sondern auch ihr Herz gestohlen, und sie war dabei, ihm auch noch ihren Körper zu überlassen. Sie war nicht fähig, ihn davon abzuhalten.

Saralean konnte gar nicht anders, als sich ihm zu ergeben.

Wieder entrang sich ihm ein Stöhnen. Eigentlich hatte er sie verführen wollen – jetzt war sie es, die ihn verführte. Er umfing sie mit beiden Armen, drückte ihren Körper fest gegen seinen, was sein Verlangen nach dieser wundervollen Frau noch verstärkte. Selbst wenn er gewollt hätte, jetzt konnte er ihr nicht mehr entkommen. Ihre streichelnden Hände in seinem Nacken, ihr Duft und der leidenschaftliche Kuss steigerten seine Erregung ins schier Unermessliche.

Darko stützte sich auf einem Arm ab, während seine freie Hand sanft über Saraleans Haut glitt. Sein Blick folgte den Bewegungen seiner Hand. Er wollte sie nicht nur fühlen, sondern auch sehen. Sie besaß einen wunderschönen Körper. Ihre Haut war so herrlich warm und sie schimmerte wie von silbernen Partikeln überzogen. Darko konnte nicht widerstehen, er musste erfahren, ob die Haut an ihren Knöcheln genauso schmeckte wie die an ihrem Hals. Er beugte sich über sie und ließ seine Lippen dem Weg seiner Hand folgen. Ihre Muskeln spannten sich unter seiner Berührung an und er hörte sie leise stöhnen, als seine Lippen ihren Bauchnabel liebkosten. Er ließ sich Zeit, sog jedes Zucken ihres Körpers förmlich in sich auf.

Ganz kurz flackerte der Gedanke in ihm auf, doch noch die Vernunft über seine Gefühle zu stellen. Als Saralean seinen Zopf öffnete, ihre Hände in seinen Haaren vergrub und ihn mit sanftem Druck zu sich hinaufzog, war es bereits zu spät. Darko konnte sich dieser Frau nicht mehr entziehen, für nichts und niemanden würde er sie aufgeben. Ihre erhitzte Haut berührte seine und jagte Flammen durch seinen Körper, die sich in ihm ausbreiteten und das quälende Verlangen schürten, bis er glaubte, in siedender Lava zu ertrinken. Als ihre Beine seine Taille umfingen und ihr Mund sich besitzergreifend auf seinen legte, löste sich auch der letzte Rest Zweifel in Luft auf. Den Kampf gegen seine inneren Dämonen hatte Darko verloren. Er hatte sich an Saralean verloren. Nichts anderes hatte in seinem Denken noch Platz, außer dass er von diesem Körper, von Saralean Besitz ergreifen wollte. Es war ihm egal, was morgen war. Sein Verstand hatte vor seinen Gefühlen kapituliert, es gab keinen Raum mehr für andere Dinge darin. Das Hier und Jetzt war alles, an das er noch denken konnte.

Darko vergrub schwer atmend sein Gesicht an Saraleans Hals. Es fiel ihm unendlich schwer, den paradiesischen Kosmos zu verlassen, den er zusammen mit ihr erobert hatte. Genauso schwer fiel es ihm, sich von ihr zurückzuziehen. Das süße Zucken ihrer gereizten Muskeln sandte wohlige Schauer durch seinen Körper. In dem Bewusstsein, dass er sie fast unter sich erdrückte, drehte er sich schließlich mit einem bedauernden Seufzer auf den Rücken. Ihr Kopf ruhte auf seiner Brust und ihr weiches Haar fühlte sich auf seiner erhitzten Haut an wie ein kühler Windhauch in den frühen Morgenstunden. Sanft streichelten seine Hände ihren Rücken.

»Du hättest mir sagen müssen, dass es für dich das erste Mal gewesen ist«, sagte er leise und küsste ihre Stirn.

»Ist das so wichtig?« Saralean rührte sich nicht.

»Ich wäre vorsichtiger gewesen. Hätte dich anders darauf vorbereitet.«

»Es war nicht mein erstes Mal«, gestand sie.

»Aber ich habe …«

»Ja, hast du, und das ist völlig normal. Bei karfanischen Frauen schließt sich das Häutchen wieder, wenn sie lange nicht mit einem Mann zusammen waren.«

»Oh! Dann hättest wohl eher du mich darauf vorbereiten sollen.«

»Warst du es denn nicht?«

»Vorbereitet? Nein, aber ich wollte es schon in dem Moment, als ich dich schlafend am Tisch sitzen sah.«

Lächelnd stützte Saralean ihr Kinn auf seiner Brust auf und zeichnete mit dem Finger seine Wangenknochen nach. »Nun, dann haben wir es wohl beide gewollt.«

»Ja, das haben wir wohl.« Darko rollte sie von sich herunter und küsste sie, dann stützte er sich auf einem Ellbogen ab und spielte mit ihrem Haar.

»Erzähl mir von deiner Heimat«, bat er. »Wo liegt sie und wie ist es dort?«

»Karfana liegt etwa 9 Milliarden Kilometer von der Erde entfernt in südlicher Richtung. Eine Raumfähre benötigt mit einfacher Lichtgeschwindigkeit etwa 8 Stunden. Es ist wunderschön dort. Auf Kerelaos gibt es absolut nichts, was damit vergleichbar wäre. Alle Farben, die die Natur in der Lage ist hervorzubringen, haben sich auf Karfana vereinigt. Solara, so heißt unsere Sonne, schenkt uns eine immerwährende, gleichbleibende Wärme. Selbst der Regen ist warm und mild. Die Karfaner sind kein reiselustiges Volk, aber jedem Fremden gegenüber freundlich und hilfsbereit. Ich kann mich nicht erinnern, dass es auf Karfana jemals Krieg gegeben hat. Wir leben von der Landwirtschaft und von dem, was der Planet uns schenkt. In den Bergen zum Beispiel wachsen Büsche, an denen kleine gelbe Trauben hängen. Eine Rebe ist gerade so groß wie meine Faust.« Sie hielt ihm ihre geballte Faust unter die Nase und lachte leise, als er sie ergriff und jeden einzelnen Knöchel küsste.

»Die Ernte ist sehr anstrengend, doch der Kalroka-Wein, den wir daraus herstellen, ist einfach köstlich. In den Ebenen gedeiht das Malmarakorn, aus dem ein sehr schmackhaftes Brot gebacken wird. Wir züchten Vieh, bauen Gemüse an und ernten die Quadrona, eine Art Süßkartoffel. Und überall stehen mächtige Buriko-Bäume. Hast du schon einmal einen Ginkgobaum gesehen?«

»Nein.«

Saralean zeichnete mit dem Finger den Umriss eines Ginkgoblattes auf seine Brust. »Die Blätter der Burikos sehen genauso aus, sind nur um ein Vielfaches größer. Die Bäume tragen rote Früchte, die wie süße, reife Äpfel schmecken.«

»Ich würde gern von diesen Äpfeln kosten und sehen, ob sie genauso süß schmecken wie deine Lippen.« Er ließ sie nicht aus den Augen, während er kleine, zärtliche Küsse auf ihren Lippen verteilte.

»Ich verspreche dir, die Früchte sind viel süßer«, murmelte Saralean und ließ ihre Hand in seinen Nacken gleiten.

»Du lügst, es gibt nichts Köstlicheres.« Mit der Zunge folgte er der Kontur ihrer Lippen.

Der Morgen kam viel zu schnell, aber als Darko sie zum Gipfel des Misera führte und sie von dort aus den Sonnenaufgang erlebte, war Saralean überwältigt von der Schönheit, die sich ihr bot. Die Sonnen brachten die Farben des Lavagesteins zum Leuchten. Farben so unterschiedlich und gleichzeitig so harmonisch aufeinander abgestimmt wie die eines Regenbogens. Der Wind hatte das Gestein zu Wellen geformt, in denen sich nun Licht und Schatten brachen.

»Es ist wunderschön«, flüsterte Saralean so leise, als könnte sie das Bild verjagen, würde sie die Worte laut aussprechen.

»Ja, Kerelaos ist unbarmherzig, grau und trostlos, gleichwohl besitzt es auch ein paar wenige schöne Plätze. Dies ist einer davon. Hier oben kann man alles vergessen. Kein Schmerz, kein Leid, nichts als Ruhe und Unendlichkeit. Probleme, die einen unten zu erdrücken drohen, zerfallen hier oben wie Staub im Wind.«

Wie auf Befehl fegte ein Windstoß über sie hinweg und trieb Saralean feine Sandkörner ins Gesicht. Rasch drehte sie den Rücken in den Wind und rieb sich den Sand aus den Augen.

»Warte, ich helfe dir«, sagte Darko und pustete ihr ein paar Körner von den Wimpern.

»Danke, es geht schon.«

Als sie vorsichtig die Augen öffnete, fiel ihr Blick direkt auf eine Öffnung im Gestein.

»Was ist das?«

»Was meinst du?« Darko folgte ihrem Blick. »Ach das, das sind die grünen Höhlen, die findest du hier überall.«

»Warum nennt ihr sie grüne Höhlen?«

»Weil sich darin Unmengen von grünen Steinen befinden. Ich zeige sie dir.«

Darko führte sie ein Stück weiter zu einer Höhle. Eigentlich war es nicht einmal eine Höhle, man konnte nur ein kleines

Stück hineingehen und sie lag vom Verlauf der Sonnen abgewandt in völliger Dunkelheit.

Saralean trat näher heran. Sie zog den Meditektor aus der Gürteltasche und drückte eine Taste. Sanftes Licht erhellte den Bereich. Mit einem weiteren Tastendruck änderte Saralean die Einstellung auf Spektralanalyse und führte den Meditektor langsam über die dunkelgrünen, zylindrisch geformten Kristalle, die aus dem Gestein herauszuwachsen schienen.

»Das sind nicht nur Steine, Darko.« Sicherheitshalber überprüfte sie es noch einmal. »Heilige Solara! Das ist grüner Naardon!«

»Und?«

»Naardon wurde bisher nur einmal auf der Erde gefunden. Heute wird er nur noch synthetisch hergestellt.« Aufgeregt lief sie hin und her, dann blieb sie plötzlich stehen. »Darko, wer weiß alles davon?«

»Niemand. Außer mir kommt keiner hier herauf.«

»Gut, so muss es vorerst auch bleiben. Ganz besonders Soberano darf nichts davon erfahren.«

»Ich werde ihm ganz sicher nichts darüber erzählen. Sagst du mir jetzt auch, warum niemand davon wissen darf?«

»Diese grünen Kristalle besitzen einen unschätzbaren Wert. Sie sind das Herzstück einer jeden Energiezelle. Ende des 22. Jahrhunderts entdeckte der Abenteurer Emilio Naardon in einer verlassenen Goldmine durchsichtige blaue und grüne Kristalle. In der Sonne leuchteten die blauen plötzlich, als würde in ihnen ein Feuer brennen. Sie verbrannten aber nicht, sie blieben kalt. Emilios Bruder, der Wissenschaftler Ernesto Naardon, fand nach einigen Versuchen heraus, dass ein Splitter der blauen Kristalle, von der Sonne aufgeladen, für einige Tage Energie lieferte. Die grünen Kristalle hatten keinerlei Reaktion gezeigt, sie waren also wertlos für die Wissenschaft. Sie blieben lange unbeachtet, bis Ernesto einen dieser grünen Kristalle zufällig neben einer verbrauchten Energiezelle ablegte. Die Zelle lud sich auf. Die Brüder erkannten sofort, was für einen Schatz sie da in Händen hielten. Die Menge, die Emilio in der Mine gefunden hatte, hätte ausgereicht, um den amerikanischen Kontinent für etwa zehn Jahre zu versorgen. Das war allerdings bei Weitem nicht genug. Emilio suchte auf der ganzen Welt nach den grünen Kristallen – leider vergeblich – und kam dann zu dem Schluss, dass ein einzelner kleiner Meteorit die Kristalle mit auf die Erde gebracht haben musste. Ernesto brachte daraufhin sein ganzes weiteres Leben damit zu, die chemische Verbindung des Naardons zu entschlüsseln. Kurz vor seinem Tod gelang es ihm. Den Brüdern Naardon hat die Erde es zu verdanken, dass sie zur Ruhe kommen durfte. Sie brauchte nicht mehr ausgebeutet zu werden.«

»Mein Vater glaubt nicht, dass Soberanos Waffen nach all den Jahren noch funktionieren, da sie nicht mit Energie versorgt werden konnten. Könnte er sie damit wieder aufladen?«

»Ja, wenn er die Möglichkeit besitzt, sie in die passende Form zu bringen, um sie in die Waffe zu integrieren, auf jeden Fall.« Noch einmal tastete Saralean mit dem Meditektor die Wände ab. »Auf keinem der uns bekannten Planeten wurde Naardon entdeckt. Es hier zu finden, ist eine Sensation.«

»Kerelaos ist ein riesiges Gefängnis, das niemand betreten und niemand verlassen darf. Wir besitzen nichts, wofür das Naardon nützlich wäre. Es sind lediglich Kristalle, hübsch anzusehen, aber für uns ohne wert«, erklärte Darko gerade, als die Wache unten auf dem Plateau dreimal in das Jagdhorn blies. Hannibal, der Saralean und Darko hier herauf gefolgt war, hatte alles genau mit seiner Schnüffelnase untersucht. Jetzt spitzte er die Ohren und bellte laut.

»Was bedeutet das?«, fragte Saralean.

»Ein Transport in die Stadt. Wir müssen ihn abfangen«, erklärte Darko, während er sie am Handgelenk packte und mit ihr den schmalen Kletterpfad hinunterlief.

»Hannibal komm!«, rief Saralean noch, dann sagte sie nichts mehr. Sie musste zwangsläufig mit Darko mithalten und sich gleichzeitig darauf konzentrieren, nicht abzurutschen oder zu stürzen. Unten angekommen, Hannibal hatte sie längst überholt und wartete auf sie, ließ Darko Saralean los. Er half ihr durch eine schmale Öffnung hindurch, die in den Berg hineinführte. Dahinter befand sich ein langer Gang. Darko fasste wieder nach ihrer Hand und zog sie hinter sich her. Saralean und Hannibal folgten ihm immer tiefer in das Innere des Berges hinein, bis sie kaum noch die Hand vor Augen erkennen konnte. Plötzlich blieb Darko stehen. Saralean hörte ein Ratschen und Licht erhellte den Gang. Sie fragte nicht, woher Darko die brennende Fackel hatte oder wie er sie entzündet hatte; sie war nur froh über das Licht. Während Darko offensichtlich genau wusste, wo er entlang laufen musste, hatte Saralean völlig die Orientierung verloren. Irgendwann hielt er an, drückte ihr die Fackel in die Hand und schob sie in einen Nebengang, den sie allein weiterlaufen sollte.

»Wo willst du hin?«

»Geh, ich habe jetzt keine Zeit für Erklärungen«, rief Darko ihr zu und war auch schon verschwunden.

»Na gut, dann los«, murmelte Saralean und unterdrückte das mulmige Gefühl beim Anblick der vor ihr liegenden Dunkelheit.

»Bleib schön bei mir, Hannibal!«, sprach sie zu dem Hund, atmete einmal tief ein und aus und folgte dem Gang.

Wenig später erreichte sie erleichtert die Wohnhöhle und traf auf Sammy, die Hannibals fröhliche Begrüßung abwehren musste.

»Darko hat einen anderen Weg genommen«, informierte Saralean Sammy, als diese sie nach Darko fragte. »Er hat etwas von einem Transport gesagt.«

»Ja, es sind wieder zwei Karren voll mit Lebensmitteln auf dem Weg in die Stadt. Unsere Männer fangen diese Transporte ab. Etwas davon behalten wir für uns, aber das meiste verteilen wir auf alle Siedlungen. Dafür bekommen wir alles andere, was wir sonst zum Überleben benötigten, aus den Dörfern, wie etwa Kleidung, Milch und Feuerholz. Soberano verlangt sehr hohe Abgaben und für die Leute außerhalb der Stadt bleibt kaum etwas übrig. Und das wenige, das sie haben, versuchen sie noch mit anderen zu teilen. Viele leiden unter Mangelernährung. Manchmal können wir auch Kinder befreien, die zu Sklaven oder Soldaten erzogen werden sollen. An dem Tag, an dem du abgestürzt bist, konnten wir zwei Jungen vor diesem Schicksal bewahren.«

»Oh, verstehe. Und jetzt? Wisst ihr, was jetzt in die Stadt gebracht werden soll?«

»Tamosz glaubt, es sind Kohl und Wurzeln. Vielleicht ist auch Korn dabei, das wäre schön. Wir könnten mal wieder Brot backen.«

»Was ist es?« Darko kroch bäuchlings auf Tamosz zu, der hinter einem Curiastrauch verborgen die Straße beobachtete.

»Zwei Wagen. Vermutlich mit Gemüse. Der Transport wird diesmal von sechs Männern begleitet.«

»Hm! Soberano scheint aus der Vergangenheit gelernt zu haben«, sagte Darko. »Wo ist Dawied?«

»Gleich da vorn, er …« Ein durch Mark und Bein gehender Schrei ließ Tamosz innehalten.

»Verdammt, was tut der Idiot da?«, fluchte Darko, als er mitansehen musste, wie Dawied sich allein und mit bloßen Händen auf die Soldaten stürzte.

Darko und Tamosz schoben jede Vorsicht beiseite und kamen ihrem Freund zu Hilfe, dessen unüberlegter Angriff sehr schnell von Soberanos Männern vereitelt worden war. Während ein Mann, ein wahrer Hüne, Dawied von hinten umklammerte, drückte ein anderer Kerl ihm ein Schwert gegen die Kehle. Vom plötzlichen Auftauchen der beiden Misera-Männer überrascht, ließen sie immerhin von ihm ab.

Dieses Überraschungsmoment nutzten die drei Freunde sofort. Verbissen kämpften sie mit allem, was sie zur Verfügung hatten. Erst als ihnen Sunnit und Franz, mit Schwert und Speer bewaffnet, zur Seite eilten, gelang es ihnen endlich, die Soldaten außer Gefecht zu setzen.

Als Soberanos Männer gefesselt an den Wagen gebunden waren, sah Darko sich suchend nach Dawied um. Dieser kniete am Boden und hielt eine junge Frau im Arm. Vorsichtig löste er die Fesseln, mit denen sie an den Karren gebunden war.

»Bist du von allen guten Geistern verlassen?« Wütend packte Darko Dawied an den Schultern. Der riss sich los, stand auf und hob die ohnmächtige Frau auf seine Arme. Wortlos ging er an Darko vorbei auf den Misera zu.

»Was in aller Welt geht in dir vor?«

»Lass ihn«, hielt Franz Darko zurück. »Das ist Lamia, die Tochter des Köhlers. Dawied wollte sie schon lange zu uns in die Höhlen holen, nur wollte sie ihren Vater nicht verlassen. Der Junge«, Franz wies auf einen etwa zwölfjährigen Burschen, »ist aus dem Nachbardorf. Er sagt, die Männer haben Lamia vor den Augen ihres Vaters verprügelt, weil der nicht die geforderte Menge Holzkohle liefern konnte. Der Köhler war sehr krank und sein Herz konnte den Anblick seiner misshandelten Tochter wohl nicht verkraften. Er ist tot.«

»Diese verdammten Schweine!« Darko ballte die Hände zu Fäusten, bis seine Knöchel weiß hervortraten. »Tamosz soll die Gefangenen bewachen, während ihr die Ladung zum Misera bringt. Danach schafft ihr die Wagen mit den Soldaten zur Stadt. Ich werde Dawied helfen.«

»Dawied! Warte.« Darko folgte seinem Freund und versuchte, ihn aufzuhalten. Dawied ging jedoch unbeirrt weiter.

»Sei vernünftig, Dawied. Du bist verletzt. Gib sie mir, ich trage sie.«

»Nein.«

»Willst du ihr noch mehr Schmerzen zufügen, indem du sie fallen lässt?«

»Ich lasse sie nicht fallen.«

»Du verdammter Sturkopf. Gut, dann trag sie. Notfalls schaffe ich auch euch beide.«

Eine Weile gingen sie schweigend nebeneinander her, dann blieb Dawied kreidebleich und mit zittrigen Beinen stehen.

»Sie ist mein Leben, Darko«, keuchte er.

»Ich weiß, mein Freund.« Darko griff zu, als Dawied drohte, unter seiner Last zusammenzubrechen. Lamia, die nun in seinen Armen lag, stöhnte leise.

»Komm, wir bringen sie zu Saralean. Sie weiß, was zu tun ist.«

Dawied nickte dankbar. Er presste die Hand auf die blutende Wunde an seiner Schulter und folgte Darko, der mit weitausholenden Schritten auf den Misera zueilte. Als er die Höhlen betrat, rief er nach Saralean.

»Leg sie dort auf das Fell«, forderte diese und legte die Hand auf die Brust der Frau.

»Was ist mit ihr?« Dawied ließ Lamia nicht eine Sekunde aus den Augen.

»Sie hat keine inneren Verletzungen und die Prellungen und Schürfwunden werden bald abheilen«, beruhigte Saralean ihn.

»Woher weißt du das? Du kannst nicht sehen, was in ihrem Körper ist.«

Saralean blieb ihm eine Antwort schuldig, stattdessen wusch sie Dawied das Blut ab und behandelte seine Schulter mit einem medizinischen Gerät, kaum größer als eine kleine Taschenlampe. Darko hatte sie nach diesem Gerät gefragt, als sie eine Schnittwunde an Sunnits Arm damit behandelt hatte. Sie hatte ihm erklärt, dass der Scarcurador ähnliche Funktionen besaß wie die Röhre. Er war für die Versorgung kleiner Wunden gedacht. Saralean hatte ihn in einer der Schubladen in der Krankenstation entdeckt und trug ihn nun immer bei sich.

Dawied achtete gar nicht darauf, was Saralean tat. Als Lamia die Augen aufschlug, fasste er nach ihrer Hand und drückte einen Kuss auf die zerschundenen Knöchel.

»Dawied?«, fragte das Mädchen heiser. »Wo bin ich?«

»Alles ist gut, Lamia. Du bist bei Freunden.«

»Mein Vater?«

»Er hat es leider nicht überlebt«, antwortete Dawied, woraufhin das Mädchen in Tränen ausbrach.

Zärtlich nahm er sie in die Arme und ließ sie weinen. Darko nickte Dawied kurz zu, dann ließen er und Saralean die beiden allein.

Es war noch sehr früh am Morgen, als Saralean erwachte. Darko schlief neben ihr. Vorsichtig löste sie sich aus seiner Umarmung und verließ die Argus. Auf dem Plateau traf sie Tamosz, der zur Wache eingeteilt war. Sie reichte ihm einen Becher heißen Tee und setzte sich neben ihn.

»Danke«, sagte er und trank einen Schluck. »Ich möchte dich etwas fragen.«

›Ich weiß, deshalb bin ich hier‹, übermittelte sie ihm per Gedankenübertragung.

Tamosz sah sie an. ›Was ist das zwischen uns?‹

›Nichts, wovor du dich ängstigen musst.‹

›Ich habe keine Angst, ich verstehe es nur nicht.‹

›Du verstehst mich doch, nicht wahr?‹

Tamosz nickte. ›Sehr deutlich sogar.‹

›Das habe ich mir schon gedacht. Wo wurdest du geboren, Tamosz?‹

›Hier auf Kerelaos.‹

›Und deine Eltern, wo kommen die her?‹

›Ich weiß es nicht genau. Mein Vater soll angeblich ein dolankorischer Spion gewesen sein. Er starb auf dem Transport hierher und meine Mutter starb bei meiner Geburt, gleich nach ihrer Ankunft. Meine Amme sagte, sie habe das Bewusstsein verloren, bevor sie ihren Namen nennen konnte. Niemand wusste, wer sie war.‹

›Ich vermute, sie war Karfanerin, so wie ich.‹

›Wie kommst du darauf?‹

›Karfaner sind telepathisch miteinander verbunden.‹

›Kann ich deshalb deine Gedanken hören?‹

›Das könntest du, wenn ich es dir erlaube. Meine Gedanken gehören aber mir allein. Wir führen eine lautlose Unterhaltung.‹

»Aber …«

Saralean legte ihm einen Finger auf den Mund und schüttelte den Kopf. ›Unterhalte dich weiter mit mir – nur in deinem Kopf.‹

›Wie kannst du das, was du denkst, von dem, was du sagen willst, trennen?‹

›Das lernt ein Karfaner, sobald er beginnt, seine Welt zu begreifen und sie in Worte zu fassen.‹

»Kann ich es …« Tamosz unterbrach sich. ›Entschuldige, kann ich es noch lernen?‹

›Natürlich, wenn du bereit bist zu lernen.‹

›Können Karfaner in die Gedanken von Nichttelepathen eindringen oder sie hören?‹

›Nein.‹

›Als Kind hörte ich oft Stimmen, doch wenn ich mich umsah, sprach niemand. Ich wusste auch immer, wo sich meine Freunde versteckten, wenn wir 'Suchen' spielten. Als ich älter wurde, wurde es noch intensiver.‹

›Hast du dabei auch versucht, deinen Freunden zu sagen, wo du dich versteckst?‹

›Ja.‹ Tamosz grinste bei der Erinnerung daran. ›Ich habe sie damit in große Verwirrung gestürzt. Nur, warum kann ich es und du nicht?‹

›Das liegt an deinem väterlichen Erbe. Dolankores sind spirituelle Invasoren. Sie sind in der Lage, sogar mit Nichttelepathen eine geistige Verbindung aufzunehmen. Sie können deren Gedanken lesen und ihnen Nachrichten zukommen lassen.‹

›Ist meine Tochter auch eine Telepathin?‹

›Sara hat deine karfanischen Gene geerbt, ich konnte sie spüren. Ob sie auch deine dolankorischen Gene besitzt und wie stark diese eventuell in ihr ausgeprägt sind, wird sich zeigen, wenn sie älter ist.‹

Tamosz seufzte leise auf und starrte nachdenklich in seinen Becher.

Saralean ließ ihm einen Moment Zeit, das Ganze zu verarbeiten, dann fragte sie: ›Hast du je mit jemandem darüber gesprochen?‹

›Nein. Ich hatte Angst davor, anders zu sein. Ich habe irgendwann angefangen, es zu ignorieren, aber seit du bei uns bist, gelingt es mir nicht mehr.‹

›Das kommt daher, dass zwischen Karfanern eine starke Bindung existiert.‹

›Du bist mehr als nur eine Telepathin, nicht wahr?‹

›Meine Großmutter war eine Sidu – eine Heilerin. Das kann man nur werden, wenn man empathisch ist. Meine Großmutter war eine große Sidu. Als sie erkannte, dass ich das empathische Gen von ihr geerbt hatte, bestand sie darauf, dass ich auch zu einer Sidu ausgebildet wurde.‹

›Du wusstest, dass Sara sterben würde, hast Darkos schwere Verletzungen erkannt und Donald den Schmerz genommen – kannst du durch eine Berührung heilen?‹

›Wir können nicht wirklich heilen. Wir erspüren Krankheiten und fühlen den Schmerz des anderen am eigenen Leib, wenn wir ihn berühren. Dadurch wissen wir, wie schwer eine Krankheit ist oder wo sie ihren Ursprung hat. Dann brauchen wir nur noch die richtige Medizin anzuwenden.‹

›Wissen andere von deinen Gaben?‹

›Hier nicht.‹

›Donald weiß es.‹

›Ja, Donald hat es wohl erkannt.‹

›Darko auch?‹

›Nein.‹

›Wirst du es ihm sagen?‹

›Irgendwann vielleicht. Wirst du Sammy davon erzählen?‹

›Und wenn sie sich dann von mir abwendet?‹

›Das wird sie nicht, sie liebt dich.‹

»Ich weiß«, sagte er leise. »Ich höre ihr manchmal zu, wenn sie von mir träumt.«

›Du tust es also doch noch.‹

›Nur bei Sammy und nur, wenn sie schläft.‹

›Sprichst du zu ihr?‹

›Manchmal, dann sage ich ihr, dass ich sie liebe.‹

›Du musst vorsichtig sein. Das bedarf einiger Übung und Erfahrung, denn wenn du dich zu schnell zurückziehst, ist das nicht ungefährlich.‹

›Das ist mir einmal passiert, seitdem warte ich immer, bis sie eingeschlafen ist.‹

Tamosz trank seinen Tee und sah nachdenklich auf die Ebene hinaus. Er hatte all die Jahre geglaubt, abartig zu sein, dabei war etwas Besonderes in ihm. Entschlossen drehte er sich zu Saralean um.

»Ich möchte lernen, Saralean. Ich möchte lernen, wie ich damit umgehen kann, ohne mich selbst oder andere in Gefahr zu bringen.«

»Womit willst du andere nicht in Gefahr bringen?«

Erschrocken fuhren Saralean und Tamosz herum und sahen Darko hinter sich stehen. Sie hatten ihn beide nicht kommen hören.

»Oh, ähm, ich interessiere mich für Saraleans Feuerentzünder«, sagte Tamosz schnell.

»Das interessiert mich allerdings auch«, sagte Darko.

»Ich zeige es euch gern. Jetzt muss ich erst einmal nach Tomasu sehen.« Fluchtartig verließ Saralean das Plateau.

Was war das denn?

Darko sah Saralean erstaunt hinterher. Als sein Blick dann auf Tamosz fiel, der ihn augenscheinlich nicht anzusehen wagte, wurde er das Gefühl nicht mehr los, dass die beiden Geheimnisse vor ihm hatten. Eine steile Falte bildete sich zwischen seinen Augenbrauen, als er Saralean in die Höhlen folgte.

»Werdet ihr mir jetzt helfen, Agnella zu befreien?«, hörte Darko Tomasu fragen, als er die Gemeinschaftshöhle betrat.

Der Junge hatte sich in der Zwischenzeit recht gut erholt. Er saß mit den anderen zusammen und ließ sich ein Brot mit gebratenem Gemüse schmecken.

»Bist du dir wirklich ganz sicher, dass du das tun willst?«, fragte Darko.

»Ich liebe sie«, antwortete Tomasu, als ob damit alles gesagt war.

»Liebt sie dich auch?«

»Ich weiß nicht, ob es Liebe ist, aber sie mag mich. Da bin ich mir ganz sicher.«

»Was ist, wenn sie dich nicht genug mag, um mit dir zu gehen? Hast du schon einmal darüber nachgedacht?«

Tomasu ließ sein Brot sinken und starrte Darko an. Ganz langsam schüttelte er den Kopf. Dieser Gedanke schien dem Burschen überhaupt nicht gekommen zu sein.

»Denk mal darüber nach«, riet Darko ihm.

»Nach allem, was ich bisher von Soberano gehört habe, kann ich mir beim besten Willen nicht vorstellen, dass das Mädchen freiwillig bei ihm bleiben will«, mischte Saralean sich ein und legte dabei ihre Hand an Tomasus Oberarm. »Die Frage ist wohl eher, was wirst du tun, wenn sie nicht bei dir bleiben will?«

»Dann werde ich sie nach Hause bringen«, sagte der Läufer.

Saralean nahm ihre Hand fort und nickte Darko kurz zu. »Gut, dann werden wir sie holen.«

»Wirklich?« Strahlend sah Tomasu von Saralean zu Darko. »Und wie? Wisst ihr schon, wie?«

»Kannst du irgendwie in ihre Nähe kommen?« Darko griff an Tomasu vorbei und nahm sich auch ein gefülltes Brot.

»Die Frauen werden alle vier Tage zu den heißen Quellen gebracht. Sie baden dort.«

»Wer passt auf sie auf?«

»Zwei Soldaten, zwei Jäger und ein Läufer.«

»Wann werden sie das nächste Mal zum Baden gebracht?«

»Wie lange bin ich schon hier?«

»Drei Tage.«

Tomasu rechnete in Gedanken nach. »Sie müssten morgen zu den Quellen gehen.«

»Dann kehrst du noch heute Nacht in die Stadt zurück.«

»Heute Nacht erst? Das werde ich nicht rechtzeitig schaffen.«

»Doch, das wirst du«, widersprach Saralean. »Die Frage ist eher, ob es dir gelingt, die Frauen zu den Quellen zu begleiten.«

»Das dürfte nicht schwer sein. Hogan teilt immer die Männer für den Wachdienst bei den Quellen ein, die ihm gerade unter die Augen kommen. Ich muss mich also nur in seiner Nähe aufhalten. Aber es gibt keine Möglichkeit, die Quellen unbemerkt zu verlassen.«

»Auch die gibt es«, erklärte Saralean. »Hör mir jetzt genau zu: Du wirst unter deiner Kleidung einen Gürtel tragen. Darin befindet sich ein Sender. Wenn du nah genug an Agnella herankommst, musst du sie festhalten, dann sagst du: Sit! Jetzt! – Es muss schnell gehen, du darfst nicht zögern.«

»Ich werde keine Sekunde zögern, aber wer ist Sit?« Fragend sah Tomasu Saralean an.

»Ich werde ihn dir später vorstellen. Sit ist mein Freund und nur er allein kann dir helfen«, betonte sie. Dann erklärte sie Tomasu, wie der Sender im Gürtel funktionierte. Der Läufer zeigte sich sehr interessiert, hegte auch offensichtlich weder Furcht noch Zweifel.

Als die Sonnen untergegangen und das rötliche Glühen der Ebene verloschen war, rief Saralean Tomasu zu sich. Zusammen mit Darko verließen sie die Wohnhöhle.

»Es ist so weit. Es wird Zeit, dich in die Stadt zu bringen«, sagte Saralean.

»Und wie? – Oh, auch mit dem Gürtel«, gab Tomasu sich gleich selbst die Antwort und ließ sich bereitwillig den besagten Gürtel umlegen.

»Wenn du in der Stadt ankommst, wird dir ein wenig schwindelig sein«, klärte Saralean ihn auf, während sie seine Kleidung über dem Gürtel drapierte. »Das ist völlig normal und vergeht recht schnell. Hast du Angst?«

»Nein!«, rief Tomasu im Brustton der Überzeugung. Unter Saraleans forschendem Blick gab er dann kleinlaut zu: »Doch, ein bisschen.«

»Gut so, dann wirst du vorsichtiger sein.«

»Wer bist du wirklich?«, fragte er. »Ich habe noch nie von dir als Heilerin gehört.«

»Das konntest du auch nicht. Der Himmel hat mich zu euch gebracht«, erwiderte sie lächelnd.

»Oh, ich verstehe – das glühende Ding, das hier abgestürzt ist.«

»Ja, mein Raumschiff liegt unten am Fuß des Berges.«

»Niemand darf von Saralean erfahren, hörst du?«, beschwor Darko den Jungen. »Denk immer daran, dass nur sie allein Agnella befreien kann.«

»Und Sit.« Tomasu zwinkerte Saralean grinsend zu. »Keine Angst, von mir erfährt keiner etwas. Das schwöre ich euch.«

»Gut, dann halte dich bereit«, sagte Saralean.

Kapitel 15

Die Nachtwende hatte gerade eingesetzt, als sich Tomasu hinter dem Witwenhaus wiederfand. Schwankend hielt er sich an einer dort abgestellten Kiste fest und wischte sich die Schweißperlen von der Stirn.

Alles war so unglaublich schnell gegangen. Eben hatte er noch inmitten seiner neuen Freunde gestanden und in der nächsten Minute war er allein zurück in der Stadt. Nur, wie war er hergekommen? Die Heilerin hatte es ihm zwar erklärt, dennoch blieb es für ihn ein großes Rätsel.

Egal. Ganz egal. Ich bin zurück und das ist die Hauptsache!

Vorsichtig schlich er über den Platz, die Leitern hinauf und verkroch sich in einer dunklen Nische neben Hogans Unterkunft. Er gähnte herzhaft, einschlafen durfte er jedoch nicht. Hogan würde am Morgen zwei seiner Soldaten bestimmen, die Frauen zu den Quellen zu bringen. Tomasu musste dann wie zufällig dazukommen, damit Hogan ihn als Begleitung auswählte. Wieder gähnte er langanhaltend. Es musste funktionieren – es musste einfach. Ohne es zu wollen, schlossen sich seine Lider.

~~ Agnella war so leicht, so zerbrechlich, es kostete ihn keinerlei Anstrengung, sie zu tragen. Er spürte, dass sie zitterte.

»Verzeih, ich musste es tun«, flüsterte er ihr zu.

Agnella öffnete die Augen und sah ihn an.

»Ich weiß«, sagte sie und lehnte immer noch erschöpft den Kopf an seine Schulter.

»Du weißt, dass ich es war?«

»Ja«, antwortete sie und bat ihn, sie herunterzulassen.

Nur zögernd kam er ihrer Bitte nach, viel zu schön war das Gefühl, das ihre Nähe in ihm hervorrief. »Schaffst du es allein, oder soll ich dich stützen?«

»Du machst dir Sorgen um mich!« Lächelnd sah sie zu ihm auf.

»Ja, natürlich.«

»Das ist nett von dir. Du bist Tomasu, nicht wahr? Du hast uns schon ein paar Mal zur Quelle begleitet und uns beim Baden bewacht.«

»Ich war es auch, der damals Darko …« Der Rest seiner Worte verhallte ungehört in ihrer Hand, die sie ihm blitzschnell auf den Mund presste.

Agnella sah sich zu allen Seiten um, dann flüsterte sie: »Darüber werden wir niemals ein einziges Wort verlieren. Niemals! Hörst du?«

Erst als er zustimmend nickte, löste sie ihre Hand.

»Ich konnte Soberanos Geschenk nicht ablehnen.« Tomasu hob nun seine Hand und berührte ihr Haar, das ihr bis fast an die Kniekehlen reichte. Es glänzte verführerisch im Schein der Wandfackeln.

»Nein, das konntest du nicht. Niemand wagt es, sich ihm zu verweigern, auch ich nicht. Meine Aufgabe ist es, ihm Freude zu bereiten, und deine Aufgabe ist es, seinen Befehlen zu gehorchen.«

»Aber es ist falsch.«

»Es ist, wie es ist. Ich wusste, was geschehen würde. Aber du warst sehr sanft, Tomasu, und ich danke dir dafür.«

»Du verstehst nicht. Ich wollte es nicht ablehnen, weil – weil – ich begehre dich schon seit langer Zeit und – und …« Er brach ab, als sich wieder ihre Hand auf seinen Mund legte. Allerdings sehr viel sanfter als vorher.

»Nicht. Sag es nicht. Ich denke, ich weiß auch so, was du fühlst.«

»Du bist so schön, Agnella. Ich liebe dich.«

»Pst! Es ist gefährlich, Soberanos Frauen zu lieben. Du weißt sehr gut, was daraus entstehen kann.« Beunruhigt sah sie sich in dem Gang um, doch sie waren immer noch allein.

»Ich habe keine Angst.« Stolz straffte er die Schultern.

»Das solltest du aber. Du musst sogar Angst haben, Tomasu. Nur dann bist du vorsichtig.«

»Du liebst mich auch, nicht wahr?«

»Wie kommst du auf so eine dumme Idee?« Agnella versuchte ganz offensichtlich, ihrer Stimme einen spöttischen Klang zu geben.

»Du hast da drinnen auf mich reagiert!«

Agnella wandte sich rasch ab; er sollte die Röte wohl nicht bemerken, die ihr Gesicht überzog.

»Warte! Es tut mir leid, ich wollte dich nicht in Verlegenheit bringen. Aber sag mir doch, ob ich mich geirrt habe.«

»Der Körper einer Frau reagiert immer auf die eine oder andere Weise. Das bedeutet jedoch nicht, dass ich dir Gefühle entgegenbringe.«

»Aber du tust es«, beharrte er. »Nicht wahr, du tust es!«

Agnella zögerte einen Moment, dann sagte sie bestimmt: »Du bist nett, Tomasu. Mehr auch nicht.«

Er hörte ihre Worte – in ihren Augen las er etwas ganz anderes. »Du lügst!«

Seufzend drehte sie sich von ihm weg. »Vielleicht ist es eine Lüge, vielleicht auch nicht, auf jeden Fall rette ich unser beider Leben.«

Er fasste nach ihrer Hand und zog sie zu sich herum. »Sag es«, forderte er leise und sah ihr tief in die Augen.

»Nein.«

»Du willst es nicht.«

»Ich kann nicht.«

»Du kannst. Ich kann es auch, es ist ganz leicht.« Seine Hände legten sich sanft um ihr Gesicht. »Ich liebe dich.«

Sein Mund senkte sich auf ihren. Er hörte sie leise seufzen, dann löste sie sich von ihm.

»Geh jetzt und vergiss mich.«

Rasch verschwand Agnella in dem Gang, der direkt in die Frauenhöhle führte.

»Das kann ich nicht, jetzt nicht mehr.«

Tomasu blieb noch eine Weile stehen und sah ihr nach. Verzweiflung machte sich in seinem Herzen breit.

»Was habe ich getan?«

Soberano hatte Agnella vergewaltigt und er? Er hatte es ihm im Grunde gleich getan. Er sah sie wieder vor sich. Ihr blondes Haar schimmerte im Schein des Feuers wie pures Gold. Ihre Augen waren geschlossen und ihre Lider von vielen ungeweinten Tränen geschwollen. Die schön geschwungenen Lippen waren leicht geöffnet. Er hatte den bedauernswerten Anblick, den sie bot, verdrängt, seinen Verstand ausgeschaltet, nur noch daran gedacht, sein eigenes Verlangen zu stillen. Tomasu konnte sein Verhalten weder beschönigen noch eine Ausrede dafür finden. Es gab keine Entschuldigung dafür, was er Agnella angetan hatte. Und was machte sie? Sie bedankte sich auch noch bei ihm. Eine Welle aus Scham und Reue, gemischt mit Verachtung vor sich selbst und ungezügelter Wut auf Soberano, überrollte ihn.

Wie oft hatte El Soberano sich Agnellas Körper schon gefügig gemacht? Wie vielen Männern hatte sie sich auf diese Art und Weise hingeben müssen, während er von seinem Stuhl aus zusah? Wie hatte er, Tomasu, ihr dasselbe antun können?

Aber war es wirklich dasselbe? Er erinnerte sich an ihre Reaktion bei seiner zärtlichen Berührung. Sie hatte den Atem angehalten, als er seine Hände über ihren Körper hatte gleiten lassen und schließlich ihre schmale Taille umfangen hatte. Er würde ihre Wärme niemals vergessen. Ganz langsam und sanft hatte er sich bewegt, und obwohl sie kaum in der Lage gewesen war, sich zu rühren, war sie ihm entgegengekommen. Während er die Erfüllung gefunden hatte, hatte er deutlich gespürt, dass sie mit ihm gegangen war, und er hatte ein leises, fast zufriedenes Seufzen gehört. ~~

»Ich liebe dich, Agnella, und ich weiß, du hast auch Gefühle für mich«, murmelte er nun.

»Hey, was redest du da?«

Ein Tritt in den Hintern ließ Tomasu aufschrecken. Verwirrt sah er sich um. Wo war Agnella? Sie war doch eben noch …

»Was du gesagt hast, will ich wissen!«

Tomasu hob den Kopf und sah Hogan breitbeinig vor sich stehen. Fast panisch sprang er auf. Er war eingenickt und hatte offensichtlich im Schlaf gesprochen.

Verdammt, das hätte nicht passieren dürfen!

»Habe ich geredet? Ich weiß es nicht mehr. Ich muss geträumt haben. Es tut mir leid, Herr.« Tomasu senkte den Blick.

»Und? Hast du jetzt ausgeträumt?«

»Ja, Herr.« Tomasu sah noch immer zu Boden.

»Nun gut, dann kannst du die Frauen zu den Quellen begleiten. Aber ich rate dir, lass deine Träume in deiner Kammer.«

»Ja, Herr. Ganz bestimmt, Herr. Danke, Herr.«

»Verschwinde und warte am Tor auf die Frauen!«

»Ja, Herr. Sofort, Herr.« Tomasu machte auf dem Absatz kehrt und rannte den Gang entlang. Er rutschte fast die Leitern hinunter, so erleichtert war er. Das war gerade noch einmal gut gegangen. Fast hätte er seine einzige Chance verpasst.

Eine halbe Stunde später folgte er Hektor und Branco. Die beiden Soldaten brachten die Frauen in einem geschlossenen

Wagen zur heißen Quelle, die etwas außerhalb der Stadt auf halbem Weg zu den Kaliumfeldern lag. Soberano hatte dort eine ständige Wache postiert. Niemandem außer seinen Frauen und natürlich ihm selbst war es erlaubt, die heißen Quellen zu benutzen. Er hatte einen Sichtschutz aus Blech um die Badestelle errichten lassen, sodass niemand die Frauen beobachten konnte, wenn sie ihre nackten Körper in das Wasser tauchten.

»Mach langsam und bleib zurück«, raunte Tomasu Agnella zu, als er ihr vom Wagen half. »Vertrau mir.«

Agnella zog kurz die Brauen zusammen, ließ sich ansonsten nicht anmerken, ob sie ihn verstanden hatte oder nicht.

Für die Frauen war das Bad in dem warmen Wasser das einzige Vergnügen in ihrem tristen Dasein. Kichernd seiften sie sich gegenseitig ein und wuschen einander die Haare.

Agnellas Gedanken wanderten immer wieder zu Tomasu. Sie stellte sich vor, er würde hier bei ihr im Wasser sein, er würde sie streicheln, sie küssen und sich ganz sanft in ihr bewegen, wie er es damals in Soberanos Höhle getan hatte. Ihr Widerstand war bei seinem Kuss förmlich dahingeschmolzen. Noch nie war sie so zärtlich geküsst worden. Sein Liebesbeweis hatte ihr gutgetan. Tat es noch. Das Gefühl legte sich wie Balsam auf ihre geschundene Seele und ließ sie den Schmerz in und an ihrem Körper vergessen. Sie hatte sogar gehofft, dieser Kuss würde nie enden, nur die Angst vor Entdeckung hatte sie zurückweichen lassen. Gegen alle Vernunft mochte sie den Jungen, der kaum älter war als sie selbst.

Ich mag ihn sogar viel zu sehr!

Schon vor langer Zeit hatte Agnella sich in ihn verliebt. Das war ihr großes Geheimnis. Ein Geheimnis, das ihr den Tod bringen konnte, wenn irgendjemand davon erfuhr. Tränen brannten in ihren Augen, aber die durfte niemand sehen, und so tauchte sie rasch unter Wasser, um sich nicht zu verraten. Beim Auftauchen sah sie ihn. Tomasu stand genau an der Stelle, wo ihr Kleid lag, dicht am Rand des Beckens, und hatte den Frauen im Wasser vorschriftsmäßig den Rücken zugekehrt. Er war so nah und doch so fern, und ihr Herz schrie förmlich vor Verzweiflung. Agnella spritzte sich Wasser ins Gesicht, um die Tränen zu vertuschen, die sie nicht aufhalten konnte. Immer wieder ließ sie sich auf den Boden des natürlichen Badebeckens sinken, bis ihr Körper, ihre Seele und vor allem ihr Herz wieder auf die Stimme der Vernunft hörten. Und diese sagte ganz klar: Ihr könnt nur zusammenkommen, wenn ihr willens seid, in den Tod zu gehen. Dazu war Agnella jedoch noch lange nicht bereit, dafür war die Hoffnung auf Freiheit noch zu mächtig in ihr.

Was hatte Tomasu wohl damit gemeint, als er sagte, sie solle zurückbleiben? Was hatte er vor? Was wollte, was konnte er tun? Nichts, gar nichts. Ein Befreiungsversuch war sinnlos. Sie war eine Gefangene, in der Höhle wie auch hier. Vielleicht wollte er ihr etwas sagen oder sie nur einmal berühren. Nun, sie würde tun, worum er sie gebeten hatte – und ja, sie vertraute ihm.

Agnella schwamm ein paar Züge und ließ sich auf dem Rücken treiben. Sie reagierte nicht sofort auf den Befehl, aus dem Wasser zu kommen. Erst als Hektor einen Pfiff ausstieß, öffnete sie die Augen.

Hektor klopfte von innen gegen den Sichtschutz und gab Branco, der beim Wagen geblieben war, damit das Zeichen, sich bereitzuhalten. Die übrigen Frauen waren bereits angezogen, als Agnella träge aus dem Wasser watete.

Tomasu hatte ihr immer noch den Rücken zugekehrt. Er wirkte seltsam angespannt, rührte sich aber nicht. Agnella glaubte schon, seine Worte falsch verstanden zu haben. Mit einem enttäuschten Seufzer griff sie nach ihrem Kleid. Sie hörte das Knarren der Tür. Im selben Moment packte Tomasu ihr Handgelenk und rief: »Sit! Jetzt!«

»Agnella! Agnella, wach auf, du bist frei und in Sicherheit!« Tomasu sank neben Agnella auf den Boden und breitete rasch das Kleid über ihren nackten Körper.

Auch Saralean beugte sich sofort über sie. Agnella war ohnmächtig. Saralean legte die Hand auf die Brust der jungen Frau.

»Was ist? Was ist mit ihr?«, fragte Tomasu ängstlich.

»Das war zu viel für sie. Das heiße Bad und die Isotranssynthese haben sie geschwächt, bitte mach dir keine Sorgen. Sie ist ohnmächtig, nicht krank. Kannst du sie tragen?«

»Ja, sie ist ganz leicht.«

»Gut, dann bringen wir sie auf die Krankenstation. Ich möchte sie vorsichtshalber untersuchen.«

»Also ist sie doch krank«, rief Tomasu besorgt aus, während er Agnella aufhob und Saralean folgte.

»Nein, nein. Wirklich nicht. Ich möchte sichergehen, dass sie den Transport gut überstanden hat«, beruhigte Saralean den Jungen.

In der Tür zur Krankenstation blieb Tomasu plötzlich stocksteif stehen und riss die Augen weit auf. »Wo sind wir hier?«

»Sit hat dich direkt zu mir auf mein Schiff gebracht und in diesem Raum kann ich Kranke und Verletzte behandeln«, erklärte Saralean, dann wies sie auf den Behandlungstisch. »Leg sie dort hin. Sit? Ich brauche bitte drei DNA-Analysen.«

»Drei?«, fragte Sit nach.

»Du hast mich gehört.«

»Was ist eine DNA-Analyse?« Tomasu legte Agnella vorsichtig auf dem Tisch ab und strich ihr zärtlich das Haar aus dem Gesicht.

»Eine Untersuchungsart.«

»Wirst du ihr wehtun?«

»Nein, sie wird es nicht einmal merken. Würdest du den gelben Knopf hinter dir an der Wand einmal drücken?«

Tomasu drehte sich um. »Den hier?«

»Ja, genau. Am besten geht das, wenn du den Zeigefinger benutzt«, sagte Saralean, als er den Daumen hob. »Der Knopf muss ganz durchgedrückt werden. – Ja, gut so.«

»Au!«, rief Tomasu aus und zog erschrocken den Finger zurück. »Was war das?«, fragte er und betrachtete seinen Finger, an dem ein winziger roter Punkt zu sehen war.

»Hast du dich verletzt?«

»Ja – nein, nicht wirklich«, winkte Tomasu ab und wischte sich den Finger an seiner Hose ab.

»Dann ist ja gut. Und jetzt lass uns bitte allein. Sit wird dir den Ausgang zeigen.«

Tomasu hauchte noch einen Kuss auf Agnellas Stirn, dann verließ er die Argus.

»Bist du fertig, Sit?«, fragte Saralean währenddessen.

»Ja.«

Als Saralean gerade das DNA-Ergebnis studierte, kam Agnella stöhnend zu sich.

»Wo ist Tomasu?«, fragte sie leise und klang noch recht benommen.

»Hallo, Agnella. Tomasu ist ganz in der Nähe. Geht es dir gut?«

»Ich denke schon. Was hat mich denn so merkwürdig gekitzelt?«

»Oh ja, manchmal kitzelt es nur. Aber das musste sein, sonst hätte Tomasu dich nicht mitnehmen können.«

»Mitnehmen? Wohin mitnehmen?« Erst jetzt schien Agnella den Raum, in dem sie lag, wirklich wahrzunehmen. Ruckartig setzte sie sich auf und sah sich um. »Wo bin ich?«

»Bei den Miseraleuten. Im Moment allerdings bist du noch auf meiner Krankenstation.«

»Krankenstation? Ich verstehe nicht – wer bist du?«

»Mein Name ist Saralean. Ich bin eine Freundin von Tomasu. Ich habe ihn gebeten, dich zu mir zu bringen. Ich muss sichergehen, dass du den Transport gut überstanden hast. Dein Baby soll schließlich gesund zur Welt kommen.«

»Mein Baby?« Automatisch blickte Agnella an sich herunter und legte eine Hand auf ihren Bauch. »Ich bekomme ein Baby?«

»Herzlichen Glückwunsch!«

»Nein! Nein, nein, nein.« Agnella schüttelte wild den Kopf. Tränen traten in ihre Augen. »Das kann nicht sein! Ich kann nicht schwanger sein – oh Gott! Mach es mir weg – ich will kein solches Monster zur Welt bringen!« Hysterisch rammte sie sich immer wieder die Faust in den Bauch.

Saralean war sofort bei ihr und hielt sie auf.

»Nicht!« Beruhigend legte sie ihre Hand auf Agnellas Faust. »Beruhige dich, du musst dir keine Sorgen machen. Soberano ist nicht der Vater.«

»Er muss es sein!«

»Glaub mir, er war es nicht. Er kann keine Frau schwängern.«

»Aber er hat mich …« Plötzlich schwieg sie und starrte Saralean an. »Er kann keine Frau schwängern?«

»Soberano ist zeugungsunfähig. Seine Kinder sind die Kinder seiner Soldaten.«

»Seiner Soldaten?« Langsam glitt ein Ausdruck von Verstehen über ihr Gesicht, dann nickte sie. »Dann waren wir also nicht nur die Belohnung für treue Dienste?«

»Nein, wart ihr nicht. Möchtest du gern wissen, wer der Vater deines Kindes ist?«

»Nein, wozu auch?«

»Wie lange ist es her, dass ein anderer als Soberano bei dir war?«

»Nicht lange, es war …« Agnella verstummte und eine sanfte Röte überzog ihr Gesicht.

»War es Tomasu?« Agnella nickte und Saralean sah, wie sich die Röte auf den Wangen des Mädchens vertiefte.

»Was wäre denn, wenn Tomasu der Vater wäre? Würdest du das auch nicht wissen wollen?«

Ruckartig sah Agnella auf und ein hoffnungsvolles Leuchten erschien in ihren Augen. »Ist er – ist er der Vater?«

Saralean nickte lächelnd. »Du magst ihn, nicht wahr?«

»Ja – das heißt, nein. Ich – ich liebe ihn.«

»Ich weiß, dass er dich auch liebt. Er konnte an nichts anderes denken, als dich zu befreien.«

»Wirklich?«

»Ja. Soll ich ihn holen?«

»Ja, ja, bitte! Und du bist dir auch ganz sicher?«

»Er ist der Vater«, betonte Saralean. Dann wandte sie Agnella den Rücken zu und stellte eine gedankliche Verbindung zu Tamosz her: ›Schick bitte Tomasu zu mir.‹

Saralean musste nicht lange warten, da rannte Tomasu sie auf der Brücke der Argus fast über den Haufen. »Ist Agnella wach? Geht es ihr gut?«

»Langsam, mein Freund. Ja, sie ist wach, und ja, es geht ihr gut. Sie möchte dir etwas sagen, etwas sehr Wichtiges.«

»Sie will nicht bleiben, oder?«

»Davon hat sie nicht gesprochen und ich denke auch nicht, dass es so ist.«

»Aber was will sie mir denn sagen?«

»Geh zu ihr, dann wirst du es schon erfahren.«

Saralean hatte die Argus noch nicht verlassen, als sie einen lauten Jubelschrei aus der Krankenstation hörte. Lachend wischte sie sich ein paar Freudentränen fort.

Drei Tage nach Agnellas Ankunft, hatten sich Saralean und Tamosz wieder einmal zum Unterricht auf dem Plateau getroffen. Der Felsvorsprung lag um diese Zeit bereits im Schatten und eine leichte Brise brachte ein wenig Abkühlung. Tamosz hatte große Fortschritte gemacht bei dem Versuch, seine Gedanken aus der geistigen Unterhaltung mit Saralean herauszuhalten.

»Was macht ihr da?«

Saralean und Tamosz sahen sich gleichzeitig zu Darko um, der ohne Vorwarnung in ihrer Übungsstunde platzte.

»Wir – wir haben uns unterhalten«, sagte Tamosz.

»Ach ja? Ihr unterhaltet euch oft in letzter Zeit. Komisch nur, dass ihr die ganze Zeit kein Wort miteinander redet.« Misstrauisch sah Darko von einem zur anderen. »Was verschweigt ihr mir?«

»Nichts«, erwiderte Saralean fest.

›Du musst es Darko sagen‹, drängte Tamosz sie in Gedanken.

›Es ist noch zu früh.‹

›Es kann schnell zu spät sein‹, gab Tamosz zu bedenken.

»Haltet mich nicht für dumm. Ich merke doch, dass zwischen euch etwas läuft.« Ungeduldig auf eine Antwort wartend, verschränkte Darko die Arme vor der Brust.

»Es ist nichts, wirklich nichts«, beteuerte Saralean.

›Rede mit ihm, Saralean. Darko liebt dich und er ist stark, er kann damit umgehen‹, versicherte Tamosz ihr.

»Also gut«, lenkte Saralean ein.

Sie bat Tamosz gedanklich, sie und Darko allein zu lassen. Tamosz nickte zustimmend, erhob sich und verließ das Plateau.

»Seid ihr schon so vertraut miteinander, dass ihr euch ohne Worte versteht?«, fragte Darko missmutig.

»Ja, wir sind vertraut miteinander. Allerdings nicht so, wie du anscheinend glaubst.«

»Ach, gibt es noch eine andere Art der Vertrautheit?« Darkos Stimme klang wie das scharfe Zischen einer Schlange.

Saralean sah zu ihm auf und sie erkannte, auch ohne ihn zu berühren, was in ihm vorging. »Du bist eifersüchtig!«

»Bin ich nicht«, stritt er ab. »Aber ich glaube, ich habe ein Recht zu erfahren, was hier los ist.«

»Ich bin …«

»Ja?«

»Ich bin Karfanerin.«

»Das sagtest du schon – und?«

»Karfaner sind …« Saralean biss sich auf die Unterlippe. Wie sollte sie es ihm erklären?

»Was?«, hakte er unerbittlich nach.

Die unterdrückte Wut und die Ungeduld in seiner Haltung setzten Saralean nur noch stärker unter Anspannung. »Bitte, Darko!« Sie schob die Finger ineinander und presste sie zusammen. »Es ist nicht leicht für mich, mit dir darüber zu reden.«

»Soll ich Tamosz zurückholen? Fällt es dir leichter, mit ihm darüber zu schweigen?« In seinen Augen blitzte es gefährlich auf.

»Für dich mag es so aussehen, aber – ach, verdammt!« Saralean verschränkte die Arme vor der Brust und drehte ihm den Rücken zu. »Karfaner sind Telepathen.«

»Telepathen?«

Fast körperlich spürte Saralean, wie Darko vor ihr zurückwich. Sie wusste, was seine nächste Frage sein würde, noch bevor er sie ausgesprochen hatte. Zu oft war sie ihr in ihrem Leben schon gestellt worden.

»Du kannst meine Gedanken lesen?«

Sie schloss die Augen und schüttelte verneinend den Kopf.

»Aber bei Tamosz kannst du es – warum bei ihm und nicht bei mir?«, hakte Darko nach.

»Ich kann nur mit einem Karfaner Verbindung aufnehmen.«

»Tamosz ist Karfaner?«

»Ja – zumindest eine Hälfte von ihm.«

»Und die andere Hälfte?«

»Dolankores. Sie besitzen eine etwas andere Fähigkeit.«

»Aha, und du? Besitzt du auch noch etwas andere Fähigkeiten, die, sagen wir, ungewöhnlich sind?«

»Nicht ungewöhnlich, nur selten.« Saralean drehte sich zu ihm um, dann atmete sie hörbar ein und aus. »Ich bin Empathin. Ich kann unter anderem Emotionen fühlen, wenn ich jemanden berühre.«

Darko sah sie einen Moment nachdenklich an, dann atmete er scharf ein. »Deshalb warst du dir so sicher, dass Tomasu die Wahrheit sagte.«

Saralean nickte bestätigend.

»Du kannst aber noch mehr«, sagte er fest und gleichzeitig fordernd.

»Was meinst du?«

»Du sagtest unter anderem, also ist da noch mehr. Mein Vater weiß, wer du bist, und ich möchte es auch wissen. Du hast sein Bein berührt und ich sah, wie sein Gesicht sich plötzlich entspannte, sich deines dagegen schmerzhaft verzog. Genauso war es bei Tomasu. Es sah fast so aus, also ob du ihre Schmerzen …«

»Ja«, fiel Saralean ihm ins Wort. Wenn sie nun schon einmal dabei war, dann sollte er auch die ganze Wahrheit erfahren. »Ich bin eine Sidu, eine Heilerin. Wir fühlen den Schmerz eines

Kranken am eigenen Leib durch eine Berührung. Wir erkennen die Schwere einer Krankheit oder ihren Ursprung und wissen, welche Medizin dem Kranken hilft.«

Darko nickte, dann fragte er: »Hast du auch meinen Schmerz gefühlt?«

»Den körperlichen und den seelischen Schmerz, genauso wie den Hass, der in dir wohnt«, gab sie zu.

»Du hast ihn mir für einen kurzen Moment genommen, nicht wahr?«

»Nein, ich kann ihn dir nicht wirklich nehmen, aber ich kann ihn dir für kurze Zeit erleichtern, indem ich einen Teil davon auf mich ziehe.«

»Du nimmst also freiwillig die Qualen anderer auf dich.« Darko schüttelte verständnislos den Kopf. »Warum tust du dir das an?«

»Nur wenn ich es selbst spüre, kann ich helfen. Du warst bereit zu sterben, das konnte ich nicht zulassen.« Saralean sah, wie er vor ihr die Augen verschloss.

»Du hast mich erforscht. Du hast ohne mein Wissen in mich hineingesehen.«

»Ich musste nach inneren Verletzungen suchen und dabei habe ich auch zwangsläufig deine Emotionen gespürt. Es ging nicht anders, nur so konnte ich dir helfen.« Es tat weh, dass er sie offensichtlich nicht einmal mehr ansehen konnte. Tränen traten ihr in die Augen, als sie sagte: »Ich bin, was ich bin, Darko. Es tut mir leid, wenn es dich abstößt.«

»Ich habe nicht gesagt, dass es mich abstößt. Ich …« Darko atmete hörbar aus und fuhr sich mit den Fingern durchs Haar. »Ich möchte gern wissen, wenn du – also, wenn du eben tust, was du tust.« Er hob ihr Gesicht an und küsste sanft ihren Mund, dann nahm er ihre Hand und legte sie sich auf seine Brust. »Was spürst du jetzt?«

»Dass du mich liebst«, antwortete sie leise, dann sah sie lächelnd zu ihm auf. »Und du warst doch eifersüchtig.«

»Ja, war ich. Ich dachte, du und er. Ich bin fast verrückt geworden bei dem Gedanken. Ich war kurz davor, Tamosz zu verprügeln.«

»Scht! Denk es nicht einmal. Er ist dein Freund, er hat solche Gedanken nicht verdient.«

Darko sah ihr tief in die himmelblauen Augen, dann zog er Saralean fest an sich. »Ich liebe dich wirklich, mehr als ich in Worte fassen kann.« Er beugte sich zu ihr und küsste sie. »Liebst du mich?«

»Ja.«

»Werde ich jemals erfahren, ob es die Wahrheit ist?«

»Du wirst mir einfach glauben müssen.«

»Hm.« Darko nickte. »Welche Art von Fähigkeiten besitzen die Dolankores?«

»Die Dolankores sind spirituelle Invasoren, das heißt, sie können mit einem anderen telepathischen Volk und auch mit Nichttelepathen eine Verbindung aufnehmen. Kurz vor und während des Krieges wurden sie von den Hetanern als Spione eingesetzt, um die Gedanken der damaligen Feinde auszuforschen oder um unbemerkt Nachrichten zu übermitteln. Als Kind merkte Tamosz, dass er die Gedanken seiner Spielkameraden hören konnte. Er hat diese Gabe aus Angst vor Ablehnung tief in sich begraben.«

»Und jetzt?«

»Ich ahnte bereits, dass sich mindestens ein Karfaner auf Kerelaos befinden muss, als ich Sara zu mir holte. Es gab eine schwache Verbindung zu der Kleinen. Die Bestätigung erhielt ich, als ich dich in mein Schiff bringen wollte. Trotzdem kam die Erkenntnis dessen für mich genauso überraschend wie für Tamosz. Karfaner sind sehr friedliebend, sie besitzen keine kriminellen Gene, wie es bei vielen anderen Völkern der Fall ist. Deshalb hätte ich niemals erwartet, ausgerechnet hier einem Angehörigen meines Volkes zu begegnen. Tamosz' Eltern sind lange tot. Sie konnten ihn nicht auf seine Fähigkeiten vorbereiten. Ich muss jetzt diese Aufgabe übernehmen.«

»Mir gefällt das nicht.«

»Du wirst dich damit abfinden müssen. Für Tamosz ist es wichtig.«

»Gut, dann sag mir, was ihr genau macht.«

»Wir unterhalten uns.«

»Schweigend.«

»Ja, schweigend. Trotzdem reden wir miteinander – und ich bringe ihm bei, seine Gedanken zu verschließen, wenn er telepathisch kommuniziert.«

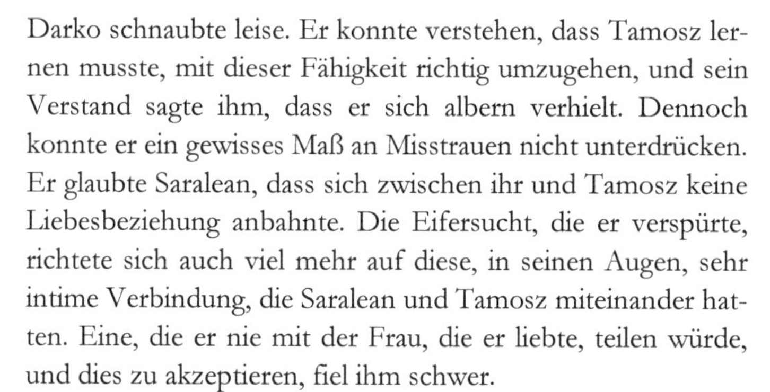

Darko schnaubte leise. Er konnte verstehen, dass Tamosz lernen musste, mit dieser Fähigkeit richtig umzugehen, und sein Verstand sagte ihm, dass er sich albern verhielt. Dennoch konnte er ein gewisses Maß an Misstrauen nicht unterdrücken. Er glaubte Saralean, dass sich zwischen ihr und Tamosz keine Liebesbeziehung anbahnte. Die Eifersucht, die er verspürte, richtete sich auch viel mehr auf diese, in seinen Augen, sehr intime Verbindung, die Saralean und Tamosz miteinander hatten. Eine, die er nie mit der Frau, die er liebte, teilen würde, und dies zu akzeptieren, fiel ihm schwer.

»Wenn du sagst, er muss lernen, mit dieser Fähigkeit umzugehen, dann bring es ihm bei. Bloß macht es nicht heimlich«, forderte er knurrig.

»Nie mehr«, versprach Saralean.

Ihr Versprechen und ihr offener Blick beruhigten ihn ein wenig.

»Wie konnte es eigentlich zu einer Beziehung zwischen einer Karfanerin und einem Dolankores kommen? Sagtest du nicht, dass Karfaner ihren Planeten nicht verlassen?«, fragte er schließlich, um sich selbst abzulenken.

»Das tun wir auch nicht. Ich selbst habe lange um die Erlaubnis kämpfen müssen, auf der Erde zu studieren. Früher wäre es völlig unmöglich gewesen. Allerdings wurde Karfana vor vielen Jahren von den Dolankores überfallen. Sie verschwanden wieder, als sie bei uns nichts für sie Wertvolles fanden. Mein Großvater erzählte später, dass nach diesem Überfall einige Frauen vermisst wurden. Es wird vermutet, dass sie von den Dolankores entführt worden waren. Tamosz' Mutter wird wohl das Kind einer der entführten Frauen gewesen sein.«

Darko legte beide Arme um Saralean und zog sie eng an sich. »Du hast gesagt, dass die Dolankores mit Nichttelepathen eine Verbindung aufnehmen können. Kann es sein, dass Tamosz dies bei mir versucht hat?«

»Wie kommst du darauf?«

»Ich weiß nicht, es gab Momente, da wurde ich das Gefühl nicht los, dass meine Gedanken nicht mehr allein mir gehörten. Ich habe mir eingeredet, es sei Einbildung, jetzt bin ich mir nicht mehr sicher. Immer dann, wenn ich zum Beispiel kurz davor war, ein zu großes Risiko einzugehen, glaubte ich, seine Stimme zu hören. Nur war er nie in meiner Nähe.«

»Du hast was?«

»Seine Stimme, ich habe sie gehört.«

»Tamosz hat mir versichert, dass er diese Fähigkeit nicht genutzt hat! Das war dumm von ihm. Er weiß doch, was er damit anrichten kann! Wenn er sich zu schnell zurückzieht, kann das für einen Nichttelepathen sehr gefährlich werden«, erwiderte Saralean aufgebracht.

»Mir ist ja nichts passiert«, sagte Darko, um sie wieder zu

beruhigen. »Jetzt, wo ich weiß, wozu ihr beide fähig seid, bin ich den Göttern doppelt dankbar, dass sie euch zu mir und nicht zu El Soberano gebracht haben. Nicht auszudenken, welche Waffen er mit euch in der Hand gehabt hätte.« Er küsste sie noch einmal. »Wie geht es eigentlich unserem jungen Liebespaar?«

»Agnella und Tomasu? Sehr gut. Sie muss ihn andauernd bremsen. Er nimmt ihr jede Arbeit ab, weil er Angst hat, dem Baby könnte etwas passieren.«

Darko lachte leise auf. »Tomasu war gar nicht zu beruhigen, nachdem er uns erzählt hat, er wird Vater. Wie hat Agnella eigentlich reagiert, als sie erfahren hat, dass Tomasu und nicht Soberano der Vater ist? «

»Oh, sie war mehr als erleichtert, als ich es ihr gesagt hatte, und sehr glücklich, dass Tomasu der Vater ist.«

»Das glaube ich gern«, sagte Darko und zwang sich zu einem Lächeln. Er konnte nur schwer den aufkeimenden Neid auf das junge Paar unterdrücken. Eine eigene Familie! Ein Traum, den Darko längst begraben geglaubt hatte, verdeckt von der Sehnsucht nach Rache, die er schon so lange mit sich trug.

Er verspürte noch immer großen Zorn auf und tiefen Hass gegen El Soberano. Mit Saralean hatte sich die Hoffnung aus den Ruinen befreit.

Saraleans Hände lagen noch an Darkos Brust. Er umfing ihre Hand und hielt sie dort fest.

Ob sie wohl spürt, dass dieser Traum wieder in mir wächst?

Darko hätte ihr sanftes Lächeln gern als Zustimmung gewertet, doch sicher sein konnte er sich nicht. Jetzt, in diesem Moment, bedauerte er sehr, nicht die Fähigkeiten eines Dolankores zu besitzen.

Kapitel 16

»Halt, was willst du hier?«, rief Sunnit und stellte sich einem Bauern in den Weg, der ihm und Darko auf halbem Weg zum Löwenkopf entgegenkam.

»Ich will zu Cardona.«

»Und was willst du von ihm?«

»Ich habe eine Nachricht für ihn.«

»Was ist das für eine Nachricht?« Sunnit baute sich vor dem Bauern auf.

»Ich darf sie nur Darko Cardona persönlich sagen.«

»Dann kannst du sie für dich behalten.«

»Wie lautet die Nachricht, alter Mann?«, ergriff Darko das Wort.

»Bist du Darko Cardona?«

»Wie lautet die Nachricht?«, wiederholte Darko und gab seiner Stimme einen bedrohlichen Klang.

Der Bauer wirkte eingeschüchtert und brachte etwas Abstand zwischen sich und Darko, dann begann er stockend: »Ich – ich war in der Stadt und habe Gemüse abgeliefert. Auf dem Rückweg kam ich an den Kaliumfeldern vorbei. Eine Frau stand plötzlich mitten auf dem Weg. Sie sagte, ihr Name sei Telana, und sie flehte mich an, dir eine Nachricht zu übermitteln. Ich soll dir ausrichten, sie sei noch am Leben und sie arbeite nur noch morgen in der Nähe der Straße.«

Darko sah den Bauern eine Weile schweigend an. Der Mann hielt sich fast krampfhaft an seinem leeren Sack fest und schwankte nervös von einem Bein auf das andere. Schweißperlen standen auf seiner Stirn und seine Augen huschten ständig hin und her. Der Bauer war mehr als aufgeregt, er war verängstigt.

Darko fragte sich nach dem Grund dafür. Die Bauern und Siedler wussten, dass sie vor dem Teufel und seinen Miseraleuten keine Angst zu haben brauchten. Warum stand in den Augen dieses Mannes solche Furcht? Darko hätte viel darum gegeben, jetzt Tamosz oder Saralean hier zu haben. Sie hätten ihm verraten können, ob der Bauer die Wahrheit sagte. Doch die beiden hielten in einer ruhigen Nebenhöhle im Misera eine ihrer Übungsstunden ab. Der Teufel musste sich eben wieder auf sein eigenes Urteil verlassen. Das hatte er früher auch gemusst – und gekonnt.

»Wie sah sie aus, diese Frau? Beschreib sie mir«, forderte Darko.

»Sie war nicht sehr groß, aber ihre Haltung war sehr aufrecht, fast stolz, und sie hatte dunkles, langes Haar.«

»Solche Frauen gibt es viele«, erwiderte Darko, noch nicht bereit, dem Mann zu glauben.

»Sie zeigte mir eine Tätowierung an ihrer Hand. Eine schwarze Feder. Sie sagte, Cardona habe auch so eine.«

»Diese?« Darko streckte seine Hand aus.

»Ja, ja, genauso sah sie aus.«

»Bei den Kaliumfeldern sagst du?«

»Ja.«

»Ich danke dir. Jetzt geh nach Hause und kümmere dich wieder um deine Gemüsefelder.«

Der Bauer verneigte sich einige Male, während er langsam rückwärtsging. Dann drehte er sich hastig um und lief davon.

»Ich traue dem Kerl nicht«, sagte Sunnit.

»Er wusste von der Feder.«

»Viele wissen, dass du so eine Feder auf der Hand trägst.«

»Aber nur wenige wissen, dass meine Mutter dieselbe Tätowierung hat.«

»Da wäre ich mir nicht so sicher, sie ist nicht zu übersehen.«

Darko nickte. »Trotzdem, ich werde zu den Kaliumfeldern gehen. Ich muss wissen, ob meine Mutter wirklich dort ist.«

»Was willst du tun, wenn sie da ist?«

»Sie dort herausholen.«

»Die Arbeiter werden streng bewacht. Du wirst nicht einmal nahe genug herankommen, um sie unter all den anderen ausfindig zu machen.«

»Ich erkenne meine Mutter auch aus der Ferne.«

»Und was nützt dir das? Sie darf nicht ohne Erlaubnis das Feld verlassen.«

»Das durfte sie jetzt auch nicht und doch hat sie es getan. Der Bauer sagte doch, sie stand plötzlich vor ihm auf der Straße.«

»Er hat gelogen.«

»Er hat sie gesehen, er konnte sie zu gut beschreiben«, beharrte Darko.

»Du willst, dass sie es ist.«

»Mag sein, aber was ist, wenn er nicht gelogen hat? Ich werde es mir nie verzeihen, wenn ich die einzige Chance, meine Mutter zu finden, verstreichen lasse.«

Sunnit stöhnte laut auf und wollte offensichtlich etwas dagegen sagen, doch dann nickte er grimmig. »Wenn ich dich nicht davon abbringen kann, werde ich dich wenigstens begleiten.«

»Nein, das muss ich allein tun.«

»Das ist verrückt.« Sunnit breitete beide Arme aus. »Und wenn es eine Falle ist? Du kannst nicht allein gehen!«

»Du hast recht, ich nehme Tamosz mit.«

»Tamosz? Warum ausgerechnet Tamosz?« Sunnit ließ die Arme fallen und starrte Darko verblüfft an.

»Er ist der Einzige, der mir wirklich dabei helfen kann«, erklärte Darko entschlossen und machte sich auch schon auf in die Höhlen.

»Hey, sagst du mir auch, warum?«, rief Sunnit ihm hinterher, aber Darko gab ihm keine Antwort darauf.

Noch hielt Tamosz seine Gabe geheim vor den anderen und Darko wollte sich nicht auf eine lange Diskussion darüber mit Sunnit einlassen. Dafür hatte er es zu eilig. Als er den Fuß des Misera erreicht hatte, sah er sich kurz zu Sunnit um, der ihm kopfschüttelnd folgte.

»Was ist passiert?« Saralean erhob sich und ging Darko entgegen, als er atemlos die kleine Nebenhöhle erreichte.

»Ein Bauer hat meine Mutter gesehen.«

»Wo?«

»Bei den Kaliumfeldern. Sie liegen auf halbem Weg zu unserem früheren Dorf. Sit muss mir helfen, meine Mutter dort herauszuholen.«

»Natürlich wird er das«, stimmte Saralean bereitwillig zu, zog jedoch gleichzeitig zweifelnd die Brauen zusammen. »Wie willst du an sie herankommen? Du musst sie berühren, wie Tomasu es mit Agnella gemacht hat, sonst kann Sit sie nicht erfassen.«

»Ich weiß, deshalb muss ich noch heute zu den Feldern und ich brauche Tamosz. Er muss sich in die Gedanken meiner Mutter einschleichen und ihr so mitteilen, dass sie zu mir auf die Straße kommen soll.«

»Nein, Tamosz ist noch viel zu ungeübt.« Abwehrend hob Saralean beide Hände.

»Er war auch in meinem Kopf und ich konnte ihn sogar hören«, hielt Darko dagegen.

»Ja, was sehr dumm von ihm war. Du hattest Glück, du bist stark, deine Mutter vielleicht nicht.«

Die euphorische Stimmung, in der Darko sich eben noch befunden hatte, war von einer Sekunde auf die andere wie weggewischt. Schwer ließ er sich gegen die Wand fallen.

›Ich helfe dir und ich verspreche, vorsichtig zu sein‹, hörte er Tamosz plötzlich sagen.

Darko zuckte kurz wie unter einem Peitschenhieb zusammen, dann sah er zu Tamosz, der seltsam angespannt und mit geschlossenen Augen auf dem Boden der Höhle saß. Tamosz schwankte leicht, als er die Lider hob. Es hatte ihn offensichtlich viel Kraft gekostet, Darko eine gedankliche Nachricht zu senden.

»Wirst du das schaffen?«, fragte Darko hoffnungsvoll, denn so klar und deutlich hatte er Tamosz noch nie gehört.

»Er hat Verbindung mit dir aufgenommen?« Saralean drehte sich überrascht zu Tamosz um. ›Was hast du Darko gesagt?‹

›Ich helfe dir und ich verspreche, vorsichtig zu sein‹, kam die prompte Antwort.

Saralean nickte kurz, dann wandte sie sich wieder an Darko. »Was genau hat er dir gesagt?«

»Ich helfe dir und ich verspreche, vorsichtig zu sein«, wiederholte Darko die Nachricht, die er empfangen hatte.

Saralean sah Tamosz mit einem Stirnrunzeln an. »Die Gene deines Vaters scheinen stärker zu sein als wir vermutet haben«, murmelte sie nachdenklich.

»Dann kannst du meiner Mutter eine Nachricht zukommen lassen«, rief Darko erfreut. »Also los! Lass uns gehen.«

Er winkte Tamosz, ihm zu folgen.

»Nein, er darf dir nicht helfen.« Saralean stellte sich den beiden in den Weg.

»Es geht um meine Mutter, Saralean«, sagte Darko unwirsch.

»Ich weiß, Darko. Und ich will ihr genauso helfen, aber du hast mir nicht richtig zugehört. Es ist gefährlich!«

Darko stöhnte laut auf. Musste Saralean ausgerechnet jetzt ihre mütterliche Ader entdecken? Er wollte nicht mit ihr streiten oder lange Diskussionen führen und er wollte sie auch nicht vor den Kopf stoßen. So ruhig es ihm möglich war, sagte er: »Ich verstehe ja, dass du dir Sorgen um Tamosz machst, aber ich kann diese Chance nicht ungenutzt lassen.«

»Ich mache mir keine Sorgen um Tamosz, ich mache mir Sorgen um deine Mutter«, erwiderte sie fest.

Darko, der sich schon halb von Saralean abgewandt hatte, drehte sich wieder ganz zu ihr um.

»Warum? Was könnte ihr dabei zustoßen?«, fragte er besorgt.

»Nichttelepathen besitzen eine natürliche Barriere, die gewaltsam überwunden werden muss. Deiner Mutter kann von leichtem Schwindel über einen epileptischen Anfall bis hin zum Koma alles passieren. Willst du sie wirklich dieser Gefahr aussetzen?«

Darko fühlte Übelkeit bei dieser Aussicht in sich aufsteigen. Resigniert schüttelte er den Kopf.

»Nein, natürlich nicht.«

»Ich werde es trotzdem tun, Saralean«, mischte Tamosz sich ein. »Ich werde mich ganz vorsichtig bemerkbar machen, wie ein leises Anklopfen. Das hast du mich bereits gelehrt. Erst wenn sie sich mir öffnet, werde ich weitergehen. Öffnet sie sich nicht, ziehe ich mich ganz langsam wieder zurück.«

»Bist du dir ganz sicher, dass du das schaffst?«

Tamosz nickte bekräftigend. »Ich habe meine Mutter nie gekannt, trotzdem nimmt sie einen großen Raum in meinem Herzen ein. Darko hat die Chance, seine Mutter wiederzusehen, ich werde so eine Gelegenheit nie haben. Er ist mein Freund, ich will es versuchen. Ich werde sehr vorsichtig sein, das verspreche ich.«

»Meine Mutter ist eine Chickasaw«, erklärte Darko. »Sie glaubt an Magie und an die Götter ihres Volkes. Sie wird auf die Stimme in ihrem Kopf hören.«

»Also gut«, lenkte Saralean schließlich ein. »Es hat wohl keinen Sinn, euch von eurem Vorhaben abzuhalten. Vernünftigen Argumenten seid ihr nicht zugänglich. Ich kann das auch durchaus verstehen, deshalb rate ich euch, deine Mutter heute erst darauf vorzubereiten und die eigentliche Nachricht erst morgen zu übermitteln.«

»So machen wir es«, stimmten beide wie eine Einheit zu.

»Sprich sie ganz vorsichtig an«, wandte Saralean sich mahnend an Tamosz. »Wenn du spürst, dass sie aufmerksam wird, rede ruhig, leise und ganz sanft. Sie darf nicht panisch werden und du darfst dich nur auf sie konzentrieren, egal, was um dich herum geschieht.«

»Ich werde aufpassen«, versprach Tamosz.

»Worauf wirst du aufpassen, Kleiner?«, fragte Dawied, der gerade hinzukam und nun seine Hand schwer auf Tamosz' Schulter legte.

»Ich werde Darkos Mutter einen Gedanken schicken.«

»Wie – du schickst ihr einen Gedanken? Was geht hier denn vor?« Neugierig sah Dawied von Tamosz zu Darko.

»Erkläre ich dir später, Dawied. Wir müssen jetzt los«, sagte Darko. »Meine Mutter scheint auf den Kaliumfeldern zu arbeiten. Sollte die Kontaktaufnahme heute gelingen, werden wir sie morgen holen.«

»Sunnit hat mir von dem Bauern erzählt und auch, dass du Sunnits Warnung nicht hören wolltest. Ich möchte dich eins fragen: Seit wann bringen die Bauern ihr Gemüse selber in die Stadt?«

»Ich weiß, das ist eher unwahrscheinlich, aber ich habe meinem Vater versprochen, Mutter zu ihm zurückzubringen. Ich werde jede noch so kleine Möglichkeit nutzen.«

»Na dann, aber ich komme mit.« Dawied hob gebieterisch die Hand, als Darko ablehnen wollte. »Du wirst mir das nicht verbieten, mein Freund.«

Die Sonnen standen hoch am Himmel und hatten die Ebene in einen Glutofen verwandelt. Jeder noch so kleine Stein schien in sich zu brennen. Der heiße Wind trocknete auch den winzigsten Schweißtropfen, noch bevor er die Pore verlassen hatte. Den drei Männern, die dem Pfad durch diese Hölle folgten, fiel das Atmen schwer, denn die trockene, aufgeheizte Luft reizte ihre Kehlen und brannte in ihren Lungen. Sie hatten sich ihrer Umgebung angepasst und waren in lange, dunkle Übergewänder gehüllt, die die Hitze noch zusätzlich absorbierten. Das Licht tanzte auf den glänzenden, schwarzen Felsbrocken und erschwerte ihnen die Sicht. Verbissen kämpften sie sich weiter, bis sie den schmalen Pfad endlich verlassen konnten und ein kleines Waldstück erreichten. Unter dem Blattwerk gab es etwas Schatten, aber der Gestank der Franga-Bäume ließ sie auch hier nicht tief durchatmen. Sie gönnten sich nur eine kurze Rast, um einen Schluck Wasser aus den Flaschen zu trinken, die Saralean ihnen mitgegeben hatte. Erstaunt stellten sie fest, dass das Wasser noch kühl und frisch war. Gierig löschten sie ihren Durst.

Als Darko, Tamosz und Dawied die Kaliumfelder endlich erreichten, berührten die unbarmherzigen Sonnen bereits den Gipfel des Misera. Die Männer hockten sich hinter einen flachen Felsen und beobachteten die Umgebung.

Als sich nichts rührte, wandte Darko sich an seine Begleiter: »Bleibt hier. Ich werde allein weitergehen.«

»Das kannst du dir abschminken, wir werden dich nicht allein lassen«, widersprach Dawied.

»Du tust, was ich dir sage. Sollte irgendetwas schiefgehen, bringst du Tamosz sofort nach Hause«, verlangte Darko.

»Tamosz hat schon früher mit uns gekämpft, er ist kein Frischling mehr!«

Darko wusste, dass es seinem Freund gar nicht gefiel, mit

Tamosz zurückzubleiben, dessen Fähigkeiten waren jedoch für sie alle unbezahlbar.

»Ich kann schon auf mich …«, begann Tamosz.

Darko brachte Tamosz mit einer Handbewegung zum Schweigen, während sein Blick hart und fordernd auf Dawied geheftet blieb. »Dem Jungen darf nichts geschehen. Versprich es mir.«

»Ich werde schon aufpassen. Jetzt verschwinde endlich«, knurrte Dawied.

Um sich leichter bewegen zu können, legte Darko das schwere, dunkle Cape ab, bevor er den schützenden Felsen verließ. Wachsam beobachtete er die Umgebung, während er sich dem Kaliumfeld näherte. Darko nutzte jede erdenkliche Deckung, die sich ihm bot, bevor er Stück für Stück über den sandigen Boden kroch. Immer wieder blieb er ruhig liegen und fixierte jeden Sandhügel und jeden Strauch, ob sich dahinter etwas regte, doch alles blieb ruhig. Am Feldrand angekommen, hob er vorsichtig den Kopf und spähte hinüber.

»Suchst du etwa mich, mein Teufelchen?«, fragte plötzlich jemand von der anderen Seite her und Darko blickte direkt in ein grinsendes Gesicht.

Erschrocken sprang er auf und hörte im selben Moment Dawieds Warnschrei, aber die Warnung kam zu spät. Bevor Darko noch sein Schwert ziehen konnte, war er von Soberanos Soldaten umzingelt.

»Verschwindet – sofort!«, schrie Darko, als Dawied und Tamosz mit gezückten Schwertern hinter dem Felsen hervorkamen.

Schwach erinnerte Darko sich an den Schlag, den er am Hinterkopf verspürt und der ihn in die Knie gezwungen hatte. Erst als jemand einen Eimer Wasser über ihm ausgegossen hatte, war er wieder zu Bewusstsein gekommen. Seine Arme waren weit über seinem Kopf mit Ketten an einen Pfahl gefesselt, so weit, dass seine Fußsohlen gerade noch den Boden berührten. Der Geruch von Schweiß und verbrannter Haut stieg ihm in die Nase. Es war *sein* Schweiß und der Schmerz in seinem Rücken sagte ihm, dass es *seine* verbrannte Haut war.

Sie hatten ihn in die Arena gebracht gehabt, ihn entkleidet und den unbarmherzigen Strahlen der Sonnen ausgesetzt. Als er sich umsah, erkannte er Männer, Frauen und Kinder. In ihren Gesichtern las er Angst und blankes Entsetzen. Vermutlich waren sie gezwungen, hier zu sein. Eine atemlose Stille herrschte in der Arena.

»Ich wusste, dass du eines Tages einen Fehler machen wirst«, sagte Soberano. Hohn, Verachtung und Genugtuung schwangen darin mit. Er stand nah, sehr nah bei ihm und hielt eine Peitsche in der Hand, die er fast zärtlich liebkoste. Darko wusste sofort, was ihm bevorstand.

»Wie ihr seht«, wandte Soberano sich an die Menge, »ist auch der Teufel nicht unfehlbar. Ich habe euren Helden endlich da, wo ich ihn immer haben wollte. Und jetzt werde ich euch beweisen, dass auch in den Adern eines Teufels bloß rotes Blut fließt.«

Leiser, sodass nur Darko ihn hören konnte, fügte er hinzu: »Ich habe mir ausgemalt, wie es sein würde, dich vor mir im Sand kriechen zu sehen. Und jetzt werde ich diesen Anblick genießen. Du wirst dich unter der zärtlichen Berührung meiner Karbatsche winden und ich werde dich um Gnade winseln hören, bevor du die wahre Hölle kennenlernen wirst.«

Er lachte triumphierend, hob den Arm und ließ die Riemenpeitsche auf Darko herniedersausen. Immer und immer wieder fraß sie sich in seine Haut und schnitt sich tief in sein Fleisch.

Darko hatte nicht schreien wollen, es war ihm jedoch nicht gelungen, die Schmerzen zu ertragen. Die höllischen Qualen hatten ihm schließlich immer wieder das Bewusstsein geraubt. Selbst das Wasser, das sie ständig über ihn ausgossen, während sich das Salz darin wie Feuer in seine offenen Wunden fraß, konnte ihn am Ende nicht mehr aus seiner Ohnmacht wecken.

Sie hatten ihm die Augen verbunden, aber auch blind verrieten ihm der schwankende Boden und die Hitze, wo er sich jetzt befand. Man hatte ihn in den Käfig gesperrt, der über einem tiefen Loch hing, das direkt in die Hölle führte. Eine Hölle aus glühender Lava. Hier war er schon einmal gewesen, nur diesmal würde es kein Entkommen geben. Dieses Mal nicht. Es gab keinen zweiten Tomasu, der ihm zur Flucht verhelfen würde. Selbst wenn, es wäre vollkommen sinnlos. Soberano hatte ihn nicht einfach gefangen genommen und in den Käfig gesperrt, wie damals. Er hatte ihn zur Bewegungslosigkeit verdammt, ihn zusammengeschnürt und geknebelt wie ein wildes Tier. Er hatte Darko bewiesen, dass sein Leben an einem einzigen seidenen Faden hing und dass er, El Soberano, die Macht über diesen Faden besaß. Er wollte ganz sichergehen, dass der Teufel kein zweites Mal aus seinem Kerker fliehen konnte.

Zusammengekrümmt wie ein ungeborenes Baby im Bauch seiner Mutter blieb Darko liegen. Jeder Versuch, sich in eine andere Position zu bringen, endete in einem erstickten Schmerzensschrei, und so wagte er nicht mehr, sich zu bewegen, weil jede noch so winzige Regung ihm Höllenqualen bereitete. Er war blind in eine Falle getappt und er hatte selber Schuld. Die Liebe, die er mit Saralean erleben durfte, die Freude, seinen Vater wiederbekommen zu haben, und die Hoffnung, auch seine Mutter zu finden, hatten ihn unvorsichtig werden lassen.

Statt auf sein Gefühl hätte er sich auf seinen Verstand verlassen sollen. Jetzt war es zu spät. Vorbei – endgültig, dem Tod würde er nicht mehr entgehen. Er hatte den Kampf gegen den Tyrannen verloren.

Etwas in ihm sackte zusammen und zerbarst in winzige Stücke. Während er langsam wieder in die Dunkelheit hinabtauchte, galt sein letzter Gedanke Saralean.

»Wo ist Darko?« Saralean stürzte auf die beiden jungen Männer zu, doch Dawied und Tamosz antworteten nicht sofort. Atemlos und völlig erschöpft ließen sie sich auf dem Höhlenboden nieder und schüttelten bedauernd den Kopf.

»Wo ist er?« Saralean packte Dawied an der Jacke und schüttelte ihn. Es war ihr egal, dass er und Tamosz nach Atem rangen und kaum ein Wort herausbrachten.

»Sie haben Darko gefasst«, keuchte Dawied schließlich.

Entsetzt starrte Saralean ihn an, dann stieß sie ihn förmlich von sich. »Wie konnte das passieren? Warum habt ihr nicht auf ihn aufgepasst?«

»Es war eine Falle – sie haben auf uns gewartet – sie haben Darko gefasst – es waren zu viele – wir konnten nichts tun. Es, es blieb uns nichts anderes übrig, als zu verschwinden«, brachte Dawied stockend hervor.

»Sie haben gewusst, dass ihr kommen würdet.«

»Ja.«

»Hat der Bauer euch verraten?«

»Entweder wurde er dazu gezwungen oder er war gar kein Bauer.«

»Verdammt!« Saralean marschierte vor den beiden auf und ab. »Und was tun wir jetzt?«

»Ich habe versucht, dich zu erreichen«, sagte Tamosz, »aber ich war wohl zu aufgeregt.«

»Beruhige dich, es funktioniert nicht aus so einer Entfernung. Ihr hättet jeder einen Sender tragen müssen, wie ich gesagt habe.«

»Darko wollte es nicht. Er wollte dieses Gerät nicht in die Hände von Soberano fallen lassen.«

»Ich weiß. Dafür hat Soberano jetzt Darko.«

»Habt ihr seine Mutter gesehen, war sie auf dem Feld?«, fragte Sammy.

»Nein. Sie war nur der Köder«, sagte Tamosz.

»Wo wart ihr, als Darko in die Falle ging?« Saralean war vor den beiden stehen geblieben.

»Wir sollten zurückbleiben, während er nach seiner Mutter Ausschau hielt. Vorher musste ich versprechen, egal was passiert, Tamosz nach Hause zu bringen. Als wir die Soldaten sahen, sprangen wir auf. Tamosz war genau wie ich bereit zu kämpfen, aber Darko ließ das nicht zu.« Dawied goss sich den Becher Wasser über den Kopf, den Lamia ihm gebracht hatte, und wischte sich das Gesicht ab. »Kannst du mir sagen, was plötzlich so wichtig an dieser halben Portion ist?«

Er stieß Tamosz freundschaftlich gegen die Schulter. Es war nicht mehr als ein leichtes Anstupsen, aber Tamosz fiel ungebremst zur Seite.

»Eine Menge, das erkläre ich dir später.« Saralean unterbrach ihre Wanderung und betrachtete die beiden Männer, die sich langsam von den Strapazen, die hinter ihnen lagen, erholten.

»Pah, später. Immer wollt ihr alles später erklären und tut es dann doch nicht«, knurrte Dawied.

Saralean beugte sich zu Tamosz. »Alles in Ordnung?«

Er schüttelte den Kopf. ›Soberano hat ihm höllische Schmerzen zugefügt, Saralean. Sie rauben ihm den Verstand.‹

›Du hast Verbindung zu ihm, aus dieser Entfernung?‹ Zweifelnd sah sie Tamosz an. ›Bist du ganz sicher?‹

›Ja, ich dringe nur nicht mehr zu ihm durch, er gibt auf.‹

Saralean berührte ihn an der Schulter und spürte dieselbe Angst und Verzweiflung in Tamosz, die auch sie selbst erfasst hatte. ›Das werden wir nicht zulassen‹, übermittelte sie ihm und sah ihm dabei fest in die Augen.

Als Tamosz zustimmend nickte, wandte sie sich an Dawied. »Hast du eine Idee, wo Darko jetzt sein könnte?«

»Im Käfig – in der Arena – ich weiß es nicht«, antwortete Dawied.

»Im Käfig. Er war in der Arena, jetzt ist er im Käfig.«

Dawied fuhr zu Tamosz herum. »Woher willst du das wissen? Er könnte auch tot sein.«

»Er ist nicht tot – noch nicht«, betonte dieser.

Saralean schloss kurz die Augen und stieß hart den Atem aus.

»Das …«

Saralean hob eine Hand und schnitt Dawied damit das Wort ab. »Wir müssen ihn da herausholen«, sagte sie.

»Das schaffen wir nie«, rief Dawied aus.

»Wir müssen! Wir werden ihn nicht diesem sadistischen Schwein überlassen.« Saralean nahm ihre Wanderung wieder auf. Sie konnte nicht ruhig dasitzen, während die Angst um Darko sie fast um den Verstand brachte.

»Und wie?«

»Genauso, wie wir auch Tomasu und Agnella herausgeholt haben.«

»Vergiss es, wir kommen nicht an den Wachen vorbei, um Darko diesen Sender zu verpassen.«

»Was wird Soberano mit ihm machen?«, wollte Lamia wissen.

»Wenn er ihn nicht eigenhändig tötet, dann wird er ihn in der Arena kämpfen lassen«, erklärte Dawied.

»Und dann?«

»Darko wird sich weigern, einen anderen zu töten.«

»Aber das ist gut, sie werden ihn aus der Stadt jagen, wie seinen Vater damals. Wir müssen – was ist?« Saralean verstummte, als sie Dawieds mitleidigen Blick auffing. Sie ahnte, was dieser Blick bedeuten sollte.

»Soberano wird Darko so oder so töten«, sagte Dawied.

Saralean blieb bei seinen Worten ruckartig stehen. Kalte Wut und grimmige Entschlossenheit verdrängten die Angst und die Verzweiflung. Sie war bereit, alles zu riskieren. »Das werden wir nicht zulassen.«

»Ich wünsche mir nichts mehr, als dass mein Sohn gerettet wird, aber du darfst dich nicht selbst in Gefahr bringen, Mädchen«, warnte Donald, der die kleine Nebenhöhle in diesem Moment betrat. Er schien plötzlich um Jahre gealtert. Aschfahl und zitternd lehnte er sich gegen die Höhlenwand.

»Soweit wird es nicht kommen.« Saralean wischte Donalds Einwand kurzerhand beiseite. Sie trat zu dem alten Mann und fasste nach seiner Hand. »Wir werden ihn retten. Das verspreche ich dir und ich weiß auch schon, wie.«

Saralean ahnte, dass es kein großer Trost sein würde, dennoch drückte sie Donald aufmunternd die zittrige Hand, dann drehte sie sich zu Dawied um. »Du wirst mich in die Stadt begleiten.«

»Wie bitte?« Erstaunt und sichtlich irritiert von der Härte in ihrer Stimme sah er auf.

»Du hast mich genau verstanden. Wir beide werden als Paar in die Stadt gehen und Soberanos Aufmerksamkeit erregen. Sind wir erst einmal drin, werden wir auch eine Gelegenheit finden, um zu Darko zu gelangen.«

»Das ist Wahnsinn. Ich liebe Darko wie einen Bruder, allerdings ich bin nicht lebensmüde.«

Saralean wusste, die Idee, die ihr spontan gekommen war, war gefährlich und nicht wirklich durchdacht, aber sie war nicht bereit, den Mann, den sie liebte, kampflos aufzugeben.

»Wenn du mir nicht hilfst, dann gehe ich eben allein.«

»Saralean!«

»Nein. Du brauchst es gar nicht zu versuchen, du wirst es mir nicht ausreden können.«

»Du hast keine Ahnung, zu was dieser Mann fähig ist. Soberano ist grausamer als du dir vorstellen kannst.«

»Du hast keine Ahnung, zu was ich fähig bin«, erwiderte sie kalt. Diese Kälte hatte sich auch in ihren Augen niedergelassen. Sie glichen eisblauen Stahlkugeln.

»Verflucht!« Dawied sprang auf und hielt Saralean am Arm zurück, als sie hinausgehen wollte. »Also gut, aber wir werden die Sache richtig planen.«

Als Saralean zu ihm aufsah, lag noch der Rest eines Lächelns auf ihren Lippen.

Kopfschüttelnd ließ Dawied sie los. »Du hast es gewusst. Du wusstest, dass ich dich nicht allein gehen lassen würde.«

»Ja«, sagte sie schlicht.

Sie hatte es nicht nur gewusst, sie hatte es sogar erwartet. Dawied würde alles dafür tun, Darko zu befreien. Er war sein Freund und das galt für alle anderen ebenso. Darko war ihr Führer, ihr Beschützer. Ihm verdankten sie ein gewisses Maß an Freiheit. Sie würden niemals aufgeben, solange noch ein Funken Hoffnung bestand.

Nachdem sie alles besprochen hatten, ging Saralean in die große Wohnhöhle und winkte Sammy und Agnella zu sich.

»Tomasu erwähnte einmal, du hättest die Gabe des Sehens. Kannst du mir sagen, ob der Plan gelingen wird?«, fragte sie Agnella.

Diese schüttelte bedauernd den Kopf. »Seit ich schwanger bin, habe ich diese Gabe verloren. Es tut mir leid.«

»Nun gut, dann müssen wir eben darauf vertrauen, dass wir Erfolg haben. Sammy?«

»Ja?«

»Du musst mir helfen, passende Kleider auszusuchen, und Agnella, du musst mir zeigen, wie ich sie trage, damit Soberano auf mich aufmerksam wird.«

Sammy starrte Saralean an, als habe sie gerade gesagt, sie wolle einen Höhlenlöwen mit bloßen Händen erwürgen.

»Jetzt komm schon, wir müssen auf die Argus und du musst dir meine Kleider ansehen.« Saralean packte Sammy an der Hand und strebte auf den Höhlenausgang zu. »Ich brauche eure Hilfe.«

Auf der Argus angekommen, ging Saralean direkt in ihren Schlafraum. Sammy und Agnella legten die wenigen Sachen, die sich im Schrank befanden, auf das Bett. Beide schüttelten fast gleichzeitig die Köpfe.

»Mit neuen Kleidern erregst du nur Misstrauen. Wir tragen unsere Kleider, bis sie uns fast vom Körper fallen. Sie müssen abgetragen und etwas schäbig aussehen«, erklärte Lamia, die ihnen auf die Argus gefolgt war und nun zögernd den Schlafraum betrat. Über dem Arm trug sie einen alten Rock aus festem Stoff und einer vom vielen Waschen ausgeblichenen Bluse. »Ich habe gehört, wie ihr über Kleider gesprochen habt. Ich dachte, diese könnten dir passen.«

»Das ist perfekt, Lamia«, rief Sammy begeistert.

»Es ist auch alles sauber«, versicherte Dawieds Freundin.

»Ich danke dir, Lamia.« Saralean schenkte ihr ein kurzes Lächeln, nahm die Sachen und zog sie an.

»Lass die Bluse über deine Schulter rutschen, und deine schmale Taille werden wir mit diesem roten Gürtel noch betonen«, sagte Agnella und hielt einen breiten, kunstvoll geflochtenen Ledergürtel in die Höhe.

»Ein roter Gürtel? Wo habt ihr den denn her?«

»Er gehörte meiner Mutter«, sagte Lamia. »Er ist alles, was mir von ihr geblieben ist.«

Saralean ging auf sie zu und nahm sie in die Arme. »Er ist wunderschön und ich werde gut auf ihn achten.«

Lamia schüttelte den Kopf und befreite sich aus der Umarmung. »Er ist wichtig für mich. Ich weiß aber von Dawied, wie wichtig Darko für uns alle ist. Wenn der Gürtel dir hilft, ihn zurückzuholen, gebe ich ihn gerne her.«

»Was machen wir mit ihrem Haar? Ich finde es am schönsten, wenn es offen fällt«, sagte Sammy.

»Oh, das finde ich auch«, stimmte Agnella zu, »aber wenn wir es mit einer einfachen Spange locker hochstecken, kommt nicht nur ihr Dekolleté besser zur Geltung, sondern auch ihr Nacken. Ich kenne Soberano, allein der Anblick wird ihn verrückt machen.«

»Ist er nicht schon verrückt genug?«, warf Sammy aufgebracht ein. »Mir gefällt das nicht, Saralean. Du solltest nicht gehen.«

»Ich muss. Nur wenn ich es schaffe, dieses Ungeheuer abzulenken, können wir Darko retten.«

»Du hast keine Ahnung, ob Darko überhaupt noch lebt!« Sammy warf resigniert die Arme in die Luft und wanderte im Raum auf und ab.

»Er lebt.« Saralean glaubte fest daran, auch wenn Tamosz die Verbindung zu Darko verloren hatte. »Ich weiß, dass er noch lebt.«

»Es ist trotzdem Wahnsinn, zu Soberano zu gehen!«, rief Sammy aus.

»Wahnsinn vielleicht, aber wenn Darko noch am Leben ist, ist Saralean seine einzige Chance«, sagte Agnella.

»Warum?«

»Sieh sie dir an, Sammy. Sie ist einzigartig. Rotes Haar, die ungewöhnliche Form ihrer blauen Augen, der sanfte Schimmer ihrer Haut und dazu ein Körper, der für die Liebe gemacht ist«, zählte Agnella Saraleans Vorteile auf.

»Agnella!« Entsetzt stemmte Sammy beide Hände in die Hüften.

»Was?«

»Das klingt, als ob du Saralean auf dem Sklavenmarkt anpreisen willst«, warf Sammy ihr vor.

»Nein, es ist das, was Soberano sehen wird.«

»Ihre Haltung ist zu stolz, er liebt unterwürfige Frauen, habe ich gehört«, sagte Lamia.

»Er liebt es, den Stolz einer Frau zu brechen und sie dann zu seiner unterwürfigen, willenlosen Liebessklavin zu machen. Saralean ist genau die richtige Frau, um seine Gier zu entfachen. Vertraut mir. Ich war seine Favoritin. Ich weiß, wie er denkt.« Agnella machte sich daran, Saraleans weiche Wellen zu bändigen. »Wehr dich nicht, wenn er dir die Spange löst«, sagte sie dabei. »Ich verspreche dir, er wird nur noch daran denken, dich zu seinem neuen Spielzeug zu machen, wenn dein Haar dann wild und ungebändigt über deine Schultern fällt. Und noch etwas: Trink keinen einzigen Schluck Wein. Er gibt irgendetwas hinzu, wodurch du völlig wehrlos wirst. Ich weiß nicht, was es ist, aber ich werde die Wirkung nie vergessen. Es war grauenvoll.«

»Ist gut.« Saralean schluckte ihr Unbehagen tapfer hinunter. Das Gelingen ihres Planes hing ganz und gar von dem Eindruck ab, den sie auf Soberano machen würde.

Sie betrachtete sich in dem Spiegel, der an der Innenseite der Schranktür angebracht war. Der grobe, dunkle Stoff der Bluse war so schwer, dass er ihr von allein von den Schultern rutschte und der aschgraue Rock ließ ihre Hüften breiter erscheinen als sie waren. Agnella hatte ein paar Strähnen ihres Haars herausgezupft, die ihr Gesicht nun weich umrahmten. Sie legte ihr noch ein langes dünnes Lederband um den Hals, an dem ein länglicher Stein befestigt war, der zwischen ihren Brüsten verschwand.

»Das Band wirkt wie ein Wegweiser, der die Aufmerksamkeit eines jeden Mannes auf genau diese Stelle lenkt«, erklärte sie.

»Du hast viel Erfahrung damit«, meine Saralean.

»Gezwungenermaßen, ja.«

Über Agnellas Gesicht legte sich ein dunkler Schatten und Saralean bereute ihre unbedachten Worte sofort. »Entschuldige, so habe ich das nicht gemeint«, sagte sie schnell.

»Ist schon gut. Meine Erfahrungen kommen dir jetzt hoffentlich zugute«, wiegelte Agnella ab. »Ich hoffe, dass die Erinnerungen an diese Zeit bald verblassen.«

»Das werden sie sicher, und Tomasu wird dir dabei helfen.«

Saralean drückte Agnella kurz an sich, dann betrachtete sie sich ein letztes Mal im Spiegel.

»Wie eine Marketenderin«, murmelte sie, »nur dass ich mich selbst zu Markte trage.«

Dawied riss die Augen weit auf, als Saralean so verändert vor ihm stand. Er stieß einen anerkennenden Pfiff aus.

»Und, was sagst du dazu?«, fragte sie.

»Ich …«, Dawied schluckte einmal. »Ich würde dich sofort haben wollen«, sagte er, was ihm einen schmerzhaften Rippenstoß von Lamia einbrachte.

»Dann sollten wir uns jetzt vielleicht auf den Weg machen, bevor du auf dumme Gedanken kommst«, antwortete Saralean.

»Was ist das?«, fragte sie, als eine der Frauen ihr zwei Körbe reichte.

»Mein Mann und meine Tochter haben bei Sonnenaufgang Eier und Kräuter gesucht. Ihr solltet etwas Gutes bei euch haben, wenn ihr in die Stadt kommt.«

»Danke, aber sie werden verloren gehen.«

»Das macht nichts, wir werden morgen neue suchen.«

Saralean nickte der Frau dankbar zu, schulterte den bis zum Rand mit frischen Kräutern gefüllten Korb und legte sich den schweren Umhang um.

»Bist du bereit?«, fragte sie.

Dawied, der den Korb mit den Eiern auf dem Rücken trug, küsste Lamia zum Abschied, dann nickte er. Als Saralean Sit ein Zeichen gab, kniff er ganz fest die Augen zusammen.

Kapitel 17

Sit brachte Saralean und Dawied bis fast ans Tor. Um sie herum herrschte schon tiefe Dunkelheit. Nur über dem Misera hing noch ein orangeroter Strahlenkranz, der anzeigte, dass die Sonnen den Horizont dahinter noch nicht ganz überschritten hatten. Eine einzelne brennende Laterne hing über dem Eingang zur Stadt und schaukelte im Wind. Das spärliche Licht bedeutete, dass der Zugang zur Stadt noch nicht verschlossen war.

»Alles in Ordnung?«, fragte Saralean, als sie Dawied neben sich leise stöhnen hörte. Mitleid regte sich in ihr. Der Tag hatte Dawied an seine körperlichen Grenzen gebracht.

»Geht schon«, brummte er und sog tief die Luft in seine Lungen, dann gab er ihr ein Zeichen ihm zu folgen.

Am Tor wurden sie von einem Wachmann aufgehalten. »Was wollt ihr hier?«

»Wir kommen aus dem Osten. Wir waren den ganzen Tag unterwegs«, antwortete Dawied und machte dabei einen sichtlich erschöpften Eindruck. »Lasst uns durch, meine Frau kann kaum noch aufrecht gehen.«

»Deine Frau?« Der Wachmann ließ seinen Blick langsam über Saralean gleiten und fuhr sich lüstern mit der Zunge über die Lippen. »Zeig mal her, was du alles zu bieten hast.«

Er stellte den Speer beiseite und öffnete Saraleans Umhang. Was er dort entdeckte, entlockte ihm ein gieriges Grinsen und er stieß einen heiseren Pfiff aus.

»Lass deine dreckigen Finger von ihr«, fuhr Dawied den Wachmann an und versuchte, ihn abzudrängen, doch ein zweiter Mann war hinzugekommen und hielt Dawied nun das Schwert an den Hals.

»Ganz ruhig, mein Junge. Wir wollen nur mal gucken.«

Zur Untätigkeit verdammt, konnte Dawied Saralean nicht helfen, als sich die Hände des Kerls um ihre Brüste legten. Sie versuchte, sich dem Zugriff des schmierigen Wachmanns zu entziehen, doch ihre Gegenwehr fachte dessen Lust offensichtlich noch mehr an. Er packte blitzschnell zu und hielt sie fest an sich gedrückt. Sein Daumen legte sich mit leichtem Druck auf ihren Kehlkopf. Der Kerl besaß vermutlich genug Erfahrung, um aus einer Furie eine willige Frau zu machen. Ekel überkam Saralean, als er seine Lippen genüsslich über ihren Hals gleiten ließ, aber der Druck auf ihrer Kehle ließ sie stillhalten.

»Was ist hier los?«, erklang eine Stimme im Befehlston.

Saralean erkannte Hogan, der Dawied beiseite drängte und ihrem Peiniger seine Dolchspitze in die Seite stieß. Quiekend wie ein Schwein ließ dieser von ihr ab.

»Also«, wiederholte Hogan, »was ist hier los?«

»Ich – ich, ähm, wir wollten sehen, ob sie bewaffnet sind«, stotterte der Wachmann und ließ Saralean augenblicklich los.

»Und? Sind sie bewaffnet?«

»Nein, Hauptmann.«

»Was habt ihr da in den Körben?«, wandte sich Hogan nun an Dawied und Saralean.

»Eier, Herr«, antwortete Dawied. »Kerbueier und Kräuter.«

»Woher habt ihr die?« Es war allgemein bekannt, dass die Nester der Kerbus schwer zu finden waren und die Eier somit eine seltene Delikatesse darstellten.

»Wir haben sie gesammelt. Wir wollen sie gegen Reis und Mehl tauschen.«

»Hier wird nichts getauscht, bringt sie in Soberanos Vorratskammer, dann könnt ihr wieder gehen.«

»Nein, wir verlangen dafür Reis und Mehl.«

Wütend fuhr Hogan zu Dawied herum. »Du wagst es, mir zu widersprechen? Du dummer kleiner Nichtsnutz von einem Bauern! Du hast hier nichts zu verlangen. Tu, was ich dir gesagt habe, und dann verschwinde!«

»Nein!« Mutig trat Dawied einen Schritt auf Hogan zu. »Entweder bekommen wir Mehl und Reis, oder wir nehmen die Eier wieder mit.«

»Du mieser kleiner Erpresser.« Hogan schlug Dawied ohne Vorwarnung mit dem Handrücken ins Gesicht. »Du bist zu weit gegangen.«

Dawieds Augen funkelten vor Zorn. Er schien drauf und dran zu sein, auf Hogan loszugehen. Schnell fasste Saralean nach seinem Arm. Dawied schnaufte, beruhigte sich aber sehr schnell und ließ zu ihrer Erleichterung von seinem Vorhaben ab. Statt Hogan seine Faust ins Gesicht zu schlagen, hob er lediglich die Hand und wischte sich das Blut ab, das aus seinem Mundwinkel tropfte.

»Bringt die beiden zu El Soberano«, bellte Hogan zwei Soldaten an, die mittlerweile hinzugekommen waren. »Dann können sie ihre Forderung gerne noch einmal vorbringen. Und seid mir ja vorsichtig mit den Eiern«, rief er ihnen lachend nach.

Der zunehmend kalte Abendwind wurde durch die hohe, aus dickem Blech und Holzpfeilern bestehende Mauer etwas gedämpft, dennoch fegte er durch die engen Gassen und wirbelte den losen Sand auf. Die Bewohner der Stadt hatten sich anscheinend bereits in ihre Behausungen zurückgezogen. Lediglich ein paar Soldaten waren unterwegs. Von irgendwoher erklang das Weinen eines Kindes, und aus einem Haus drang die Stimme einer Frau zu ihnen heraus. Was sie sagte, konnte Saralean nicht verstehen; auf jeden Fall erntete die Frau dafür nur das harte Gelächter eines Mannes.

»Das Witwenhaus«, flüsterte Dawied und wies mit dem Kinn in Richtung des Gebäudes.

»Sind Kinder in dem Haus?«, fragte Saralean ebenso leise.

»Sicher, die Frauen werden immer wieder schwanger, sie können sich nicht schützen.«

»Und die Kinder sind dabei, wenn ihre Mütter sich hingeben müssen?«

»Vermutlich, viel Platz bietet das Haus leider nicht.«

»Hört auf zu quatschen«, fuhr einer ihrer Begleiter sie an. »Da hinauf und schlaft unterwegs nicht ein.«

Der Soldat wies auf hölzerne Leitern, die ungefestigt an der Felsenwand lehnten. Sie führten hoch hinauf zu einem breiten Höhleneingang. Die Leitern machten keinen stabilen Eindruck auf Saralean, sie schienen jedoch die einzige Möglichkeit zu sein, zu Soberano zu gelangen. Langsam stieg sie Sprosse für Sprosse hinauf, wurde aber von einem der Soldaten unerbittlich angetrieben. Oben angekommen, sollte sie von Dawied getrennt werden.

»Ich bleibe bei meinem Mann«, rief Saralean und fasste nach Dawieds Arm.

»Du tust, was wir dir sagen, meine Süße. Wenn du Glück hast, ist er noch am Leben, wenn wir dich zu Soberano bringen.«

Sie zogen Saralean gewaltsam von Dawied fort und brachten sie mit den beiden Körben in die Küche. Der Koch war ganz außer sich vor Freude über die unerwartete Bereicherung der Speisekarte.

»Ich will Mehl und Reis dafür«, forderte Saralean.

»Du willst?« Der Koch schüttelte den Kopf und warf ihr einen warnenden Blick zu. »Sei nicht dumm, Mädchen. Du kannst froh sein, wenn der Herr dich wieder gehen lässt und nicht als Hauptspeise vernascht.«

Dawied kniete gefesselt vor Hogan, als man Saralean wenig später zu Soberano brachte. Sein Gesicht war angeschwollen und über seinem rechten Auge tropfte Blut aus einer Platzwunde.

»Oh, was bringt ihr mir denn da Schönes?«, fragte Soberano, als er Saralean entdeckte.

»Das ist meine Frau«, rief Dawied.

»Halt den Mund, dich habe ich nicht gefragt«, sagte Soberano, ohne Saralean aus den Augen zu lassen. Er saß auf einem Stuhl und ließ ein Bein lässig über einer Lehne baumeln. »Bringt sie zu mir.«

»Fass sie nicht an!«, forderte Dawied lautstark.

»Noch ein Wort, und ich schneide dir deine freche Zunge heraus und brate sie vor deinen Augen über dem Feuer«, drohte Soberano. In seiner Stimme lag eine gefährliche Ruhe.

Eines wurde Saralean sofort klar: Dieser Mann stieß ganz sicher keine leeren Drohungen aus.

»Nun, wer ist diese Frau?« Soberano wies mit dem ausgestreckten Arm auf Saralean und sah Hogan dabei an.

Dawied blickte sich kurz zu Saralean um und zwinkerte einmal mit beiden Augen. Es war das Zeichen, dass man den Sender, den er bei sich trug, nicht entdeckt hatte.

»Sie behaupten, Mann und Frau zu sein«, antwortete Hogan.

»Behaupten sie das, ja?«

»Ja.«

»Nun, das kann durchaus sein. Bloß interessiert es mich nicht.« Soberano stand auf und umrundete Saralean. Lüstern begutachtete er sie von Kopf bis Fuß. »Ein schönes Weib. Merkwürdig, dass sie mir bisher nicht aufgefallen ist.«

Wie Agnella es vorausgesagt hatte, fuhr er mit den Fingerspitzen die Linie ihres Nackens nach, dann schob er Saralean den Umhang von den Schultern.

»Nett«, sagte er. »Wirklich nett.«

Bei einer zweiten Umrundung zog er ihr die Spange aus dem Haar, sodass die rötlichen Wellen ungebändigt auf ihre nackten Schultern fielen.

»Lass deine Finger von ihr, sie gehört mir«, schrie Dawied, was ihm einen erneuten Schlag ins Gesicht von Hogan einbrachte. Stöhnend sackte er in sich zusammen.

»Du bist nicht in der Position, etwas dein Eigen zu nennen«, stellte Soberano unmissverständlich klar. »Noch entscheide ich, was euch Bauern gehört und was nicht. Wenn ich Gefallen an dieser Frau finde, dann gehört sie mir. Und wenn dir dein wertloses Leben noch etwas bedeutet, wirst du dich damit abfinden müssen.«

»Niemals!« Dawieds wütender Aufschrei endete abrupt, als ihn Hogans Faust hart im Gesicht traf. Blut tropfte aus seiner Nase und hinterließ ein rotes Rinnsal an seinem Kinn.

»Warum tut ihr das?«, schrie Saralean auf und machte Anstalten, vor Dawied auf die Knie zu gehen.

Soberano packte sie am Arm und riss sie zurück. »Wie heißt du, meine Schöne?«

»Fanny«, antwortete Saralean und reckte stolz ihr Kinn in die Luft.

»Was für ein langweiliger Name für so eine außergewöhnliche Schönheit«, murmelte Soberano dicht an ihrem Ohr. Er ließ sie los und trat einen Schritt zurück. »Er hätte dich besser nicht herbringen sollen.«

Saralean begegnete offen seinem Blick. Sie war nicht bereit, auch nur mit der Wimper zu zucken. Herausfordernd hob sie ihr Kinn noch ein Stück höher. In Soberanos Augen loderte die Gier, als er nach dem Lederband griff und den Anhänger zwischen ihren festen Brüsten hervorzog.

»Du gefällst mir und du kommst mir gerade recht. Ich werde dich hierbehalten.«

»Du gefällst mir jedoch nicht und ich werde ganz sicher nicht hierbleiben«, zischte Saralean ihn an.

»Hört, hört!« Soberano lachte dröhnend, dann griff er hart nach ihrem Kinn. »Du wirst sehr bald deine Meinung ändern.«

»Niemals.«

»Liebst du diesen Kerl?«

»Natürlich.«

»Dann wirst du sicher alles tun, damit ihm nichts geschieht.« Soberano ließ ihr Kinn los und beugte sich zu Dawied. »Ich werde sie für heute bei mir behalten. Sollte sie mich nicht zufriedenstellen, kannst du sie dir morgen Abend wieder abholen. Wird sie mir indessen Vergnügen bereiten, und ich bin mir ziemlich sicher, dass sie mir großes Vergnügen bereitet, kannst du ohne sie heimgehen.«

Dawied sprang auf die Füße. »Das wirst du nicht«, knurrte er gefährlich leise. »Du wirst deine dreckigen Finger von ihr lassen.«

»Aah!« Ein Tritt in seine Kniekehlen ließ ihn wieder zu Boden sinken.

»Du kannst auch in der Arena um sie kämpfen«, sagte Soberano ungerührt. »Ich hätte da gerade einen passenden Gegner für dich in meinem Käfig sitzen. Er ist ein Kämpfer, allerdings wird er dir keine großen Schwierigkeiten mehr machen.«

Er lachte dröhnend, als Dawied vor ihm ausspuckte und ihm einen giftigen Blick schenkte.

»Bringt ihn weg, ich will der kleinen Raubkatze hier einmal zeigen, was ein richtiger Mann mit ihr anstellen kann.«

»Ha, ausgerechnet du willst mir zeigen, was ein richtiger Mann ist?«, rief Saralean laut. »Ein armer Tropf, der gern will, aber nicht mehr kann?«

»Was sagst du da?« Soberano fuhr herum und starrte sie an.

»Du bist nur ein armseliger Wicht, Garcia«, fuhr sie unbeirrt fort.

»Wie hast du mich genannt?« Auf Soberanos Stirn trat eine pochende Ader hervor und seine Wangen zuckten.

Er hat angebissen, jetzt bloß keinen Fehler machen!

Saralean sah ihm direkt in die Augen und hielt seinen Blick fest. »Hast du deinen wahren Namen schon vergessen? Hernandez Garcia, der Verräter an der Revolution?«

»Das ist weit über zwanzig Jahre her. Woher kennst du meinen Namen?«

Gut so! Ein Verräter, der sich selbst verrät!

Saraleans Mundwinkel hoben sich fast von allein zu einem ironischen Grinsen. Schnell presste sie die Lippen zusammen, um ihre Freude nicht zu offensichtlich werden zu lassen. Im Gegensatz zu ihr schien Soberano vergessen zu haben, dass Hogan noch immer hinter ihm stand. Dieser rührte keinen Muskel. Nur eine steile Falte hatte sich zwischen seinen Augenbrauen gebildet.

»Mein Vater wurde zusammen mit Hogan gefasst«, verkündete Saralean. »Er war damals im Raum nebenan, als du die Rebellen verraten hast. Vater wurde mit dem letzten Transport nach Kerelaos gebracht. Er erkannte euch sofort, als du mit Hogan zum ersten Mal in unser Dorf gekommen bist. Danach erzählte er mir von Garcia, dem Verräter, und er konnte nicht begreifen, dass Hogan mit dir gemeinsame Sache macht.«

»Warum hat er sich Hogan nicht zu erkennen gegeben?« Es schien Soberano zu amüsieren, was sie sagte. Hogan hingegen wirkte keinesfalls amüsiert. Aufmerksam hörte er zu.

»Mein Vater bewunderte Hogan Henriks, den Helden der Revolution. Er war fassungslos, als er erkannte, dass dieser mutige Mann zu deinem speichelleckenden Schoßhund geworden war. Er sah keinen Sinn mehr darin, sich Hogan gegenüber loyal zu verhalten«, fuhr Saralean mit ihrer erdachten Geschichte fort.

Hogans Augen verengten sich zu schmalen Schlitzen. Die

von Soberano dagegen begannen zu glühen und seine eben noch zu einem Lächeln verzogenen Lippen pressten sich hart aufeinander. Saralean wusste, dass sie sich in Gefahr brachte, aber sie erkannte auch, dass sie Soberano dort hatte, wo sie ihn haben wollte, und so zog sie auch ihre letzte Trumpfkarte noch hervor.

»Das surdanische Fieber hat deine Manneskraft zerstört, Garcia. Wissen deine Männer das? Wissen sie, dass du unfähig bist, ein Kind zu zeugen? Wissen sie, dass deine großherzigen Geschenke lediglich dazu dienen, diesen Makel zu vertuschen? Haben sie vielleicht schon längst erkannt, dass es nicht deine, sondern ihre Kinder sind, die deine Frauen zur Welt bringen?«

Eine kräftige Ohrfeige ließ sie verstummen. Unwillkürlich kniff sie die Augen zusammen und atmete tief ein und aus. Heiß brannte der Schmerz in ihrem Gesicht.

»Damit wirst du mich auch nicht zum Schweigen bringen«, stieß sie verächtlich hervor.

Hogan zeigte noch immer keine Reaktion. Nur der durchdringende Blick, mit dem er sie fixierte, ließ seine innere Anspannung erahnen.

Soberano griff in Saraleans Haar und riss ihren Kopf gewaltsam nach hinten.

»Das wirst du noch bereuen. Dir werde ich zeigen, was ich kann und was nicht«, zischte er, dann wies er mit dem ausgestreckten Arm auf Hogan. »Jeder, der es wagt, mich zu stören, findet sich in der Arena wieder – verstanden?«

Ganz offensichtlich hatte Soberano Hogans Anwesenheit nicht vergessen. War er so fest von dessen unerschütterlicher Loyalität überzeugt? Wähnte er sich seiner Position und seiner Macht so sicher, dass es ihm egal war, ob sein Hauptmann die Wahrheit erfuhr? Was für ein krankes Hirn verbarg sich hinter Soberanos hoher Stirn?

Und Hogan? In seiner Mimik hatte Saralean geglaubt, zwiespältige Gefühle zu erkennen; anscheinend hatte sie sich geirrt.

»Ja, Soberano«, erwiderte er untertänig.

»Und sperrt ihren angeblichen Ehemann zu unserem winselnden Teufel in den Käfig.«

Noch einmal fing Saralean einen Blick von Hogan auf, bevor er Dawied packte und hinausführte. Ihre Worte hatten in ihm offenbar doch etwas bewirkt, nur was, konnte sie nicht deuten.

Vor der Tür riss Hogan den jungen Bauern hart zu sich herum. »Was genau hat dein Weib damit gemeint?«

»Womit, dass Soberano kein richtiger Mann mehr ist?«

»Das auch, aber der Verrat, was weiß sie von dem Verrat?«

»Sie sagt die Wahrheit. Soberano ist in Wirklichkeit Hernandez Garcia. Der Mann, der damals nicht nur deine Pläne, sondern auch dich und deine Leute an das Regime verriet. Wegen ihm ist dein Putschversuch gescheitert. Wusstest du das etwa nicht?«

»Das glaube ich nicht«, erwiderte Hogan, obwohl es selbst in seinen eigenen Ohren nicht sehr überzeugend klang. Er spürte den Samen des Zweifels in sich wachsen und focht einen harten Kampf mit sich aus. Konnte er so blind gewesen sein?

Nein! – Ich werde diesem Samen keinen Raum geben!

Hogan wollte ihn verdorren lassen, nur der Keimling war wie die Bohnenranke in dem Märchen, das er seiner kleinen Schwester immer erzählt hatte. Einmal ausgesät, brach die Pflanze hervor und bahnte sich ihren Weg.

»Was ist aus dem Mann geworden, der einst unbeirrbar an die Freiheit glaubte?«, rief der Bauer und riss ihn damit aus seinen Gedanken. »Verdammt, Hogan, du warst ein Mann, der kurz davor war, die Erde von den alten Machthabern zu befreien.«

»Das ist lange vorbei.«

»Wie viele treue Männer haben bei der Stürmung eures Lagers ihr Leben gelassen? Frauen und Kinder mussten sterben, weil Garcia auf seinen eigenen Vorteil bedacht war.«

Die Worte des Bauern kamen so leise wie eindringlich und fraßen sich in Hogans Herz.

»Zu viele«, murmelte er, dann straffte er seine Schultern. »Nein, ich glaube dir nicht. Soberano ist nicht Garcia. Er hätte seine wahre Identität niemals so lange vor mir verbergen können.«

»Genau das hat er aber getan, Hogan. Er hat es nicht einmal abgestritten.«

»Woher willst du das überhaupt alles wissen?«

»Du hast meine Frau gerade gehört! Mein Schwiegervater hat uns alles darüber erzählt, nachdem er euch zusammen gesehen hatte. Er hat danach sogar geglaubt, dass du am Ende gekniffen und gemeinsame Sache mit Garcia gemacht hast.«

»Halt dein lügnerisches Maul!«, brüllte Hogan und hieb dem frechen Bauern seine Faust so hart ins Gesicht, dass dieser gegen die Felswand geschleudert wurde.

Blutverschmiert rappelte der sich mühsam wieder auf. »Du kannst mich hier und jetzt zu Tode prügeln, es ändert nichts an der Tatsache, dass du einem Verräter die Treue geschworen hast. Was glaubst du, warum er dich zum Hauptmann gemacht hat? Damit du ihm nicht gefährlich werden kannst. Er hat dich geblendet, mit der Macht, die er dir übertragen hat. Und jetzt ist er sich deiner so sicher, dass er die Wahrheit vor dir nicht einmal leugnet oder sich in irgendeiner Form rechtfertigt. Aber halte ruhig daran fest, deine toten Kameraden werden dir ewig dankbar sein, dass du dich ihrem Mörder so bedingungslos unterworfen hast.«

Hogan holte zu einem weiteren Schlag aus, ließ dann jedoch die Faust wieder sinken. Stattdessen winkte er zwei junge Soldaten zu sich, die gerade die Leitern heraufgeklettert kamen.

»Bringt diese Ratte ins Loch, wo sie hingehört. Sperrt ihn zu Cardona in den Käfig. El Soberano wird bald entscheiden, was mit den beiden geschehen soll«, befahl er und verschwand in seiner Unterkunft.

Deine toten Kameraden werden dir ewig dankbar sein, dass du dich ihrem Mörder so bedingungslos unterworfen hast!

Die Worte des Bauern ließen Hogan nicht mehr los. Sie beschwörten Erinnerungen herauf, die er glaubte, erfolgreich verdrängt zu haben. Wie Szenen in einem Film spulten sich die Ereignisse von damals vor seinem geistigen Auge ab.

~~ Ein verlassenes Dorf in den Rocky Mountains war der Treffpunkt. Hier hatte Hogan all seine Leute zusammengezogen und ihnen die letzten Anweisungen gegeben. Einen letzten Abend und eine letzte Nacht sollten sie mit ihren Familien verbringen. Sie wussten, dass viele von ihnen nicht zurückkommen würden, aber sie waren bereit. Bereit, für die Freiheit ihr Leben zu lassen. Es war noch früh am Morgen. Seine kleine Schwester spielte mit einer Puppe, seine Mutter kochte gerade Kaffee und sein jüngerer Bruder schlief noch, als sie kamen. Noch bevor die Wachen Alarm schlagen konnten, hatte man diese ausgeschaltet und ihn, Hogan, gefangen genommen. Hilflos musste er mit ansehen, wie die terrestrischen Truppen eine Schneise der Vernichtung schlugen. Sie machten nicht einmal vor Frauen und Kindern Halt. Das Bild seiner kleinen Schwester, die einem der heranstürmenden Männer stolz ihre Puppe hinhielt, während dieser sie ohne Skrupel erschoss, hatte sich für immer in sein Gedächtnis gegraben. ~~

Im Gefängnis hatte er erfahren, dass ein Mann namens Hernandez Garcia das Dorf und seine Lage ausgekundschaftet und dann an das Militär verraten hatte. Hogans Hass auf diesen Mann war auch nach all den Jahren ungebrochen und jetzt behauptete diese kleine Schlampe, Soberano sei Garcia? Ausgerechnet El Soberano?

Niemals!

Hogan weigerte sich, dem Glauben zu schenken, obwohl – Soberanos Reaktion auf die Anschuldigung war tatsächlich sehr ungewöhnlich gewesen.

Die Worte des Bauern gingen ihm nicht mehr aus dem Sinn: Er hat dich geblendet, mit der Macht, die er dir übertragen hat. Und jetzt ist er sich deiner so sicher, dass er die Wahrheit vor dir nicht einmal leugnet oder sich in irgendeiner Form rechtfertigt.

War es so?

Hogan ballte die Hände zu Fäusten. Er fühlte, wie die alte Wunde in ihm aufbrach und ein durch ebenso alten Hass vergifteter Dorn sich tief in das rohe Fleisch bohrte.

»So, so, das surdanische Fieber. Glaubst du das wirklich, mein schöner Dämon? Du bist doch Hogans Dämon, oder etwa nicht?« Soberano legte den Kopf schief und grinste selbstgefällig.

»Ich wollte, ich wäre einer, dann würde ich dich jetzt mit Haut und Haaren verschlingen«, fauchte Saralean giftig.

»Das würde mir sogar Spaß machen. Du wirst nur keinen Gedanken mehr daran verschwenden, wenn ich mit dir fertig bin.«

»Ach ja? Was willst du tun, mich auspeitschen oder von

deinen Soldaten vergewaltigen lassen, wie du es mit den anderen Frauen machst?«

»Beides wäre eine Überlegung wert, aber nein, ich muss dir beweisen, dass du dich irrst. Ich werde dich allerdings zu nichts zwingen«, er griff nach einem Becher und füllte ihn mit Wein, »denn du wirst mir deinen Körper freiwillig schenken.«

»Niemals!«

»Oh doch, und ich werde sicher großes Vergnügen mit dir haben.«

Soberano drehte ihr den Rücken zu, dennoch sah Saralean, wie er nach einer kleinen Phiole griff und diese dann wieder zurückstellte. Mit dem Becher in der Hand wandte er sich wieder zu ihr um.

»Danach allerdings«, er machte eine bedeutungsvolle Pause und schenkte ihr ein fast mitleidiges Lächeln, »überlasse ich dich natürlich meinen Männern. Es gibt unter ihnen ein paar, die es sich bestimmt nicht nehmen lassen, dir ganz nah zu kommen. Genau genommen sind es sechs stolze und starke Kämpfer. Sie erzählten mir von einem furchteinflößenden Dämon, der sie bedroht, gedemütigt, sogar verletzt hat. Du kannst dir vorstellen, dass sie nicht gerade glücklich über diesen Umstand sind. Genauso wenig wie ich darüber, dass du mir Agnella genommen hast.«

Saralean wich nicht zurück, als Soberano dicht vor ihr stehen blieb und mit einem Finger ihre Wange berührte.

»Allerdings bist du ein vollwertiger Ersatz für sie.« Seine Hand wanderte zu ihrem Hals und sein Daumen streichelte ihre Kehle, während er sich begierig die Lippen leckte. »Eigentlich bist du viel zu schade für diese Kerle, aber ich bin es ihnen nun einmal schuldig. Manchmal sind sie wie kleine Kinder, und Kindern sollte man ihr Spielzeug nicht vorenthalten. Um es kurz zu machen, mein süßes Ungeheuer, sie werden nicht gerade zimperlich mit dir umgehen, wenn sie sich für diese Schmach an dir rächen dürfen.«

»Was kann ich dafür, wenn deine Männer feige sind?«

Soberano lachte hart auf. »Nichts! Dummerweise sehen sie das anders«, sagte er und ließ sie dabei nicht aus den Augen.

Gewaltsam unterdrückte Saralean den Ekel und die Panik, die sie empfand. Ebenso den Drang, vor ihm zurückzuweichen, als er im Begriff war, seinen Mund auf ihren zu pressen. Stattdessen hob sie spöttisch die Brauen und zauberte gleichzeitig ein kaltes Lächeln auf ihre Lippen. Beides ließ ihn tatsächlich für einen Moment innehalten.

»Kennst du den Satz, Rache genießt man kalt?«, fragte sie und legte eine Hand auf seine Brust. »Ich verrate dir ein Geheimnis: Sie ist heiß. Heiß wie die Hölle, durch die du noch gehen wirst.«

Soberano wich taumelnd zurück. Scharf sog er den Atem ein und riss verstört die Augen auf. Er fasste sich an die Brust, dort wo ihre Hand ihn eben noch berührt hatte. Für einen winzigen Moment starrte er sie verunsichert an. Doch die Unsicherheit in seinem Blick verflog schnell, dafür trat ungebremster Zorn an deren Stelle.

»Dann werden wir beide im Höllenfeuer schmoren«, keuchte er und packte sie im Genick.

»Trink das, mein schöner Dämon«, forderte er und hielt ihr den Becher Wein an die Lippen.

Saralean erinnerte sich gut an Agnellas Warnung. Sie presste die Lippen zusammen und schlug Soberano den Becher aus der Hand. Der Wein ergoss sich über den Boden, während der Becher in hohem Bogen durch den Raum flog und lautlos auf einem Fell vor Soberanos Bett landete.

»Du wagst es, dich mir zu widersetzen?«, kreischte er wutentbrannt.

Saralean schrie auf, als er sie blitzschnell packte und gegen die Wand drückte. Mit einer Hand hielt er ihre Handgelenke umklammert, mit der anderen fuhr er unter ihren Rock. Sie wehrte sich mit aller Kraft, aber sie war zu schwach. Er presste sie mit seinem ganzen Körper gegen die Höhlenwand und ließ ihr auch nicht die kleinste Bewegungsfreiheit. Verzweifelt versuchte sie, wenigstens seinen gierigen Lippen zu entgehen.

»Wehr dich ruhig, solange du kannst. Du wirst es sehr bald nicht mehr können und dann werde ich dich lehren, dich mir zu unterwerfen, meine schöne Amazone«, flüsterte er heiser. »Sollten meine Männer von dir noch etwas übrig lassen, darfst du vielleicht Agnellas Platz einnehmen«, murmelte er dicht an ihrem Ohr.

Fieberhaft überlegte Saralean, wie sie dieser entwürdigenden Situation entkommen konnte, als die Tür geöffnet wurde und sich ein großer, schlaksiger Junge durch den Vorhang schob.

»Was ist?« Soberano fuhr herum und ließ Saralean los, die sich sofort hinter dem großen Steintisch in Sicherheit brachte.

»Verzeiht, Herr. Ich bringe euch Telana.«

Saralean war gerade im Begriff, Sit das vereinbarte Zeichen zu geben, als eine Frau die Höhle betrat und schweigend in der Nähe des Eingangs stehen blieb. Soberano ging auf sie zu und baute sich unmittelbar vor ihr auf. Die Frau hielt den Blick unverwandt in die Ferne gerichtet, als würde sie durch ihn hindurchsehen. Sie war nicht mehr jung. Die Haut an Hals und Armen wurde bereits welk und ein Netz aus feinen Linien überzog ihr Gesicht. Ihr langes, schwarzes Haar war stumpf und von silbernen Strähnen durchzogen. Die schlanken Hände und der magere Körper waren von schwerer körperlicher Arbeit gezeichnet, die aufrechte Haltung zeugte hingegen von ungebrochenem Stolz. Man sah ihr noch immer an, dass sie einmal eine sehr attraktive Frau gewesen war, auch wenn ihre dunklen Augen den einstigen Glanz verloren hatten. Sie zuckte nicht zurück, als Soberano sie grob packte und in die Mitte der Höhle stieß.

»Sieh her, kleines Ungeheuer. Telana hier ist das beste Beispiel, was aus Frauen wird, die sich mir verweigern«, erklärte er mit einem hinterhältigen Grinsen. »Telana war einmal eine wahre Schönheit. Klug, selbstbewusst und ein bisschen geheimnisvoll. Wir sind uns vor langer Zeit auf der Erde begegnet. Schon damals wollte ich nur eine einzige Nacht mit ihr verbringen, aber sie hat abgelehnt. Das Schicksal wollte es, dass wir uns ausgerechnet hier wiedertrafen. Sie hat mich dummerweise erneut abgewiesen und lieber ihre Familie zerstört, als eine Nacht mit mir zu verbringen.«

Fast zärtlich ließ er eine Strähne ihres Haars durch seine Finger gleiten. Die Frau zeigte keinerlei Reaktion. Es war, als ob sie weder körperlich noch geistig anwesend war.

»Ihr Mann kam in der gnadenlosen Wüste um, ihre Tochter nahm sich das Leben, weil sie die Schande ihres feigen Vaters nicht ertrug, und auch ihr rebellischer Sohn ist seiner gerechten Strafe nicht entgangen. Mit Telana war ich dennoch gnädig. Anstatt ins Witwenhaus schickte ich sie als Arbeiterin auf die Kaliumfelder.« Soberano lächelte spöttisch und hauchte einen Judaskuss auf Telanas blasse Wange. »Alles war besser, als eine einzige Nacht mit El Soberano zu verbringen, nicht wahr, Madame Cardona?«

Während Saralean vor Überraschung die Augen aufriss, zeigte Telana zum ersten Mal Gefühle.

»Du bist und bleibst ein Schwein, Garcia.« Mit einer hasserfüllten Miene spie sie ihm ins Gesicht.

Soberano zuckte zurück und wischte sich mit der Hand den Speichel von der Wange, dann holte er aus und versetzte

Telana eine so heftige Ohrfeige, dass sie nach hinten geschleudert wurde und zu Boden sank.

»Hör auf!« Saralean sprang hinzu und stieß ihn grob beiseite. Noch während sie nach Telanas Hand griff, rief sie: »Sit! Jetzt!«

Fassungslos sah Soberano zu, wie sich die beiden Frauen vor seinen Augen in Luft auflösten. Regungslos starrte er auf die Stelle, wo eben noch Telana und die Fremde gekniet hatten. Sie waren fort, ohne eine Spur zu hinterlassen. Genau, wie Hektor es ihm von Agnella und diesem räudigen Läufer berichtet hatte. Auch sie hatten sich in Luft aufgelöst. Er hatte es nicht glauben wollen, hatte es als dumme Ausrede für Hektors erneutes Versagen angesehen und seine maßlose Wut an dem Soldaten ausgelassen.

»Herr!« Borwig stürzte atemlos herein. »Herr, die – die Gefangenen, sie sind fort. Sie sind einfach aus dem Käfig verschwunden.«

»Das dachte ich mir schon«, sagte Soberano. Mit einem Lächeln im Gesicht wandte er sich zu Borwig um. »Sie hat mich ausgetrickst, Borwig. Eine Frau! Wer hätte das gedacht? Ich, der große El Soberano, Herrscher von Kerelaos, Herr über alles Leben auf diesem Planeten, wurde von einer kleinen Hexe aufs Kreuz gelegt. Sie muss lernen, dass Kerelaos mein ist. Mir allein gehört alles, was auf ihm wächst, was in ihm ist und was auf ihm landet.«

Soberanos Lächeln steigerte sich in ein hartes lautes Lachen, woraufhin der alte Soldat fluchtartig die Räume verließ.

Noch einmal lachte Soberano laut auf, dann hörte er abrupt auf. Was blieb, war ein dämonisches Grinsen. Anstatt eingeschüchtert und verschreckt, hatte die Fremde sich amüsiert gezeigt. Überrascht hatte er registriert, dass sich die Farbe ihrer Augen veränderte. Er hatte sie zunächst mit dem Blau eines frühen Morgenhimmels verglichen, später erschienen sie ihm so hell und klar wie gefrorener Tau. Und als sie eine Hand auf seine Brust gelegt hatte, war ihm, als durchbohre ihn eine Lanze aus Eis. Die eisige Kälte, die ihn durchströmte, hatte ihn erzittern lassen. Gleich darauf hatten sich ihre Augen in brennende Kugeln verwandelt und ihm war, als sprühten Funken aus ihren Pupillen; gleichzeitig durchfuhr ihn ein glühend heißer Feuerstoß. Der kurze, heftige Schmerz, der sich in seinem Körper ausbreitete, hatte ihn zurückweichen lassen, aber weder behielt er eine klaffende Wunde zurück noch lief ihm Blut über die Finger, als er unwillkürlich die Hand zu der Stelle hob.

Diese Frau war keine Zauberin, sie war kein Gespenst und erst recht kein Dämon. Sie besaß lediglich außergewöhnliche Fähigkeiten und ihr Raumschiff war bepackt mit der neuesten Technologie. Es war vermutlich nicht mehr voll funktionsfähig, aber es besaß Energie. Genug, um einen Ort-zu-Ort-Transporter zu aktivieren. Genug, um seine Waffen wieder zu laden. Dinge, die er sich unbedingt zu eigen machen musste. Sie war ein Geschenk, welches er sich nicht entgehen lassen konnte.

Kapitel 18

Stöhnend griff Telana sich an die Stirn und öffnete blinzelnd die Augen. »Was ist passiert?«

»Es ist alles in Ordnung«, sagte Saralean sanft und half ihr in eine sitzende Position.

»Ich sehe nur verschwommen und alles dreht sich viel zu schnell. Was ist nur los mit mir?«

»Das gibt sich gleich«, versprach Saralean. »Bleiben Sie noch sitzen.«

Telana machte gar nicht erst den Versuch, aufzustehen. Instinktiv wusste sie anscheinend, dass weder ihr Körper noch ihre Beine irgendeinem Befehl gehorchen würden.

»Wo ist Garcia?«, fragte sie.

»Er kann Ihnen nichts mehr antun. Ruhen Sie sich etwas aus, Telana. Ich bin gleich wieder bei Ihnen.« Saralean drückte beruhigend ihre Hand. Dann sprang sie auf, verließ die Brücke der Argus und lief zu Dawied, der mit Darko in der Krankenstation angekommen war.

»Heilige Solara! Was hat er mit ihm gemacht?« Blankes Entsetzen packte Saralean, als sie Darkos geschundenen und gefesselten Körper sah.

Er war nackt und seine Haut wies diverse Schnitte und Risse auf, von denen einige sehr tief und sehr lang waren. Selbst das Gesicht war übersät mit roten Striemen. Arme, Beine und der Oberkörper waren nahezu zerfetzt und die gesamte Rückseite seines Körpers war von grauenvollen Verbrennungen übersät.

»Er hat ihn von den Sonnen braten lassen, ihn ausgepeitscht

und zusammengeschnürt übers Feuer gehängt«, antwortete Dawied.

»Über das Feuer?«

»Soberano hat seinen Kerker in einer Höhle eingerichtet, unter der ein Lavafluss verläuft. Die Hitze ist auch für einen gesunden Mann fast unerträglich. So wie er zugerichtet ist, hätte Darko das nicht lange überlebt.«

»Sit! Die Röhre!«, rief Saralean.

»Ist bereit.«

Mit einem Messer befreite sie beide Männer von ihren Fesseln und zog Darko vorsichtig den von Speichel und Blut durchtränkten Knebel aus dem Mund.

»Ich muss ihn sofort behandeln. Steh auf, Dawied! Du musst ihn auf den Tisch legen, ich schaffe das nicht allein.«

Die Prügel, die Dawied wohl im Kerker von den Soldaten hatte einstecken müssen, hatten ihn geschwächt. Zusätzlich schien er noch die Nachwirkungen des Transports in sämtlichen Knochen zu spüren. Als er stand, schwankte er kurz und stützte sich einen Moment an der Wand ab. Saralean sah ihm an, dass es ihn schier übermenschliche Kräfte kostete, seinen Freund aufzuheben. Darko war alles andere als ein Leichtgewicht, aber Dawied schaffte es.

»Leg ihn dort hin«, bat Saralean und zeigte auf den Behandlungstisch, dann drückte sie Dawied eine kleine Flasche in die Hand. »Trink das.«

»Was ist das?«

»Ein Stärkungsmittel.«

Saralean legte eine Hand auf Darkos Brust und schloss die Augen.

»Was tust du da?«, fragte Dawied, der langsam wieder zu Kräften kam.

»Ich untersuche ihn.«

»Durch Handauflegen?«

»In meiner Heimat bin ich Heilerin«, antwortete Saralean knapp.

»Aber …«

Saralean hob einen Finger an und machte mit ihm eine verneinende Bewegung.

»Ich weiß schon – später.« Dawied seufzte resigniert auf. »Sag mir wenigstens, ob er durchkommt.«

»Das wird er. Die Wunden sind sehr tief und stark verschmutzt. Es haben sich auch erste Entzündungsherde gebildet, aber das habe ich erwartet. Ansonsten kann ich keine lebensgefährlichen Verletzungen feststellen.«

Dass Darko wieder einmal kurz davor war, dem Tod freundschaftlich entgegenzusehen, erwähnte sie nicht.

»Gott sei Dank«, sagte Dawied.

»Kann ich helfen? Ich bin Ärztin.« Saralean fuhr herum und sah Telana in der Tür stehen.

»Sit! Schließ die Röhre!«, sagte sie schnell. Telana sollte ihren Sohn so nicht sehen. Die Ärztin in ihr würde alles Nötige tun, die Mutter in ihr würde den schrecklichen Anblick nicht verkraften.

»Ich habe alles im Griff, danke«, versicherte ihr Saralean. »Er ist stark dehydriert. Sein Körper benötigt dringend Flüssigkeit, sonst wird sein Kreislauf völlig zusammenbrechen.«

Telana nickte stumm und ging wieder. Sie schien noch immer unter der Isotranssynthese zu leiden. Vielleicht hatte sich auch der Schleier vor ihren Augen noch nicht ganz aufgelöst. Jedenfalls hatte sie offenbar weder Dawied noch Darko erkannt.

»Bring ihr das, nur sag ihr nicht, dass Darko hier liegt«, forderte Saralean und reichte Dawied noch eine von den kleinen Flaschen mit dem Stärkungsmittel.

Ein leises Summen ertönte und ein kaltes, bläuliches Licht lief wellenförmig über Darkos Körper. Gleich darauf folgte ein warmer, gelblicher Schein, der sich sehr viel langsamer über ihn hinwegbewegte. Dann erschienen wieder die blauen Wellen, die danach abermals vom gelben Licht abgelöst wurden. Dies wiederholte sich nun in schöner Regelmäßigkeit.

»Warum willst du ihr nicht sagen, wer er ist?«, fragte Dawied, der die Lichter argwöhnisch beobachtete.

»Soll sie ihn etwa so sehen?«

»Nein, besser nicht«, gab Dawied zu.

»Jetzt geh bitte zu Telana. Sie wird wieder auf der Brücke sein.«

Dawied tat, wie ihm geheißen. Als er einige Minuten später wieder in der Krankenstation erschien, fragte Saralean: »Hat sie dich wiedererkannt?«

»Ja, Telana wollte mich gar nicht wieder gehen lassen. Sie hat mich komischerweise nicht nach Darko gefragt.«

»Sie glaubt vermutlich, er ist tot. Garcia muss es ihr eingeredet haben, denn er sagte, ihr rebellischer Sohn sei seiner gerechten Strafe nicht entgangen.«

Dawied schnaubte wütend, schwieg aber dazu. Darko schien ihm im Augenblick deutlich wichtiger zu sein.

»Wie soll er eigentlich Flüssigkeit zu sich nehmen? Er ist gar nicht in der Lage, etwas zu trinken.«

»Das muss er auch nicht. Wo zum Teufel ist das Natriumchlorid?« Saralean war gerade dabei, hektisch die Inventarliste zu durchsuchen. »Ah, ich habe es«, triumphierend tippte sie auf das Display des Monitors.

Sofort öffnete sich eine der Schubladen. Mit drei großen Ampullen, die mit einer klaren Flüssigkeit gefüllt waren, kehrte sie zu Dawied zurück. Eine davon legte sie in ein Injektionsgerät ein.

»Das ist eine hochdosierte Kochsalzlösung. Die wirst du ihm verabreichen.« Sie zeigte Dawied die Stelle an Darkos Hals, unter der die äußere Drosselvene lag, setzte das Gerät an und betätigte einen Knopf, dann drückte sie ihm das Gerät in die Hand. »So, jetzt zählst du langsam bis zehn, dann gibst du ihm die nächste Dosis, dann wieder bis zehn zählen und eine weitere Dosis. Kriegst du das hin?«

»Ja, klar.«

»Gut, dann werde ich mich jetzt um dich kümmern.«

»Ist nicht nötig, das ist nicht so schlimm«, wehrte er ab, als Saralean begann, seine Verletzungen zu behandeln.

»Halt still, was nötig ist und was nicht, entscheide ich. Vergiss du das Zählen nicht.«

Während Dawied Saralean achselzuckend gewähren ließ und sich auf seine Aufgabe konzentrierte, wurden auf der Röhre Linien und Zahlen angezeigt.

»Was bedeutet das?« Er wies mit dem Finger darauf.

»Seine Lebenszeichen. Siehst du? Die erste Linie zeigt seine Herzfrequenz an, die zweite seine Gehirnströme, die dritte seine Lungenfunktion und diese bildet den Fortschritt der Heilung ab«, erklärte Saralean die Anzeigen von oben nach unten.

Dawied ließ die unkontrolliert ausschlagenden und zittrigen Linien nicht aus den Augen, während er konzentriert zählte. Als die zweite Ampulle geleert war, beruhigten sich die Linien zunehmend. Die ersten drei wiesen bereits überwiegend regelmäßige Ausschläge auf, während sich die untere nach und nach in einen gleichmäßig verlaufenden Strich verwandelte.

»Wird er wieder ganz gesund?«

»Er hat es fast überstanden.« Saralean legte eine neue Ampulle in das Injektionsgerät ein und gab es Dawied zurück. »Zähl weiter und achte darauf, dass die Ausschläge sich weiter beruhigen. Wir können ihn dann sicher bald aufwecken. Er wird allerdings noch benommen und müde sein. Ich bin gleich nebenan in der Küche und bereite einen starken Kaffee zu. Ich glaube, den können wir dann alle gut gebrauchen.«

»Kaffee? Was zum Teufel ist Kaffee?«, rief Dawied ihr nach, erhielt jedoch keine Antwort, denn Saralean war viel zu beschäftigt für lange Erklärungen.

»Saralean?«, rief Dawied ein paar Minuten später. Er klang zutiefst verunsichert.

»Ja?« Sie kam sofort angelaufen. Erleichtert atmete sie aus, als sie sah, dass die Röhre sich geöffnet hatte. »Es ist alles gut.«

»Wie hast du das gemacht?« Dawied wich einen Schritt zurück. Sein Blick glitt ungläubig über Darkos fast makellosen Körper.

Die Wunden waren verheilt. Nicht einmal Narben waren zurückgeblieben. Nur noch ein paar feine, rote Linien erinnerten an die tiefen Schnitte, die Soberanos Peitsche hinterlassen hatten.

»Das war nicht ich, das war die Röhre und natürlich Sit«, erklärte sie. »Diese Röhre ist sozusagen mein Doktor.«

»Es ist nichts mehr zu sehen! Das – das ist unglaublich!«

Saralean musste grinsen. Dawied glaubte nur, was er sah, und hätte bestimmt jeden der Lüge bezichtigt, der ihm von dieser Röhre erzählt hätte. Und obwohl er jetzt mit eigenen Augen sehen konnte, dass Darkos geschundener Körper geheilt war, schien er es immer noch nicht zu glauben.

»Das grenzt an Zauberei!«, rief er aus.

»Das hat nichts mit Zauberei zu tun. Die Zusammensetzung unterschiedlicher Strahlungen bewirkt eine rasche Heilung. Es ist eine großartige Technik und in der Raumfahrt schlicht unentbehrlich.«

»Ist er wieder ganz in Ordnung?«

»Er muss sich noch ein wenig schonen, ansonsten wird es

ihm bald wieder gut gehen.« Lächelnd drückte sie Dawieds Arm. »Ich werde ihn jetzt wecken.«

Saralean verabreichte Darko ein sehr niedrig dosiertes Amphetamin. »Er wird gleich zu sich kommen«, sagte sie. »Pass bitte auf, dass er nicht zu schnell aufsteht. Auf dem Stuhl dort liegen frische Kleider. Ich werde in der Zwischenzeit nach Telana sehen.«

»Hey, Darko! Komm schon, Junge, wach auf. Es ist alles in Ordnung. Du bist wieder wie neu«, hörte sie Dawied sagen, als sie mit dem Kaffee und vier Bechern die kleine Bordküche verließ.

»Geht es Ihnen wieder gut, Telana?« Saralean stellte die Tassen und die Kanne auf einer der Ablagen ab, die an den Armlehnen der bequemen Sessel auf der Brücke angebracht waren.

»Ja, dein kleiner Freund hier hat gut auf mich aufgepasst«, antwortete Darkos Mutter und streichelte Hannibal noch einmal über den Kopf.

»Dann haben Sie sich mit Hannibal schon angefreundet, das freut mich.«

»Ein liebenswerter Hund«, bestätigte Telana. »Aber ich begreife das alles noch nicht. Wo bin ich und wie bin ich hergekommen?«

»Sie sind auf meinem Schiff, der Argus. Ein Ort-zu-Ort-Transporter hat uns hergebracht.«

»Auf einem Raumschiff? Sind wir nicht mehr auf Kerelaos?«

»Doch, das sind wir. Sie sind jetzt bei Freunden, Telana. Soberano wird Ihnen nichts mehr antun können«, versprach Saralean, während sie die Tassen füllte.

»Du warst bei Soberano in der Höhle, wie …« Telana verstummte, als sie von einem verführerischen Duft abgelenkt wurde. »Ist das etwa Kaffee?«

»Ja.«

»Wirklich?«, fragte sie nach, und als Saralean nickte, sagte sie: »Ich kann es gar nicht glauben, dass ich noch einmal im Leben von dieser Köstlichkeit kosten darf.«

Telana nahm eine Tasse und sog den Duft tief in sich hinein. Den ersten Schluck behielt sie genießerisch eine Weile im Mund. Nachdem sie einen zweiten Schluck getrunken hatte, fragte sie: »Und wer bist du?«

»Mein Name ist Saralean Terfee. Ich bin Karfanerin. Ein Unfall hat mich hergebracht und dann habe ich – aber wir sollten noch einen Moment warten.«

»Warten? Auf was?«

»Nicht auf was, auf wen!«

In diesem Moment erschien Darko auf der Brücke. Er schwankte noch ein wenig beim Gehen. Als er dann die Frau neben Saralean erkannte, blieb er wie angewurzelt stehen. Telana stellte die Tasse wie in Zeitlupe ab. Beide, Mutter und Sohn, starrten sich sekundenlang an, dann rannte Telana mit einem Aufschrei auf Darko zu und schlang die Arme um ihren Sohn.

»Darko! Darko, mein Junge!« Mit beiden Händen umfing sie sein Gesicht und viele bisher ungeweinte Tränen rannen ihr über die Wangen.

Darko legte seine Arme um sie und drückte sie ganz fest an sich.

»Mutter.« Er vergrub sein Gesicht an ihrem Hals und wiederholte immer nur das eine Wort – Mutter.

»Sie haben mir gesagt, du seist hingerichtet worden«, rief Telana aus.

»Fast hätten sie es auch geschafft.«

»Ich habe es geglaubt, glauben müssen. Dennoch war da etwas in mir, das mich hoffen ließ, du bist noch am Leben.«

»Leben?« Darko lachte bitter auf. »Ich würde es so nicht nennen. Ich habe existiert, mich bewegt und geatmet. Erst mit

Saralean kam das Leben zu mir zurück. Sie ist eine Zauberin, Mutter. Sie hat mir jetzt zum zweiten Mal das Leben gerettet.«

»Eine Zauberin? Seit wann glaubst du an Zauberei?« Telana sah von ihrem Sohn zu Saralean.

»Wir sollten uns setzen«, sagte Saralean. »Der Kaffee wird sonst kalt.«

»Das wollte ich dich vorhin schon fragen, was bitte ist Kaffee?« Dawied, der gleich hinter Darko die Brücke erreicht hatte, trat neugierig näher. Er schnupperte vorsichtig an der dampfenden, schwarzen Flüssigkeit.

»Ein sehr beliebtes Getränk auf der Erde«, erklärte Saralean und drückte ihm eine Tasse in die Hand. »Es wird aus einer Bohne hergestellt, die geröstet und gemahlen wird. Probiere es ruhig, es hat eine sehr anregende Wirkung.«

»Wo bist du gewesen, Mutter?«, fragte Darko, ohne auf das Gespräch über den Kaffee zu achten. »Ich habe nach dir gesucht, als ich dich nicht finden konnte, hatte ich die Hoffnung schon aufgegeben, dass du noch lebst.«

»Dein Vater hat zwar seinen Gegner getötet, die weitere Bedingung am Ende nicht eingehalten. Nachdem Donald daraufhin aus der Stadt gejagt worden war, war ich davon überzeugt, dass ich zusammen mit der Frau des Getöteten im Witwenhaus landen würde. Doch Soberano ließ nur die Witwe dorthin bringen. Er ahnte wohl, dass ich mich eher umbringen würde, als mich seinen Kriegern hinzugeben. Er wollte mich leiden sehen und so schickte er mich auf die Kaliumfelder. Eine harte Arbeit, aber immerhin ließ er mich dort in Ruhe.«

Telana fasste nach Darkos Hand und zog ihn zu den Sesseln, damit er sich setzen konnte. Während sie den Kaffee trank, behielt sie Hand ihres Sohnes fest in ihrer. Vermutlich hatte sie noch immer Angst, dass das Ganze ein Traum war, aus dem sie gleich erwachen musste.

»Erzähl mir, wie es dir in den letzten Jahren ergangen ist«, bat sie.

»Wir haben noch viel Zeit, Mutter. Du wirst bald alles erfahren«, sagte er, hob ihre Hand an seinen Mund und drückte einen Kuss darauf. Dann gab er ihrem Drängen nach und berichtete in kurzen Worten, was in den letzten Stunden geschehen war.

»Du hast diesem falschen Bauern geglaubt? Du hättest dich niemals auf das Wort eines Fremden hin in so eine Gefahr begeben dürfen.«

»Das, denke ich, ist meine Schuld«, mischte sich Saralean ein. »Ich habe Darko geraten, den Menschen mehr Vertrauen zu schenken, jetzt weiß ich, dass das kein guter Rat war.«

»Nein, grundsätzlich war es ein guter Rat«, widersprach Darko. »Ich habe diesem Bauern nicht wirklich getraut. Deine angebliche Nachricht war zu allgemein gehalten, Mutter. Ich wusste, du hättest ihm etwas Persönliches gesagt, etwas, das nur wir beide wissen konnten. Dennoch konnte mich niemand davon abhalten, zu den Kaliumfeldern zu gehen. Ich wollte ihm unbedingt glauben.«

»Ich war auf den Feldern, insoweit hat er die Wahrheit gesagt.«

»Es war trotzdem eine Falle und wir sind direkt hineingelaufen«, erklärte Dawied. »Zwanzig Soldaten warteten in den Büschen bei den Feldern auf uns. Was ich nicht verstanden habe: Warum sollte ich Tamosz in Sicherheit bringen?«

»Er ist zu wichtig für uns«, sagte Darko.

»Tamosz ist ein wirklich guter Kerl, aber was ist so bedeutend an ihm?«

»Er ist in der Lage, eine geistige Verbindung mit anderen aufzunehmen. Der Plan war, Mutter eine gedankliche Nachricht zu übermitteln. Diese Gabe ist von unschätzbarem Wert und ich konnte nicht riskieren, dass Soberano davon erfährt.«

»Er kann Gedanken lesen?« Dawied blieb vor Überraschung der Mund offen stehen.

»Ja, nur hat er es nie getan. Tamosz hat eigentlich erst durch mich erfahren, wer er ist und was er kann«, stellte Saralean klar.

»Keine Angst, Dawied, er hat deine Geheimnisse nicht ausspioniert«, grinste Darko. Dann wandte er sich an Saralean. »Wie ist es euch gelungen, Mutter und mich zu befreien?«

»Dawied und ich sind als Bauern …«

»Du musst schon von Anfang an erzählen«, fiel Dawied ihr ins Wort und übernahm es, die Geschichte in allen Einzelheiten wiederzugeben. Allerdings schmückte er sie wie jeder gute Geschichtenerzähler noch ein wenig aus und hob Saraleans Rolle deutlich hervor.

»Du übertreibst maßlos«, wies Saralean ihn lachend zurecht.

»Ein bisschen vielleicht«, gab Dawied grinsend zu, »aber ohne dich würden wir hier nicht zusammensitzen.«

»Du hättest sie davon abhalten müssen. Dieser Plan war dumm und gefährlich«, fuhr Darko ihn an.

»Hey, mach mir keine Vorwürfe.« Dawied hob abwehrend beide Hände. »Hast du schon mal versucht, ihr etwas auszureden? Nein?«, fragte er nach, als Darko verneinte. »Dann rate ich dir, versuch es gar nicht erst.«

Darko griff nach Saraleans Hand und drückte sie sanft. »Du hast mir zum zweiten Mal das Leben gerettet und mich geheilt. Wie oft willst du das noch machen?«

»Bis du aufhörst, dich selbst und dein Leben in Gefahr zu bringen«, erwiderte sie lächelnd.

Telanas Blick wanderte von Darko zu Saralean. Ein wissendes Lächeln legte sich auf ihr Gesicht. In den Augen ihres Sohnes erkannte sie dieselben Gefühle, die sie einst in denen ihres Mannes gelesen hatte. Darko liebte die Fremde. Telana konnte es gut verstehen; Saralean besaß ein anziehendes Wesen und ein hübsches Gesicht, was auch an den eigenwillig geformten Augen lag, die, wie sie von früher wusste, für Karfaner typisch waren. Das Mädchen schien klug zu sein, besaß Selbstbewusstsein und eine große Portion Tapferkeit. Sich in Soberanos Höhle zu wagen, um Darko zu retten, zeugte von sehr großem Mut – und von wahrer Liebe.

»Du verstehst etwas von Heilkunde, bist du Ärztin?«, fragte Telana.

»Nein, zumindest nicht, was ihr darunter versteht. Ich bin eine Sidu.«

»Eine karfanische Heilerin – verstehe, dann bist du empathisch?«

Saralean nickte nur.

»Ich dachte, ihr verlasst euren Planeten nicht«, fuhr Telana fort.

»Das stimmt. Ich bin eine der wenigen Ausnahmen. Karfana verweigert sich noch immer dem Fortschritt. Wir haben nicht einmal eigene Raumschiffe. Technik nutzen wir nur, soweit sie uns einige schwere Arbeiten abnehmen kann. Somit gibt es bei uns gerade mal eine einzige technische Universität. Nach Einsetzung des Planetarischen Rates steht es jedem Mitglied der Vereinten Planeten frei, wo es leben und studieren will. Ich rang meinen Eltern die Erlaubnis ab und entschied mich für die Erde und eine Ausbildung zur Ingenieurin.«

»Planetarischer Rat und Vereinte Planeten? Was ist aus den alten Machthabern geworden?«

»Sie wurden nach dem Krieg gegen die Hetaner abgesetzt.«

»Es gab Krieg? Anscheinend ist in den letzten dreißig Jahren viel geschehen.«

»Sehr viel, Mutter. Saralean hat mir von wundervollen Dingen erzählt, aber jetzt muss ich dir unbedingt noch ein anderes Wunder zeigen.« Darko stand auf und zog sie mit sich.

Telana folgte ihrem Sohn, der die Brücke der Argus verließ und in einen Gang abbog, der im Nichts zu enden schien. Erschrocken zuckte sie zusammen, als sich plötzlich eine Tür nach draußen öffnete. Die kalte Luft ließ sie kurz erzittern, dann griff sie nach Darkos ausgestreckter Hand, um sich erst die Stufen hinunter und dann den Berg hinauf helfen zu lassen. Während sie auf den Höhleneingang zustrebten, sah Telana sich neugierig um. Die Zwillingssonnen hatten den Horizont überschritten und von der schwarzen Ebene schien Dampf aufzusteigen. Die Sonnen begannen die Luft und alles Leben auf Kerelaos aufzuwärmen. Als Telanas Blick die Felsnadel streifte, blieb sie plötzlich wie angewurzelt stehen.

»Du lebst im Misera?«

»Nicht nur ich, Mutter. Ich konnte mein Versprechen nicht halten, aber der Misera und seine angeblichen Dämonen haben mir und vielen anderen Schutz geboten und werden es hoffentlich auch noch für lange Zeit tun.«

»Du warst niemals ängstlich, doch das muss mehr Mut gekostet haben, als ich dir jemals zugetraut hätte, mein Sohn.«

»Ich brauchte keinen Mut, nur Überwindung. Erinnerst du dich? Vater hat immer gesagt, dass es für alles eine logische Erklärung gibt. Er hatte recht. Der Misera birgt keine Geheimnisse und auch keine Dämonen.«

Darko wartete, bis auch Dawied, Saralean und Hannibal zu ihnen aufgeschlossen hatten, dann führte er seine Mutter in den Misera hinein, bog mal nach links, mal nach rechts in Gänge von unterschiedlicher Breite und Länge ab, bis sie schließlich die Haupthöhle erreichten.

»So viele!«, flüsterte Telana und blieb im Eingang stehen.

Mittlerweile war die Anzahl der Bewohner um fast das Doppelte angewachsen. Agnella war nach einem Besuch bei ihrer Familie mit Tomasu zum Misera zurückgekehrt und Lamia war bei Dawied geblieben. Ein paar Flüchtlinge aus der Stadt und ein Müller mit vier Söhnen und zwei Töchtern hatten sich in die Höhlen gewagt. Noch hatte der Misera Platz genug, um allen eine Unterkunft zu gewähren.

»Telana!« Der Ruf hallte wie ein Echo von den Wänden wider.

Telanas Kopf ruckte hoch. Suchend ließ sie ihren Blick über die Menschen wandern, die sich hier versammelt hatten. Schließlich blieben ihre Augen an einem Mann hängen, der sich mühsam erhob und auf seinen Stock stützte.

»Donald«, flüsterte sie fast tonlos. Fassungslos und zitternd stand sie da und wartete, bis der große, grauhaarige Mann auf sie zukam und schließlich vor ihr stehen blieb.

»Du bist es wirklich.« Ungläubig sah er sie an, dann fasste er nach ihrer Hand. »Telana! Ich – mein Gott, ich kann es gar nicht glauben. Ich dachte, ich würde dich niemals wiedersehen.« Mit Tränen in den Augen zog er sie zärtlich in seine Arme. »Kannst du mir jemals verzeihen?«

»Es gibt nichts zu verzeihen, Donald. Ich hätte mich von dir abgewandt, wenn du damals anders gehandelt hättest«, sagte sie und schmiegte sich an ihn. »Ich habe dich so vermisst.«

Es war bereits früher Nachmittag, als Telana, Donald und Darko endlich die Gelegenheit fanden, sich zurückzuziehen, um sich gegenseitig zu erzählen, wie es ihnen in den letzten zwei Jahren ergangen war. Seit dem Betreten der Höhle hatten sie sich zusammen mit Dawied und Saralean den nicht enden wollenden Fragen der Misera-Bewohner gestellt. Immer wieder musste Dawied seine Geschichte erzählen, die natürlich mit jedem Mal spannender wurde.

»Ich möchte dir etwas zeigen«, raunte Sammy Saralean zu und gab ihr ein Zeichen, ihr zu folgen.

»Wo bringst du mich denn hin?«, fragte Saralean nach einiger Zeit. Sie hatte in den langen, dunklen Gängen und nach immer neuen Abzweigungen längst die Orientierung verloren.

»Gleich sind wir da«, antwortete Sammy und bog schon wieder in einen Gang ab, in dem es jetzt allerdings merklich aufwärtsging.

»Jetzt sag schon, was willst du mir zeigen?«

»Einen wundervollen Ort, er gehört nur uns Frauen. Nach dem heutigen Tag haben wir beschlossen, dass du endgültig zu uns gehören sollst. Und damit wird dir auch Zugang zu unserem Allerheiligsten gewährt«, erklärte Sammy feierlich. Sie hielt vor einer Nische im Gestein an, griff hinein und zog einen Beutel hervor.

»Was ist das?«

»Lass dich überraschen«, flötete Sammy und ging weiter.

Urplötzlich endete der Gang und sie standen in einem Krater. Das Licht der untergehenden Sonnen ließ die einzelnen Lavaschichten in wunderschönen Farben leuchten. Staunend sah Saralean sich um. Vor ihr lag ein mit Wasser gefülltes Becken. Aus den Ritzen der Felswände wuchsen Blumen, kurze Stauden mit zarten gelben und orangefarbenen Blüten und eine farbenprächtige Orchideenart. Dieser Ort gehörte eindeutig zu den schönen Plätzen, von denen Darko ihr erzählt hatte.

»Unsere Badewanne«, sagte Sammy. »Wenn die Sonnen am höchsten Punkt stehen, heizen sie das Wasser auf. Zu dieser Tageszeit ist es dann herrlich warm.« Sie fasste nach Saraleans Hand und zog sie zum Rand des Beckens.

»Zieh dich aus«, forderte sie Saralean auf, während sie selbst sich entkleidete. »Wir sind hier völlig ungestört.«

Saralean folgte Sammys Beispiel, legte ihre Kleider ab und ließ sich in das warme Wasser gleiten.

»Herrlich«, schnurrte sie behaglich, als Sammy begann, ihr das Haar zu waschen. »Das duftet gut, woher hast du die Seife?«

»Meine Amme hat mir beigebracht, wie man sie herstellt. Der Duft kommt von diesen Blumen. Sie wachsen hier überall wie Unkraut zwischen den Felsspalten hervor.«

»Deine Amme? Hattest du keine Mutter?«

»Doch, aber das ist eine lange Geschichte.«

»Ich würde sie gern hören, wenn ich darf.«

»Wirklich? Bis jetzt hat es niemanden interessiert, wo ich herkomme.«

»Mich aber«, versicherte Saralean, die genau spürte, dass es für Sammy ein echtes Bedürfnis war, endlich mit jemandem darüber sprechen zu können.

»Weißt du, warum El Soberano so viele Frauen hat?«, begann Sammy.

»Zu seinem Vergnügen, nehme ich an.«

»Natürlich! Doch zu allererst sollten sie ihm Söhne gebären und das möglichst viele und schnell. Ich habe ihn einmal sagen hören: Frauen müssten so viele Kinder bekommen wie Hühner Eier legen. Zu mehr seien sie nicht zu gebrauchen.«

»Dieser Mann ist ein Monster.«

»Ja, das ist er.« Für einen Moment, einen kaum messbaren Moment, wurde Sammy still und ein dunkler Schatten glitt über ihr hübsches Gesicht. Als Saralean ihren Arm berührte, lächelte sie schon wieder und sprach weiter: »Wird eine von Soberanos Frauen von einem Sohn entbunden, wird dieser nach einer gewissen Zeit zu einem seiner treuesten Soldaten und dessen Frau gegeben, wo er alles lernt, was wichtig ist. Spätestens ab dem Alter von zehn Jahren erhält er dann eine strenge militärische Ausbildung. Ein Mädchen aber wird der Mutter gleich weggenommen und zu einer Amme gegeben. Meist ist es eine Sklavin oder Witwe, die selbst gerade entbunden hat. Wenn deren Säugling ein Junge ist, wird ein neugeborenes Mädchen auch oft gegen diesen ausgetauscht. Einmal wollte Soberano ein Mädchen in seine Frauenhöhle holen. Sie war erst fünfzehn Jahre alt und seine eigene Tochter, nur das war ihm egal. Die alte Sklavin, die das Mädchen wie ihr eigenes Kind aufgezogen hatte, verhalf ihr zur Flucht. Die Frau bezahlte dafür mit ihrem Leben.«

»Was ist aus dem Mädchen geworden?«

»Es versteckte sich lange im Franga-Wald, bis der Teufel es fand und zu sich holte.«

»Der Teufel? Du sprichst von Darko!«

»Ja und von mir.«

»Du bist die Tochter einer seiner Frauen?« Saralean stand der Mund vor Staunen offen.

»Und Soberano ist mein Vater. Ich hasse diesen Mann, obwohl ich meinen Vater ehren sollte.«

»Du bist nicht seine Tochter.«

»Doch, Edith ist meine Mutter. Sie war seine erste Frau.«

»Edith mag deine Mutter sein, doch Soberano ist ganz sicher nicht dein Vater. Soberano ist zeugungsunfähig, Sammy. Das war er schon, bevor er nach Kerelaos kam.«

»Wirklich? Woher weißt du das?«

»Ich habe seine Akte gelesen. Ein Fieber hat ihm die Möglichkeit genommen, Kinder zu zeugen.«

»Oh! Aber wer ist dann mein Vater?«

»Einer seiner Soldaten, vermute ich. Wer genau es ist, wirst du vielleicht nie erfahren. Soberano ist es auf keinen Fall.«

»Einer seiner Soldaten? Nein, das glaube ich nicht. Soberano hätte die Frau eher getötet, als zuzulassen, dass sie sich mit einem anderen Mann vergnügt.«

»Er erkauft sich die Loyalität seiner Männer, indem er ihnen seine Frauen zum Geschenk macht. Wir vermuten, dass er sich einen Mann aussucht, der gleich nach ihm mit der Frau intim werden muss. Diese Männer haben dann die Frauen geschwängert. Auf diese Weise hat bis heute niemand gemerkt, dass El Soberano in dieser Beziehung kein ganzer Mann mehr ist.«

»Bist du dir da sicher?«

»Absolut sicher.«

»Aber dann sind alle seine Kinder nicht seine Kinder.«

»Stimmt.«

Mit einem befreiten Lachen ließ Sammy sich ins Wasser fallen, als sie wieder auftauchte, lachte sie immer noch.

»Ich bin ja so erleichtert, du kannst dir gar nicht vorstellen, wie erleichtert ich bin.« Sammy schlang die Arme um Saralean und drückte sie kurz an sich. »Ich hatte immer Angst, seine Gene in mir zu tragen und dass ich eines Tages so werden könnte wie er.«

Sammy und Saralean ließen sich von der warmen Luft trocknen und bürsteten sich gegenseitig das Haar, bis es glänzte, dann zogen sie sich an und verließen diesen herrlichen und friedlichen Ort.

Kapitel 19

Hogan war vollauf damit beschäftigt, seine Männer einem scharfen Training zu unterziehen. Es begann noch vor Sonnenaufgang und endete erst weit nach Sonnenuntergang. Keiner wurde davon befreit, weder die Kadetten noch die Alten. Die Arena wimmelte nur so von Soldaten, die mit Übungswaffen aufeinander eindroschen. Getränkt in ihrem eigenen Schweiß, waren sie kaum noch in der Lage, die Waffen mit einer Hand zu halten. Einige brachen sogar fast unter der Anstrengung zusammen. Auf Befehl von Soberano gönnte Hogan den Männern nur kurze Verschnaufpausen, um einen Schluck Wasser zu trinken.

El Soberano persönlich überwachte das Training in einem vor den Sonnen geschützten Teil der Arena. Lautstark feuerte er die Männer an und drohte jedem, der sich verweigerte, mit der Peitsche. Die Angst vor Soberanos Karbatsche war groß und so trainierten sie bis zur völligen Erschöpfung.

»Ich kann nicht mehr«, stöhnte Borwig, aber es ging ihm nicht allein so. Statt sich wie sonst mit Wein, gutem Essen und Frauen die Zeit zu vertreiben, fielen er und seine Kameraden nach einer leichten Abendmahlzeit in ihre Betten und schliefen sofort ein.

Nach fünf harten und entbehrungsreichen Tagen begannen die Männer zu rebellieren. Die meisten waren derart geschwächt, dass sie sich kaum noch auf den Beinen halten konnten. Einige übten sogar offene Kritik, andere verweigerten die ihnen erteilten Befehle. Nicht einmal die Androhung der Peitsche konnte sie noch dazu bringen, das Training fortzusetzen.

Auch Hogan schien seine letzten Kraftreserven aufgebraucht zu haben.

»Genug ist genug«, hörte Borwig ihn wütend knurren. Er sah, wie Hogan sein Schwert beiseite warf und auf El Soberano zuging.

»Was auch immer du vorhast«, schrie Hogan von der Arena zu ihm hinauf, »wenn du ihnen keine Pause gönnst, werden sie dir kaum mehr etwas nützen. Erlass ihnen wenigstens das Training während der Mittagshitze.«

Wider Erwarten willigte Soberano ein, mehr noch, er genehmigte ihnen sogar einen ganzen freien Tag.

»Was hat er vor? Er plant irgendetwas«, sagte Branco zu Borwig, während sie sich von zwei jungen Sklavinnen die verspannten Schultern massieren ließen.

»Ich glaube, er will den Teufel und seine Brut angreifen. Was sollte er sonst wollen? Ich hörte, dass sich immer mehr Leute zu Cardona in die Höhlen flüchten. Ich schätze, El Soberano will einen möglichen Aufstand im Keim ersticken.«

»Die Leute haben viel zu viel Angst vor seinen Waffen. Ich glaube nicht, dass sie es wagen, sich gegen Soberano zu erheben.«

»Waffen? Welche Waffen?« Borwig starrte seinen Freund verständnislos an, dann brach er in schallendes Gelächter aus. »Du meinst die aus seinem Schiff?«

»Ich habe gesehen, was die anrichten können.«

»Ja, ja, sicher.« Borwig wischte sich die Lachtränen aus den Augen. »Damals – aber heute? Nein, heute haben sie keinen Wert mehr.«

»Sie funktionieren nicht mehr?«

»Solche Waffen benötigen Energie. Dieser verfluchte Planet steckt voll davon, aber wir besitzen nicht die technischen

Möglichkeiten, um die vorhandenen Energiequellen anzuzapfen; geschweige denn diese zu speichern.«

»Ich habe von Hogan gehört, dass es in seinem Schiff mehrere Energiespeicher gab. Die müssen doch noch da sein.«

»Ich weiß, aber da war irgendetwas kaputt. Ich bin kein Techniker, ich kann dir das also nicht genau erklären. Die Energie auf dem Schiff war wohl zusammengebrochen, was ihn und seine Leute letztendlich zur Notlandung zwang. Soberano und seine Männer hatten jedenfalls weder Ersatzteile für die Reparatur noch Naardon-Reserven an Bord. Tatsache ist, die Kampfkraft seiner Waffen, mit denen Soberano seinerzeit die Leute gezwungen hat, seine Herrschaft anzuerkennen, ist heute kein Reiskorn mehr wert. Die Angst davor steckt auch nach all den Jahren immer noch in den Köpfen der Leute fest. Und das allein könnte ein Vorteil für Soberano sein. Er braucht bloß mit den Waffen zu drohen.«

Branco starrte eine Weile schweigend vor sich hin. Nachdem die beiden Frauen den Raum verlassen hatten, fragte er plötzlich: »Hast du jemals daran gedacht, zu desertieren?«

Borwig antwortete nicht sofort. Er ließ sich die Frage langsam durch den Kopf gehen. Branco war sein Freund, was brachte ihn dazu, ihm eine solche Frage zu stellen? Und konnte er ihm darauf eine ehrliche Antwort geben?

»Hast du?«, hakte Branco nach.

»Warum fragst du?«

»Ich denke daran. Schon seit Langem.«

Borwig schnaubte leise, dann gab er freimütig zu: »Ich auch.«

»Wir sind nicht allein damit, Borwig. Ich habe letztens ein Gespräch belauscht. Es gibt noch mehr, die so denken.«

»Hm.«

»Sie denken sogar noch weiter, sie wollen Soberano absetzen. Er ist verrückt, sagen sie.«

»Hm.«

»Ist es wahr? Ist er verrückt?«

»Ich weiß nicht, aber als ich ihm Meldung machen musste, dass Cardona und der andere Bursche wie von Zauberhand aus dem Käfig verschwunden waren, da glaubte ich es. Er blieb so merkwürdig ruhig, erzählte mir von der Frau, die ihn ausgetrickst hätte, von einer Hexe, die ihn aufs Kreuz gelegt hätte. Dann sprach er von sich und nur ein verwirrter Geist spricht so von sich selbst. Zudem hatte ich El Soberano noch nie so erlebt und ich vermutete, dass es sich um die sprichwörtliche Ruhe vor dem Sturm handelte. Ich wollte mich bei Ausbruch des Sturmes lieber nicht in dessen unmittelbarer Nähe aufhalten. Ich kam bis zur Tür, dann erklang hinter mir ein merkwürdiges Geräusch. Ich konnte nicht glauben, was ich sah und hörte – Soberano kicherte. Sein Gesicht glich einer Fratze, während sich das Kichern langsam zu einem hysterischen Gelächter steigerte. Ich war in diesem Moment sicher, dass Soberano drohte, dem Wahnsinn zu verfallen.«

»Er hat gekichert?«

»Ja, und da habe ich zugesehen, dass ich wegkam.«

»Hm! Soberano hat aus uns Barbaren gemacht. Es stimmt, oder? Wir haben unsere Seele verkauft, Borwig.«

»Hm.«

»Du sagst ja gar nichts.«

»Ist dir klar, worüber wir hier reden?«

»Ja, und mir ist auch klar, dass es so nicht weitergehen kann. Ich hatte eine Frau und einen Sohn und ich bereue, dass ich ihre Liebe gegen dieses Leben eingetauscht habe. Mein Sohn wurde gezwungen, in die Armeeschule zu gehen. Anna flehte mich an, aber ich habe es nicht verhindert. Dann starb er bei Übungskämpfen in der Arena. Er war erst zwölf Jahre alt. Seither will Anna nichts mehr mit mir zu schaffen haben. Ich weiß nicht einmal, wo sie ist. Ich bekomme meine Familie nicht zurück, dennoch möchte ich, dass Anna erfährt, dass ich am Ende doch noch den richtigen Weg eingeschlagen habe.«

»Dann sollten wir ihn gehen, jetzt sofort.« Borwig schlug Branco freundschaftlich auf die Schulter.

»Wie meinst du das?«

»Wir haben eine Nacht und einen Tag. Wir sollten die Zeit nutzen.«

Im Schutz der Dunkelheit holten die beiden alten Soldaten zwei Pferde aus Soberanos Stall und schlichen sich zum Tor hinaus.

»Hey, Darko, da nähern sich zwei Reiter«, meldete Franz, der zusammen mit Donald auf dem Plateau Wache hielt, schon von Weitem.

Darko, der gerade die Argus verließ, wartete, bis Franz bei ihm war.

»Es sind zwei von Soberanos Soldaten. Sie kommen jetzt zu Fuß über das Flussbett auf uns zu. Einer trägt eine weiße Fahne – was bedeutet das?«

»Er will reden.«

»Worüber?«

»Wenn ich das wüsste.« Darko klopfte Franz auf die Schulter. »Behaltet sie im Auge«, sagte er und ging den Männern entgegen.

Auch am Misera hatte man mit dem Kampftraining begonnen. Viele dort waren zwar durch ihre Arbeit kräftig, nur nicht sonderlich beweglich. Saralean, die als Pilotin selbst ein umfangreiches Kampf- und Fitnesstraining absolvieren hatte müssen, übernahm die Koordination. Das Training mit ihr hatte aus dem etwas tollpatschigen Franz einen zielsicheren Bogenschützen gemacht. Saralean hatte schnell erkannt, dass er zwar etwas unbedarft im Umgang mit einem Schwert war, aber ein gutes Auge besaß. Sie hatte ihm kurzerhand das Schwert weggenommen und ihm stattdessen Pfeil und Bogen in die Hand gedrückt. Schon nach kurzer Zeit fühlte er sich eins damit und hatte selbst Darko in puncto Treffsicherheit weit hinter sich gelassen. Franz verfehlte sehr selten sein Ziel. Darko vertraute darauf, dass er es jetzt auch nicht tun würde, falls es nötig werden sollte. Alleine näherte er sich den beiden Neuankömmlingen.

»Das ist nah genug«, rief Darko und blieb selbst in einiger Entfernung zu den Soldaten stehen.

»Was wollt ihr?«, fragte er und verschränkte die Arme vor der Brust.

»Euch warnen«, antwortete der Soldat mit der Fahne.

»Warnen? Wovor?«

»Soberano plant einen Angriff gegen euch.«

»Wann?«

»Das können wir nicht genau sagen, nur, dass er uns seit Tagen einem harten Training unterzieht, und das kann nur eins bedeuten.«

»Tatsächlich?« Darko scharrte gelangweilt mit den Füßen im Sand. Er kickte einen Stein in die Sträucher. »Warum sollte ich ausgerechnet euch glauben?«

»Weil wir extra hergekommen sind.«

»Kein besonders guter Grund.« Wieder kickte Darko einen Stein beiseite.

»Wie auch immer. Glaube es oder glaube es nicht. Ich kann dir lediglich raten, auf der Hut zu sein, denn Soberano wird kommen.« Der Soldat warf die weiße Fahne in die Sträucher, packte die Zügel seines Pferdes und wandte sich zum Gehen.

Sein Begleiter gab nicht so leicht auf. »Du kennst mich

vielleicht nicht mehr, Darko, aber ich war es, der dir das Jagen beigebracht hat. Damals hast du mir vertraut. Ich bin den falschen Weg gegangen, gelogen habe ich nie. Soberano ist eindeutig dem Wahnsinn verfallen. Viele von uns wollen, dass seine Herrschaft endlich endet – selbst Hogan hat sich gestern gegen ihn aufgelehnt.« Damit wandte er sich um und folgte seinem Kameraden.

Darko wartete, bis die beiden weit genug entfernt waren, dass er ihnen gefahrlos den Rücken zukehren konnte. Erst dann kehrte er zum Misera zurück und kletterte zur Felsenterrasse hinauf.

»Was haben sie gewollt?« Franz entspannte den Bogen und schob den Pfeil zurück in den Köcher.

»Soberano will uns angreifen. Sie wollten uns warnen.«

»Was ist das wieder für ein Trick?« Donald erhob sich von dem Stein, den man ihm als Sitzgelegenheit hier heraufgeschafft hatte. »Ausgerechnet Soberanos älteste Soldaten warnen uns? Was glauben sie, wie dumm wir sind?«

»Sie halten uns nicht für dumm. Soberano will das Raumschiff und seine Technologie, das wissen wir alle. Er wird es nur bekommen, wenn er uns vernichtet. Nenne mich verrückt, aber ich glaube ihnen.«

»Was?«

Darko sah den beiden Soldaten hinterher, die ihre Pferde bestiegen und in Richtung Kreuzung davonritten.

»Wir kennen einen von den beiden, Vater. Branco lebte früher in unserer Siedlung.«

»Das war Branco Morona? Ich kann mich noch sehr gut an ihn erinnern. Er war immer ein ehrlicher Mann, leider dumm genug, Soberanos Versprechungen zu glauben. Was mag ihn bekehrt haben?«

»Die Saat des Zweifels, die Saralean ausgesät hat, scheint

aufzugehen«, sagte Darko mehr zu sich selbst. Dann wandte er sich an Franz. »Wir werden Vorkehrungen treffen – vorsichtshalber. Ruf alle zusammen. Wir treffen uns gleich in der großen Wohnhöhle.« Damit verließ er das Plateau und verschwand in Saraleans Raumschiff.

»Was waren das für Männer?«, fragte Saralean, die von Sit über die Besucher informiert worden war.

»Verräter«, sagte Darko, grinste dabei aber. »Sie haben mir gesagt, dass Soberano uns angreifen wird. Es waren zwei seiner ältesten Soldaten. Den einen kenne ich sogar noch recht gut. Seine Frau Anna war eine Freundin meiner Mutter.«

»Kannst du ihnen glauben?«

»Vielleicht. Ich wüsste allerdings keinen Grund, warum Soberano sie schicken sollte, um uns vorzuwarnen. Er würde seinen größten Vorteil verlieren, den Überraschungsmoment. Es sieht so aus, als ob deine Taktik aufgeht. Sie haben anscheinend den Glauben an Soberano verloren. Branco sagte, sie seien nicht die Einzigen, selbst Hogan stehe nicht mehr bedingungslos auf Soberanos Seite. Vielleicht werden seine Männer sich einem offenen Kampf verweigern. Wir können uns nicht darauf verlassen. Auf jeden Fall werden wir vorbereitet sein. Um gegen Soberanos Armee bestehen zu können, brauchen wir Unterstützung. Ich muss Dawied und die anderen in die Dörfer schicken. Es werden sicher einige kommen, aber sie besitzen keine Kampferfahrung. Wir können nur hoffen, dass der eine oder andere wenigstens mit einer Waffe umgehen kann.«

»Dann werden wir sie trainieren.«

»Wir haben für ein aufwendiges Training nicht viel Zeit. Ich denke, dass es in den nächsten Tagen schon so weit ist. Ich muss dich bitten, deine Fähigkeiten bei den Neuankömmlingen anzuwenden. Es hat keinen Sinn, einem Mann ein Schwert in die Hand zu drücken, wenn er besser mit einem Speer umgehen kann. Franz ist da das beste Beispiel. Wie weit bist du mit Tamosz? Ich könnte jetzt auch seine Fähigkeiten gut gebrauchen. Ich muss wissen, ob die Neuen uns gegenüber loyal sind.«

»Natürlich werde ich dir helfen und Tamosz hat große Fortschritte gemacht, seitdem einige ihm erlaubt haben, in ihre Gedanken einzudringen. Selbst Dawied hat sich als Versuchskaninchen zur Verfügung gestellt. Dein Vater achtet darauf, dass Tamosz es nicht übertreibt, und deine Mutter hat aus ihrer ärztlichen Sicht ein Auge auf ihn. Ich denke, er ist so weit.«

»Großartig.«

»Ich habe vier Laserwaffen an Bord. Wenn du ein oder zwei Männer findest, die damit umgehen können, wie dein Vater zum Beispiel, dann schick sie zu mir.«

»Nein. Gegen deine Waffen wären Soberanos Männer wehrlos«, lehnte Darko das Angebot ab.

»Soberano wird auch jeden Vorteil nutzen. Ihm ist es egal, ob du wehrlos bist oder nicht.«

»Soberano ist ein feiger Mörder – ich bin es nicht.«

»Nein«, sagte Saralean, »das bist du nicht. Du besitzt noch das, was man früher einmal Würde nannte. Und dafür liebe ich dich umso mehr.«

Dawied, Tamosz, Franz und einige andere machten sich auf den Weg zu den Dörfern und kleinen Siedlungen, um Verbündete zu finden. Sie sollten dort die Fakten schildern, Zögerer bei ihrer Ehre packen und den Frauen versprechen, alles dafür zu tun, dass ihre Männer und Söhne wieder heil und gesund zurückkehrten.

Währenddessen entwickelte Darko zusammen mit Saralean und seinem Vater diverse Taktiken gegen Soberanos Armee. Tomasu bot sich an, zu den Salzleuten zu laufen, doch Darko lehnte das Angebot ab.

»Das hat wenig Sinn. Die Salzwüste ist zu weit entfernt. Die Salzleute wären niemals rechtzeitig hier. Außerdem kann ich nicht auf dich verzichten. Ich brauche dich als meinen fähigsten Läufer. Mach dich mit der Umgebung vertraut. Such dir die für dich schnellsten Wege zwischen diesen Bereichen.« Darko gab Tomasu eine grobe Zeichnung. Darauf waren einige Stellen markiert, an denen er Posten aufstellen wollte. »Ich will über jede Bewegung der Armee informiert werden. Wir haben nur eine Chance gegen Soberano, wenn wir sofort auf seine Strategien mit einer Gegenstrategie reagieren können. Such dir gute Deckungsmöglichkeiten. Ach, und noch etwas«, Darko legte eine Hand schwer auf Tomasus Schulter, »pass gut auf dich auf. Du bist zu einem sehr guten Freund geworden und du bist nicht nur für Agnella wichtig, auch für mich.«

Tomasu straffte stolz die Schultern. Dass Darko ihn seinen Freund nannte, schien ihm sehr viel zu bedeuten. Er nickte Darko kurz zu und machte sich eiligst an seinen Auftrag.

Am Abend brachte Dawied Darko die Namensliste der Freiwilligen.

»Das sind nicht sehr viele«, sagte Saralean, nachdem sie einen Blick auf die Liste geworfen hatte.

»Aber jeder Einzelne ist uns höchst willkommen«, betonte Donald.

»Ich hatte bei den Reisleuten wenig Erfolg«, berichtete Dawied. »Es gab nur zwei Männer, die sich sofort bei mir meldeten. Als ich gehen wollte, stellte sich mir ein Junge in den Weg. Vielleicht erinnerst du dich an den kleinen Kim.«

»Ja, natürlich. Agnella ist seine Schwester«, entgegnete Darko.

»Genau, er wollte seine Schuld begleichen, da wir unser Versprechen gehalten hätten, wie er meinte.«

»Das ehrt ihn, aber für diese Aufgabe ist er noch zu jung.«

»Das habe ich ihm auch gesagt«, versicherte Dawied. »Doch dann mischte sich sein Vater ein. DiMarco sagte, er sei früher bei der terrestrischen Militärpolizei gewesen. Er wollte wissen, ob dein Vater bei uns ist. Donald Cardona sei sein Kohortenführer gewesen, bevor er plötzlich verschwand. DiMarco sagte, es wäre ihm eine Ehre, wieder unter ihm zu dienen.«

»Sagtest du gerade DiMarco? Anton DiMarco?«, fragte Donald.

»Ja, Papa Cardona. Kannst du dich noch an ihn erinnern?«

»Oh, ja. Einer meiner besten Männer. Er hatte eine vielversprechende Karriere vor sich. Er war Scharfschütze. Seine Trefferquote lag bei 100 Prozent. Außerdem war er ein guter Stratege und sehr loyal«, lobte Donald. »Ich wusste nicht, dass er ebenfalls nach Kerelaos gebracht wurde. Hast du ihm gesagt, dass mein Sohn der Anführer ist?«

»Habe ich. Seine Antwort war: Wenn der Sohn ebenso viel Ehre im Leib hat wie der Vater, ist es mir egal. Dann versprach er mir, noch mehr Männer mitzubringen und auch ein paar Frauen.«

»Frauen?«, fragte Darko, als ob er seinen Freund gerade falsch verstanden hätte. Dawied nickte bestätigend.

»Du hättest nicht zustimmen dürfen. Wir können nicht für deren Sicherheit sorgen«, betonte Darko verärgert.

»Das brauchen wir auch nicht«, antwortete Dawied grinsend. »Die Frauen sind kleine Kampfmaschinen. Ein junges, zartes Mädchen hat sogar mich mit einem gekonnten Griff zu Boden gebracht.«

»Wenn DiMarco noch immer so gut ist, wäre er genau der Richtige, um eine von Saraleans Waffen zu tragen«, meldete Donald sich noch einmal zu Wort.

»Ich wollte diese Waffen nicht einsetzen, aber ein ausgebildeter Scharfschütze an einer strategisch guten Position wäre vielleicht nicht verkehrt«, überlegte Darko. »Also gut, dann wirst du dich um Anton kümmern, Vater, und ihr werdet noch einen weiteren Mann aussuchen, der mit dieser Waffe umgehen kann.«

»Ich möchte, dass du die Frauen zwischen den einzelnen Posten und der Höhle aufteilst«, wandte Darko sich wieder an Dawied. Er schob ihm eine Skizze zu. »Lass dir von Tomasu zeigen, welche Wege er sich gesucht hat. Sie sollen dort in Deckung gehen und die hier markierten Wege sichern.«

»In Ordnung.«

»Mutter wird vielleicht alle Hände voll zu tun bekommen. Denkst du, sie wird es schaffen, Vater?«

»Deine Mutter ist eine starke Frau, Darko«, versicherte ihm Donald.

»Warum fragst du ihn und nicht mich?« Telana brachte in diesem Moment eine Kanne Tee und eine große Schüssel herein. Beides stellte sie auf dem Boden ab. »Hier, Brot und gebratener Speck. Sammy sagt, ihr habt den ganzen Tag noch nichts gegessen.«

»Danke, Mutter.«

»Hör zu, mein Junge. Ich bin Ärztin, und Saraleans Krankenstation ist sehr gut ausgestattet. Mach dir bitte keine Sorgen um mich.«

»Zumal Telana noch professionelle Hilfe bekommen wird. Agnellas Mutter war früher Krankenschwester«, sagte Dawied mit vollem Mund.

»Na, bitte. Das ist großartig!«, rief Telana aus.

Am nächsten Morgen, kaum, dass die Sonnen den Horizont erhellten, trafen die ersten Männer und Frauen ein. Darko und Saralean konnten beobachten, wie immer mehr Menschen auf den Misera zustrebten – deutlich mehr, als Namen auf der Liste standen. Sie hatten sich mit allem bewaffnet, was ihnen zur Verfügung stand. Vom Dreschflegel über Mistgabeln bis hin zu Pfeil und Bogen. Schwerter besaßen sie keine, dafür hatten sie ihre Messer geschärft oder diese an langen Holzstöcken befestigt, die sie dann als Speere nutzen konnten.

Darko war überwältigt. »Ich danke euch. Es bedeutet mir und meinen Leuten sehr viel, dass ihr uns im Kampf gegen Soberano unterstützen wollt.«

»Wenn sich hier jemand bedanken muss, dann ganz sicher nicht du, Cardona«, rief Anton DiMarco und drängte sich zwischen den Leuten hindurch in die erste Reihe vor. »Ohne dich und deine Leute wären einige von uns längst verhungert. Wir sind es, die dir Dank schulden, und jetzt halt hier nicht lange unnütze Reden. Ich denke, dafür haben wir nicht genug Zeit. Zeig uns, wo wir schlafen können und wo wir die Lebensmittel hinbringen sollen, die wir mitgebracht haben. Dann sollten wir einige Trainingsstunden abhalten.«

Seine kurze Rede wurde mit Beifall und Zustimmung von den anderen quittiert.

»Also gut, wie ihr wollt. Dann machen wir uns gleich an die Arbeit«, rief Darko und nickte Anton zu, der sich bereits Donald zugewandt hatte, um diesen zu begrüßen.

Den ganzen Tag über ließen sich die Miseraleute von den Neuankömmlingen deren Fertigkeiten zeigen. Mit Saraleans Hilfe konnten sie sehr schnell erkennen, wer für welche Aufgabe oder Waffe am besten geeignet war. Beeindruckt waren sie von der Wendigkeit und dem Können der Frauen, die sogar Dawied im Nahkampf in die Knie zwangen. Tamosz war am Ende des Tages völlig erschöpft, aber er hatte bei niemandem den Anschein von Verrat erkennen können.

»Wie kommt es, dass eure Frauen so gut kämpfen können?«,

fragte Donald seinen alten Freund, als sie zusammen mit Darko und Saralean vom Plateau aus die Übungen beobachteten.

»Nun, als meine Tochter von Soberano entführt worden war, habe ich mir geschworen, dass so etwas nie wieder passieren darf. Ich habe es mir zur Aufgabe gemacht, unsere Mädchen und Frauen im Nahkampf auszubilden. Ich kann dir versichern, sie wissen ihre Fäuste und ihre Füße zu benutzen. Beim letzten Entführungsversuch haben Soberanos Männer nicht nur von dem Mädchen abgelassen, auf das sie es abgesehen hatten, sondern auch einige blaue Flecken davongetragen.«

»Ich bin sehr beeindruckt von ihrem Können«, äußerte sich Saralean.

»Ich auch«, pflichtete Darko ihr bei, »dennoch werde ich sie nicht an vorderster Front einsetzen.«

»Das ist mir recht«, erklärte Anton, dann wandte er sich wieder Donald zu. »Wie geht es Telana? Ich hörte, sie hat schwere Zeiten durchmachen müssen.«

»Das haben wir doch alle, Anton. Der eine mehr und der andere weniger. Telana geht es wieder gut. Dank Saralean konnte sie Soberano entkommen und mit der Zeit werden alle Wunden heilen.«

Agnellas Vater nickte, dann wandte er sich an seinen Sohn. »Lauf zu deiner Mutter, Kim. Bring sie zu Mrs. Cardona auf das Raumschiff.«

Der Junge nickte kurz und rannte davon.

»Ich hörte schon, dass deine Frau eine ausgebildete Krankenschwester ist. Sie wird Telana ganz sicher von großem Nutzen sein«, sagte Donald und klopfte seinem alten Freund auf die Schulter. »Hast du geglaubt, dass wir noch einmal die Waffen erheben müssen?«

»Nein, Donald. Aber dies hier ist keiner der sinnlosen

Kämpfe von früher. Hier und heute geht es darum, einen einzigen Mann zu bekämpfen, für ein besseres Leben für alle auf Kerelaos.«

Als die Sonnen untergingen, waren die Leute den jeweiligen Trainern zugeordnet und die eigentliche Arbeit konnte am nächsten Morgen beginnen. Saralean und Franz übernahmen das Training der Bogenschützen, Darko und Dawied die Schwertkämpfer und Tamosz und Sunnit die Speerwerfer. Die jungen Frauen aus Antons Dorf vertieften ihr Können und brachten auch Sammy und Lamia ein paar wirkungsvolle Griffe bei. Agnella kümmerte sich um die Kinder, während sich Kim mit Hannibal anfreundete. Darko hatte ihm den Auftrag erteilt, geeignete Fluchtwege auszukundschaften. Voller Stolz übernahm er diese Aufgabe und zog mit Hannibal von dannen. Telana und Maria DiMarco machten sich mit Saraleans Krankenstation vertraut, während die Miserafrauen alle Hände voll damit zu tun hatten, anständige Mahlzeiten zuzubereiten.

Drei Tage vergingen, ohne dass etwas geschah. Alle, die sich beim Misera versammelt hatten, gingen an die Grenzen ihrer Kraft. Am späten Vormittag des vierten Tages ordnete Darko eine Ruhepause bis zum nächsten Sonnenaufgang an.

»Es wird dunkel draußen, hast du Kim und Hannibal gesehen?«, fragte Saralean.

»Ich dachte, sie sind bei dir auf der Argus.«

»Nein, sind sie nicht. Ich weiß, Hannibal wird sehr gut auf den Jungen achten, aber ich mache mir trotzdem langsam Sorgen«, sagte Saralean.

»Ich werde Anton und Dawied holen und dann gehen wir die beiden suchen.«

Darko war gerade auf dem Weg zur großen Wohnhöhle, als ein durchdringender Pfiff aus den Felsen über ihm erklang.

Darko und Saralean mussten eine Weile suchen, bis sie Kim entdeckten. Er hatte sich mit Hannibal in einer Felsspalte oberhalb des Plateaus versteckt.

»Was tust du da oben?«, fragte Darko.

»Da kommen Leute!« Kim zeigte aufgeregt nach Süden.

Angestrengt sah Darko in die Richtung und tatsächlich, eine Frau und zwei Männer näherten sich auf dem gefährlichen Pfad durch die Ebene.

»Du hast sehr gute Augen, mein Freund. Jetzt komm da runter und geh mit Hannibal in die Höhle«, befahl Darko knapp.

»Ich könnte mir mit Hannibal einen Beobachtungsposten einrichten. Man kann von da oben alles genau sehen, ohne gesehen zu werden«, sagte Kim eifrig, als er vor Darko stand. »Selbst du hast mich nicht entdeckt.«

Darko legte seine Hand auf Kims Schulter. Saralean sah ihm an, dass er dem Jungen eigentlich eine Strafpredigt halten wollte, wie gefährlich das Herumklettern in diesen Felsen sei, aber dann nickte Darko nur.

»Wir reden später darüber, jetzt verschwindest du«, sagte er und schob Kim zum Eingang.

»Das ist nah genug«, rief er den Fremden zu, als diese nur noch wenige Schritte entfernt waren.

»Bist du Darko Cardona?«, fragte die Frau und stellte gleichzeitig ihren Korb ab.

»Wer will das wissen?«

»Ich, Anna. Erinnerst du dich an mich? Ich kannte deine Mutter.«

»Ich erinnere mich an eine Anna. Sie verschwand vor langer Zeit.«

»Soberano hat meinen Mann Branco verführt und den Tod meines Sohnes auf dem Gewissen. Der Hass auf diesen Mann hat mich fortgetrieben. Ich zog mich in den Wald weit hinter der Stadt zurück.«

»Dort gibt es keinen Wald.«

»Er ist nur wenigen bekannt, da kaum einer sich so weit nach Südwesten vorgewagt hat.«

»Was willst du?«

»Diese beiden Jäger hier berichteten mir von dir und deinem Kampf gegen Soberano. Ich – wir möchten bleiben und helfen. Ich habe viel von deiner Mutter gelernt und kenne mich gut mit Heilkräutern aus.«

»Anna?« Telana erschien vor dem Höhleneingang und starrte ungläubig zu der Frau hinunter.

»Geh sofort wieder hinein, Mutter«, forderte Darko, doch Telana schüttelte den Kopf.

»Das ist Anna, deine Patin. Du wirst sie nicht wieder fortschicken.«

»Mutter, bitte. Wir wissen nichts von ihr.«

»Sei nicht dumm, Darko. Wenn noch jemand Grund hat, Soberano zu hassen, dann ist es Anna.«

Darko schüttelte resigniert den Kopf, dann winkte er die drei zu sich herauf. Er nahm Anna den Korb ab, als diese kurz davor war, den Bereich vor der Höhle zu erreichen.

»Danke, mein Junge. Die Jäger haben euch frisches Fleisch mitgebracht und stellen euch ihr Können zur Verfügung«, sagte sie schnaufend, dann drehte sie sich zu Telana um. Wortlos nahmen sich die beiden alten Freundinnen in den Arm.

»Ich dachte nicht, dass ich dich noch einmal wiedersehe. Komm herein und ruhe dich bei uns aus.« Telana führte Anna in die Höhlen hinein, während Darko den Jägern ihre schwere Last abnahm.

»Ich bin Pjotr und das ist mein Sohn Egon. Wir leben mit unseren Familien in den südwestlichen Wäldern. Anna hilft uns, wenn wir krank sind. Sie geht manchmal in die Stadt, um Kräuter gegen Reis zu tauschen. Dabei hat sie von euch erfahren«, sagte der ältere Jäger und rieb sich die von dem schweren Korb schmerzenden Schultern.

»Ich heiße euch herzlich willkommen, aber was habt ihr euch dabei gedacht, mit einer alten Frau den südlichen Weg zu nehmen? Der Pfad ist gefährlich, ganz besonders in der Abenddämmerung«, sagte Darko vorwurfsvoll.

»Wir mussten den kürzeren Weg nehmen, um euch zu warnen, und mein Vater kennt den Pfad«, verteidigte Egon ihre Entscheidung.

»Mein Sohn hat recht, es ging nicht anders. Soberano sammelt seine Männer. Wir kamen am Tor vorbei und hörten, wie er eine Ansprache hielt. Er sagte: Der Misera wird morgen fallen und der Teufel wird übermorgen sterben.« Pjotr legte eine Hand auf die Schulter des Jüngeren.

»Dann wird seine Armee heute Nacht noch losmarschieren«, vermutete Darko.

»Für uns klang es so.«

»Danke, mein Freund«, sagte Darko zu dem alten Jäger und klopfte ihm auf die Schulter. »Geht hinein und ruht euch aus. Es wird morgen ein langer harter Tag für uns alle werden.«

Spät am Abend standen Saralean und Darko auf dem Plateau und betrachteten die Ebene, auf der sich langsam das allabendliche violette Leuchten ausbreitete.

»Ist dir kalt? Sollen wir hineingehen?« Fürsorglich wickelte Darko den warmen Fellmantel um sie beide.

»Gleich. Ich liebe dieses Leuchten. Es strahlt so viel Ruhe und Frieden aus«, sagte Saralean und lehnte den Kopf an seine Schulter.

»Leider ist es eine trügerische Ruhe, und den Frieden werden wir wohl erst erreichen, wenn es uns gelingt, Soberano zu besiegen.«

Kapitel 20

Hogan musste sich überwinden, ruhig und gefasst neben Soberano stehen zu bleiben, als dieser ihm seinen Angriffsplan darlegte. Der Befehl lautete, die Miseraleute bei Sonnenaufgang anzugreifen, sie aus den Höhlen zu treiben und keine Gefangene zu machen. Nur den Teufel Cardona und die rothaarige Frau sollten sie am Leben lassen und an Soberano ausliefern. Hogan hörte zu, prägte sich auch alles ein, aber es hatte sich etwas verändert. In ihm hatte sich etwas verändert.

Nach der Besprechung mit Soberano wanderte er ziellos zwischen den Unterkünften entlang. Ohne die Ablenkung durch das harte Training, ging Hogan der lange zurückliegende Verrat nicht mehr aus dem Kopf. Er hatte damals an nichts anderes denken können als daran, den Verräter zu töten. Er hatte den Namen von einem Gefängniswärter erfahren, dessen Stiefbruder sich der Rebellion angeschlossen hatte und durch den Verrat ebenfalls umgekommen war. Der Wärter sah durch Hogan eine Chance auf Rache und wollte ihn sogar zu Garcia bringen. Dann war die Revolte ausgebrochen und nicht der Wärter, sondern Soberano hatte Hogan aus der Zelle geholt. Aus Bewunderung, wie Soberano gesagt hatte. Hogan hatte sich damals geschmeichelt gefühlt und er glaubte Soberano, der ihm versicherte, dass ein Mann namens Garcia die Revolte angezettelt habe und gleich beim ersten Ansturm umgekommen sei. Hogan wollte sich davon überzeugen, doch Soberano trieb zur Eile. Bei ihrer Flucht waren sie Partner. Mehr noch, sie wurden zu Freunden. Sie hatten sich aufeinander verlassen, wie Freunde es eben tun.

Doch auf Kerelaos hatte sich nach kurzer Zeit alles verändert.

Soberano hatte die Grenze der Freundschaft weit überschritten. Er hatte sie mit Füßen getreten und er, Hogan, hatte es zugelassen. Er hatte Soberanos Arroganz all die Jahre ertragen, hatte eine offene Konfrontation mit ihm gemieden, als wäre sie eine unheilbare Krankheit.

Jetzt war diese Fremde nach Kerelaos gekommen und sie hatte ihm die Wahrheit schonungslos vor Augen geführt. Soberano hatte ihn nicht aus Bewunderung aus der Zelle befreit; er hatte den Mann, der Garcia vernichten wollte, unter Kontrolle haben wollen.

El Soberano ist Hernandez Garcia!

Wahrscheinlich hatte Garcia sich sogar all die Jahre einen Spaß daraus gemacht, dass Hogan ausgerechnet dem Mann Freundschaft und Loyalität entgegenbrachte, der eigentlich sein ärgster Feind war.

Nun, auch das würde sich jetzt ändern.

Als Hogan am Tor vorbeikam, schenkte er dem Mann, der zum Wachdienst am Tor eingeteilt war, kaum Beachtung.

»Hogan! Was tust du denn hier?«, rief dieser ihm zu und erst jetzt erkannte er seinen ältesten Wegbegleiter.

»Was tust du hier?«, wiederholte Borwig und ließ rasch eine große Flasche Wein hinter seinem Rücken verschwinden.

»Nachdenken.«

»Worüber?«

»Das geht dich nichts an.«

»Hm, dann erzähl es mir nicht, allerdings siehst du aus, als könntest du einen guten Schluck gebrauchen.« Borwig holte die Flasche wieder hervor, goss Wein in einen Becher und reichte ihn Hogan.

Hogan nahm ihn und trank ihn in einem Zug leer, dann hielt er dem verblüfften Borwig den Becher hin, damit dieser ihn erneut füllen konnte. Borwig wusste, dass Hogan seit einem Vorfall vor vielen Jahren nie mehr als einen Becher Wein trank. Damals hatte der Hauptmann, bedingt durch den Alkohol, sein Innerstes nach außen gekehrt. Borwig hatte geschwiegen. Er hatte kein einziges Wort darüber verloren. Zu niemanden. Etwas, dass Hogan dem alten Recken hoch anrechnete.

Borwig verlor auch jetzt kein Wort darüber. Er goss nach und schwieg. Nachdem er den Becher ein drittes Mal gefüllt hatte, räusperte er sich plötzlich, doch Hogan hob die Hand.

»Wurdest du schon einmal von jemandem verraten, von dem du geglaubt hast, er sei dein bester Freund?«

»Ja, das hat mich nach Kerelaos gebracht.«

Hogan nickte und trank noch einen Schluck, dann brach es förmlich aus ihm hervor: »Dieses verdammte Schwein! Ich habe ihm jahrelang die Treue gehalten, habe seinen Traum geträumt, habe seinen Worten blind geglaubt. Aber er hat mich belogen, betrogen, verraten und ausgenutzt.«

»Hm, dann musst du dich von ihm lossagen«, riet Borwig.

»Und wie? Mein Leben ist vorbei, wenn ich es tue. Ein anderer wird meinen Platz nur zu gern einnehmen und mich beiseite räumen. Nein, erst müssen alle von seinem Verrat erfahren.«

»Tja, das ist ein Problem. Vielleicht kann ich dir helfen, wenn du mir sagst, wer dich belogen, betrogen und verraten hat.«

»Hernandez Garcia.« Hogan presste diesen Namen angewidert heraus.

Borwig zog die Brauen zusammen. »Es tut mir leid, den kenne ich nicht.«

»Oh doch, du kennst ihn. Wir kennen ihn alle – gib mir noch Wein.«

Borwig goss den Rest seines Weines in Hogans Becher, der diesen wieder in einem Zug leerte.

»El Soberano – der große El Soberano ist in Wirklichkeit Hernandez Garcia. Ich habe es nicht gewusst«, schluchzte Hogan unvermittelt. Tränen tropften auf seine zu Fäusten geballten Hände, wütend wischte er sie fort. »Ich habe es nicht gewusst. Ich hätte mich ihm nie angeschlossen. Ich hätte ihn umgebracht.«

»Redest du von dem Verräter Garcia?«

»Was?« Hogan sah auf. Borwigs Konturen begannen, vor seinen Augen zu verschwimmen.

»Ich erinnere mich vage an diesen Namen. Du sagtest damals, er sei tot. Jetzt glaubst du, Soberano sei Garcia. Wie kommst du darauf?«

»Oh, ja, Garcia.«

Hogan erzählte Borwig, wie er davon erfahren hatte. Es fiel ihm allerdings nicht leicht, denn der Alkohol ließ seine Zunge bereits schwer werden.

»Und du glaubst dieser Frau?«

»Jawoll!«

»Hm, was willst du jetzt tun?«

»Ihn umbringen, was sonst.«

»Seine Söhne werden das nicht zulassen.«

»Seine Söhne – pah. Es sind gar nicht seine Söhne!«

»Nicht?«

»Nein. Er kann keine Söhne zeugen – nicht einmal Töchter.«

»Verstehe ich nicht. Seine Frauen haben doch Kinder geboren!«

»Ja, seine Frauen haben unsere Kinder zur Welt gebracht. Wir – wir haben die Frauen nicht etwa deshalb nehmen dürfen, weil wir so gute Soldaten sind. Nein! Wir mussten sie nehmen, damit sie schwanger werden. Er kann es nämlich nicht. Der große El Soberano ist impotent.«

»Das ist starker Tobak«, murmelte Borwig.

»Was?«

»Nichts«, winkte Borwig ab. »Aber was tun wir jetzt?«

»Wir? Wieso wir?«

»Na, hör mal, wir wurden alle von ihm belogen, betrogen und ausgenutzt. Wenn einer dieser Burschen mein Sohn ist, will ich es verdammt noch mal wissen. Und die anderen werden das auch wollen.«

»Ja, ja, du hast recht. Erzählen wir es allen.« Hogan nickte unkontrolliert und stieß Borwig immer wieder seinen Finger gegen die Schulter.

»Du weißt, was das heißt?«, fragte Borwig.

»Japp – aber sie mü-müssen es alle wissen.«

»Sicher?«

»Ga-ganz sicher«, bestätigte Hogan, dann sackte er wie in Zeitlupe zur Seite und schlief auf der Stelle ein.

Am nächsten Morgen wachte Hogan mit einem schweren Brummschädel in seinem Bett auf. Stöhnend rieb er sich die Augen und massierte sich die Schläfen. Seine Zunge fühlte sich dick an und klebte an seinem Gaumen, und sein Magen knurrte überlaut. Langsam erhob er sich und machte sich auf den Weg in Richtung Küche. Unterwegs traf er auf Borwig.

»Wie bin ich in meine Unterkunft gekommen?«

»Ich habe dich nach der Ablösung hergebracht.«

Hogan nickte, was ihm einen dumpfen Kopfschmerz einbrachte. Stöhnend rieb er sich die Stirn. Undeutlich erinnerte er sich daran, dass er Borwig gegenüber Dinge geäußert hatte, die nicht ungefährlich waren.

»Ich hoffe, du hast mein Gefasel von gestern Abend nicht ernst genommen«, sagte er leise.

»Sollte ich das nicht? Tja, dann«, Borwig hob die Schultern leicht an und ließ sie wieder fallen.

»Hast du etwa mit jemandem darüber gesprochen?«

»Von mir weiß niemand etwas.« Borwig hob beruhigend die Hände. »Dennoch sind Gerüchte im Umlauf. Es ist mehrfach der Name Garcia gefallen. Unter den Männern macht sich Widerstand breit. Keiner will morgen kämpfen. Es ist eine Sache, einfache Bauern, Frauen und vielleicht auch Kinder einzuschüchtern; sie in einem sinnlosen Gemetzel zu töten, eine ganz andere. Der Gedanke macht allen sehr zu schaffen. Den Alten, weil sie nicht mehr kämpfen wollen, den Zwangsrekrutierten, weil sie gegen ihre eigenen Leute marschieren, und den in die Armee Hineingeborenen, weil sie nicht wissen, was ihnen bevorsteht. Du solltest mit ihnen reden, die Wahrheit wäre zur Abwechslung mal eine gute Sache.«

Hogan kratzte sich am Kinn und fuhr sich mit beiden Händen über das Gesicht. Eine Idee begann, sich in seinem Kopf Platz zu verschaffen. Er sah Borwig mit zusammengekniffenen Augen an.

»Nein. Bring sie zur Vernunft. Wir werden Soberano folgen, und das ist ein Befehl.«

Darko gab letzte Anweisungen an die in der Höhle versammelten Männer und Frauen. Noch mehr Bauern und Jäger aus den umliegenden Dörfern und Siedlungen waren seinem Aufruf gefolgt und hatten sich ihm mit ihren erwachsenen Söhnen angeschlossen. Sie waren endlich bereit, für ein besseres Leben, ein Leben ohne Soberanos grausame Herrschaft, zu kämpfen.

Ein Flüstern ging durch die Menge, als Saralean mit Hannibal an ihrer Seite die Höhle betrat. Sie trug den schwarzen Anzug und die Sonnenbrille steckte in ihrem Haar. Ihre Augen schimmerten silbrig und die Pupillen waren kaum zu erkennen.

Darko hatte bereits erlebt, wie sich das klare Blau ihrer Augen veränderte. In dunkles, samtiges Blau, als er sie geliebt hatte, in mattes, dunkles, fast schiefergraues Blau, als sie ihn berührt und in ihn hineingesehen hatte. In beiden Fällen hatte sie wahre Stürme in ihm entfacht. Jetzt jedoch wirkten ihre Augen wie zwei funkelnde Stahlkugeln, bereit, ihre tödliche Wirkung zu entfalten.

»Sit hat die Tarnung abgeschaltet. Er hat stattdessen einen Schutzschild um das Schiff aufgebaut und seine Sensoren sind auf die Ebene und die nähere Umgebung eingestellt. In der Kürze der Zeit war eine Bearbeitung des Naardons nicht möglich, aber er konnte die Energiereserven trotzdem aufladen. Seinen Berechnungen zufolge wird es etwa für zwei oder drei Tage reichen.«

Saralean reichte Darko einen Korb. »Ich habe unsere Armbänder repliziert, damit du alle mit einem Sender versorgen kannst. Sit kann dann jeden Verletzten sofort auf die Krankenstation holen. Deine Mutter und die Frauen werden für sie tun, was sie können. Agnella ist mit den Kindern bei mir ebenfalls in Sicherheit. Hannibal und ich, wir werden jeden daran hindern, in das Schiff einzudringen.«

»Hannibal«, sprach Darko das Tier an und beugte sich zu ihm hinunter. »Saralean ist für mich ebenso wichtig, wie für dich. Ich möchte also, dass du gut auf sie aufpasst.«

Hannibal winselte leise auf und schleckte ihm einmal übers Gesicht. Darko musste trotz der Anspannung lachen.

»Du hast mich anscheinend verstanden.«

»Geh, Darko. Um mich brauchst du dich nicht zu sorgen.«

Darko legte die Arme um Saralean. »Ich liebe dich, Saralean Terfee.«

Er hätte ihr gern noch sehr viel mehr gesagt, doch dafür blieb keine Zeit. Darko wandte sich zu den Männern und

Frauen um, die auf sein Zeichen warteten. So oft waren sie ihre Strategie durchgegangen, dass er nun kein Wort mehr sagen musste. Jeder kannte seinen Platz, jeder wusste genau, was er zu tun hatte. Sie würden Soberano einen Empfang bereiten, der ihm die Tränen in die Augen trieb.

Darko verteilte die Armbänder, dann gab er das Zeichen und schweigend strebten sie dem Ausgang zu.

»Wenn es so etwas wie einen Gott gibt, dann hoffe ich, er ist heute auf unserer Seite«, raunte Darko Dawied zu, bevor er neben Anton Posten auf dem Plateau bezog.

Er brauchte einen Moment, um sich an die schummrige Dämmerung zu gewöhnen, dann waren seine Sinne wie eh und je geschärft. Die nackten Felsen wurden in ein gräuliches Licht getaucht, als die Zwillingssonnen den Horizont erhellten. Die Ebene selbst lag noch tiefschwarz vor ihm. Hier und da stiegen die ersten Nebelschwaden auf. Seine Ohren schienen sich in sämtliche Richtungen zu drehen. Kein noch so geringes Geräusch durfte ihm entgehen, aber noch war alles ruhig.

Langsam stiegen die Sonnen höher. Die orangeroten Streifen wurden bereits von goldfarbenem Licht abgelöst. Die ersten Strahlen würden bald auf die Ebene treffen und die Feuchtigkeit der Nacht verdunsten lassen. Soberano würde den dichten aufsteigenden Bodennebel sicher nutzen und sie hatten nicht mehr viel Zeit, um ihre Kräfte zu sammeln und sich auf das, was vor ihnen lag, zu konzentrieren.

Die Sonnen hatten den Horizont zur Hälfte überschritten, da schlug ein Pfeil in den extra dafür vorbereiteten Reissack ein. Es war das Zeichen, dass Soberano sich näherte. Donald, der unterhalb des Gipfels Wache hielt, hatte die ankommenden Soldaten gesichtet und den Pfeil abgeschossen. Darko wusste, dass sein Vater am liebsten Seite an Seite mit seinem Sohn in den Kampf gezogen wäre, aber Donald hatte eingesehen, dass er mit seinem kranken Bein eher Last als Hilfe wäre.

»Da stimmt etwas nicht«, murmelte Agnellas Vater und beobachtete den kleinen Trupp Soldaten misstrauisch. »Das ist kein Angriff, Darko. Sie kommen viel zu offen auf uns zu.«

Kurz darauf beobachteten sie erstaunt, dass die Männer zurückblieben und ein junger Bursche allein weiterging.

»Was haben die vor?« Anton DiMarco zog fragend eine Braue in die Höhe. »Soll der Junge uns provozieren oder ablenken?«

»Finden wir es heraus«, erwiderte Darko. Er kletterte vom Plateau herunter.

Als er die Argus passierte, wurde er von Agnella aufgehalten. »Es ist Lucas, Soberanos Erstgeborener«, rief sie ihm zu.

Darko nickte kurz, dann ging er dem Jungen entgegen. »Du hast dir gerade eine schlechte Zeit für einen Besuch ausgesucht, Lucas. Wir erwarten eine größere Gesellschaft und haben keine Zeit. Kann ich dir dennoch irgendwie behilflich sein?«

Lucas blieb wie angewurzelt stehen, er hatte Darko wohl nicht kommen sehen. »Ähm, mein Vater befindet sich kurz hinter mir. Ich soll euch ausrichten, er wird sich von deinen Geistern nicht mehr abhalten lassen. Er will das Raumschiff und deine Dämonen. Wenn du sie ihm freiwillig überlässt, wird keinem etwas geschehen.«

»Meine Dämonen?« Darko horchte auf. »Ich muss dich leider enttäuschen, ich habe keine Dämonen.«

»Du kannst es ruhig abstreiten, aber Hogan hat die rothaarige Frau gesehen. Hier, und vor einigen Tagen in der Stadt, als …«, Lucas stutzte plötzlich und ließ seinen Blick suchend über Darko gleiten. »Wie mir scheint, ist sie auch noch eine Heilkundige.«

Darko verzog keine Miene und ging auf die Anspielung auf seinen Gesundheitszustand nicht ein. »Ich wiederhole mich ungern, Lucas. Es gibt hier keine Dämonen.«

»Mag sein, dass es eine Sinnestäuschung war, die schwarze Bestie kannst du dagegen nicht leugnen.«

»Auch darin hat Hogan sich getäuscht.«

»Du willst der Forderung nicht nachkommen?«

»Nein.«

»Dann seid ihr dem Tode geweiht.«

»Tja, das wird sich sehr bald zeigen«, brummte Darko und warf Lucas einen vernichtenden Blick zu. »Jetzt entschuldige mich bitte. Wie ich bereits sagte, wir erwarten Gäste.« Er schenkte Lucas ein kaltes Lächeln und ließ ihn stehen.

Die Soldaten marschierten mit dem Aufsteigen der Bodennebel los. Keiner sagte etwas, allen schien die Furcht vor den Dämonen des Misera im Nacken zu sitzen.

Nur Borwig und Branco unterhielten sich leise miteinander. So beiläufig wie möglich sprachen sie über das, was Borwig von Hogan erfahren hatte. Gerade so laut, dass die Männer in ihrer unmittelbaren Nähe es hören konnten. Schon nach kurzer Zeit hatten sich die Geschichte von dem Verräter Hernandez Garcia und das Gerücht, dass es sich dabei um El Soberano handelte, wie ein Lauffeuer verbreitet. Ganz besonders die Sache mit Soberanos angeblichen Kindern schlug ein wie eine Bombe. Als die Armee den Vorhof der Hölle erreichte, kam das Gerede dann auch sehr schnell Soberano zu Ohren.

»Hogan!«

Der Hauptmann wollte den Ruf ignorieren, überlegte es sich dann aber anders. »Ja? Du wirkst verärgert, kann ich etwas für dich tun?«

Soberano hegte offensichtlich keinerlei Zweifel an der Loyalität seines Hauptmannes. Er reagierte weder auf die respektlose

Anrede noch schien er den ironischen Ton zu bemerken, den Hogan ihm gegenüber anschnitt.

»Was geht hier vor, Hogan? Wer verbreitet diese Lügen über mich?«

»Ich weiß nichts von irgendwelchen Lügen.«

»Tu nicht so, du weißt sonst auch alles.«

»Mir sind keine Lügen über dich zu Ohren gekommen.«

»Ach, tatsächlich? Deine Männer behaupten, ich sei impotent und ich hätte vor über zwanzig Jahren deine Revolution verraten.« Ganz nah trat Soberano an Hogan heran.

»Oh, das – ja, das habe ich gehört«, stimmte dieser desinteressiert zu.

»So, hast du!«

Hogan nickte lediglich bestätigend. Spätestens jetzt hätte es Soberano stutzig machen sollen, dass Hogan nicht vor ihm zurückwich, sondern erhobenen Hauptes stehen blieb. Soberano schien aber auch diese Gleichgültigkeit in der Haltung seines Hauptmannes nicht zu bemerken.

»Was gedenkst du, dagegen zu unternehmen?«

»Nichts!«

»Wie bitte?« Soberano stemmte wutschnaubend die Hände in die Hüften.

»Es ist die Wahrheit, Garcia, und gegen die Wahrheit kann man nichts tun.«

»Was? Wie nennst du mich?«

»Garcia. Wir nennen dich ab jetzt bei deinem richtigen Namen – Hernandez Garcia.«

»Nein«, zischte Garcia gefährlich leise und seine Gesichtszüge verzerrten sich zu einer hässlichen Fratze. »Garcia ist schon lange tot.«

»Du erscheinst uns sehr lebendig«, widersprach Hogan.

»Wage es nicht, mich Garcia zu nennen. Ich bin Soberano –

El Soberano! Ich bin der alleinige Herrscher über Kerelaos, und du solltest besser nicht daran zweifeln.« Garcias Stimme klang dabei unnatürlich hoch und überschlug sich fast.

In diesem Moment wurde Hogan klar, dass Garcia schon zu lange mit dieser Lüge lebte. Und noch etwas fiel ihm auf: Der Ausdruck in seinen Augen war der eines völlig verwirrten Geistes.

Er ist irre! Er ist vollkommen verrückt! Er ist krank!

Es wäre ein Leichtes gewesen, sein Schwert zu ziehen und es Garcia in die Brust zu stoßen, wie er es so oft geträumt hatte. Trotz der Härte, die sich im Lauf der Jahre um sein Herz gelegt hatte, besaß Hogan noch so etwas wie Anstand und Skrupel. Es widerstrebte ihm, einen offensichtlich kranken Menschen zu töten.

Er nickte Garcia zu, drehte sich um und ließ ihn stehen. Tief atmete er ein und aus. Die Sonnen hatten den Horizont bereits überschritten. Der aufsteigende Nebel würde ihnen nur noch kurze Zeit Schutz gewähren. Bald schon würde die frische, klare Luft den beißenden Geruch von Blut und Schweiß annehmen, wenn – ja, wenn kein Wunder geschah.

»Wenn euch euer Leben lieb ist«, erklang plötzlich eine einzelne männliche Stimme hinter ihm, »dann legt eure Waffen nieder und ergebt euch.«

Hogan fuhr herum. Wenige Meter entfernt stand Cardona einsam und allein auf der Ebene. Hogans Männer zogen zwar die Schwerter, aber statt anzugreifen, sahen sie sich unsicher zu ihm um. Garcia, der sich wohl keiner unmittelbaren Gefahr ausgesetzt sah, schob sich durch die Reihen nach vorne und stellte sich neben seinen Hauptmann.

»So allein, mein Teufelchen? Haben dich deine Leute vor lauter Angst zurückgelassen? Tja, das ist Pech.« In seiner Hand hielt Garcia eine Laserwaffe, mit der er auf Cardona zielte. »Um es mit deinen Worten zu formulieren: Wenn dir dein Leben lieb ist, dann leg deine Waffe nieder und ergib dich.«

Über Darkos Gesicht zog sich ein mitleidiges Lächeln. »Willst du damit nur drohen oder willst du sie auch benutzen?«

»Das kommt ganz auf dich an.«

»Nun, dann erschieß mich«, forderte Darko. »Was ist, Garcia, warum drückst du nicht ab? Ich bleibe auch genau hier stehen, damit du mich nicht verfehlst.«

Garcia zielte noch immer auf ihn. Sein Gesicht färbte sich langsam tiefrot vor unverhohlenem Zorn. Hogan wusste, dass die Waffe in Garcias Hand schon lange völlig unbrauchbar war und Cardona schien dies ebenfalls klar zu sein. Garcia hingegen hatte es offenbar vergessen oder in seinem Wahn schlicht verdrängt. Mit einem zornigen Aufschrei drückte er ab, doch nichts geschah. Wütend schleuderte er die Waffe beiseite.

Nach und nach betraten immer mehr Bauern den Vorhof der Hölle. Kurze Zeit später waren sie von Männern und Frauen umgeben, die mit allem bewaffnet waren, was auch nur annähernd als Waffe dienen konnte. Garcia sah sich hektisch, schon fast panisch um. Er gab das Zeichen zum Angriff, aber weder Hogan noch seine Männer reagierten darauf.

»Ihr sollt angreifen!«, brüllte Garcia.

Hogan rührte noch immer keinen Finger. »Wir werden nicht für dich kämpfen, Garcia. Nie mehr. Deine Herrschaft endet hier.«

»Du wagst es, dich gegen mich zu stellen?«

»Ja«, antwortete Hogan schlicht und legte Darko als Zeichen der Kapitulation sein Schwert in die Hände.

»Woher kommt dieser Sinneswandel?«, fragte Darko erstaunt.

»Weil dein hübscher Dämon uns die Augen geöffnet hat.

Weil wir jetzt wissen, dass wir einem feigen Verräter die Treue geschworen haben. Weil wir wegen ihr endlich bereit sind, die Wahrheit zu sehen«, zählte Hogan auf. »Such dir etwas aus.«

»Du hast lange gebraucht, um die Wahrheit zu erkennen.«

»Ja, denn ich wollte niemals Soberano töten, immer nur Garcia.«

»Und ich niemals Garcia, sondern nur Soberano.«

»Ich schätze, wir haben mehr als genug Gründe, diesen beiden Männern den Tod zu wünschen. Wie praktisch, dass es sich in Wahrheit um ein und dieselbe Person handelt.«

Darko nickte. »Du hättest es längst tun können.«

»Schon, allerdings hatte ich bisher keinen Grund und jetzt kann ich es nicht mehr, weil ich kein feiger Mörder bin. Garcia ist ein kranker Mann. Sein Geist ist völlig verwirrt.«

Darko nickte erneut.

»Und vielleicht gibt es ja irgendwo einen gnädigen und gerechten Gott«, sagte Hogan laut. »Wenn wir uns Garcia gegenüber gnädig erweisen, ist es möglicherweise der erste Schritt, um uns menschlich zu zeigen. Vielleicht gelingt es uns dadurch, etwas von dem wiedergutzumachen, das wir unter Soberanos Führung anderen angetan haben.«

Hogan sah sich zu seinen Leuten um. Ein Raunen ging durch die Reihen. Es klang tatsächlich erleichtert, und als Borwigs Trupp die Waffen fallen ließen, folgten Brancos Männer ihrem Beispiel. Lediglich die drei, die damals mit Garcia und Hogan geflohen waren, und zwei ihrer engsten Kumpane weigerten sich, ihre Waffen zu strecken. Demonstrativ stellten sie sich hinter Garcia.

Dieser kochte vor Wut. Hochrot, mit hassverzerrter Miene starrte er in die Runde.

»Verrat!«, schrie er. »Das ist niederträchtiger Verrat!«

Seine einst einhundertfünzig Mann zählende Armee war

stark dezimiert worden. Ohne Kampf. Ohne Tote. Ohne Gefangene. Sie hatten friedlich die Waffen gestreckt. Selbst Lucas und die anderen Knaben, die noch vor Kurzem in dem festen Glauben gelebt hatten, Soberano sei ihr Vater, warfen ihre Waffen auf den stetig ansteigenden Haufen.

Hogan hatte sich Garcia gerade wieder zugewandt, als dieser nach seinem Dolch griff.

»Wehr dich du Feigling«, schrie er und wollte sich auf Hogan stürzen, doch er kam nicht mehr dazu. Ein Geräusch, das sich wie ein zischendes Pfeifen anhörte, zerschnitt die Luft. Fast gleichzeitig wurde ihm der Dolch aus der Hand gerissen und fiel laut klirrend zu Boden.

»Gib auf, Garcia. Es ist vorbei. Hier wird heute kein Blut fließen«, rief eine feste, sehr weiblich klingende Stimme, begleitet von einem durch Mark und Bein gehenden Brüllen.

»Der Dämon und seine Bestie sind zurück«, keuchte Hogan.

Darko drehte sich bei diesen Worten um und mochte seinen Augen nicht trauen. Er hatte es als lächerliche Übertreibung angesehen; nun leistete er Hogan innerlich Abbitte. Auf dem Wall stand ein furchteinflößender Dämon. Pechschwarze, schuppige Haut. Große, runde, glänzende Augen, so schwarz wie die Nacht. Der Kopf war von tanzenden roten Flammen umgeben. Neben ihm stand eine riesige, schwarze Bestie mit langen Reißzähnen und mit scharfen Krallen bewehrten Pranken. Sie ließ gefährlich knurrend ihre rot glühenden Augen über die Männer gleiten. Dass es sich bei dem angeblichen Dämon um Saralean handelte, war nicht schwer zu erraten, aber woher kam diese Bestie? In diesem Moment legte Saralean eine Hand auf den Kopf des Raubtiers und dieses beruhigte sich zusehends. Hannibal? Konnte das wirklich der liebenswerte Hund sein, der ihm vorhin noch wie ein Welpe fiepend übers Gesicht geschleckt hatte? Jetzt hätte Darko ebenfalls geschworen, dass diese Kreatur direkt aus der Hölle kam.

Eine atemlose Stille legte sich über die Ebene. Soldaten und Bauern verfolgten gemeinsam die unwirkliche Szene. Darko fasste sich als Erster. Langsam ging er auf die beiden zu, als ein lautes Surren die unheimliche Stille zerschnitt. Abrupt blieb Darko stehen. Mit einem erschrockenen Aufschrei wich die Menge zurück und machte einem Shuttle der planetarischen Raumflotte Platz, das zur Landung ansetzte.

»Darko! Pass auf!«, schrie Hogan plötzlich hinter ihm und stieß ihn zu Boden.

Noch während er fiel, hörte Darko, wie ein grauenvolles Jaulen die Luft erfüllte. Das Jaulen wurde nahezu gleichzeitig von einem entsetzten Aufschrei begleitet. Darko sprang auf und sah, wie Saralean neben der Bestie in die Knie sank und eine Hand auf den Hals des röchelnden Tieres legte. Im nächsten Moment rannte Garcia auf den Wall zu. Auch Darko setzte sich sofort in Bewegung, aber es war schon zu spät. Garcia hatte den Wall vor ihm erreicht. Er packte Saralean, zog sie herunter und hielt ihr ein Messer an die Kehle. Sie mit sich zerrend, näherte er sich dem Shuttle. Saralean schien noch völlig geschockt von Hannibals durchbohrtem Leib zu sein, denn sie leistete keinerlei Gegenwehr.

Darko stieß einen zornigen Laut aus, als er auf Garcia zustürzte. Gleichzeitig gab er Sit den Befehl, Saralean zu erfassen. Doch nichts geschah.

»Komm mir nicht zu nahe, Cardona. Bleib, wo du bist, wenn du deinen süßen Dämon jemals lebend wiedersehen willst«, drohte Garcia und drückte das Messer noch ein wenig fester gegen Saraleans Hals. Blut tropfte auf ihre Brust.

Darko verlor fast den Halt, als er abrupt abbremste und seine Füße dabei ins Rutschen gerieten. »Lass sie gehen, Garcia«, forderte er und hob kapitulierend die Hände. »Du willst sie gar nicht, du wolltest immer mich.«

»Zu spät, Cardona. Jetzt ist sie sehr viel wertvoller für mich.« Hektisch flogen seine Augen hin und her, niemand wagte es jedoch, ihn aufzuhalten.

»So ist es brav, mein kleines Teufelchen«, kicherte Garcia. Er rief seine letzten Getreuen zu sich und befahl ihnen, ihm Rückendeckung zu geben.

In diesem Moment öffnete sich die Tür des Shuttles und ein Mann in Uniform setzte einen Fuß davor. Offenbar erfasste er erst jetzt den wahren Grund für die Menschenansammlung auf der Ebene, denn er sprang geistesgegenwärtig zurück. Bevor die Tür sich wieder schließen konnte, waren ihm Garcias Leute gefolgt und warfen den jungen Mann aus der Fähre. Dieser griff vergebens an seinen Gürtel, seine Waffe war ihm längst entwendet worden.

»Garcia! Ich bringe dich um!«, schrie Darko, doch er erntete nur heiseres Gelächter.

»Zu spät, Cardona, zu spät!«, rief Garcia und zerrte Saralean unsanft in die Raumfähre, dann schloss sich die Tür.

Darko rannte auf das Shuttle zu und hämmerte gegen die Außenhaut, musste aber schließlich zurücktreten und fassungslos mit ansehen, wie es vom Boden abhob und sich sehr schnell entfernte. Darko stieß einen markerschütternden Schrei aus und sank in die Knie.

»Lasst ihn«, sagte Dawied, als Sunnit, Tamosz und Tomasu hinzukamen. »Was ist mit Hannibal?«

»Sit hat ihn auf die Argus geholt und Telana versucht alles, um ihn zu retten.«

»Sit hat Hannibal geholt?« Darko sprang auf und fuhr zu

Tamosz herum, der bestätigend nickte. »Warum verdammt hat er nicht auch Saralean geholt?«

»Hat er ja«, fiel Tomasu ihm ins Wort und hielt ihm Saraleans Armband unter die Nase. »Agnella sagt, das Einzige, was sich auf der Argus rematerialisierte, war ihr Armband mit dem Sender. Garcia muss es ihr vom Arm gerissen haben.«

Darko nahm das Band. Es war zerschnitten. »Kannst du sie noch erreichen, Tamosz?«

»Nein, ich höre sie nicht mehr. Sie ist schon zu weit fort.«

Darko nickte wie hypnotisiert und warf einen letzten Blick gen Himmel. Das Shuttle war längst nicht mehr zu sehen.

Dawied legte tröstend eine Hand auf seine Schulter. »Saralean ist ein schlaues Mädchen. Ihr wird sicher etwas einfallen.«

»Hast du gewusst, dass Hannibal eine Bestie in sich trägt?«, wandte Sunnit sich an Dawied.

»Natürlich nicht. Ich denke allerdings, diese Bestie in ihm ist erschienen, um Saralean zu beschützen. Vermutlich hätte Hannibal Garcia in Stücke gerissen, wenn der ihn nicht vorher erwischt hätte«, antwortete Dawied.

»Garcia war das?«, fragte Darko.

»Ja, ich sah, wie er einem Bauern den Speer aus den Händen riss und dich damit anvisierte. Ich war zu weit entfernt, um ihn aufzuhalten. Wenn Hogan dich nicht umgerissen hätte, dann wärst du vermutlich durchbohrt worden.«

»So aber wurde Hannibal getroffen.«

»Ich hoffe, er schafft es, dann bleibt Darko wenigstens eine Erinnerung an Saralean«, sagte Tamosz im Flüsterton zu Tomasu.

»Ich denke, es war Garcia egal, wen der Speer trifft«, ließ Hogan sich vernehmen, der ebenfalls herangekommen war. »Er sah mit dem Shuttle seine Chance und er wollte Verwirrung stiften, um diese Fluchtmöglichkeit zu nutzen.«

»Das ist ihm auch gelungen«, erwiderte Darko grimmig. Die Hand mit dem zerschnittenen Armband darin schloss sich zur Faust.

»Irgendwo da oben befindet sich ein Schiff«, suchte Dawied seinen Freund zu beruhigen. »Saralean ist ein schlaues Mädchen. Sie wird sich Garcia nicht kampflos ergeben.«

»Ich weiß.«

Während die Bauern und Soldaten sich langsam von dem Schock erholten, kümmerten sich zwei Frauen bereits um den verletzten Fähnrich, der lediglich eine kleine blutende Kopfwunde davongetragen hatte. Darko ging auf den jungen Mann zu, der langsam zu begreifen schien, dass man ihn hier zurückgelassen hatte. Er erhob sich von dem Stein, auf dem er gesessen hatte, und sah Darko mit einem undefinierbaren Ausdruck im Gesicht an. Darko war noch ein paar Schritte von ihm entfernt, als der Fähnrich begann, durchsichtig zu werden und im nächsten Moment verschwunden war.

Darko blieb wie angewurzelt stehen, dann schüttelte er den Kopf. Mit einem resignierten Schulterzucken wandte er sich zu seinen Leuten um.

»Lasst uns hier aufräumen. Es gibt jetzt viel zu tun«, sagte er mit einem Blick auf Hogan.

Der nickte zustimmend und begann die Schwerter auf eine Karre zu laden.

Es wurde bereits dunkel, als sie endlich alle Waffen eingesammelt und verladen hatten. Die Bauern aus der näheren Umgebung waren in ihre Dörfer zurückgekehrt, einige standen noch in Gruppen zusammen und redeten über das Geschehene und andere zogen sich gerade in die Höhlen zurück.

»Was habt ihr damit vor?«, fragte Anton DiMarco, als er selbst das letzte Schwert auf die Karre legte.

»Wir bringen sie zurück zum Neopatria.«

»Ihr solltet sie ins Loch werfen und den Käfig gleich dazu«, schlug Anton vor.

»Ja – ja, das werden wir auch tun. Wirst du uns dabei helfen?«

Anton warf Hogan einen abschätzenden Blick zu, dann nickte er und machte sich zusammen mit den ehemaligen Soldaten auf den Weg.

Kaum dass sich der Karren in Bewegung gesetzt hatte, hallte ein einzelner Schrei über die Ebene des Misera und fand sein Echo im entsetzten Aufstöhnen der Umstehenden. Dann herrschte absolute Stille. Kein Wort, kein Geräusch war zu hören. Den Blick zum Himmel erhoben, schienen die Leute den Atem anzuhalten. Ein grelles Licht blitzte am dunklen Himmel auf, dann sah man einen hellen Kranz aufleuchten, von dem sich weiße Strahlen entfernten, die sich immer weiter aufteilten. Das Schauspiel am Himmel erschien wie ein weit entferntes Feuerwerk, doch die Leute auf Kerelaos ahnten, dass es sich um eine gewaltige Explosion gehandelt haben musste.

Erst als das Licht am Himmel verschwunden war, regte sich Darko. Er rannte über die Ebene auf die Argus zu.

»Was ist passiert?« Telana stieß im Eingang der Argus mit Darko zusammen. Dieser schob seine Mutter grob beiseite.

»Darko!«

»Nicht jetzt, Mutter«, herrschte er sie an und stürzte auf die Brücke.

»Sit? Zeig mir, was mit dem Shuttle geschehen ist«, forderte er.

»Saralean hat alle meine Sensoren manuell auf die Ebene ausgerichtet. Ich konnte daher nicht erfassen, was sich im Orbit abgespielt hat.«

Darko ballte seine Hände zu Fäusten und ließ beide auf die Konsole krachen.

»Nicht!« Donald war hinzugekommen und hielt seinen

verzweifelten Sohn gerade noch davon ab, seine Faust in den Monitor zu rammen. »Geh beiseite, Junge. Saralean hat Sit manuell umgestellt, das heißt nicht, dass es keine Aufzeichnung gibt.«

Darko überließ seinem Vater den Platz an der Konsole. Donald verschaffte sich einen kurzen Überblick, dann drückte er einige Tasten. Das Gesicht verschwand, der Monitor wurde schwarz, dann flackerte er kurz und Sit erschien wieder.

»Sit? Zeig uns bitte, was im Orbit passiert ist.«

»Ich kann bestätigen, dass das Shuttle zur PSS-Shang gehörte. Die Shang wurde offensichtlich zerstört. Ich habe Trümmerteile geortet.«

»Nein! Nein, das darf nicht sein. Sie kann nicht – Sit? Bitte sag mir, dass Saralean noch nicht an Bord war.« Darko klammerte sich verzweifelt an diese Hoffnung wie ein Ertrinkender an einen Strohhalm.

»Meinen Informationen nach befand sich das Shuttle bereits an Bord der Shang, als die Explosion stattfand.«

»Verdammt!«

Donald legte beruhigend eine Hand auf Darkos zu Fäusten geballte Hände. »Wurden Rettungskapseln gestartet?«, wollte er von Sit wissen.

»Ich konnte keine registrieren.«

Darkos allerletzte Hoffnung zerplatzte damit wie eine Seifenblase; dennoch wollte er Saraleans Tod nicht wahrhaben. Dass Garcia ebenfalls den Tod gefunden haben musste, war ihm kein Trost. Dieser Mann hatte ihm nicht nur seine geliebte Schwester genommen, sondern auch die Liebe seines Lebens. Garcia hatte zum zweiten Mal alles zerstört, was ihm wichtig war. Darkos Magen krampfte schmerzhaft zusammen und sein Herz schlug so heftig gegen seine Brust, dass er glaubte, es schnüre ihm die Luft ab. Was war sein Leben noch wert, wenn es Saralean darin nicht mehr gab?

»Es befand sich ein zweites Schiff im Orbit«, meldete Sit plötzlich.

»Ein zweites Schiff? Was für ein Schiff?«, fragte Donald.

»Der Signatur nach muss es sich um die PSS-Arturo gehandelt haben. Sie ist das Flaggschiff der planetarischen Raumflotte.«

»Was bedeutet das?«, wollte Darko wissen.

»Das bedeutet, dass Saralean noch am Leben sein könnte«, sagte Telana und umfing Darkos Gesicht mit beiden Händen. Beschwörend sah sie ihn an, bis er endlich zustimmend nickte.

»Sit? Kannst du das Schiff rufen?«, fragte Donald.

»Es ist bereits außer Reichweite. Es hat den Orbit sofort nach der Zerstörung der Shang verlassen.«

Kapitel 21

Der Schock, als Hannibal neben ihr zusammenbrach, ließ Saralean alle Gegenwehr vergessen. Sie spürte, dass jemand sie von hinten umfasste und ihr etwas Kaltes gegen die Kehle drückte, aber sie konnte den Blick nicht von dem röchelnden Tier lösen. Sie fühlte sich wie gelähmt und ließ zu, dass sie gewaltsam von Hannibal fortgerissen wurde. Das Bild von dem Speer, der Hannibals Brust durchbohrte, trübte wie ein verschwommenes Trugbild ihren Verstand. Sie hörte Darko etwas rufen und Sammy schreien, die Worte verstand sie jedoch nicht.

Erst an Bord des Shuttles realisierte Saralean, was soeben geschehen war. Das leise Röhren des Antriebs weckte sie aus ihrer Trance und ganz langsam drang die Erkenntnis in ihr Bewusstsein, dass Garcia sie als Geisel genommen und entführt hatte.

»Das war dein Todesurteil, Garcia«, zischte sie und versuchte gleichzeitig, sich aus der festen Umklammerung zu befreien.

Garcia reagierte lediglich mit einem irren Lachen. Er stieß Saralean grob in die Arme einer seiner Männer, dann drückte er dem Piloten die Laserwaffe in den Rücken.

»Das würde ich sein lassen«, knurrte er, als dieser versuchte, einen Notruf an sein Schiff zu senden.

Der Pilot nickte und zog seine Hand langsam von dem Knopf zurück. »Ich muss unsere Rückkehr ankündigen, damit die Shuttlerampe geöffnet wird.«

»In Ordnung, aber ich warne dich, Bürschchen. Ein falsches Wort und du endest als Weltraummüll«, drohte Garcia.

Der Pilot nickte erneut und öffnete einen Kanal. »Orca-Flyer ruft PSS-Shang.«

»Wir hören Sie, Orca-Flyer.«

»Wir haben Lieutenant Keller an Bord und befinden uns auf dem Rückflug. Erbitten Andockanweisung für Shuttlerampe drei.«

Saralean horchte auf. Keller? Shuttlerampe drei? Das war eindeutig ein versteckter Hinweis, dass nicht alles in Ordnung war. Zu ihrem Glück hatte Garcia nie ihren wahren Namen erfahren, und dass die Shang lediglich zwei derartige Rampen besaß, war ihm hoffentlich nicht bekannt. Innerlich zog sie den Hut vor dem noch sehr jungen Shuttlepiloten und hoffte für sie beide, dass seine Warnung den erwünschten Erfolg hatte.

»Verstanden, Orca-Flyer. Rampe drei steht für Sie bereit.«

»Verstanden. Orca-Flyer Ende.«

»Das war sehr vernünftig, mein Junge«, lobte Garcia. »Und jetzt schön ruhig weiterfliegen.«

Als die Shang in Sicht kam, kniff Garcia die Augen zusammen, dann bildete sich eine steile Falte zwischen seinen Brauen. Kurz bevor das Shuttle vom Leitstrahl erfasst wurde, bleckte er wie ein tollwütiger Hund die Zähne. Saralean zog bei seinem Anblick unwillkürlich den Kopf ein. Garcia sog scharf die Luft ein, sein Gesicht rötete sich, als er den Atem hart wieder ausstieß. Alles an ihm drückte unbändige Wut aus. Garcia hatte ganz offensichtlich die Falle erkannt, in die er gelockt werden sollte.

»Du hältst dich wohl für ganz besonders schlau, was?« Er holte aus und schlug dem Piloten so hart ins Gesicht, dass der junge Mann stöhnend zur Seite kippte. Doch Garcia ließ nicht zu, dass er ohnmächtig wurde. Er schüttelte ihn und zog ihn brutal auf den Sitz zurück.

Nachdem der Orca-Flyer sicher die Rampe erreicht hatte und die Umweltbedingungen wieder hergestellt waren, gab Garcia zweien seiner Gefolgsleute ein Zeichen. Diese stießen den jungen Piloten vor sich her auf den Ausgang zu. Während die beiden mit ihrer Geisel als Schutzschild das Shuttle verließen und die Sicherheitskräfte ablenkten, nutzte Garcia den schiffsinternen Transporter, um sich mit Saralean und den restlichen drei Männern direkt auf die Brücke bringen zu lassen.

»Vorsicht, Captain!«, schrie ein weibliches Crewmitglied und zog gleichzeitig ihre Waffe.

»Zu spät!«, grinste Garcia breit und feuerte auf die Frau, die daraufhin tödlich getroffen zusammenbrach. Blitzschnell sprang er vor und brachte den Kapitän in seine Gewalt.

»Tun Sie das besser nicht, wenn Sie Ihren Captain behalten möchten«, warnte er den Ersten Offizier, der nun seinerseits seine Waffe auf Garcia richtete.

Commander Strowt überlegte nicht lange. Langsam legte er seine Waffe auf dem Boden ab und hob die Arme als Zeichen, dass er aufgab.

»Braver Junge«, griente Garcia, dann gab er Anweisung, den Rest der Brückenbesatzung zu entwaffnen.

»Haltet sie in Schach.« Er nickte seinen Getreuen kurz zu und öffnete dann die schiffsweite Kommunikation.

»Hallo, Freunde! Ich möchte mich für den netten Empfang herzlich bedanken und teile Ihnen nun mit, dass Ihr Captain so freundlich war, mir das Schiff zu überlassen. Begeben Sie sich bitte jetzt alle – und ich meine wirklich alle – in den Frachtraum. Und lassen Sie meine Freunde bitte unbehelligt passieren. Solange keiner den Helden spielt, wird Ihnen und Ihrem Captain nichts geschehen. Er und sein Erster Offizier bleiben natürlich als meine Gäste auf der Brücke. – Und jetzt zu dir, mein süßer Dämon.« Garcia schob Saralean mit einem Lächeln in Richtung Steuerkonsole.

»Du wirst nicht damit durchkommen, Garcia.«

»Nein? Dann sieh dich mal um, ich glaube, du irrst dich da gewaltig. Jetzt flieg uns hier weg.«

»Das werde ich ganz sicher nicht tun«, widersprach sie und riss sich von ihm los, als er sie auf den Pilotensitz drücken wollte.

»Doch, doch, das wirst du. Ansonsten müsste ich nämlich ein Crewmitglied nach dem anderen aus dem Frachtraum holen lassen und exekutieren. Das wäre dumm und völlig unnötig, findest du nicht auch?«

Am liebsten hätte Saralean Garcia das süffisante Lächeln aus dem Gesicht geprügelt, aber sie hatte nicht seine wütende Seite kennengelernt. Sie hatte auch genug von ihm gehört, um zu wissen, dass er seine Androhung, ohne mit der Wimper zu zucken, wahr machen würde.

»Welchen Kurs soll ich eingeben?« Saralean beschloss, zu tun, was Garcia verlangte. Eine Weigerung, seiner Anweisung zu gehorchen, würde nur seine Wut steigern. Auf Kerelaos war er daran gewöhnt gewesen, dass seine Befehle widerspruchslos ausgeführt wurden. Sollte er sich ruhig als Sieger wähnen.

»Wie nett, du kannst ja ganz vernünftig sein!« Garcia hauchte ihr einen Kuss auf die Wange.

Saralean zuckte zurück und erhob reflexartig die Hand gegen ihn. Garcia packte ihr Handgelenk und presste es schmerzhaft zusammen. Anstatt sich zu wehren, bedachte sie ihn mit einem eisigen Blick, vor dem er tatsächlich zurückwich. Garcia ließ sie los und ganz kurz meinte sie, eine Spur Angst in seinen Augen aufblitzen zu sehen. Er schien sich an ihre letzte Begegnung zu erinnern und auch daran, wozu sie fähig war.

Garcia sagte nichts, drohte ihr auch nicht, stattdessen ließ er ein abfälliges Schnauben hören. Dann fragte er: »Wie heißt der nächste bewohnbare Planet?«

Saralean rief eine Sternenkarte auf.

»Terra-Koppa. Er befindet sich 0,4 Parsec westlich unserer Position im Ekarasystem.«

Terra-Koppa war ein Eisplanet mit kaum nennenswerten Landmassen. Ein hübscher weißer Fleck im Universum, für menschliches Leben denkbar ungeeignet. Saralean hatte darauf gehofft, dass Garcia noch nie etwas von Terra-Koppa gehört hatte, und ihre Hoffnung schien aufzugehen.

»Terra-Koppa? Klingt ganz hübsch. Dann los.«

Saralean warf dem Captain und seinem Ersten Offizier einen schnellen Blick zu, doch weder Hua Fen noch Strowt zeigten irgendeine Reaktion. Mit einem kurzen Nicken, das mehr den beiden Offizieren als Garcia galt, wandte sie sich der Steuerkonsole zu und gab die Zielkoordinaten ein.

Garcia hielt noch immer die Waffe in seiner Hand, im Augenblick fühlte er sich offenbar ganz Herr der Lage. Wenn Saralean ihm vorerst glauben machen konnte, dass auch weiterhin alles nach seinen Wünschen verlief, wurde er vielleicht über kurz oder lang unaufmerksam. Der Weg nach Terra-Koppa war weit. Bis dahin hatte sie Zeit genug, sich etwas einfallen zu lassen.

Diese Gelegenheit kam schneller, als Saralean erwartet hatte. Aus den Augenwinkeln sah sie, wie Hua Fen eine ruckartige Bewegung machte und damit Garcias Aufmerksamkeit auf sich lenkte. Diesen Moment nutzte sie, um einen andauernden stummen Notruf auszusenden.

»Wir sind startbereit«, meldete sie nach der Aktivierung der Startsequenzen.

Garcia wandte sich ihr sofort wieder zu und beobachtete die blinkenden blauen und grünen Anzeigen auf dem Monitor. Den einzelnen gelben Punkt dazwischen bemerkte er zu ihrer Erleichterung nicht oder er maß ihm keine Bedeutung zu.

»Dann los«, befahl Garcia und machte es sich auf dem Kapitänssessel bequem.

Saralean schob diverse Regler in Position. Langsam setzte sich das Schiff in Bewegung. Kurz bevor sie auf einfache Lichtgeschwindigkeit gehen konnte – die Höchstgeschwindigkeit, zu der die alte Shang fähig war – tauchte die PSS-Arturo auf den Monitoren auf und rief die Shang.

»Captain Hua Fen? Hier spricht Gerard, Kapitän der PSS-Arturo. Gibt es ein Problem, bei dem wir behilflich sein können?«

»Was soll das?«, bellte Garcia und sprang von seinem Sitz auf. Hart griff er Saralean ins Haar und riss ihren Kopf nach hinten. Sein Gesicht schwebte nah über ihrem. »Was hast du getan?«

»Nichts«, beteuerte Saralean und versuchte, seinem heißen Atem zu entkommen.

»Nichts? Nichts? Und warum sind die dann hier?« Er hob den rechten Arm und wies auf den Monitor.

»Ich weiß es nicht. Vielleicht hat die Shang sich zu lange im verbotenen Raum aufgehalten.«

»Ich glaube dir kein Wort, du gerissene kleine Hexe. Liebend gern würde ich dich auf der Stelle umbringen, aber das wäre vermutlich dumm, und dumm bin ich nicht. Wenn extra ein Schiff geschickt worden ist, um dich von Kerelaos abzuholen, dann musst du eine wichtige Persönlichkeit sein. Und falls du wichtig bist, dann bist du umso wertvoller für mich.« Schnaufend ließ Garcia sie los und wanderte hektisch hin und her. Man sah ihm deutlich an, dass er fieberhaft nach einer Möglichkeit suchte, dieser Situation zu entkommen.

»Können wir Ihnen irgendwie behilflich sein, Shang?«, wiederholte Captain Gerard seine Anfrage.

»Soll ich antworten?«, fragte Saralean.

»Nein«, blaffte Garcia.

»Aber …«

»Ich sagte Nein!«

»Wie du willst, Garcia. Die Arturo ist deutlich größer und schneller als wir. Wenn wir nicht antworten, wird Captain Gerard Verdacht schöpfen. Die Shang befindet sich im verbotenen Raum um Kerelaos. Der Captain wird uns also nicht ohne Weiteres abfliegen lassen.«

»Verdammt!«, fluchte Garcia, dann gab er zähneknirschend nach. »Also gut. Antworte ihm, nur Audio und ich warne dich, sag nichts Falsches.«

Saralean ließ sich ihre Erleichterung nicht anmerken. Hier war die Hilfe, die sie sich erhofft hatte, und diese Chance durfte sie nicht durch eine verräterische Reaktion vertun. Die Shang war bestimmt nicht zufällig hier. Jemand musste ihren über die Warnsonden abgesetzten Notruf aufgefangen haben und die Shang hatte den Auftrag erhalten, sie hier abzuholen. Gerard wusste ganz sicher über diesen Auftrag Bescheid. Saralean wollte keine falsche Reaktion hervorrufen, indem sie ihren Nachnamen nannte, allerdings war sie Captain Gerard einmal auf einer Party begegnet. Er hatte mit ihr getanzt und geflirtet und sie über ihren zweiten Vornamen ausgefragt. Sie hoffte, dass er sich an sie erinnerte, wenn sie diesen nannte.

»Hier spricht Lieutenant Saralean Bokana Keller, derzeitiger Status Pilot der PSS-Shang. Captain Hua Fen und der Erste Offizier, Commander Strowt, sind zurzeit indisponiert. Ich habe den Auftrag, Ihnen unseren Dank zu übermitteln, aber es gibt keinerlei Probleme.«

Captain Gerard antwortete nicht sofort, dann räusperte er sich kurz und fragte: »Indisponiert? Alle beide gleichzeitig?«

»Ja, ähm, wie soll ich sagen. Sie konnten gestern Abend beide einem Garnelenpudding nicht widerstehen.«

»Oh, verstehe. Sie brauchen gar nicht mehr zu erklären«, lachte Gerard. »Wir haben allerdings einen Notruf aufgefangen.«

»Vermutlich denselben, dem auch wir nachgegangen sind. Er kommt von Kerelaos. Da wir auf dem Weg nach Terra-Koppa sind, wollten wir soeben eine Meldung an die Erde weiterleiten.«

Eine kurze Pause entstand, in der Saralean ein Stoßgebet zur Heiligen Solara sandte, dass Gerard keine unnötigen Nachfragen stellte, denn er wusste natürlich, dass von hier keine Verbindung zur Erde bestand, die Entfernung war zu groß.

»Ja, mir wird gerade bestätigt, dass der Notruf von Kerelaos stammt. Wenn Sie erlauben, werden wir uns darum kümmern. Gute Reise! Arturo – Ende.«

Enttäuscht, dass Gerard ihre kleine Lüge offenbar nicht durchschaut, und auch, dass er sie nicht erkannt hatte, antwortete Saralean: »Danke, Arturo.«

Sie wollte gerade den Kommunikationskanal schließen, als Captain Gerard sich noch einmal meldete. »Eine Frage hätte ich noch, Lieutenant Keller. Ist Professor Zeilinger noch an Bord der Shang?«

Solara sei Dank!

Saralean fiel ein Stein vom Herzen.

»Nein, Sir. Der Professor hat uns an unserer letzten Station verlassen.«

»Verraten Sie mir auch, wo ich den alten Herrn treffen kann?«

Saralean schluckte hart, hier bot sich die Gelegenheit, die sie gesucht hatte. Es war gefährlich, für sie alle, doch sie musste es einfach versuchen. Sie holte tief Luft, dann sagte sie: »Auf Gyorai.«

Gyorai war die alte japanische Bezeichnung für Torpedo und heute eines der Codeworte für den Fall, dass ein Schiff gekapert worden war.

»Ach, tatsächlich?« Die Überraschung war Gerards Stimme deutlich anzumerken.

»Ja, Sir! Sie sollten sich beeilen, wenn Sie ihn dort noch antreffen wollen«, sagte Saralean und beendete die Kommunikation. Dass sie dabei gleichzeitig die Schutzschilde der Shang deaktivierte, bemerkte Garcia nicht. Im Gegenteil, er nickte zufrieden und entfernte sich ein paar Schritte von ihr.

Ohne Vorwarnung feuerte die Arturo einen Torpedo ab, der unterhalb der Shang detonierte. Die Explosion erschütterte das Schiff. Garcia und seine Männer wurden quer durch den Raum geschleudert. Fluchend kam er wieder auf die Füße.

»Los, Abflug«, schrie er und stürzte auf Saralean zu.

»Es geht nicht, der Torpedo hat die Antriebssysteme getroffen. Wir treiben bewegungsunfähig im Raum.«

»Du dummes Miststück.« Garcia zog Saralean grob von ihrem Sitz. Außer sich vor Wut schlug er ihr so hart ins Gesicht, dass sie benommen neben dem getöteten Crewmitglied zu Boden ging.

Stöhnend sah sie zu ihm auf. In ihren stahlgrauen Augen blitzte Schadenfreude auf. »Ich hatte dir die Hölle versprochen, Garcia, jetzt wirst du sie betreten.«

»Niemals!«, kreischte er hysterisch auf, dann aktivierte er die Waffen und eröffnete das Feuer auf die Arturo. Die Torpedos prallten jedoch von deren Schutzschild ab wie Tennisbälle von einer straff gespannten Gummihaut.

Gerards Forderungen, den Beschuss sofort einzustellen, ignorierte Garcia. Es hatte ganz den Anschein, als sei er endgültig dem Wahnsinn verfallen. Mit blutunterlaufenen Augen und einem irren Lachen feuerte er einen Torpedo nach dem anderen ab. Plötzlich erklangen die ersten Töne der Arie 'Tod dem Kaiser' aus der Oper 'Riquisimo' auf dem gesamten Schiff.

Saraleans Herzschlag verdreifachte sich, als sie die Musik erkannte. Sie hatte diese Oper nie gemocht, jetzt erschien sie ihr wie reinster Engelsgesang. Sie ahnte, was gleich passieren würde, schloss die Augen und sprach ein stummes Gebet, dann wartete sie auf das Unvermeidliche.

Garcias fassungsloser Aufschrei verhallte wie im Nebel, als die Shang von einem gezielten Torpedo zerstört wurde.

»Captain Hua Fen! Lieutenant Terfee! Schön, Sie beide gesund wiederzusehen.« Captain Gerard beugte sich zu Saralean und half ihr auf.

»Danke, Captain, das war in letzte Sekunde«, sagte Saralean atemlos und ließ den Körper des toten Crewmitglieds los, an den sie sich geklammert hatte.

»Ich habe gehofft, dass Sie sich rechtzeitig eine Mitfahrgelegenheit suchen«, meinte Gerard trocken.

»Was ist mit meiner Crew?«, fragte Captain Hua Fen.

»Sie sind alle wohlbehalten in unserem Frachtraum angekommen.«

»Ich danke Ihnen, Gerard.«

»Das war selbstverständlich, aber danken Sie dem Lieutenant. Wenn sie mir nicht das Codewort übermittelt und die Schilde gesenkt hätte, wäre es vermutlich nicht so glimpflich ausgegangen.«

Hua Fen, Commander Strowt und Saralean ließen sich von Gerard in dessen Raum führen.

»Tut mir übrigens sehr leid, Hua Fen«, sagte Gerard und drückte seinem Kollegen die Hand.

»Unter diesen Umständen blieb Ihnen leider keine Wahl«, antwortete Hua Fen gefasst.

»Das war eine sehr mutige Aktion von Ihnen, Lieutenant Terfee. Hätten Sie ihre Vornamen nicht so betont, wäre ich nicht einmal misstrauisch geworden.«

»Danke, Sir. Es war das Einzige, das mir in diesem Moment einfiel.«

»Aber Sie wissen schon, in welche Gefahr Sie sich und die Crew durch die Übermittlung des Codes gebracht haben?«

»Wir werden alle darauf trainiert, Sir. Ich habe lediglich auf Ihre Zielgenauigkeit vertraut.«

Gerards Mundwinkel zuckten verdächtig, während er Saralean anerkennend zunickte. Er wies auf eine gemütliche Sitzecke und bat seine Gäste, dort Platz zu nehmen.

»Wenn Sie mich jetzt bitte aufklären würden, warum ich die alte Shang zerstören musste?«, bat er, während er ihnen einen Zudequa, einen sehr aromatischen nijanischen Weinbrand, anbot.

Zunächst setzte Saralean Captain Gerard darüber in Kenntnis, wie sie nach Kerelaos gelangt war. Dann übernahm Hua Fen den Bericht darüber, was sich an Bord der Shang abgespielt hatte. Gleich nachdem er geendet hatte, bat Saralean darum, sofort nach Kerelaos zurückgeschickt zu werden.

»Auf gar keinen Fall, meine Liebe.«

»Bitte, Captain, ich muss zurück.«

»Und ich muss mich an die Vorschriften halten. Für Kerelaos existiert nach wie vor ein striktes Landeverbot.«

»Aber die Shang hat ein Shuttle landen lassen!«

»Captain Hua Fen erhielt eine Ausnahmegenehmigung, um Sie abzuholen, nachdem eine Grenzpatrouille Ihren Notruf aufgefangen hatte. Warum haben Sie die Sonden umprogrammiert, wenn Sie gar nicht fortwollten?«

»Weil ich da noch nicht wusste, was ich heute weiß.«

»Sie hätten den Notruf löschen können.«

Saralean nickte. Sie musste zugeben, dass sie darüber gar nicht nachgedacht hatte.

»Bitte, Sir. Die Bewohner sind zu Unrecht als Schwerverbrecher gebrandmarkt – die meisten jedenfalls. Sie waren Opfer der alten Machthaber und wurden während und nach dem Krieg auf Kerelaos vergessen. Es leben Kinder dort, die nie ein Verbrechen begangen haben. Es gibt nicht einmal eine ausreichende medizinische Versorgung.«

»Ich verstehe das Problem«, sagte Gerard. »Mir sind leider die Hände gebunden. Klären Sie das mit dem Rat, Lieutenant Terfee. Jetzt entschuldigen Sie mich bitte. Ich habe ein Schiff zu führen und ich muss einen Bericht verfassen, um dem Rat zu erklären, warum ich eines unserer eigenen Schiffe zerstört habe.«

»Verstehe. Danke, Sir.« Saralean erhob sich.

»Ich habe Ihre Leute in den Mannschaftsquartieren unterbringen lassen«, wandte sich Gerard an Hua Fen. »Es wird ein bisschen eng werden, aber das werden unsere Leute überstehen. Für Sie, Commander Strowt und Lieutenant Terfee wurden Gästezimmer auf dem Offiziersdeck vorbereitet. Fähnrich Haller wird Sie hinführen.« Gerard öffnete die Tür zur Brücke und rief nach dem Unteroffizier.

»Es tut mir alles so furchtbar leid, was geschehen ist«, sagte Saralean zu Hua Fen, während sie dem weiblichen Fähnrich zu ihren Quartieren folgten. »Die Shang hat ein solches Ende nicht verdient.«

»Doch, genau das hat sie.«

»Wie bitte?«

»Sie haben schon richtig gehört, Lieutenant. Die Shang gehörte einst zu den modernsten Schiffen der Flotte und ich war stolz, ihr Kapitän zu sein. Sie hat sich gegen die Hetaner behauptet, hat unsere Grenzen gesichert und sich in zahlreichen Auseinandersetzungen gegen Piraten, Schmuggler und anderen Verbrechern erfolgreich zur Wehr gesetzt. Mittlerweile war sie eine alte, gebrechliche Lady. Langsam, schwerfällig und müde.

Sie von Kerelaos abzuholen, war ihr letzter Auftrag. Im Grunde hat Gerard ihr und mir einen Gefallen getan. Meine alte Shang durfte einen letzten Kampf kämpfen und dort sterben, wo sie hingehörte.«

»Sie sollte verschrottet werden?«

»Ja, und das hätte mir das Herz gebrochen.«

»Wusste Captain Gerard das?«

»Es war allgemein bekannt, dass die Shang nach ihrer Rückkehr zum Erdhafen außer Dienst gestellt werden sollte.«

Saralean fühlte sich müde und wie erschlagen, schlafen konnte sie dennoch nicht. Ihre Gedanken waren bei Hannibal. Sie hatte nie ein Haustier besessen, es wäre ihr auch nie in den Sinn gekommen, sich eines zuzulegen. In ihrer Heimat wurden Tiere nicht domestiziert. Nie hätte sie geglaubt, dass ein Tier ihr einmal so ans Herz wachsen würde, und nun hatte man Hannibal dort gewaltsam herausgerissen. Die klaffende Wunde würde lange brauchen, um zu heilen.

Sie dachte auch an ihre neuen Freunde und natürlich an Darko. Auch er war ihr gewaltsam entrissen worden, aber der Schmerz darüber fand sich nicht nur in ihrem Herzen. Er durchzog ihren gesamten Körper. Sie sehnte sich nach ihm und wünschte sich nichts mehr, als bei ihm zu sein. Immer wieder wischte sie sich die Tränen aus dem Gesicht und konnte sie doch nicht aufhalten. Was, wenn sie ihn nie wieder sah? Sie konnte diesen Gedanken nicht ertragen.

Darko Cardona – der Teufel von Kerelaos – die Liebe meines Lebens!

Stundenlang stand Saralean am Fenster. Sterne, Planeten und Raumstationen zogen an ihr vorüber, ohne dass sie diese bewusst wahrnahm. Sie sah nur sein Gesicht, sein Lächeln und die Zärtlichkeit in seinen Augen.

Klären Sie das mit dem Rat, Lieutenant Terfee, hatte Captain Gerard gesagt.

Der Planetarische Rat! Ja, sie würde vor den Rat treten und für Kerelaos und seine Bewohner kämpfen. Der Rat musste die ehemaligen Gefangenen rehabilitieren. Nach all den Jahren des Leids hatten sie es verdient, ihre Würde zurückzubekommen.

Noch während Saralean begann, sich eine Strategie zurechtzulegen, forderte ihr Körper sein Recht. Ohne Vorwarnung versagte er ihr den Dienst. Sie schaffte es gerade noch, das breite Bett zu erreichen, bevor sie in einen ohnmachtsähnlichen Schlaf hinüberglitt.

Während des rund vier Monate andauernden Fluges beschäftigte sich Saralean fast ausschließlich mit Recherchen über die Bewohner von Kerelaos. Viele von ihnen waren in den Akten nicht einmal erwähnt, was zwangsläufig in der Natur der Sache lag, weil es sich um die nicht registrierten Nachkommen der einst Verurteilten handelte. Saralean dachte an die süße kleine Sara. Das Baby gehörte nun schon zur dritten Generation auf Kerelaos. Sara war praktisch ihr Patenkind und Saralean hatte nicht vor, die Kleine kampflos ihrem Schicksal zu überlassen. Genauso wenig wie Darko oder jeden anderen unschuldigen Bewohner der ehemaligen Strafkolonie.

Sobald Saralean sich zur Ruhe begab, überfielen sie die Erinnerungen. Es waren wirre Träume. Nichts war darin so, wie es tatsächlich geschehen war. Der immer wiederkehrende Traum zeigte ihr eine andere Realität, in der sie weder Darko noch Sara hatte retten können. Einzig der Tod Zeilingers und der durch den Speer schwer verletzte Hund waren ein realer Bestandteil des Traumes.

Die restliche Zeit verbrachte Saralean vor dem Computer. Das Studium der Gesetze und Vorschriften der Vereinten

Planeten lenkte sie von ihren düsteren Gedanken ab. Sie lachte sogar über die Scherze der Crewmitglieder und freundete sich mit einigen von ihnen an. Ganz besonders nah stand ihr Fähnrich Maria Haller. Nach Dienstende schneite diese gern bei Saralean vorbei. Meist brachte sie irgendeine Leckerei mit.

»Sieh mal, ich habe das Rezept für karfanischen Burikokuchen gefunden. Ich dachte, ein großes Stück davon würde dir vielleicht Freude machen.«

»Oh, das ist lieb von dir«, antwortete Saralean und nahm Maria einen der Teller ab. »Hmm! Nicht ganz so gut wie der von meiner Mutter, aber er schmeckt großartig. Ich danke dir.«

»Warum vergräbst du dich eigentlich den ganzen Tag in diesen Gesetzestexten?«, fragte Maria kauend.

»Ich will vorbereitet sein, wenn ich vor den Rat trete.«

»Du willst also wirklich für Kerelaos kämpfen?«

»Ich muss es versuchen. Ich kann nicht so tun, als ob diese Leute mir egal wären.«

»Diese Leute? Du meinst Darko.«

»Nein, ich meine wirklich alle. Ich habe dort viele Freunde gefunden.«

»Und Darko.«

»Ja, und Darko.«

»Du liebst ihn sehr, nicht wahr?«

»Ja, mehr als ich sagen kann«, flüsterte Saralean und lehnte sich in ihrem Stuhl zurück.

Die Verzweiflung im Gesicht ihrer neuen Freundin ließ Marias mitfühlende Seele überlaufen. Sie beugte sich vor und drückte deren Hand.

»Du wirst das auch schaffen, Saralean. Und ich glaube ganz fest, dass du deinen Darko wiedersehen wirst.«

»Das hoffe ich«, erwiderte Saralean.

Maria lehnte sich ebenfalls in ihrem Stuhl zurück und

betrachtete Saralean einen Moment, dann sagte sie: »Ich habe vielleicht sehr eigenmächtig gehandelt, aber glaube mir bitte, dass ich dir nur helfen möchte.«

»Womit? Was hast du gemacht?« Saralean zog die Stirn in Falten und setzte sich kerzengerade auf.

»Mein Bruder ist Anwalt in der Juristika. Ich habe ihm eine Nachricht geschickt und ihm darin dein Problem geschildert. Albert hatte natürlich von Kerelaos gehört. Da die Nutzung des Planeten als Strafkolonie aufgehoben wurde, war er davon ausgegangen, dass die damals Verurteilten längst rehabilitiert und zurückgeholt worden waren. Er war ehrlich entsetzt, vom Gegenteil zu hören. Albert hat sich sofort mit dem Archivar des Rates in Verbindung gesetzt und Einsicht in die Akten genommen. Mein Bruder will diese Ungerechtigkeit nicht auf sich beruhen lassen und dich gern bei deinem Vorhaben unterstützen. Wenn du einverstanden bist, will er die Zeit bis zu unserer Ankunft nutzen, um die entsprechenden Schriften aufzusetzen.«

Saralean sprang auf und zog Maria in ihre Arme, dann tanzte sie mit ihr durch den Raum.

»Soll das heißen, du bist damit einverstanden?«, rief Maria lachend.

»Natürlich bin ich das, wie könnte ich nicht?« Noch einmal drückte Saralean Maria an sich. »Ich hoffe nur, dass wir auch wirklich Erfolg haben werden.«

»Albert sagt, mit dir als Augenzeugin kann es gar nicht schiefgehen.«

Gleich nachdem die Arturo im Erdhafen angedockt hatte, nahm Saralean das erste Shuttle, das den großen Raumhafen verließ. Sie stieg direkt vor der Juristika, der Justizbehörde der Vereinten Planeten, aus und betrat das imposante Gebäude durch den Haupteingang. Eine freundliche Empfangsdame wies ihr den Weg zu Albert Hallers Büro.

»Saralean Terfee, nehme ich an?«

»Ja, die bin ich.«

»Hallo, ich bin Albert, Marias Bruder.« Ein junger Mann mit kurzen blonden Haaren und lebhaften braunen Augen kam auf sie zu. Saralean musste zu ihm hinuntersehen, er reichte ihr gerade bis zum Kinn.

Die Ähnlichkeit mit seiner Schwester war nicht zu übersehen. Auch er zeichnete sich durch einen zierlichen Körperbau aus, der fast als fragil zu bezeichnen war, aber in seinem Auftreten und in seinen Augen lag eine unübersehbare Entschlossenheit. Ein junger Mann, den man besser nicht unterschätzen sollte.

»Setzen Sie sich doch. Möchten Sie einen Kaffee?«

»Nein, danke. Lieber ein Glas frisches Wasser.«

»Kommt sofort.«

Eine Stunde später hatte Albert Saralean über seine bisherigen Schritte informiert, über seine weiteren aufgeklärt und einige Schriftstücke unterschreiben lassen.

»Wie lange wird es dauern, bis wir einen Termin vor dem Rat bekommen?«

»Nicht lange«, grinste Albert breit. »Der Termin ist schon morgen.«

»Morgen schon? Das ist ja großartig.«

Nervös wanderte Saralean am nächsten Morgen vor dem Regierungsgebäude auf und ab. Sie war viel zu früh, und je öfter sie auf ihre Uhr sah, desto langsamer schien die Zeit zu vergehen. Endlich, kurz vor Terminbeginn, erschien Albert.

»Wunderbar, Sie sind pünktlich. Dann kann es losgehen!«, verkündete er.

Es war ein eigenartiges Gefühl, in dem großen Saal zu stehen. Hier wurden also Gesetze verabschiedet, Debatten geführt und manchmal auch Urteile gesprochen. Die Decke war geschmückt mit der Flagge der Vereinten Planeten. Links und rechts davon reihten sich die Wappen der einzelnen Mitgliedsplaneten aneinander. An der Stirnwand hing die amerikanische Verfassung von 1787 zwischen dem europäischen Vertrag von Lissabon von 2007 und dem asiatischen Kontrakt von 2118, gut geschützt hinter dicken Glasrahmen. Darüber erkannte Saralean die Verfassung der Erde aus dem Jahr 2291 und darüber schließlich die Verfassung der Vereinten Planeten aus dem Jahre 2316. Natürlich waren es nur Kopien. Die Originale wurden sicher und geschützt in den Katakomben tief unter dem Regierungsgebäude verwahrt. Stühle aus vielen vergangenen Epochen standen aufgereiht an den Wänden. Manche wirkten so zart, dass sich nicht einmal ein kleines Kind darauf setzen sollte. Andere waren verspielt, wiederum andere kunstvoll verziert. Es gab auch grob gezimmerte, aus Stein gehauene und aus Kunststoff gegossene Sitzmöbel. Vor der Stirnwand mit den Verfassungen stand ein langer, halbrunder Tisch. Hier nahmen die Ratsmitglieder Platz. Etwa vier bis fünf Meter davor befand sich ein Rednerpult. Auf dieses steuerte Albert jetzt zu.

»Ich werde unser Anliegen vortragen. Wenn der Rat Fragen an Sie hat, werde ich beiseite gehen und Ihnen den Platz überlassen.«

Er hatte kaum ausgesprochen, als die zehn Ratsmitglieder hereinkamen und sich an den Tisch setzten.

Saralean war tief ergriffen von der beeindruckenden Atmosphäre, die der Saal ausstrahlte. Angenehm enttäuscht wurde sie nun von der freundlichen und fast lockeren Art der Ratsmitglieder.

»Herr Haller – wieder einmal«, wurde Albert von dem hetanischen Vertreter begrüßt. Schmunzelnd ließ dieser sich auf seinem Platz nieder.

»Hoher Rat«, grüßte Albert förmlich zurück.

»Was können wir denn heute für Sie tun, Haller?«, fragte der irdische Vertreter.

»Wenn ich Ihnen zuerst die PASA-Chefingenieurin der Sektion Nordwest-Europa, Lieutenant Saralean Terfee, vorstellen darf.« Mit einer Hand winkte Albert sie zu sich heran.

»Hoher Rat«, grüßte Saralean und neigte kurz den Kopf.

»Bevor der gute Haller zu seinen üblichen Tiraden ausholt, haben wir eine Frage: Sind Sie der eigentliche Antragsteller oder sind Sie einer von Hallers sogenannten Augenzeugen?«

Das gutmütige Leuchten in den Augen des folonischen Vertreters machte Saralean Mut. Sie trat ein paar Schritte näher an den Tisch.

»Sowohl als auch. Allerdings bin ich eine echte Augenzeugin, nicht nur eine sogenannte.«

»Tatsächlich? Das wäre mal eine angenehme Abwechslung. Dann erzählen Sie, mein Kind: Worum geht es«, nickte der Folonianer ihr zu.

»Wenn ich kurz …«, meldete sich Albert.

Der Hetaner hob gebieterisch die Hand. »Sie haben jetzt Pause, Haller.« Mit derselben Hand forderte er danach die Augenzeugin auf, fortzufahren.

Saralean räusperte sich einmal, dann erzählte sie ihre Geschichte. Mit fester Stimme, wahrheitsgemäß, in prägnanten Worten und ohne schmückendes Beiwerk. Sie ließ nichts aus, vom Unfall bis zu ihrer Rettung durch Captain Gerard. Ihre Liebe zu Darko behielt sie für sich. Ein Detail, das nur für sie wichtig war, und keinerlei Auswirkungen auf die Entscheidung des Rates haben sollte. Im Gegenteil, Saralean befürchtete, dass ihre Liebesgeschichte die Entscheidung sogar negativ beeinflussen könnte.

»Ich bitte den Rat um Amnestie für Kerelaos. Ich bitte darum, den ehemaligen Gefangenen auf Kerelaos Gerechtigkeit zukommen zu lassen. Ich bitte darum, ihnen und ihren Nachkommen dieselben Rechte, dieselben Pflichten und dieselbe Freiheit zuzugestehen, wie sie schon seit Jahrhunderten durch die einzelnen Verfassungen allen Lebewesen zustehen. Prüfen Sie die Akten und entscheiden Sie, ob diese Leute nicht genug gebüßt haben. Und ich spreche hier auch für die, die seinerzeit zurecht verurteilt worden sind. Geben Sie ihnen ihre Würde zurück und lassen Sie sie heimkehren.«

Für einen winzigen Moment herrschte absolute Ruhe, dann erhielt sie vom hetanischen Vertreter Applaus. Der irdische Vertreter stimmte mit ein und schließlich klatschten alle zehn Ratsmitglieder Beifall.

»Ich glaube, ich spreche hier für alle meine Kollegen, wenn ich Ihnen zusichere, jede einzelne der damaligen Verurteilungen zu prüfen. Haben diese aus heutiger Sicht keinen Bestand mehr, werden wir umgehend alle notwendigen Schritte für eine Amnestie einleiten. Weiter werden wir alles tun, um das Unrecht, das einigen dieser Leute möglicherweise widerfahren ist, wiedergutzumachen. Aber«, hier machte der Hetaner eine kurze bedeutsame Pause, »allen, die sich auf Kerelaos eines erneuten Verbrechens schuldig gemacht haben, wird auch erneut der Prozess gemacht.«

»Ich danke Ihnen.«

Bevor Saralean und Albert sich zurückziehen konnten, wurden sie vom hetanischen Vertreter aufgehalten. »Haller?«

»Ja, Sir?«

»Nehmen Sie sich ein Beispiel an Lieutenant Terfee.«

»Sir?«

»Sie sind ein brillanter Anwalt, mein Junge. Nur, Sie reden zu viel. Lieutenant Terfee hat uns mit ungeschönten Tatsachen und Fakten überzeugt. Ich denke, Ihr Vater wird mir da sicher zustimmen.« Mit einem fast als schelmisch zu bezeichnendem Lächeln wandte er sich zu dem irdischen Ratsmitglied um.

Kapitel 22

»Hallo, Maria, wie geht es dir?«

»Fantastisch. Du rätst nie, wohin wir gerade unterwegs sind.«

»Dann sag es mir doch einfach.« Saralean sah Marias breites Grinsen auf dem Bildschirm. Wie immer war es ansteckend und auch sie lächelte.

»Wir begleiten einen Hilfskonvoi nach Kerelaos.«

»Oh! Tatsächlich?«

»Ja! Es ist schon der zweite.«

»Das ist eine tolle Nachricht.«

»Hm, du scheinst dich nicht wirklich darüber zu freuen«, sagte Maria und zog die Stirn kraus. »Du wärst jetzt gern mit uns auf dem Weg nach Kerelaos, nicht wahr?«

»Ja, sehr gern.«

»Würdest du es nicht bereuen, dein paradiesisches Karfana für diesen öden Planeten zu verlassen?«

»Nein. Das heißt nicht, dass mir Karfana und meine Familie nicht fehlen würden, aber …«

»Darko. Du vermisst ihn immer noch.«

»Ja.« Saralean seufzte tief auf, dann riss sie sich zusammen und setzte wieder ein Lächeln auf. »Weißt du, ob es die Argus noch gibt?«

»Sie soll noch immer am Fuß des Misera liegen. Cardona soll sich vehement geweigert haben, sie zerlegen zu lassen. Außerdem wollte er wohl auch nicht auf den SIT 2330 verzichten, obwohl der längst veraltet ist. Die Argus sei ihrer beider Zuhause und das solle sie auch noch sehr lange bleiben, hat er gesagt.«

Saralean lachte leise auf und wischte sich rasch eine Träne aus dem Gesicht.

»Ich bin froh, das zu hören. Ich würde die Argus auch nicht gegen ein Haus eintauschen wollen. Wir hatten alles, was wir brauchten, und Sit ist mit der Argus fest verbunden. Die Argus zu zerlegen, hätte auch den Verlust von einem guten Freund bedeutet.«

»Albert hat unseren Vater und ein paar weitere Abgeordnete mit dem ersten Hilfskonvoi nach Kerelaos begleitet, um sich vor der endgültigen Entscheidung des Rates einen persönlichen Überblick zu verschaffen. Er hat mir erzählt, dass dein Sit den Bewohnern ein wertvoller Ratgeber gewesen ist. Durch sein nahezu unerschöpfliches Wissen haben sie ihre ersten Schritte in eine moderne Zukunft machen können.«

»Ist die Entscheidung positiv ausgefallen?«

»Ja, wir haben sie sozusagen im Gepäck.«

»Das ist eine wundervolle Nachricht.« Wieder wischte Saralean sich schnell ein paar Tränen aus dem Gesicht.

»Glaubst du, dass viele auf Kerelaos bleiben wollen?«, fragte Maria.

»Ich könnte es mir gut vorstellen. Die Alten werden vielleicht Angst haben, sich auf der Erde nicht mehr zurechtzufinden, und für die Jungen ist Kerelaos ihre Heimat. Sie kennen keine andere. Durch die Hilfe und Unterstützung des Planetarischen Rates könnte das Leben dort auch deutlich leichter werden. Mit der richtigen Technik könnte man die Sonnen als Energiequelle nutzen. Auch die unterirdischen Lavaflüsse könnten gesichert und zum Teil sogar umgeleitet werden, um die Felder vor dem Nachtfrost zu schützen. Es gibt sehr viel, was getan werden könnte.«

»So ist es wohl auch geplant. Einer der Transporter hat Unmengen von Baumaterial an Bord und ein anderer alles für ein Krankenhaus und eine kleine Forschungsstation für Mrs. Cardona. Sie ist, glaube ich, Ärztin.«

»Ja, ist sie. Weißt du, wie es ihnen allen geht?«

»Nein, aber als Albert zurückkehrte, ging es ihnen allen noch soweit gut. Mrs. Cardona hat übrigens die Krankenstation der Argus dazu genutzt, um das Bein ihres Mannes zu richten und DNA-Analysen durchzuführen. Jeder, der wissen wollte, mit wem er verwandt ist, konnte sich das Ergebnis bei ihr abholen. Ich kann es immer noch nicht fassen. Was müssen sich dort für Tragödien abgespielt haben!«

»Für uns ist es unfassbar, für Kerelaos war es Realität. Ich hätte es wohl auch nicht glauben mögen, wenn ich es nicht selbst erlebt hätte.«

»Hoffen wir, dass sich so etwas niemals wiederholt.«

»Hm. Weißt du, ob es einen Prozess gegen Hogan Henriks und seine Männer geben wird?«

»Der wurde bereits eröffnet. Albert und unser Vater haben Henriks und seine Männer gleich mit zur Erde genommen.« Eine Störung ließ die Verbindung kurz zusammenbrechen. »Wir kommen langsam außer Reichweite und ich muss auch Schluss machen, Saralean. Mein Dienst beginnt gleich.«

Wieder brach die Verbindung ab, baute sich aber noch einmal auf. Allerdings war Maria kaum noch zu verstehen und ihr Bild wurde nur noch verzerrt dargestellt.

»Darko ist übrigens ...«

Den Rest konnte Saralean schon nicht mehr verstehen und auch ihre Antwort erreichte Maria nicht mehr. Traurig schloss sie den Bildschirm.

»Das Weinerntefest und Elis Hochzeit waren in diesem Jahr die schönsten Feste seit Langem, das sagen alle.« Saraleans Mutter kam mit einem schweren Korb vom Markt zurück.

»Warte, ich helfe dir. Warum sagst du nicht, dass du so viel besorgen willst?« Saralean lief ihrer Mutter entgegen.

»Ich wollte ja gar nicht! Ich wurde an jedem Stand aufgehalten, weil sie mir für dich etwas Gutes mitgeben wollten. Es war so nett gemeint, dass ich nicht ablehnen konnte. Ich hätte sie nur beleidigt.« Dankbar nahm sie die Hilfe ihrer Tochter an und gemeinsam brachten die beiden den schweren Korb in die Küche. »Sie haben dich eben alle sehr vermisst, Saralean.«

»Das ist wirklich ganz lieb. Ich werde mich bei Gelegenheit bei jedem Einzelnen bedanken.«

»Ja, tu das. Was machst du gerade?«

»Ich habe eben mit Maria gesprochen. Sie ist auf dem Weg nach Kerelaos. Die Arturo begleitet einen Hilfskonvoi.«

»Das ist gut. Was du mir über diese Leute erzählt hast, war für mich so unfassbar. Sie haben verdient, endlich ein menschenwürdiges Leben zu führen.«

Saralean nickte nur.

»Ganz besonders die Frauen müssen furchtbar gelitten haben. Ich hoffe doch, dass genügend Sidu entsendet werden.«

»Auf der Erde gibt es keine Sidu, Mutter. Dort gibt es Psychologen.«

»Nun, dann eben diese Psychologen. Sie werden sicher sehr viel Zeit und Arbeit investieren müssen, bevor die Traumata der Frauen überwunden sind.«

»Das denke ich auch.« Saralean schwieg einen Moment, dann sagte sie: »Darkos Mutter hat mit Sits Hilfe DNA-Tests durchgeführt. Wer wissen wollte, wer seine wahren Eltern sind, der konnte sich das Ergebnis bei ihr abholen.«

»Ist Darkos Mutter so etwas wie eine Sidu?«

»Nein.« Saralean lächelte. Für ihre Mutter war es unvorstellbar, dass andere Völker keine ausgebildeten Sidu hatten. »Telana ist Ärztin, eine echte Heilerin.«

»Oh!« Mutter Terfee nickte verstehend.

»Ach, ich habe übrigens Avorio getroffen«, wechselte Mutter Terfee das Thema.

»Nicht, Mutter. Du weißt, ich werde Avorios Antrag nicht annehmen – ich kann es nicht.«

Avorio war ein Freund aus Kindertagen und mehr sah Saralean in dem jungen Mann auch heute nicht. Gleich nach ihrer Ankunft vor acht Monaten hatte er ihr einen Heiratsantrag gemacht. Saralean hatte ihn freundlich, aber bestimmt abgelehnt. Beim Weinerntefest, auf dem auch Elios Hochzeit stattgefunden hatte, hatte Avorio allen Mut zusammengenommen und seinen Antrag wiederholt. Es war ihr nichts anderes übrig geblieben, als ihm zu sagen, dass ihr Herz längst vergeben war.

»Du hast diesen jungen Mann noch immer nicht überwunden, nicht wahr?«

»Nein, und es wird noch lange Zeit dauern«, murmelte Saralean.

»Ich fürchte, es wird dir nie gelingen. Nicht mit dem Geschenk unter deinem Herzen.«

»Was meinst du?« Saralean sah ihre Mutter nicht an. Sie hatte ihr kleines Geheimnis noch niemandem anvertraut.

»Du brauchst es nicht zu leugnen. Man kann es schon sehen.« Mutter Terfee lächelte milde.

»Aber ich bin doch erst im neunten Monat«, rief Saralean erstaunt aus und betrachtete sich im Spiegel. Zärtlich strich sie sich über ihren Bauch, der in den nächsten sieben Monaten noch reichlich anwachsen würde.

»Dein Kind wird schneller wachsen, da es zur Hälfte menschlich ist. Du wirst es nicht die vollen sechzehn Monate austragen.«

»Woher weißt du das?«

»Arlenora ist noch eine junge, aber eine sehr gute Sidu. Sie hat es mir gesagt.«

Saralean strich sich erneut über den Bauch, der tatsächlich stärker ausgeprägt war, als es bei karfanischen Schwangeren üblich war.

»Du solltest langsam über deine Zukunft nachdenken, dein Kind braucht einen Vater.«

»Ich weiß, nur mit Avorio kann ich mir ein Leben nicht vorstellen.«

»Nein, Kind. Avorio ist ein lieber Junge, er ist jedoch nicht der Richtige für dich«, bestätigte Mutter Terfee. »Avorio scheint die Hoffnung darauf auch begraben zu haben.«

»Warum hast du dann von ihm angefangen?«

»Warum lässt du mich nicht ausreden?«

»Entschuldige, Mutter. Was hat Avorio denn gewollt?«

»Du weißt doch, dass Avorio vor Kurzem die Verantwortung über den Landeplatz übertragen bekommen hat. Er ist nun für die Registrierung der ankommenden und abfliegenden Fähren verantwortlich.«

»Das hat er mir beim Weinerntefest voller Stolz berichtet.«

Mutter Terfee nickte. »Ich soll dir von ihm ausrichten, dass eine außerplanmäßige Fähre gelandet ist. Es ist jemand angekommen, der nach dir gefragt hat.«

»Nach mir? Wer denn?«

»Ich weiß es nicht. Geh hin und sieh nach«, forderte ihre Mutter sie auf. »Und bring mir auf dem Rückweg ein paar schöne Burikos mit, ich möchte noch einen Kuchen backen.«

Der Landeplatz lag nicht sehr weit von ihrem Heimatort entfernt, und so machte sich Saralean zu Fuß auf den Weg. Sie lief an den mächtigen Buriko-Bäumen vorbei, hatte aber keinen Blick für die wunderschönen Bäume übrig. Sie überlegte, wer extra mit einer außerplanmäßigen Fähre kommen würde, um sie zu sprechen. Der Einzige, der ihr auf die Schnelle einfiel, war Albert. Was mochte wohl so wichtig sein, dass er sich persönlich nach Karfana begab, anstatt ihr eine Nachricht über einen Videokanal zu senden?

Saralean war so in Gedanken versunken, dass sie weder nach links noch nach rechts sah. Sie stolperte fast über den schwarzgrauen Wirbelwind, der freudig bellend auf sie zugeschossen kam.

»Heilige Solara!« Erschrocken blieb sie stehen und versuchte, das Tier abzuwehren, dann machte ihr Herz einen zusätzlichen Schlag. »Hannibal? Hannibal! Du bist es wirklich!« Sie konnte den Hund kaum bändigen. »Solara sei Dank, du lebst!« Lachend und weinend zugleich packte Saralean schließlich seinen Kopf und legte ihre Stirn an seine, doch dann stutzte sie plötzlich. »Wo kommst du eigentlich auf einmal her?«

»Er konnte es nicht mehr abwarten, dich endlich nach Hause zu holen, und ich auch nicht.«

Saraleans Kopf fuhr herum. Darko stand lässig an einen Baumstamm gelehnt und lächelte sie an. In der Hand hielt er eine angebissene leuchtend rote Frucht des Buriko-Baumes.

Saralean glaubte zu träumen, war sich sicher, dass Solara ihr einen bösen Streich spielte. Sie bewegte sich keinen Millimeter und schüttelte nur den Kopf. Selbst als Darko auf sie zukam und dicht vor ihr stehen blieb, mochte sie es noch immer nicht glauben.

»Darko!«, sagte sie so leise, als ob er verschwinden würde, wenn sie seinen Namen laut aussprach. »Wie …«

Darko ließ sie nicht ausreden. Er umfing sie mit einem Arm und küsste sie stürmisch. Jetzt endlich glaubte Saralean, dass er wirklich und wahrhaftig vor ihr stand.

»Wie bist du nach Karfana gekommen?«

»Man wollte auch mich vor dem Rat anhören. Ich musste als Zeuge gegen Henriks und die anderen aussagen, dann erlaubten sie mir, nach Karfana zu fliegen.«

Saralean schlang die Arme um seinen Nacken. »Ich habe dich so vermisst.«

»Und ich dich«, antwortete er, dann schob er sie ein Stück von sich. »Du bist weicher geworden. Die karfanische Küche scheint dir gutzutun.«

Saralean lachte laut auf, dann zog sie ihn nah zu sich heran und flüsterte ihm ihr kleines Geheimnis ins Ohr.

»Heilige Solara!«, ahmte er ihren Ausspruch nach. »Das ist das schönste Geschenk meines Lebens.« Dabei strahlte er über das ganze Gesicht, hob sie an und drehte sich übermütig mit ihr im Kreis. »Wie würde es dir gefallen, den Namen Saralean Bokana Cardona zu tragen?«

»Das klingt gut«, rief Saralean fröhlich.

»Nein, das klingt richtig«, sagte Darko ernst, als er sie wieder absetzte, dann hielt er ihr die Burikofrucht unter die Nase. »Ich habe übrigens gewusst, dass du lügst. Sie schmecken nicht halb so süß wie deine Lippen.« Damit warf er die angebissene Frucht hinter sich, zog Saralean in seine Arme und küsste sie.

Was tut man, wenn man zum Schichtdienst bei der Polizei eingeteilt ist, aber nichts zu tun hat, weil auch die Verbrecher lieber Fußball schauen? Man schreibt seinen ersten Roman. So geschehen während des Sommermärchens der Fußballweltmeisterschaft 2006 in Deutschland.

Die Autorin spannender Liebesromane lebt in Hamburg und ist Angestellte bei der dortigen Kriminalpolizei. Sie schreibt Romantik durch alle Zeiten. Starke Frauengeschichten mit Happy End, aber nicht primärer Lovestory. Für Frauen, die etwas Spannung in Form von Abenteuer, Mystik oder Thriller Flair bevorzugen und sich gern mal aus dem Alltag wegträumen möchten.

Einfach mal abtauchen in eine Welt voll Gefühl, Spannung und Abenteuer.

Herzlichst Ihre

Szosha Kramer